Daglicht

Van dezelfde auteur

Amos Decker
De geheugenman
De laatste mijl
Het motief
Doodskleur
Verlossing
Ondergronds

Atlee Pine
De lange weg naar genade
Eén minuut voor middernacht

Aloysius Archer
Een goede daad

Camel Club
De samenzwering
De verzamelaars
De verraders
De rechtvaardigen
Rechteloos

John Puller
De provocatie
Vergeten
De ontsnapping
Niemandsland

King & Maxwell
Onbewaakt ogenblik
Het uur van de zonde
Geniaal geheim
Familieverraad
De zesde man
King & Maxwell

Shaw
Niets dan de waarheid
Verlos ons van het kwaad

Will Robie
Onschuldig
De aanslag
Doelwit
De schuldigen
Eindspel

Overige thrillers
Het recht van de macht
Op eigen gezag
Duister lot
Vuil spel
Onder druk
De laatste man
In het geheim

David Baldacci

Daglicht

A.W. Bruna Uitgevers

Oorspronkelijke titel
Daylight
© 2020 by Columbus Rose, Ltd.
Published by arrangement with Lennart Sane Agency AB.
Vertaling
Jolanda te Lindert
Omslagbeeld
© David Paire/Arcangel
Omslagontwerp
Studio Jan de Boer
© 2020 A.W. Bruna Uitgevers, Amsterdam

ISBN 978 94 005 1281 8
NUR 332

Voor Ron Kunihiro.
Hij heeft het hart van een leeuw
en iedereen die hem kent houdt van hem en respecteert hem.

1

Dit is het moment van de waarheid.

Special agent Atlee Pine van de FBI zat iets buiten Andersonville, Georgia, achter het stuur van haar huurauto en haar assistente Carol Blum zat naast haar.

Pine tikte op de naam in haar lijst met contactpersonen en hoorde de telefoon overgaan.

'Pine, wat aardig dat je me belt,' zei een stem die droop van sarcasme.

De stem was van de hoogste baas van de FBI in Arizona, Clint Dobbs. Hij had Pine toestemming gegeven voor een 'sabbatical' om uit te zoeken wat er was gebeurd met Mercy, haar tweelingzus, die dertig jaar geleden was ontvoerd uit hun ouderlijk huis in Andersonville, waarbij de zesjarige Pine zelf bijna was gedood.

'Sorry, meneer, het is gewoon een beetje druk geweest.'

'Ik hoorde dat je het inderdáád bijzonder druk hebt gehad. Je hebt daar een paar moorden opgelost en er een paar voorkomen, bent zelf bijna opgeblazen en hebt bovendien iets heel opmerkelijks over je verleden ontdekt. Verdomd, misschien zou het Bureau je een bonus moeten uitkeren.'

'Ik neem aan dat u via andere kanalen op de hoogte bent gehouden?'

'Dat kun je wel zeggen, aangezien jíj opvallend weinig communicatief was.'

'Was uw bron misschien Eddie Laredo?'

Laredo was een special agent van de FBI die naar Georgia was gestuurd om mee te werken aan een moordonderzoek. Hij en Pine hadden een verleden samen, een ingewikkeld verleden, hoewel Pine dacht dat ze alles hadden uitgepraat.

'Ik heb verschillende bronnen die me op de hoogte houden. Wat heb je ontdekt over de verdwijning van je zus?'

'Toen mijn moeder nog een tiener was, in de jaren tachtig, fungeerde ze als mol bij de maffia tijdens een undercoveroperatie. Een van de mannen die als gevolg daarvan zijn opgepakt was ene Bruno Vincenzo, die, nadat hij in de gevangenis was gezet, werd vermoord. Bruno had een broer in Jersey, ene Ito. Ito ontdekte kennelijk wat er was gebeurd en gaf mijn moeder de schuld van de dood van zijn broer. Op de een of andere manier ontdekte hij waar wij woonden, ging naar Georgia en ontvoerde mijn zus.'

'Weet je iets over deze Ito Vincenzo? Leeft die eigenlijk nog?'

'Ik heb de officiële internetdatabase van de staat gecheckt. Daar staat niet in dat hij dood is, maar misschien is hij niet in New Jersey overleden. Ik weet inmiddels dat hij in Trenton woonde. Ik heb het adres wel, maar dat huis staat op naam van ene Teddy Vincenzo, zijn zoon.'

'Kan goed zijn dat die zoon het huis heeft geërfd, dus misschien is zijn pa al overleden. Misschien is de man op hogere leeftijd naar Florida vertrokken en heeft hij daar zijn laatste adem uitgeblazen. Als dat zo is, is hij misschien buiten je bereik, Pine.'

'Ik kan nog wel met zijn familieleden praten. Misschien weten zij iets nuttigs.'

'Oké, als ze met je wíllen praten. En waar is deze Teddy Vincenzo?'

Pine slaakte een diepe zucht. 'In de gevangenis, Fort Dix.'

'Juist, een criminele familie dus. Maar hij is gelukkig in Jersey. Wil je nu naar Trenton? Heb je me daarom uiteindelijk toch gebeld?' vroeg Dobbs met een scherpe klank in zijn stem die Pine niet beviel.

'Ik zie geen andere mogelijkheid.'

'O, is dat zo? Misschien verschillen jij en ik daarover van mening, Pine.'

'Ik heb gewoon nog iets meer tijd nodig. Ik werd afgeleid door de moorden hier. Anders had ik veel meer vorderingen gemaakt.'

'Eigenlijk zeg je dus dat je tijdens je verlof als agent hebt gewerkt.'

'Dat zeg ik inderdaad.'

'Ik ben het met je eens, Pine,' zei Dobbs, waarmee hij haar verbaasde. 'Je hebt daar uitstekend werk verricht, zoals ik net al zei. Als ik het voor het zeggen had, zou ik tegen je zeggen dat je zoveel tijd moet nemen als je nodig hebt, maar hoewel ik in Arizona de hoogste baas ben, heb ik ook meerderen, Pine, een heleboel zelfs. En binnen het Bureau wordt gemopperd.'

'Ik had niet het idee dat ik zo belangrijk was,' zei Pine scherp. 'Wie klaagt er dan?'

'Ik zal het je uitleggen. Ik heb twee agenten die elkaar afwisselen om jou te vervangen in Shattered Rock, ook al hebben ze hun eigen taken. Daar zijn ze niet blij mee, want zíj hebben geen back-up: jij dus wel en zij dus niet. Bovendien moest ik er kantoorpersoneel naartoe sturen aangezien Carol bij jou is. Ik weet wel dat dit de eenentwintigste eeuw is, maar het feit dat je, nou ja, je weet wel...'

'U bedoelt dat de jongens omdat ik een vrouw ben vinden dat ik niet voldoende bijdraag?'

'Ze vinden dat jij een speciale behandeling krijgt, wat natuurlijk ook zo is. Verschillende jongens hebben zich al bij me beklaagd. Ze zeggen allemaal dat zij ook problemen hebben, maar toch elke dag naar hun werk moeten. Ze vragen zich dus af waarom jij een speciale behandeling krijgt.'

Pine riep: 'U zei zelf dat ik dit moest uitzoeken als ik voor de FBI wilde blijven werken en dat kan ik verdomme alleen doen als ik mijn zus vind!'

Blum legde kalmerend een hand op Pine's arm.

Dobbs zei: 'Ik begrijp dat je kwaad bent, maar vergeet verdomme niet tegen wie je het hebt, Pine.'

Pine haalde diep adem. 'Ik heb gewoon iets meer tijd nodig, meneer. Een paar dagen nog.'

Dobbs zweeg zo lang dat Pine bang was dat de man de verbinding had verbroken. 'Trenton, New Jersey, hè?'

'Ja,' zei Pine zacht.

'Grappig, Pine. Ik ben begonnen in Trenton, meer jaren geleden dan ik me kan herinneren. Toen maakte de stad een zware tijd door. Nu is het zelfs nog zwaarder.' Hij zweeg even. 'Oké, een paar dagen nog. Als je back-up of informatie nodig hebt, bel je de jongens daar en zeg je dat Clint Dobbs heeft gezegd dat dat oké is. Ze zullen je niet geloven, maar wel als ik hun vertel dat het waar is.'

Pine keek met grote ogen naar Blum. 'Eh, dit had ik niet verwacht.'

'Ik had ook niet verwacht dat ik dat zou zeggen, Pine. Dat aanbod kwam zomaar in me op. Maar over één ding wil ik heel duidelijk zijn: je móét dit afronden en terugkomen. Begrepen? Het Bureau betaalt je salaris omdat je voor ons werkt. Ik weet wel dat ik zei dat je dit moest uitzoeken zodat je weer ruimte in je hoofd kreeg, maar feitelijk is dat jouw probleem, niet het mijne. En jij bent niet de enige agent met wie ik moet dealen, oké? Ik heb honderden agenten en die hebben allemaal problemen. Begrepen?'

'Ja, meneer. Begrepen. En ik ben u erg dankbaar. Dank u voor...'

Maar Dobbs had de verbinding al verbroken.

Langzaam legde Pine de telefoon neer. 'New Jersey, we komen eraan!'

2

Twee dagen later reed Pine in haar huurauto door een arbeiderswijk aan de rand van de stad Trenton. Ze dacht na over wat ze zou zeggen tegen Anthony 'Tony' Vincenzo, die soms in het huis woonde dat zijn vader Teddy kennelijk van diens vader Ito Vincenzo had geërfd. Ze had geen zin in het bureaucratische gedoe dat een bezoek aan Teddy Vincenzo in de gevangenis met zich meebracht; Tony was veel beter benaderbaar. Maar gezien haar huidige gemoedsgesteldheid was de kans groot dat ze Tony, als deze weigerde haar te helpen, zou doodschieten.

Tony was de kleinzoon van Ito Vincenzo, zodat hij haar misschien iets kon vertellen over Ito; hopelijk waar de man nu was, áls hij nog leefde.

En iets wat haar naar Mercy kon leiden; daarom was ze hier immers. De weg naar Mercy was lang en gecompliceerd geweest, en soms had Pine het gevoel gehad dat het eindpunt even onbereikbaar was als de top van de Mount Everest. Maar nu ze eindelijk een opening had in deze zaak, ging ze er vol in. En als ze daar meer dan een paar dagen voor nodig had, dan was dat maar zo. Pine had per se op zoek willen gaan naar haar zus na een nare ontmoeting met een pedofiel die in Colorado een klein meisje had ontvoerd. Haar woede, gevoed door de herinneringen aan de ontvoering van haar zus, had ertoe geleid dat Pine de man bijna dood had geslagen en elke regel en elk voorschrift van de FBI had overtreden. Clint Dobbs had haar een ultimatum gesteld: óf je lost je persoonlijke problemen met je zus op óf je kunt op zoek naar een andere baan. Maar nu had ze geen aansporing van Dobbs of wie ook nodig, nu was ze bereid haar FBI-carrière op te geven in ruil voor het vinden van haar zus.

Het is niet alleen zo dat ik mijn werk niet kan doen als ik niet kan achterhalen wat er met Mercy is gebeurd. Nee, dan kan ik mijn leven niet leiden.

Het was griezelig maar ook bevrijdend geweest toen ze dit aan zichzelf kon toegeven.

Met een Glock als haar voornaamste wapen en een Beretta Nano in een enkelholster voor het geval alles in het honderd liep – wat vaak gebeurde in haar werk – stopte Pine drie huizen voor Vincenzo's eenvoudige huis.

Alle huizen waren eenvoudige *salt boxes* – huizen van anderhalve verdieping – van ruim honderd vierkante meter met geteerde dakspanen. De wijk bestond uit groepjes onopvallende naoorlogse woningen en was vrijwel identiek aan zo ongeveer elke buitenwijk van elke stad die was gebouwd tien jaar nadat 'de jongens' waren teruggekeerd van de oorlog tegen Hitler, Mussolini en Hirohito. Een maand of negen daarna waren in dit soort wijken miljoenen babyboomers geboren. Die namen nu hun gerechtvaardigde plaats in als de grootouders van millennials en de Z-generatie. Wat was overgebleven was een oude, uitgeleefde groep huizen die werden bewoond door ouderen en starters.

Hoewel de huizen identiek leken, verschilden ze toch. Sommige tuinen waren netjes en opgeruimd. De gevels en sierlijsten waren pas geverfd. Brievenbussen stonden op stevige metalen palen en gewassen auto's stonden op goed onderhouden opritten.

Andere huizen hadden dat allemaal niet. De auto's op de opritten stonden vaker wel dan niet op bakstenen in plaats van op banden. Uit het geluid van knallend luchtdrukgereedschap en zoemende generatoren bleek dat in sommige van deze huizen bedrijfsmatig werd gewerkt, al dan niet legaal. De gevelplaten hingen los en vaak ontbraken er een of meer ruitjes uit de voordeur. Brievenbussen stonden scheef of ontbraken. Opritten waren meer bedekt met onkruid dan met beton of grind.

Pine telde drie huizen met kogelgaten in de voorgevel en één huis waar politielint in de wind wapperde.

Tony Vincenzo's huis hoorde bij de categorie 'niet onderhouden'. Maar het kon haar niets schelen hoe zijn huis eruitzag. Het enige wat ze wilde was elke herinnering die hij nog had of zelfs fysieke bewijzen van zijn opa Ito en van eventuele anderen die misschien betrokken waren geweest bij de nachtmerrie die ze als kind had meegemaakt.

Ze stapte uit en keek naar het huis dat ooit eigendom was geweest van Ito Vincenzo. Hier had hij samen met zijn vrouw zijn kinderen grootgebracht. Pine had geen idee wat voor vader en echtgenoot hij was geweest. Maar als hij in staat was om één klein meisje bijna te vermoorden en een ander klein meisje te ontvoeren, schatte ze zijn opvoedkundige vaardigheden laag in.

Tony Vincenzo werkte op Fort Dix, de nabijgelegen militaire basis. De gevangenis waar zijn vader was opgesloten, maakte deel uit van dat complex. Misschien wilde de zoon dicht bij zijn vader zijn. Als dat zo was, ging Tony misschien regelmatig op bezoek bij Teddy en kon hij haar misschien iets vertellen over wat zijn vader hem had verteld.

Pine liep naar het trottoir, waarvan het beton golfde door tientallen jaren opvriezen en ontdooien en geen onderhoud. Ze dacht eraan dat Ito Vincenzo – de man die haar zus had ontvoerd en haar bijna had vermoord – tientallen jaren eerder over ditzelfde trottoir had gelopen. Deze gedachte benam haar de adem. Ze bleef staan, vermande zich en liep weer door.

Bij de voordeur bleef ze staan en keek door een van de ramen naast de deur naar binnen. Ze zag geen enkele beweging. Als de man in zijn vaders voetsporen was getreden, zou de criminele activiteit niet zichtbaar zijn. Meestal voerden ze hun smerige werk uit in de kelder, onzichtbaar voor nieuwsgierige ogen. Maar de man werkte wél fulltime op Fort Dix, dus misschien hield hij zich wel aan de wet.

Pine klopte aan, zonder dat er iets gebeurde. Ze klopte weer, met hetzelfde resultaat. Ze keek naar links, naar de voorveranda van het buurhuis, waar een oude vrouw in een schommelstoel zat te breien. Het was zonnig, maar fris, en ze droeg een feloranje sjaal en had een bril op. Haar grijze haar leek pas gepermanent en door de stukjes roze schedel deed ze Pine denken aan de zon die door de wolken scheen. Ze keek niet naar Pine, maar concentreerde zich op haar breiwerk, één recht, twee averecht. Haar tuin was netjes onderhouden, en op haar veranda stonden chrysanten in potten, die de nodige kleur toevoegden aan de verder saaie en kille omgeving.

'Tony is binnen,' zei de vrouw zacht.

Pine liep naar de rand van Vincenzo's voorveranda en legde haar hand op de houten balustrade. 'Kent u hem?'

De vrouw, nog steeds met haar blik op haar breiwerk gericht, knikte bijna onzichtbaar. 'Maar ik ken jou niet.'

'Ik heet Atlee.'

'Gekke naam voor een meisje.'

'Ja, dat heb ik vaker gehoord. Hij is dus thuis?'

'Zag hem een uur geleden naar binnen gaan en hij is niet weer vertrokken.'

'Is hij alleen?'

'Dat weet ik niet. Maar ik heb niemand anders gezien.' De vrouw sprak zacht en hield haar blik op haar breiwerk gericht. Iedereen die niet zo dichtbij stond als Pine zou niet eens weten dat ze iets tegen haar zei.

'Oké, bedankt voor de info.'

'Ben je hier om hem te arresteren? Ben je een agent?'

'Nee, en ja, dat ben ik,' zei Pine.

'Waarom klop je dan op zijn deur?'

'Wil hem gewoon een paar vragen stellen.'

'Hij werkt op Fort Dix.'

'Ja, dat weet ik.'

'Hij zal je vragen waarschijnlijk niet op prijs stellen.'

'Waarschijnlijk niet. Woont hij hier fulltime? Dat heb ik niet kunnen achterhalen.'

'Hij komt en gaat. Hij is niet aardig tegen me; hij scheldt me uit en pist op mijn bloemen. En zijn vrienden bevallen me ook niet. Dit was een leuke wijk, maar nu is het dat niet meer. Nu wil ik alleen maar in leven blijven.'

'Goed, bedankt.'

'Je hoeft me niet te bedanken. Die jongen is slecht. Pas op jezelf.'

'Doe ik.' Pine liep weer naar de voordeur en klopte nog een keer. 'Anthony Vincenzo?'

Niets, één, twee, drie seconden. Toen wel iets, meer dan iets eigenlijk.

Een enorme knal weerklonk aan de achterkant van het huis. Dat geluid had Pine al heel vaak gehoord: een achterdeur die open werd getrapt.

Daarna een ander bekend geluid: rennende voetstappen. Mensen gingen altijd voor haar op de loop. Daar was een goede reden voor en om een even goede reden liet ze dat dus niet gebeuren.

Ze sprong over de balustrade van de veranda.

De vrouw keek op van haar breiwerk. 'Zorg dat je die kleine rotzak te pakken krijgt,' zei ze met een glimlach op haar gerimpelde gezicht.

Pine's schoenen landden op het plaveisel. Vijf stappen later was ze op volle snelheid.

Inademen door de neus, uitademen door de mond. Beweeg de armen snel, dan volgen de benen vanzelf.

Een vage schim van een blauw overhemd, een lichtere spijkerbroek en lompe witte sneakers rende voor haar uit; harder dan zijzelf.

Ze verdubbelde haar snelheid, maar boekte geen terreinwinst. Tony Vincenzo was ruim tien jaar jonger en ongetwijfeld sneller, zelfs ondanks Pine's langere benen. En hij was extra gemotiveerd door zijn angst. Angst kon langzame mensen snel maken en zwakke mensen sterk.

En een lafaard veranderen in een moedige held, al was het alleen maar omdat hij geen keus had.

'Tony, ik wil alleen met je praten, meer niet!' riep ze, terwijl ze hijgend in- en uitademde.

Vincenzo liep nu zelfs nog sneller. De klojo was nu een olympisch atleet. Ze zou een auto nodig hebben om hem te pakken te krijgen.

Shit.

Pine keek om zich heen, op zoek naar een kortere weg zodat ze hem kon inhalen. Heel even overwoog ze haar wapen te trekken en een waarschuwingsschot te lossen, alleen maar om hem de stuipen op het lijf te jagen zodat hij nog harder ging lopen, over zijn eigen voeten struikelde en viel. Meer had ze niet nodig.

Ze zag het pas op het allerlaatste moment: beweging rechts van haar. Daarna werd ze van opzij aangevallen. Ze rolde voorover, rolde expres door en bleef op haar hurken zitten met haar Glock getrokken en gericht op de man die haar had aangevallen.

Alleen had ook hij zijn wapen getrokken dat hij op haar had gericht.

'FBI!' brulde ze, witheet van woede. 'Laat je wapen zakken. Nu!'

'CID!' brulde de man terug. 'Laat je wapen zakken. Nu!'
Ze keken elkaar roerloos lange tijd aan.
De man was ruim één meter negentig, stond kaarsrecht, woog ongeveer negentig kilo en had geen grammetje vet. Pine herkende hem meteen. Ze knipperde snel, alsof ze hoopte dat hij niet was wie ze dacht. Dat hielp niet.
Ze liet haar wapen zakken. 'Puller?'
John Puller stak zijn M11-dienstpistool in de holster, keek al even verbijsterd en schudde zijn hoofd. 'Pine?'
Tony Vincenzo was allang verdwenen.
'Wat doe jij hier verdomme?' vroeg ze.
Hij keek langs haar heen, in de richting waarin Vincenzo was verdwenen. 'Ik was hier om een arrestatie te verrichten.'
Ze verbleekte en keek achterom toen de waarheid tot haar doordrong. 'Verdorie! Tony Vincenzo?'
Hij knikte fronsend. 'Lang aan gewerkt, Atlee. En jij liep er helaas precies middenin.'

3

Het koffiehuis, stond op het bord dat buiten hing, bestond al sinds 1954, en had stoelen van gebarsten rood plastic, mat linoleum op de vloer en zitjes met bekraste houten rugleuningen. Het vet en de potten en pannen in de keuken, zichtbaar door het uitgifteluik, leken ongeveer even oud als het restaurant. Het gebrek aan sfeer en hygiëne werd niet echt goedgemaakt door iets anders, maar misschien was dat wel nodig in een geliefde plaatselijke tent. Een paar oudere klanten waren met een blik op hun smartphone langzaam aan het eten.

Pine en Puller zaten met een kop koffie tegenover elkaar in een van de zitjes.

Naast Puller zat een man van begin dertig, die aan haar was voorgesteld als special agent Ed McElroy van het CID. Hij werkte in Pullers team aan de zaak-Vincenzo en was hier om te helpen met diens arrestatie. 'Als ik het goed begrijp, kennen jullie elkaar dus van vroeger,' zei McElroy.

Puller knikte en keek Pine aan. 'Wil jij het hem vertellen?'

Pine nam een slok koffie. 'Puller was nog geen hoofdadjudant en ik werkte pas een jaar of vier bij het Bureau. Ik zat toen nog aan de oostkust, maar nu werk ik in de buurt van de Grand Canyon. Maar goed, ik was ingedeeld bij een *joint task force* van de FBI met de landmacht. Een zakenman naar wie de FBI onderzoek deed wegens omkoping van ambtenaren was erin geslaagd zijn klauwen in een paar hoge legerofficieren te slaan.'

Puller nam het verhaal over toen Pine zweeg en hem aankeek. 'Deze inmiddels voormalige generaals kwamen voor de krijgsraad en konden een tijd over hun zonden nadenken in een gevangenis van het legeronderdeel waarbij ze hadden gewerkt.' Hij zweeg even en keek Pine aan. 'Dat werd een paar keer erg gevaarlijk.'

'Hoezo?' vroeg McElroy.

Pine zei: 'Deze zakenman bleek banden te hebben met een groep buitenlandse huurlingen. Echt slechte mannen die het geen enkel probleem vonden om iemand te vermoorden als ze daarvoor werden betaald. Hoe vaak hebben ze geprobeerd ons te vermoorden, Puller?'

'Drie keer. Vier keer als je de autobom meetelt die we vonden voordat-ie afging.'

'Verdomme!' zei McElroy. 'Wat is er met die "zakenman" gebeurd?'

Puller zei: 'Die geniet van een heerlijke tijd in een federale gevangenis, waar hij zo ongeveer de rest van zijn leven zal blijven.'

Pine keek Puller aan. 'Het spijt me echt ontzettend dat ik je arrestatie heb verknald.'

'Dat kon je niet weten. Gewoon domme pech.'

'Maar zaten jullie achter Vincenzo aan voor misdaden die hij in Fort Dix heeft gepleegd?'

'Onder andere,' antwoordde Puller. Hij zette zijn koffiekopje neer en zei: 'Ed en ik zitten al ongeveer een maand op deze zaak en Tony Vincenzo zit daar dus middenin.'

'Hoe lang zit je al in het leger?' vroeg Pine aan McElroy.

'Vijftien jaar, waarvan de laatste vijf bij het CID. Ik werk nu al zo'n negen maanden samen met Chief Puller.'

'Heb je een gezin?'

'Mijn vrouw en twee kinderen wonen in Detroit. Zij was wel gewend aan overplaatsingen, maar die waren zwaar. Deze baan is iets flexibeler.'

Pine vroeg aan Puller: 'Je wilde Tony dus arresteren? Waarom nu?'

'Hij maakt deel uit van een drugsbende die opereert vanuit Fort Dix. Hij werkt bij de divisie Rijdend Materieel. Hij is een uitstekende monteur, maar hij vond kennelijk dat hij te weinig verdiende voor zijn levensstijl. Hij kwam in contact met een paar bijzonder slechte lui buiten de krijgsmacht.'

'Hij is dus geen militair?'

'Nee. Maar omdat hij misdaden op een militaire basis pleegde, ben ik erbij betrokken. Dix valt feitelijk onder de jurisdictie van de Luchtmobiele Brigade van de luchtmacht. De operaties worden uitgevoerd door de 87ste Luchtgevechtseenheid van de luchtmacht, die ook het management levert.'

‘Maar als de luchtmacht verantwoordelijk is, waarom ben jij er dan bij betrokken?’ vroeg Pine.

‘Het is een gemeenschappelijke militaire basis; er zijn ook onderdelen van het leger en de marine gestationeerd. Elk krijgsmachtonderdeel is volledig verantwoordelijk voor zijn eigen zaken. Vincenzo was in dienst van de landmacht, dus werd ik hiermee belast. Hij rekruteerde ook een paar stomme infanteristen van het leger, dus viel dat ook onder mijn verantwoordelijkheid. De luchtmacht houdt zich op de achtergrond, alleen het leger is met deze zaak belast.’

‘Tjonge, en ik vond de organisatiestructuur van de FBI al ingewikkeld.’

‘Het leger is ingewikkelder dan wat ook,’ zei Puller nuchter. ‘En is daar heel trots op.’

‘Verkocht hij dus drugs van deze bronnen buiten de krijgsmacht?’

Puller knikte. ‘Dat denken we tenminste wel. En de paraatheid van onze krijgsmacht wordt niet echt bevorderd door soldaten die verslaafd zijn of die door vijanden van dit land kunnen worden gechanteerd om dingen te doen die ze nooit zouden mogen doen.’

‘Dat begrijp ik.’

‘Maar waarom wilde jij Vincenzo spreken? Werk je aan een zaak waar hij bij betrokken is? Dan willen we misschien wel samenwerken.’

‘Nee.’ Ze keek even naar McElroy. ‘Het is persoonlijk, John. Het heeft met mijn zus te maken.’

‘Heeft Vincenzo je zus iets aangedaan?’ vroeg Puller.

‘Nee. Dit gaat helemaal terug tot zijn opa.’

Het was een lang verhaal, maar Pine vertelde dat met een paar korte maar informatieve zinnen. Ook dat ze onlangs in Georgia had ontdekt dat Ito Vincenzo haar zus had ontvoerd. Ze wilde Puller niet lastigvallen met haar problemen, maar had veel respect voor hem als persoon én als onderzoeker. Bovendien voelde het gewoon goed om het verhaal te kunnen vertellen.

‘Verdomme,’ zei Puller toen ze zweeg.

‘Inderdaad,’ zei McElroy. ‘Wat erg dat dat uw familie allemaal is overkomen, mevrouw. Dat is echt afschuwelijk. Dat zou niemand mogen meemaken.’

‘Bedankt.’

Puller zei: ‘Nou ja, Tony Vincenzo’s pa is ook een crimineel. Hij zit in de federale gevangenis op Fort Dix.’

‘Ja, dat weet ik. Maar ik wilde Tony alleen vragen waar zijn opa Ito is. Of hij eigenlijk nog leeft. Aangezien het huis op Teddy’s naam staat, leeft hij misschien niet meer.’

‘New Jersey heeft een internetdatabase voor sterfgevallen,’ zei Puller.

‘Die heb ik gecheckt, maar niets. Maar misschien is hij in een andere staat overleden en die hebben niet allemaal een internetdatabase die je kunt inzien.’

‘Ik snap je dilemma. Maar Tony of Teddy weten vast wel of hij nog leeft of niet.’

‘Dat hoop ik dus.’

‘Zo te horen had je moeder een unieke ervaring door als undercoveragent te werken en de maffia op te rollen. En je hebt geen idee waar ze nu is?’

Pine schudde haar hoofd. ‘Als ze nog leeft, is zelfs het Bureau niet in staat haar te vinden, want dat heb ik wel geprobeerd.’ Ze keek Puller aan. ‘Luister, ik heb je werk verpest. Wat kan ik doen om dit goed te maken?’

‘Dat weet ik niet. We wilden hem arresteren, omdat we hoopten dat Vincenzo de mensen hoger op de ladder zou verraden. Hij is klein grut. Het CID wil de grote jongens en geen van de kleine jongens die we hebben opgepakt weet wie dat zijn. Ik liet net zijn huis omsingelen door een team toen jij de kring binnenstapte. Ed was onderweg naar achteren, maar ze hadden hun positie nog niet ingenomen. Daardoor kon Vincenzo via de achterdeur ontsnappen.’

‘Kan ik een paar mensen van de FBI optrommelen om je te helpen?’

Hij schudde zijn hoofd. ‘Bedankt voor het aanbod, maar we hebben voldoende mensen en middelen. En we gaan hem zeker vinden. Hij heeft niet veel plekken waar hij zich kan verbergen.’

‘Laat je het me weten als je hem hebt opgepakt?’

‘Ik zal doen wat ik kan.’

‘Ik zal blij zijn met alles wat je kunt doen.’

‘We moeten ervandoor, om het papierwerk van deze actie in orde te maken.’

Puller stond op, net als McElroy.

'Veel meer papierwerk, door mij,' zei Pine.

'Ach, als ik een dollar kreeg voor elke fout die ik heb gemaakt, opzettelijk of niet... Vergeet het gewoon. Deze dingen gebeuren nu eenmaal.'

Nadat ze waren vertrokken keek Pine naar de lege kopjes op het tafeltje en mompelde: 'Shit.'

4

‘U kon dit onmogelijk weten,’ zei Carol Blum.

Pine was teruggegaan naar haar kamer in het hotel waar ze samen met haar assistente Carol Blum verbleef. Blum was in de zestig en werkte al bijna veertig jaar voor de FBI. Ze had vier kinderen, zodat ze zelden verbaasd of onder de indruk was. Ze was met Pine meegegaan om haar met deze zaak te helpen. Normaal werkten Pine en Blum vanuit een eenmans-FBI-kantoor in Shattered Rock, Arizona. Zo’n kantoor met maar één FBI-agent werd een RA genoemd – *resident agency* – in tegenstelling tot de veel grotere FBI-veldkantoren in stedelijke gebieden.

‘Dat weet ik wel, maar toch voel ik me verschrikkelijk. Puller is een goeie vent. Hem kennende heeft hij dit tot in detail voorbereid, maar ja, hij kon natuurlijk niet weten dat ik de boel zou verkloten.’

‘Maar Tony Vincenzo was daar? U weet zeker dat hij het was die op de vlucht sloeg?’

‘Ja. John denkt dat hij Vincenzo vrij snel kan vinden, maar ik betwijfel dat.’

‘Is er een andere manier om Ito’s verblijfplaats te achterhalen, behalve via zijn kleinzoon?’

‘Tony was plan A. Plan B is dat ik met Ito’s zoon Teddy ga praten. Hij zit in de gevangenis op Fort Dix hier in Trenton.’

‘Is Fort Dix een militaire gevangenis?’

‘Nee. Die gevangenis staat toevallig op het terrein van de militaire basis en staat onder toezicht van het Federal Bureau of Prisons. Minimum- tot mediumsecurity. Er zitten een paar maffiabazen, maar ook politici en zakenlieden die op het verkeerde pad zijn geraakt.’

‘Oké. Hebt u trouwens al iets van Jack Lineberry gehoord?’

‘Hij zou gisteren uit het ziekenhuis worden ontslagen. Hij kan zich natuurlijk de beste verpleging thuis veroorloven.’

'Ja, dat geloof ik meteen. Maar ik bedoelde...'

'Dat weet ik wel, Carol,' zei Pine scherp. Rustiger voegde ze eraan toe: 'Ik heb het nog niet verwerkt, eerlijk gezegd. Ik dacht dat hij me kon helpen mijn moeder te vinden, maar op dit moment moet hij zich vooral richten op zijn herstel.'

'Dat begrijp ik.'

'Maar ik zal contact met hem opnemen en hem op de hoogte houden. Misschien heeft hij informatie voor me waar ik iets aan heb.' Ze pakte haar telefoon. 'Ik wilde een verzoek indienen voor een bezoek aan Teddy Vincenzo, maar er schoot me net iets te binnen.'

'Wat dan?'

'Ik zal Puller vragen of híj dat wil doen, want hij wil misschien ook met Teddy Vincenzo over Tony praten. Teddy weet misschien waar zijn zoon zich schuilhoudt. Het is natuurlijk wel een federale gevangenis, maar die staat op een militaire basis zodat Puller de administratieve rompslomp kan omzeilen. Daardoor kunnen we er eerder naartoe.'

'Klinkt goed,' zei Blum.

Pine belde Puller, die nadat de telefoon twee keer was overgegaan opnam, en ze vertelde hem wat ze wilde.

Puller zei dat hij het zou regelen, onder één voorwaarde: 'Ik wil erbij zijn als je met Teddy praat.'

'Dat wil ik ook per se,' zei Pine.

'Ik zal proberen een afspraak te maken om negen uur morgenochtend, oké?'

'Prima. Ik zie je daar.'

'Tot dan.'

Pine verbrak de verbinding en keek Blum aan.

Blum zei: 'Dit zou best iets kunnen opleveren. Ik denk dat Teddy meer over zijn vader weet dan Tony over zijn opa.'

'Dat dacht ik ook. De enige vraag is nu of hij zal praten.'

'Bij gevangenen is het altijd een ruilhandel.'

'Dat weet ik, Carol. Maar we bedenken wel iets waarmee we hem kunnen verleiden.'

'Wat doen we nu? Wachten tot u hem hebt gesproken?'

'Nee, ik heb een ander plan.'

'En dat is?'

‘Nadat Tony was ontsnapt, hebben we wel gecheckt of er nog andere mensen in dat huis aanwezig waren, maar ik heb het huis niet echt doorzocht. Ik overweeg dat alsnog te doen.’

‘Hebt u een huiszoekingsbevel?’

‘Nee, maar Puller wel. Daar kan ik gebruik van maken.’

‘Zal hij daar geen probleem mee hebben?’ vroeg Blum sceptisch.

‘Ik zou niet weten waarom. We staan aan dezelfde kant.’

‘Nou ja, hij wil Vincenzo oppakken voor een zwaardere misdaad en hem gebruiken om lui hoger in de hiërarchie te vinden. U wilt iets over Ito te weten komen en ontdekken wat er met uw zus is gebeurd.’

‘En jij denkt dat dat met elkaar in tegenspraak is?’

‘Niet per se, maar ik betwijfel of beide zaken vergelijkbaar zijn.’

‘Nou, dat risico wil ik wel nemen.’

‘Ik was al bang dat u dat zou zeggen.’

‘En daar ben je het niet mee eens?’

‘Als dat zo was, had ik dat wel gezegd. Maar vergeet gewoon niet wat ik net zei.’

‘Ik onthou alles wat je zegt, Carol.’

5

'Je hebt hem niet te pakken gekregen, hè?'

Pine keek naar de voorveranda van het huis naast dat van de Vincenzo's, waar de oude vrouw nog steeds in de schommelstoel zat, maar nu zonder haar breiwerk. Het was kouder geworden en ze had een dikkere jas aangetrokken. Pine zag de oranje gloed van een verroeste buitenkachel naast haar. 'Nee, dat klopt.'

'Hij is snel. Maar ik dacht dat je wel een kans maakte. Je hebt lange benen.'

'Niet lang genoeg, bleek. Hopelijk krijg ik nog een kans. Bent u de hele dag buiten? Het is nogal guur weer.'

'Binnen is niets te doen. Ik wil graag weten wat er om me heen gebeurt. Mensen die voorbijkomen, tuig dat ervandoor gaat voor de politie. O ja, die zijn nu binnen.'

'Militaire politie, dat weet ik. Hebt u enig idee waar Tony naartoe kan zijn gegaan?'

'Dat vroegen zij me ook al. En ik zal je vertellen wat ik hun heb verteld: nee. Als ik het kan voorkomen, praat ik niet met die man. Ik weet wat hij is, en hij weet dat ik dat weet. Iemand die op bloemen pist, nou ja...'

'Oké. Kunt u me misschien iets anders vertellen dat nuttig kan zijn?'

'Ik moet hier wonen, weet je.'

'Dat weet ik, mevrouw...?'

De vrouw schudde haar hoofd. 'Dat kun je vast wel achterhalen als je wilt, maar...'

'Ik zal mijn kaartje in uw brievenbus gooien. Als u iets bedenkt en me dat in vertrouwen wilt vertellen...'

De vrouw wendde haar blik af, sloeg een kruisje, mompelde iets wat klonk als een gebed, haalde een boek onder haar jas vandaan en begon er in het afnemende licht in te lezen.

Pine zag dat het een kleine bijbel was. Ze bleef nog even naar de vrouw kijken en klopte daarna op de voordeur.

Nadat ze haar legitimatie had laten zien en John Pullers naam had genoemd, mocht ze naar binnen. Ze sprak met CID-agent Bill Crocker, een jonge man met stekeltjeshaar, het lichaam van een hardloper en een ernstige blik. Ze vertelde wat ze wilde, waarop hij zei: 'We hebben gekeken waar we moesten kijken en in bewijszakjes gestopt wat we daarin moesten stoppen. Chief Puller wil dat we hier blijven tot hij zegt dat we ergens anders naartoe moeten en hij heeft ons over u verteld. Maar als u iets vindt wat wij over het hoofd hebben gezien...'

'Dan bent u de eerste die het hoort, dat beloof ik.'

'In orde, mevrouw.'

Ze begon op de bovenverdieping en werkte langzaam naar beneden. Het huis was een chaos. Er zat een gat in een muur van een slaapkamer waardoor je naar buiten kon kijken. Alle leidingen waren verroest, de wastafels zaten vol vlekken en de vloerbedekking was zo versleten dat ze op verschillende plaatsen de ondervloer kon zien. In een van de slaapkamers fungeerde een slaapzak als Tony's bed. Zijn kleren hingen niet in de kast, maar lagen opgerold tot een grote bal op de grond. De grond lag vol lege fastfoodverpakkingen. Een flatscreen-tv hing aan een muur en eronder lag de afstandsbediening van een Xbox.

Nou ja, hij stelt in elk geval de juiste prioriteiten.

In de keuken waren veel meer mieren en kakkerlakken dan pannen en servies. En de paar die in de gootsteen stonden zaten vol opgedroogde etensresten, zodat ze geen idee had in welk jaar ze daar waren neergezet. Het was er zo smerig dat het er stonk naar vuil, ziektekiemen en een snelgroeiende plaag.

Uiteindelijk stond ze in de kelder. Aan de afdrukken in het stof op de grond zag ze dat het CID daar verschillende grote dingen had weggehaald. De muren waren betimmerd met goedkoop triplex en iemand had geprobeerd ze in de lelijkste kleur bruin te verven die ze ooit had gezien. De vloerbedekking was gescheurd en gerafeld, zodat het beton eronder zichtbaar was. Het was er zo bedompt dat Pine's neus en longen geïrriteerd raakten.

Pine leunde tegen een muur en keek om zich heen. Ze durfde te wedden dat het witte stof op de vloerbedekking cocaïne was of afval van een tabletteermachine. En de lege plek op de stoffige vloer was waarschijnlijk de omtrek van deze pillenmachine. Vincenzo had zijn criminele productiewerk hier waarschijnlijk uitgevoerd, uit het zicht van nieuwsgierige ogen. Normaal zou ze daar belangstelling voor hebben, maar niets in haar huidige situatie kon normaal worden genoemd. Maar misschien bevond dat waar ze wél belangstelling voor had zich gewoon recht voor haar neus.

De muur vol oude ingelijste foto's. Ze hingen allemaal scheef; Vincenzo had kennelijk nooit de moeite genomen om ze recht te hangen. Ze betwijfelde of hij er ooit naar keek als hij hier beneden in zijn drugslab was. Het waren waarschijnlijk gewoon foto's van zijn familie.

Ze liep ernaartoe en deed de plafondlamp in dit deel van de kelder aan. De tl-buizen tikten, knipperden en gingen toen echt branden, waardoor de schemering melkachtig werd verlicht. Ze begon linksboven en bekeek alle foto's tot ze rechtsonder was.

Halverwege stopte Pine. Ze keek naar de foto van een jongere Ito Vincenzo, de man die volgens haar haar zus Mercy had ontvoerd en daarna had geprobeerd haar arme vader daar de schuld van te geven. Ze vond zijn gezicht – heel verrassend – vriendelijk. Ze wist dat hij dat helemaal niet was, in elk geval niet met betrekking tot haar en Mercy.

Haar blik dwaalde verder over de rijen foto's. Ze keek wat langer naar Bruno Vincenzo, Ito's oudere maffiabroer die ze herkende van een andere foto van de man die ze in een krant had gezien en waarop hij het gebouw van een federale rechtbank verliet en zijn gezicht achter een boek probeerde te verbergen. Pine dacht dat het door Bruno kwam dat Ito had gedaan wat hij had gedaan. Als wraak op haar moeder omdat ze had geholpen Bruno naar de gevangenis te sturen, waar een mes in zijn halsslagader een einde aan zijn leven had gemaakt omdat hij zijn collega-mobsters had verraden.

Naast Ito's foto hing de ingelijste foto van een vrouw. De foto was oud; dat kon ze zien aan de kleren, het kapsel en de kwaliteit van de foto. Het leek een polaroidfoto. De vrouw leek ongeveer even oud als Ito. Was dit zijn vrouw, Tony Vincenzo's oma? Misschien een andere bron van informatie, als ze haar kon vinden.

Misschien kan ik dat wel iemand vragen die onder handbereik is.

Waarom heb ik daar verdorie niet eerder aan gedacht? Kom op, Pine, het wordt tijd dat je dit goed aanpakt.

Ze rende naar boven, verliet het huis en liep snel naar de balustrade van de voorveranda, waar de oude vrouw nog steeds in haar schommelstoel in haar bijbel zat te lezen. 'Hoe lang woont u hier al?'

'Mijn man en ik kochten dit huis een jaar na ons trouwen. Was een goede deal. We hebben onze kinderen hier grootgebracht.'

'Al heel lang dus.'

'Al meer dan vijftig jaar.'

'U hebt Ito Vincenzo dus gekend? Hij woonde hier vroeger met zijn gezin.'

'Ja, ik kende hem.'

'Wat kunt u me over hem vertellen?'

'Wat wil je weten?'

'Alles.'

'Waarom?'

Pine liep naar de veranda van de vrouw en ging tegenover haar op de rand van de balustrade zitten. Ze wilde op het terrein van de vrouw zijn als ze vertelde wat ze haar zou gaan vertellen; dat zou van cruciaal belang kunnen zijn. 'Ik denk dat hij dertig jaar geleden mijn tweelingzus heeft ontvoerd en mij bijna heeft vermoord.'

Voor het eerst had Pine het idee dat ze de volledige aandacht van de vrouw had.

'En de volgende ochtend kwam Ito terug en begon te vechten met mijn vader, terwijl hij probeerde hem de schuld te geven voor wat er was gebeurd. Voor een misdaad die hij had gepleegd.'

De vrouw keek haar onderzoekend aan. 'Dertig jaar geleden? Dan was je nog maar een kind.'

'Ik was zes.'

'Waarom zou Ito dat hebben gedaan? Dat was niets voor hem, hij was een goede, godvrezende man.'

'Misschien was er iets waar hij zelfs nog banger voor was; hij had een broer, Bruno Vincenzo.'

De vrouw rilde zichtbaar.

'U kende Bruno dus ook?'

'Die twee konden niet méér van elkaar verschillen. Ito was totaal anders dan Bruno. We wisten allemaal wat Bruno was.'

'U bedoelt een mobster?'

'Ik bedoel een heleboel dingen, allemaal slecht. Het werd zo erg dat Evie hem niet meer wilde ontvangen.'

'Evie is Ito's vrouw?'

'Ja.'

'En Ito vond dat goed?'

'Eerlijk gezegd kon hij zijn broer niet uitstaan.'

'Dat is interessant en informatief.'

'Ik kan dus niet geloven dat Ito zoiets zou hebben gedaan. Hij was een aardige vent die zijn kinderen goed opvoedde. Hij hielp mij en mijn man altijd als we hulp nodig hadden. Repareerde onze oven, hielp het dak van ons huis vervangen. Dat deden de mensen vroeger. Maar nu? De mensen kennen elkaar niet meer.'

'Teddy zit in de gevangenis. En we weten het allebei van Tony. Dus hoe goed was Ito als vader?' Ze keek de vrouw vragend aan.

'Nou ja, Ito had een bedrijf. Hij maakte lange dagen. En Teddy zorgde voor Bruno, volgens mij. Altijd een slechterik geweest. Daar kun je niets aan doen als dat in je zit. Altijd in de problemen en op zoek naar snel geld.'

'Wat is er met Teddy's vrouw gebeurd? Ik neem aan dat hij getrouwd was?'

'Ja. Ze heeft hem verlaten, een jaar of tien geleden. Ze had er genoeg van. Ik had het nooit zo lang uitgehouden. Ze woonden hier vroeger. Altijd ruzie. Het tuig dat Teddy op bezoek kreeg, en het was echt tuig; ze bedreigden ons. Het had heel slecht kunnen aflopen, maar ik moet zeggen dat Teddy niet toeliet dat ze ons iets aandeden. Misschien omdat we bevriend waren met zijn ouders. Dat is het enige aardige waarvan ik weet. Dus Tony is te midden van dat alles opgegroeid. Geen wonder dat hij zo is geworden.'

'Weet u waar Teddy's ex is?' vroeg Pine.

'Jane? Nee, ik heb al jaren niets meer van haar vernomen. Ik hoop dat ze ergens het geluk heeft gevonden. Die vrouw verdiende dat echt.'

'En de vrouw van Ito Vincenzo, Evie? Ik neem aan dat u haar goed kende.'

'Ja, Evie was heel lief. We waren goede vriendinnen. En mijn man ging graag met Ito om. Die man kon koken, de maaltijden die we daar hebben gehad! Alles vers gemaakt. Ik dacht dat Italianen alleen pasta aten, maar Ito maakte vaak vis klaar. Het was altijd heerlijk.'

'Weet u waar ze nu is? Leeft ze nog?'

De vrouw knikte langzaam. 'Evie woont in een verpleeghuis, Kensington Manor, ongeveer acht kilometer hiervandaan. De naam klinkt veel leuker dan het is, maar dat is denk ik altijd zo.'

'Heeft haar familie haar niet geholpen?'

'Teddy en Tony zijn de enigen die nog altijd in de buurt wonen en aan de rest heeft ze niets. Evie ging ongeveer vijf jaar geleden naar dat verpleeghuis toen ze niet meer voor zichzelf kon zorgen. Ik heb haar daar bezocht. Het is... geen prettige plek. Maar ik kom daar waarschijnlijk ook terecht, vroeg of laat. Mijn kinderen zijn goed voor me, maar zij hebben hun eigen problemen. En een fijnere plek kost veel te veel, veel meer dan ik kan betalen.'

'U zou uw huis kunnen verkopen.'

'Dat is niet van mij. Ik heb zo'n omkeerhypotheek afgesloten. Ik had het geld nodig om de rekeningen te kunnen betalen. Dus zodra ik overleden ben, krijgen zij het huis.'

Pine keek naar de andere huizen in de buurt. 'Ik neem aan dat veel andere mensen zich in diezelfde situatie bevinden.'

'De regering zegt dat je je geld moet uitgeven om de economie te helpen en banen te creëren. En als je zo ongeveer alles hebt uitgegeven, zeggen ze precies het tegenovergestelde, dat je geld moet sparen omdat je dat nodig hebt voor je pensioen. Dus wat is het?'

'Daar heb ik geen antwoord op, vrees ik. Het spijt me wel dat u zich in deze positie bevindt.'

'Ik weet tenminste dat ik later een dak boven mijn hoofd heb en drie maaltijden per dag krijg. Dan zit ik daar in mijn eigen kwijl,' voegde ze er bitter aan toe. 'Hoezo een mooie oude dag?'

'U kunt niet weten of het zo erg is.'

'De meeste vrienden van me zitten in een staatsverpleeghuis, betaald door Medicaid en hun laatste centen. Ik ga bij hen op bezoek. Het is écht zo erg.'

'Ik geloof u meteen. Luister, weet u of Ito nog leeft?'

'Dat weet ik niet zeker. Hij is op een dag gewoon verdwenen, al heel lang geleden.'

‘Was dat eind jaren tachtig?’ vroeg Pine scherp. ‘Want toen is mijn zus ontvoerd.’

‘Nee, niet zo lang geleden,’ was haar verrassende antwoord. Ze dacht erover na. ‘Ik denk dat het rond 11 september was, misschien het jaar daarna, maar dat is alles wat ik me kan herinneren.’

‘Wat dacht Evie dat hem was overkomen?’

‘Dat weet ik niet. Steeds als ik erover begon, begon zij over iets anders.’

‘Ze weet dus niet of hij nog leeft of al is gestorven?’

‘Dat heeft ze me nooit verteld. Maar dat hij zomaar verdween? Dat veroorzaakte een gat in haar hart zo groot als de Lincoln Tunnel. Ik heb het nooit begrepen. Soms denk ik dat Bruno was opgestaan uit de dood en hem heeft vermoord, want zo was Bruno gewoon.’

Pine bedankte de vrouw en liep terug naar haar auto. Ze belde Blum en vroeg haar om met een Uber naar het verpleeghuis te gaan, waar ze elkaar dan zouden treffen.

‘Haar vroegere buurvrouw zei dat Evie vijf jaar geleden niet meer voor zichzelf kon zorgen. Misschien is ze sindsdien erg achteruitgegaan.’

‘Ach, misschien valt het mee,’ zei Blum.

Dat heb ik weer, dacht Pine.

6

Toen Pine en Blum elkaar voor het verpleeghuis troffen, zei Pine: 'Eén vraag zit me al een hele tijd ontzettend dwars.'

'En die is?'

'Hoe heeft Ito in vredesnaam ontdekt dat mijn moeder als mol voor de regering werkte? Ze heeft nooit voor de rechtbank getuigd. Haar identiteit was topgeheim.'

'Verder zijn we te weten gekomen dat er, voordat u en uw zus naar Andersonville verhuisden, een paar keer is geprobeerd jullie te vermoorden terwijl jullie in het WITSEC zaten, dus hoe hebben ze dat ontdekt?' zei Blum.

Met WITSEC bedoelde ze het Witness Protection Program – het getuigenbeschermingsprogramma – dat wordt uitgevoerd door de U.S. Marshals Service.

'Denk je dat degene die daarachter zat deze informatie naar Ito of zijn broer Bruno heeft gelekt? Die leefde toen nog, hoewel hij wel in de gevangenis zat.'

'Het zou inderdaad kunnen dat die twee zaken verband met elkaar houden.'

Het verpleeghuis zag eruit alsof het was gebouwd in de jaren zestig met heel veel gegoten beton en inmiddels gedateerde architectuur. Op het platte dak stonden rijen verroeste airco-units.

Ze gingen naar binnen. Het rook er muf en de meubels en het behang waren oud en gerafeld.

Pine zag een paar oudere mensen die zich langzaam door de gangen verplaatsten, in een rolstoel of met een rollator. Hoewel het gebouw oud was, leek het relatief schoon en opgeruimd, maar er hing zeker geen 'opgewekte' sfeer.

Pine liet haar badge zien aan de receptioniste, die hen doorstuurde naar het kantoor van de manager.

'Waar gaat dit over?' vroeg de vrouw. Ze was in de veertig en gekleed in een witte jasschort. De restanten van haar lunch lagen op haar bureau in haar rommelige kantoortje.

'We willen mevrouw Vincenzo een paar vragen stellen die verband houden met een onderzoek,' zei Pine.

'Hebt u daar geen huiszoekingsbevel of zo voor nodig?' vroeg de vrouw. Ze had zich niet had voorgesteld, maar op haar naambordje stond SALLY.

'Niet als we met iemand praten die dat vrijwillig doet, Sálly,' zei Pine. 'We doorzoeken helemaal niets, maar stellen alleen vragen. Het gaat om mevrouw Vincenzo's man.'

'Ik wist niet eens dat ze een man had. Niemand komt ooit bij haar op bezoek, behalve een oude buurvrouw van haar.'

'Zij is ook degene die ons vertelde dat mevrouw Vincenzo hier zit, aangezien ze niet langer voor zichzelf kon zorgen.'

Sally schudde haar hoofd. 'Die arme mensen vergeten hun medicijnen in te nemen, ze vallen, breken een heup, proberen auto te rijden, laten de kookplaat de hele nacht aanstaan. Altijd hetzelfde verhaal.'

'We kunnen dus met haar praten?'

'Ik betwijfel of u daar iets mee opschiet. Ze zit op onze afdeling Geheugenzorg.'

'Afdeling Geheugenzorg?'

'Ze is dement.'

'Wat erg! Maar nu we hier toch zijn... Mogen we het gewoon proberen? Het is belangrijk.'

'Ach, het kan geen kwaad, lijkt me. Misschien zijn een paar bezoekers wel goed voor haar, de arme ziel.'

De vrouw nam hen mee door de gang naar een paar dubbele deuren waarop een bordje hing met de tekst AFDELING GEHEUGENZORG. Sally schoof een kaart door de lezer, waarop de deur openklikte. Ze liep naar een deur in een gang en klopte. Met een zangerige stem zei ze: 'Mevrouw Vincenzo? Evie? U hebt bezoek.' Daarna opende ze de deur.

Ze liepen met z'n allen de kamer in.

Evie Vincenzo zat rechtop in bed en keek hen rustig aan. Ze was gekleed in een roze pyjama en had een roze sjaal om haar krullen. Veel spullen in de kamer waren ook roze.

'Ze houdt van roze,' zei Sally. 'Die kleur heeft een kalmerende werking op haar.'

'Ik hou ook van roze,' zei Blum.

'Ik kom straks wel terug,' zei Sally. 'Druk maar op die rode knop boven het bed als er problemen zijn.' Daarna vertrok ze.

Pine en Blum liepen naar de vrouw toe. Pine ging op een stoel zitten en Blum bleef naast haar staan.

Evie Vincenzo keek Pine aan. 'Ken ik jou, jongedame?' vroeg ze met een aangename stem.

'Nee, maar ik ken uw buurvrouw. Ze houdt van breien. Ze noemde u Evie.'

Evie zei niets en haar ogen vielen dicht.

'Ze woonde in het huis links van uw huis,' zei Pine behulpzaam.

De vrouw opende haar ogen, maar reageerde nog steeds niet.

Blum zei: 'Vindt u bezoek fijn? Ik denk dat ik het wel fijn zou vinden. Het is prettig om met mensen te praten.'

'Ik... Ik ken u niet, of wel?'

Pine keek naar Blum. 'Nee, maar we wilden u vandaag opzoeken.'

'Mijn... Ik... niet veel bezoek.'

'Uw buurvrouw vertelde ons dat u hier was.'

Evie schudde haar hoofd, zichtbaar gefrustreerd. 'Oude vrouw.'

Pine schoof haar stoel dichterbij. 'Ja, ik eh... praatte met haar over uw man.'

'Mijn... man?'

'Ja, Ito? Herinnert u zich hem? Ze zei dat hij fantastisch kon koken.'

Evie keek naar haar schoot. 'Vroeger... kookte ik.' Ze keek naar een muur. 'Ze hebben mijn... kookplaat afgepakt.'

Blum legde zacht een hand op de schouder van de vrouw. 'Ik hou ook van koken. Ik vind het erg voor u dat u dat niet kunt doen.'

'Evie, denk je dat je een paar vragen kunt beantwoorden over It... je man?'

'Mijn man?' zei ze weer. 'Ik... geen man.' Ze schudde haar hoofd. 'Ik mis... het koken heel erg.'

'Ja, dat geloof ik graag. Hebt u een zoon die Teddy heet en een kleinzoon die Anthony heet?'

Evie trok de sjaal van haar hoofd, zodat te zien was dat haar haar bijna helemaal verdwenen was. De nog aanwezige plukjes waren rood. Ze kneep in de sjaal. 'Ik zou brood bakken. Kneden, kneden, zoals dit.'

Pine zuchtte, keek Blum gelaten aan, leunde naar haar toe en fluisterde: 'Blijf tegen haar praten.'

'Wat gaat u dan doen?'

'Even rondkijken.'

'Agent Pine, die arme vrouw, ik bedoel...'

'Carol, ik weet het. Ik heb medelijden met haar, echt waar. Maar als ze hier iets heeft wat mij kan helpen mijn zus te vinden, dan móét ik rondkijken. Ik krijg misschien niet opnieuw een kans. Ik zal het snel en efficiënt doen.'

Blum keek Evie weer aan en vroeg haar wat voor brood ze graag bakte.

Ondertussen doorzocht Pine snel de laden en daarna bukte ze zich om onder het bed te kijken. Als Evie dit al zag, liet ze dat niet blijken. Ze was nog steeds haar sjaal aan het kneden.

Daarna doorzocht Pine de kast en zag ten slotte een kartonnen doos achter een hoopje kleren, stapels tijdschriften en een ingeklapte rollator. De doos zat vol kranten.

Pine tilde de doos uit de kast. 'Mevrouw Vincenzo, mag ik deze bekijken?'

Nu tikte de vrouw zacht op de sjaal.

Blum keek naar Pine en haalde haar schouders op. 'Ik denk niet dat ze in staat is toestemming te geven.'

'Het is niet zo dat ik iets wat ik vind ga gebruiken om haar naar de gevangenis te sturen.'

'Maar haar man misschien wel.'

'Gedraag je niet alsof je advocaat van de duivel bent, Carol. Dit zou heel goed mijn enige kans kunnen zijn.'

Pine ging zitten en bekeek de inhoud van de doos, terwijl mevrouw Vincenzo de sjaal weglegde en met een gelukzalige blik naar haar roze lampenkap keek. Ze leek volkomen te zijn vergeten dat ze hier waren.

Er zat zoveel in de doos dat Pine Blum een stapel gaf om te bekijken. 'Oude foto's van haar kinderen. Dit lijkt eentje van haar en Ito, op hun trouwdag.'

‘Er staan namen op de achterkant van deze foto’s. Dit is Teddy,’ zei Blum, terwijl ze de stapel bekeek. ‘Als tiener. En deze is van Tony als baby, iemand heeft zijn naam erop geschreven. Hij ziet er heel onschuldig uit. Maar ja, dat doen ze natuurlijk allemaal op die leeftijd, omdat ze dat dan ook zijn.’

‘Vervolgens veranderen sommigen van hen in misdadigers.’

‘Waardoor wij een betaalde baan hebben,’ zei Blum.

‘Kijk eens!’ zei Pine opgewonden. ‘Dit is een artikel over Bruno Vincenzo’s veroordeling. Dit is zijn foto.’ Ze liet Blum het knipsel met de foto van Bruno zien.

Blum deinsde een beetje achteruit. ‘Hij ziet eruit alsof hij bereid is je te vermoorden om een stukje kauwgum.’

Pine scande het artikel. ‘Hier staat dat hij is veroordeeld voor de moord op twee mensen, van wie er een een getuige à decharge was. Het proces vond plaats in New Jersey, waar ze toen nog steeds de doodstraf hadden. Hij kreeg de doodstraf, maar nadat hij zich bereid had verklaard mee te werken, werd die straf omgezet in levenslang.’

‘En later werd hij vermoord in de gevangenis?’

‘Klopt. Hij zat in eenzame opsluiting, maar iemand heeft kennelijk een bewaker omgekocht en een gevangene stak Bruno dood.’ Ze haalde een opgevouwen vergeelde krant uit de doos en toen ze de krant openvouwde, viel er een stukje papier uit waar iets op geschreven was. Pine las de tekst met grote ogen.

‘Wat is dat?’ vroeg Blum, die probeerde over haar schouder mee te lezen.

‘Dit is een brief van Bruno aan Ito. Aan de datum te zien heeft hij deze geschreven toen hij al in de gevangenis zat, maar natuurlijk voordat hij daar werd vermoord.’

‘Wat staat erin?’

‘Bruno zegt dat hij een verklikker heeft ontdekt, maar die persoon niet aan zijn maffiabazen heeft verraden.’

‘Waarom niet?’

‘Dat weet ik niet. Hij vertelt zijn broer dat die verklikker hem heeft genaaid en dat hij daarom was gearresteerd en nu in de gevangenis zit. Hij vraagt Ito hem te komen bezoeken.’

‘Misschien wilde hij geen al te gevoelige informatie opschrijven. Hij wilde het zijn broer onder vier ogen vertellen.’

'Ja, om hem te vertellen dat mijn moeder hem had genaaid. Maar deze brief vertelt me nog steeds niet hoe Bruno te weten is gekomen waar wij woonden. Dat moest hij weten, want dat was de enige manier waarop Ito het kon weten.'

'Ik neem aan dat dit voor eens en voor altijd bevestigt dat hij degene was die Mercy heeft ontvoerd.'

'Ik kan geen andere mogelijkheid bedenken. Maar wat heeft hij met haar gedaan?' Pine keek naar Evie Vincenzo, die nog steeds gefascineerd naar haar lampenkap keek. 'En deze arme vrouw gaat die vraag dus niet beantwoorden.'

'Maar misschien kan haar zoon dat wel.'

Ze doorzochten de rest van de inhoud van de doos, maar vonden niets wat even schokkend was als de brief.

Pine stopte de brief in haar zak samen met een paar andere dingen, waaronder foto's van verschillende familieleden. Ze stond op en zei tegen de vrouw in het bed: 'Mevrouw Vincenzo, dank u wel dat u ons wilde ontvangen.'

'Ik mis mijn oven heel erg.' Ze begon haar sjaal weer te kneden.

Blum keek even met tranen in haar ogen naar Evie, maar daarna liep ze achter Pine aan de kamer uit.

7

De gevangenis was net als elke andere gevangenis waar Pine was geweest: lawaaierig, smerig, chaotisch en tegelijkertijd strak georganiseerd, vooral dankzij de muren en tralies. Het was een complexe schaakwedstrijd tussen de gevangenen en de bewakers. Soms onttrokken de bewakers zich in ruil voor bepaalde voordelen aan hun plicht door drugs, vrouwen en andere zaken toe te laten die het jarenlang wegrotten in een kooi een beetje draaglijk maakten.

Hoewel Fort Dix hoogstens een mediumsecuritygevangenis genoemd kon worden, zaten er in deze federale gevangenis veel mannen die eigenlijk de maximumsecuritystatus hadden verdiend. Misschien hoopten de autoriteiten dat deze op een militaire basis gevestigde gevangenis de gevangenen in toom zou houden. Volgens Pine was dat echter ijdele hoop.

Pine en Puller gingen tegelijk door de security en gaven met tegenzin hun wapens af. Daarna werden ze naar de bezoekruimte gebracht.

‘Hij zal niet snel zijn mond opendoen,’ zei Pine, terwijl ze gingen zitten.

‘Denk ik ook niet. Het zal eerder andersom zijn. Hij is kennelijk slim, dat zeggen mijn bronnen tenminste. Hij zal het volle pond eisen voor samenwerking.’

‘Wat kun je me nog meer over hem vertellen?’

‘De man is in- en inslecht. Zit al in de problemen sinds hij een tiener was. Het begon met kleine dingen, maar hij stapte al snel over op ernstiger misdaden. Hij zit hier omdat hij is veroordeeld als leider van een inbraakbende die zich specialiseerde in ouderen. Een van de slachtoffers werd bijna doodgeslagen toen hij onverwacht thuiskwam. Teddy heeft een goede advocaat, maar zal hier nog minstens acht jaar zitten.’

'Heeft hij een relatie met Tony?'

'Voor zover wij weten zou Teddy nooit vader van het jaar zijn geworden. Hij was zelden thuis. Tony's moeder deed wat ze kon voor hem, maar op een bepaald moment gaf ze er de brui aan en verdween uit Dodge. Desondanks ziet het ernaar uit dat hij in zijn vaders voetsporen is getreden.'

'Misdaad zit in de familie. Teddy's oom was lid van de maffia.'

'Klopt, de Bruno Vincenzo over wie je het had.'

Pine knikte. 'En zo dadelijk zien we de neef van die mobster.'

Twee bewakers brachten Teddy Vincenzo naar een stoel aan de tafel tegenover hen.

Hij was ongeveer één meter vijfenzeventig, had een stevig en pezig lichaam met spieren die als koorden over zijn onderarmen liepen. Hij straalde zoveel zelfvertrouwen uit als maar mogelijk was voor iemand met enkelboeien. Hij was over de vijftig en zijn pluizige haar was meer grijs dan zwart.

Pine kon zijn gezicht goed lezen: hij was nieuwsgierig maar op zijn hoede. Hij was op zoek naar een voordeeltje, naar wat ook waardoor hij hier zo snel mogelijk vandaan kon om zijn criminele carrière weer op te pakken.

'Ze zeiden FBI en CID,' begon Vincenzo. Daarna zweeg hij, leunde naar achteren en keek hen aan. 'Waar heb ik het bezoek van zoveel letters van het alfabet aan te danken?'

Hij heeft zijn openingszet goed gekozen, dacht Pine. Niet te dramatisch. Hij was hier ook om informatie te krijgen.

Puller zei: 'We hebben belangstelling voor je zoon Tony.'

Vincenzo reageerde hier niet op, maar leek ook niet erg verbaasd. Hij keek Pine aan: 'En jij?'

'Ik heb belangstelling voor je vader Ito.'

De gevangene leek een beetje verbaasd. Hij sloeg zijn armen over elkaar. 'Waarom?'

'Ik wil hem graag spreken.'

'Zelfde vraag.'

'Hij is betrokken bij een zaak die ik onderzoek.'

'Je weet zeker dat je niet achter de verkeerde Vincenzo-broer aan zit?'

'Bruno is dood.'

'Dat klopt. Doodgestoken in de gevangenis omdat hij een verklikker was.' Hij keek achterom, om zijn woorden nog duidelijker te maken. 'Willen jullie dat mij datzelfde overkomt?'

'Zijn er nog meer Vincenzo-broers behalve Ito en Bruno?' vroeg Pine. 'Want ik kan ze niet vinden.'

'Nee, meer zijn er niet. Groot Italiaans katholiek gezin, maar de andere kinderen waren meisjes. Welke zaak?'

'Een ontvoering waar Ito bij betrokken was.'

'Flauwekul! Mijn pa had een ijssalon hier in Trenton, een kleine kilometer van ons huis in de winkelstraat waar allemaal familiebedrijven waren. Het heette Vinnie's Creamery.'

'Wie was Vinnie?' vroeg Pine.

'Vinnie is de afkorting van Vincenzo. Vind jij soms dat Ito's Creamery beter klinkt?'

'Oké.'

Hij glimlachte. 'Mijn pa was zo schoon als pasgevallen sneeuw en verkocht alleen vanille-ijs.' Vincenzo glimlachte om zijn eigen grapje, zodat zijn witte tanden zichtbaar werden. 'Klinkt dat als een kidnapper?'

'Omstandigheden kunnen iemand veranderen,' zei Puller.

'Wat, bedoel je zoals Tony?'

'Zoals een heleboel mensen. Maar... ja, zoals Tony.'

'Jij bent militair, hij niet.'

'Hij werkt hier op Fort Dix. Daardoor is het mijn probleem.'

'Tony is een goede jongen. Het is waarschijnlijk een misverstand.' Hij keek hen strak aan terwijl hij deze duidelijke leugen verkondigde.

'Heb je enig idee waar hij kan zijn?'

'Ik zit hier binnen, hij is ergens daarbuiten.'

'Zeg je dat hij je nooit komt opzoeken, ook al werkt hij hier?'

'Ik kan me niet herinneren dat ik zoiets zei.'

'Hoe komt het dat jij Ito's huis hebt geërfd?' vroeg Pine.

Vincenzo richtte zijn blik op haar. Hij leek te genieten van het feit dat de beide federale agenten elkaar afwisselden. 'Ik was de oudste. En mijn zussen en broers hadden er absoluut geen belangstelling voor.'

'En je moeder?' vroeg Pine.

'Wat is er met haar?' vroeg Vincenzo scherp.

'Het gaat niet goed met haar.'

Hij haalde zijn schouders op. 'Mijn zussen hebben haar in een tehuis geplaatst. Ik was niet in een positie om daar iets over te zeggen. Ik zat in mijn eigen hok.'

'Ik heb haar opgezocht.'

'Dus gaat het echt niet goed met haar?'

'Ze is dement.'

'Dat komt meer voor, hoor ik. Hier zien we dat ook, oudere mannen. Ze zeggen vreemde dingen.'

'Wonen je zussen in de buurt?' vroeg Puller.

'Nee. Volgens mij beviel Jersey hun niet. Ze zijn er zo snel mogelijk vandoor gegaan. Jersey bevalt mij prima, alleen hier bevalt het me niet.'

Opeens dacht Pine ergens aan. 'Gebruikte je vader het kinderrijmpje "Iene miene mutte" bij jou en de andere kinderen toen jullie klein waren?'

Vincenzo grinnikte. 'Hoe weet jij dat in vredesnaam?'

'Wel dus?'

'Ja, dat gebruikte hij om een van ons zessen uit te kiezen.'

Pine likte langs haar lippen en probeerde te voorkomen dat haar zenuwen met haar op de loop gingen. 'Uit te kiezen waarvoor? Voor een beloning?'

Vincenzo haalde zijn schouders op. 'Soms. Maar soms ook voor een bestraffing. Als een van ons iets verkeerds had gedaan en de anderen hem of haar niet wilden verraden.'

Pine leunde teleurgesteld naar achteren, terwijl ze haar best deed dat niet te laten blijken. Vincenzo had dat kinderrijmpje die nacht gebruikt om te beslissen of hij Atlee of Mercy zou meenemen. Ze wilde weten of het positief of negatief was om op die manier te worden uitgekozen, maar was dus niets opgeschoten met Vincenzo's antwoord.

Puller keek even naar haar en zei: 'Terug naar het huis. Tony woont daar.'

'Oké.'

'Wist je dat?' vroeg Puller.

'Ik weet het nu.'

'Wanneer heb je voor het laatst iets van je pa gehoord?' vroeg Pine.

Vincenzo nam even de tijd om aan zijn wang te krabben en over zijn neus te wrijven; Pine wist dat hij hierdoor de kans had hierover na te denken. 'Weet ik niet. Wat word ik daar beter van?'

Eindelijk komen we ergens, dacht ze.

Puller leunde naar voren en nam de leiding. 'Hou op met die onzin, Teddy. Als je ons helpt, help je jezelf.'

Ook Vincenzo leunde nu naar voren, een en al zakelijkheid. 'Hoeveel? En het moet zwart-op-wit. Aan mijn advocaat. Ik ben niet bereid het risico te nemen dat jullie feds me verneuken.'

'De tijd die je hier nog moet zitten... Van die acht jaar kunnen we zes maken.'

'Maar jullie kunnen van acht ook vier jaar maken. Ik word er niet jonger op.'

'Vijf. Maar het hangt af van wat je ons kunt vertellen. Met onzin krijg je niets. Dan is de deal van tafel en komt niet meer terug.'

Pine wist door de stellige manier waarop Puller dit zei dat deze onderhandeling vooraf door zijn meerderen was goedgekeurd.

'Wat ben jij een stoere vent, zeg! Ik doe het in mijn broek.' Vincenzo zei dit met een glimlach, die alweer zijn ogen niet bereikte.

'Ik wacht,' zei Puller.

'Wat wil je weten?'

'Waar is Tony? En waar is Ito?'

Vincenzo keek naar Pine. 'Waarom heb je belangstelling voor mijn pa?'

'In 1989 was hij een tijd weg van huis. Een paar maanden misschien. In het voorjaar, de zomer. Gaat er een belletje rinkelen?'

'Dat is heel lang geleden, dame. Ik kan me sommige dingen van vorige week niet eens herinneren.'

'Maar drie jaar van je tijd hier is een uitstekende reden om te proberen je iets wel te herinneren.'

Vincenzo knikte, keek minder spottend en meer geconcentreerd. 'Oké, luister, ik wil graag helpen, maar hier moet ik even over nadenken.'

'Denk alleen in feiten. De onzin waar Chief Puller het over had, geldt ook voor mij.'

'Oké, je hebt je punt gemaakt, dame. Ik ben niet van plan hier langer te blijven dan ik moet.'

‘Zei hij weleens iets tegen je over Bruno?’ vroeg ze.

‘Soms. Zij waren broers en hij was mijn oom.’

‘Wat zei hij? Ik heb het over wat met Bruno is gebeurd, de laatste keer dat hij naar de gevangenis ging.’

‘Weet je, één ding dat mijn pa me vertelde is me altijd bijgebleven. Hij zei dat zijn broer een deal had gesloten die niet werd nagekomen. Heeft hem zijn leven gekost.’ Hij keek Puller scherp aan. ‘In die positie bevind ik me nu ook. Verklikkers hebben geen lange levensverwachting in de gevangenis. Als jij je niet aan je woord houdt, ben ik dood.’

‘We kunnen er eenzame opsluiting van maken, als je dat liever hebt,’ zei Puller.

‘Zei Ito dat hij iets ging doen vanwege wat er met zijn broer was gebeurd?’ vroeg Pine.

Vincenzo keek haar weer aan, rustiger nu. ‘Niets specifieks wat ik me kan herinneren. Hij was woedend, dat weet ik wel.’

‘Je vader was clean, hij had zelfs geen verkeersboetes. Bruno was een mobster. Waarom zou het je pa iets kunnen schelen?’

‘Het was zijn eigen vlees en bloed. Dat betekent iets, dat was tenminste zo. Ja, mijn pa wist wat Bruno was. Maar Bruno ging naar de gevangenis en stierf toen hij niet had moeten sterven. Iemand moest daarvoor boeten.’

‘Heeft Ito je dat verteld? Zeg je dat?’ vroeg Pine.

‘Ja, dat zeg ik. Hij praatte niet vaak over Bruno, dus wat hij zei was gemakkelijk te onthouden, voor mij tenminste.’

‘En toen verdween je vader, begrijpen we. Weet je daar iets van?’

‘Nee. Ik woonde toen in net zo’n mooie instelling als deze.’ Daarna keek hij Puller aan en vroeg: ‘Wat heeft Tony verdomme gedaan?’

‘Dacht dat jij dat wel wist.’

‘Ik zou mijn zoon nooit aanmoedigen de wet te overtreden en ik weet wel zeker dat hij dat niet heeft gedaan.’

‘Verwacht je dat we hierom lachen?’ vroeg Puller.

Teddy haalde zijn schouders op. ‘Luister, ik ben een lul, dat is zo, maar mijn eigen kind verraden? Kom op, zeg!’

‘Onder geen enkele voorwaarde?’ vroeg Puller.

‘Verander die vijf jaar in drie, mijn eigen cel, privétrainingsfaciliteiten en geen voorwáárdelijke vrijlating. Ik heb geen strafblad meer als ik hieruit kom, hoef me bij niemand te melden en de eerste vijf jaar geen drugstest te ondergaan. Noem het maar familiekorting.'

Pine keek Puller aan, die kort knikte.

Vincenzo leunde naar voren en zei zacht: 'Oké, luister. Tony is niet slim: hij kent maar één trucje en heeft nog nooit een originele gedachte gehad. Hij heeft zijn bescheiden pillenbedrijfje, verkoopt zijn shit, incasseert zijn aandeel, drinkt zijn bier en neukt zijn vrouwen. Maar de situatie waar hij zich nu in bevindt is... ingewikkeld. Hij zit er tot over zijn oren in.'

'We luisteren.'

'Ik denk dat hij te maken heeft met een paar mensen met wie hij beter niet zou kunnen omgaan. En op een bepaald moment zullen ze tot de ontdekking komen dat hij een risico vormt en geen toegevoegde waarde heeft.'

'Hoe weet je dat allemaal?' vroeg Pine.

'Hij was laatst bij me op bezoek en maakte zich zorgen. Dingen die hij vertelde leken me niet in orde. Ik zei dat hij voorzichtig moest zijn en eruit moest stappen voordat het te laat was.'

De man, dacht Pine, leek bloedserieus.

Puller zei: 'Oké. Wat heeft hij je precies verteld?'

Op dat moment werd de deur geopend en kwamen drie bewakers en twee mannen in pak binnen.

'Interview is afgelopen,' zei een van de mannen in pak.

Puller riep: 'Dit gesprek is volledig goedgekeurd en we zijn nog niet klaar!'

'Jullie zijn nu klaar,' zei de andere man in pak.

De bewakers pakten de geschrokken Vincenzo vast en begonnen hem het vertrek uit te duwen.

'Hé!' brulde de gevangene, die zich hevig verzette. Hij keek met grote ogen naar Puller en schreeuwde: 'Je hebt me genaaid! Klootzak die je...'

En toen werd de deur dichtgeslagen en was Teddy Vincenzo verdwenen.

8

'Toen was het afgelopen?' vroeg Carol Blum, nadat Pine weer terug was in het hotel en haar had verteld wat er in de gevangenis was gebeurd.

'John heeft navraag gedaan, maar is niets te weten gekomen. Hij zal het er niet bij laten zitten, maar ik weet niet wat het resultaat zal zijn.'

'Maar ik begrijp het niet. Waarom zou het iemand iets kunnen schelen dat jullie met Teddy Vincenzo zaten te praten?'

'Misschien de mensen met wie zijn zoon te maken heeft. Teddy leek te denken dat zijn zoon gevaarlijk spel speelde.'

'En deze mensen kunnen de gang van zaken in een gevangenis beïnvloeden? Ik bedoel, hoe konden ze weten dat jullie daar waren?'

Pine keek haar aan. 'Ze hebben kennelijk relaties op bijzonder hoog niveau.'

'Nou, dat is een griezelige gedachte.'

'Wat ook betekent dat we geen enkele aanwijzing hebben met betrekking tot Ito of Tony. We zijn dus weer terug bij af.' Pine liet zich in een stoel vallen en keek door het raam naar de achterkant van de gebouwen op het terrein van het hotel.

Eén klein stapje vooruit, vier sprongen achteruit.

'Heeft Teddy jullie iets verteld wat wel nuttig was, voordat het gesprek werd afgebroken?'

'Hij bevestigde dat zijn vader woedend was om wat er met Bruno was gebeurd.'

'Wist Teddy dat zijn vader toen in Georgia was?'

'Teddy was toen al volwassen, zodat hij misschien niet meer thuis woonde. Hij had zelfs al voor die tijd problemen met de wet. Toch kan ik me voorstellen dat hij het zou weten als zijn vader afwezig was, vooral als dat langer duurde. Hoe dan ook, hij zei dat hij het zich niet herinnerde en daarover zou moeten nadenken. Ik denk echter niet dat we nog een kans krijgen het hem opnieuw te vragen.'

'Nee, tenzij Puller wonderen kan verrichten.'

'Hij klonk niet erg hoopvol in zijn laatste mailtje.' Pine zweeg even en zei toen: 'Vinnie's Creamery.'

'Wat?'

'Ito had een ijssalon in Trenton die zo heette, volgens hem maar een kleine kilometer van hun huis. Ik vraag me af of die nog steeds bestaat.'

'Als dat zo is, had Teddy dat dan niet gezegd?'

'Ik heb het hem niet gevraagd. En ze bezorgen geen ijs waar Teddy is.'

Vinnie's Creamery bleek niet meer te bestaan. Alles daar was gesloopt en de oude winkels in de winkelstraat waren vervangen door een flatgebouw en andere winkels. Pine en Blum vroegen rond en vonden Darren Castor, een man van middelbare leeftijd die in Vinnie's Creamery had gewerkt en nu hoofd Onderhoud van het flatgebouw was.

Castor wilde net aan zijn koffiepauze beginnen, en Pine trakteerde hem op een kop koffie om de hoek. Castor was een magere man van in de vijftig met een dikke bos grijs haar en een verweerd gezicht. Hij nam slokjes van zijn koffie, terwijl hij nadacht.

Hij grijnsde. 'Ito Vincenzo. Die naam heb ik al heel lang niet meer gehoord.'

'Vond u het prettig om met hem te werken?'

'O ja, dat was leuk. Tevreden klanten. Wie houdt er niet van ijs? In mijn huidige baan hoor ik alleen maar klachten.'

'Dat kan ik me voorstellen.'

'We verkochten natuurlijk ook *gelato*. Ik bedoel, hij was immers een Italiaan. En desserts en gebak. Ito maakte ze zelf. Hij was echt goed en het bedrijf liep uitstekend.'

'Ja, ik hoorde dat hij een goede kok was.' Pine haalde een foto van Ito tevoorschijn die ze in Georgia in handen had gekregen. 'Alleen om zeker te weten dat we het over dezelfde persoon hebben.'

Castor keek naar de foto en knikte. 'Dat is Ito, inderdaad.'

'Kende u zijn zoon Teddy?' vroeg Blum.

'Deugde niet; ging de gevangenis in en uit. Ito kon niets met hem beginnen. Gaf hem steeds weer een kans, maar zodra hij hem de rug toekeerde, haalde Teddy geld uit de kassa. Ito leerde het nooit met die nietsnut.'

'Wanneer was de laatste keer dat u Ito zag?' vroeg Pine.

'Geen idee. Dat is al heel lang geleden.'

'Denk daar even over na. Probeer het te linken aan belangrijke gebeurtenissen in uw leven, dat helpt vast.'

'Nou, ik begon voor hem te werken toen ik achttien was. Dat weet ik nog, want ik kwam net van de middelbare school en reageerde op een advertentie van Ito in de krant. Dus dat was in 1985. Ik werkte daar fulltime tot... Oké, ja, volgens mij ben ik bij het carrosseriebedrijf begonnen in, volgens mij... 2001.'

'U hebt dus meer dan vijftien jaar voor hem gewerkt?' zei Blum.

'Ik weet het, ijs hè? Maar de tijd is voorbijgevlogen. Hij heeft me veel geleerd over hoe je met mensen moet omgaan, wat me later goed van pas is gekomen. Verdomme, je kunt wel zeggen dat ik zijn partner werd. Hij behandelde me goed. Ik werd er niet rijk van, maar kon me goed redden en het was leuk werk. We hadden een heleboel vaste klanten. Het was een populaire tent, op vrijdagen en in de weekends was het smoordruk. Allemaal mond-tot-mondreclame. Zo goed was alles wat hij verkocht.'

'Begrijp ik het goed dat Ito op een dag zomaar verdwenen was?' vroeg Pine.

Castor knikte met een trieste blik. 'Ja, dat klopt. Dat was de enige reden dat ik ander werk ging doen. Heel vreemd. De ene dag was hij er nog en de volgende – bam! – was hij verdwenen. Zijn vrouw Evie probeerde het bedrijf te redden, zij kon ook koken, vooral haar gebak was uitstekend. Ik hielp haar zo veel mogelijk, maar ik had een vast salaris nodig, want ik had toen een gezin. Er kwam concurrentie, mensen gingen minder zoete dingen eten en de zaken liepen steeds slechter. Evie heeft het bedrijf uiteindelijk verkocht.'

'Enig idee wat hem is overkomen?'

'Dat weet niemand, tenminste, niet dat ik weet. Ze hebben hem gezocht en zo, de politie, bedoel ik. Maar bij mijn weten is er nooit meer iets van hem gezien of gehoord.'

'Is u, voordat hij verdween, iets ongebruikelijks opgevallen? Maakte hij zich zorgen of zo? Kreeg hij een brief of een telefoontje waardoor hij van streek raakte?'

Castor nam een slok koffie, terwijl hij nadacht over haar vragen. 'Nou, ten eerste wist ik niet dat hij zou verdwijnen, dus heb ik geen speciale aandacht besteed aan de tijd daarvoor.'

'Maar toch, alles wat u zich kunt herinneren.'

Hij schudde zijn hoofd. 'Niet dat ik me kan herinneren, nee. Het spijt me, maar het is ook al zo lang geleden.'

'Oké, dus u vertrok daar en ging bij dat carrosseriebedrijf werken?'

'Inderdaad, ik was altijd al handig met auto's. Maar toen ging dat bedrijf failliet en kreeg ik deze baan.'

'Ito verdween dus kort daarvoor?'

'Ja. In 2001, dat weet ik bijna zeker.'

'Oké. Dan wil ik u nog iets vragen. Was Ito afwezig in het voorjaar en de zomer van 1989?'

Castor dronk zijn kopje leeg. 'In 1989? Jemig, dat is echt heel lang geleden, dame.'

'Neem de tijd en denk hier goed over na,' zei Pine. 'En ik heb het niet over een dag of zelfs een week. Hij moet heel lang afwezig zijn geweest, een paar maanden bedoel ik. Dat zou u zich moeten kunnen herinneren.'

Na een tijdje zei Castor: 'Dat is zo, ik weet het weer. Dat moet in 1989 zijn geweest, want ik werkte daar toen ongeveer vier jaar en dat was de enige keer dat hij langer dan een paar dagen afwezig was. Zei dat hij naar Italië ging, weet u, zijn vaderland. Dat zei hij ook tegen Evie. Ze hadden toen nog kinderen thuis, dus ik neem aan dat ze niet mee kon. Hij bleef ongeveer twee maanden weg, misschien langer. En het was toen heel druk, het was voorjaar, weet u. Vond het doodeng, omdat ik alle ijs en andere dingen zelf moest maken. Maar Ito had het me goed geleerd. Evie hielp ook mee. Dus pakte het goed uit. Maar toch vond ik het niet prettig dat hij ons zo in de steek liet. Als hij niet op tijd was teruggekomen, betwijfel ik of de winkel nog had bestaan. Als dat in 2001 was gebeurd, hadden we het waarschijnlijk niet gered. Zoals ik al zei was er in 2001 veel meer concurrentie dan in 1989, hier tenminste.'

'Ja, dat begrijp ik,' zei Pine. 'En toen hij terugkwam?'

'Had hij een heleboel spullen uit Italië bij zich, en alles leek in orde.'

'Tot hij verdween?'

'Ja. Hij ging weer aan het werk en leidde de zaak en alles was weer normaal. Tot hij vertrok en nooit meer terugkwam. Verdomd zonde. Ik werkte graag voor hem. Dat was leuk. Wat ik nu doe is niet meer dan een baan.'

'Kende u zijn broer Bruno?'

'Nee, niet echt. Ik had wel van hem gehoord, maar hij was kennelijk een soort crimineel, net als Teddy nu is. Misschien zat dat in de familie. Hij kwam nooit naar de winkel, tenminste, niet dat ik weet. Bruno is toch in de gevangenis vermoord of zo?'

'Ja. Zei Ito tegen u dat hij een misdadiger was?'

'Nee, Evie. Ze mocht hem absoluut niet, dat kan ik u wel vertellen. Ze zei dat ze die man niet in haar huis wilde. Ik denk dat ze bang was dat hij Teddy zou beïnvloeden. Tja, maar dat werkte dus niet. Sommige mensen worden gewoon slecht geboren.'

'Heeft Evie haar man op een bepaald moment dood laten verklaren?' vroeg Blum. 'Ik neem aan dat je daar eerst een tijdje mee moet wachten, zeven jaar of zo.'

'Niet dat ik weet, maar ik was al veel eerder doorgegaan met mijn leven.'

'Kunt u ons nog iets anders vertellen? Bijvoorbeeld over nadat hij terugkwam?' vroeg Pine. Ze leunde naar voren en vroeg gespannen: 'Leek hij nerveus of van slag of ongerust of zo?'

Castor krabde op zijn hoofd. 'Dat kan ik me niet echt herinneren, maar nogmaals, het is al heel lang geleden. Hij had wel een fles wijn uit Italië voor me meegenomen. En wat chocolade. Had zoiets nog nooit gehad.'

'Hij leek dus precies zoals daarvoor?' vroeg Pine, zichtbaar teleurgesteld.

Castor dacht weer even na. 'Tja, ik weet niet of het iets betekent, maar ik herinner me wel dat hij me iets vertelde, niet lang nadat hij terugkwam.'

'Wat dan?' vroeg Pine scherp.

'Hij zei dat je nooit weet waar je toe in staat bent tot je het moet doen. Dat vond ik zoiets vreemds om te zeggen dat ik het heb onthouden.'

Pine keek naar Blum.

'Zei hij daar nog meer over?' vroeg Blum.

'Ja, ik vroeg hem of hij in Italië iets had gedaan wat hem verbaasde.'

'Wat zei hij toen?'

'Hij zei dat hij niet iets had gedaan wat hem verbaasde, maar iets wat hem had geschokt. Maar hij weigerde te zeggen wat dat was.'

'Dat geloof ik meteen,' mompelde Pine. Ze gaf Castor haar visitekaartje. 'U hebt ons uitstekend geholpen. Wanneer u iets anders te binnen schiet, bel me dan of stuur me een mailtje.'

9

John Puller liet zich niet snel intimideren. Hij was vaak onderscheiden tijdens zijn militaire loopbaan, had twee keer het Purple Heart gekregen en droeg littekens van een oorlog die er gruwelijk uitzagen, maar waar hij toch trots op was. Het emotionele trauma dat was veroorzaakt door mensen die probeerden andere mensen op een vaak uiterst barbaarse manier te doden was zeer pijnlijk om onder ogen te zien en dus verkoos hij vaak dat maar niet te doen. Hij wist niet of hij daar later door zou worden gekweld, zoals bij anderen wel het geval was. Maar op dit moment moest hij een klus klaren. En die klus veroorzaakte bij Puller enorme stress, en al helemaal bij de man die tegenover hem zat.

Barney Moss was langer dan Puller, maar hij was dik en had een ziekelijk bleke huid. Zijn vaalbruine pak paste slecht doordat hij was afgevallen of omdat kleding hem absoluut niet interesseerde. Hij had zijn sliertige, vettige haar over zijn kale schedel gekamd en leek op de schurk uit elke slechte jarenzeventigfilm die ooit was gemaakt. Zijn stropdas hing los en boven de open hals van zijn overhemd was zijn slappe onderkin zichtbaar. Hij was degene die namens de regering verantwoordelijk was voor Fort Dix; hij was dus feitelijk een collega-fed. Maar zodra Puller het kantoor was binnengekomen, had Moss' gedrag ervoor gezorgd dat Puller zin kreeg zijn pistool te trekken.

'Voor alle duidelijkheid, u mag Theodore Vincenzo nooit meer benaderen, om welke reden ook,' zei Moss, nu al voor de derde keer. Hij dacht kennelijk dat herhaling hetzelfde was als duidelijkheid. 'Als u dat wel doet, zal iemand daarvoor boeten. Jij dus, vriend.' Hij keek Puller strak aan, over zijn goedkope houten bureau vol krassen heen, alsof dat bureau een slagveld was en Puller de vijand met wie hij in gevecht was.

Puller schraapte zijn keel, boog zijn nek iets naar rechts en werd beloond met een bevredigend knakje en een vermindering van de spanning in zijn nekwervels. 'Goed, laat ik nu dan zo duidelijk mogelijk zijn, meneer Moss. Ik onderzoek een zaak en ik praat met de mensen met wie ik moet praten, en Teddy Vincenzo is een van die mensen.' Puller hield oogcontact met de man en prentte elk detail van diens gezicht in dat deel van zijn geheugen dat hij voor 'speciale mensen' reserveerde. 'En ondanks het feit dat u me belde en me beval hiernaartoe te komen, begrijp ik nog steeds niet waarom u hier eigenlijk bij betrokken bent, aangezien u niet toevallig een van mijn meerderen bent. Dat betekent ook, in juridisch, technisch en welk ander opzicht ook waarin de krijgsmacht van de Verenigde Staten werkt, dat ik niet verplicht ben om welk bevel dat u me ook probeert te geven op te volgen. Ik ben hier dus alleen als een gunst. Iets wat u misschien, maar misschien ook niet, vertrouwd voorkomt. Dat zeg ik voor alle duidelijkheid.'

Moss zuchtte en legde zijn handen op zijn dikke buik. 'Dus op die manier wordt het spel gespeeld?'

'Vanuit mijn visie is dat de enig mogelijke manier.'

'Hoezo, moet u dit soms te horen krijgen van uw vriendjes die in de zandbak soldaatje spelen?' zei Moss sarcastisch. 'Zou het u een beter gevoel geven als dat bevel afkomstig was van een man met fraaie lintjes op zijn borst?'

Pullers blik bleef ondoorgrondelijk, ook al werd hij inwendig witheet door deze onnozele belediging. 'Ik moet bevel krijgen van mijn meerderen. Dat begint bij de bevelvoerende generaal van het Criminal Investigation Command van het leger tot en met de hoogste baas van de Militaire Politie. Net zoals u een hiërarchische structuur hebt.' Puller hield zijn hoofd scheef en keek de man aandachtig aan. 'Dus, kunt u me vertellen wie u opdracht heeft gegeven om dit te doen?'

'Om wat te doen?'

'Me een heleboel onzin verkopen.'

'Sorry, maar u bent niet bevoegd meer te horen.'

'Integendeel, ik ben bevoegd voor alles tot en met de TS/SCI-betrouwbaarheidsverklaringen voor topgeheime en zeer gevoelige informatie – met leugendetector. En u? Welke bevoegdheid hebt u?'

Puller keek naar de foto's en knipsels op de muur achter de man. Het leken foto's van plaatselijke politici, zakenlieden en een paar landelijke politici die Puller herkende, terwijl ze handen schudden, glimlachten en andere dingen deden die gekozen ambtenaren vaak en graag doen. Hij wist niet eens of dit Moss' kantoor was; er had geen naam op de deur gestaan.

'Dat gaat u niets aan,' zei Moss met een dreigende blik.

'Voor iemand die pretendeert alle antwoorden te hebben, hebt u kennelijk geen enkel antwoord.'

'U gaat echt te ver!' brulde Moss. 'Denkt u soms dat u heel bijzonder bent omdat u een uniform draagt?'

Puller stond op en keek op hem neer. 'Ik heb wel betere dingen te doen dan hier te zitten.'

Moss wees naar hem. 'U werkt voor de federale regering en dáár ligt uw loyaliteit. U volgt bevelen op. Nou, dit is uw bevel: blijf uit de buurt van de Vincenzo's.'

Puller vertrok zijn gezicht even. 'Dus vader én zoon?'

Puller, die aandachtig naar Moss keek, kreeg de indruk dat de man zijn woorden betreurde. Niet omdat ze grof waren, maar omdat ze zo onvoorzichtig waren geweest.

De man beheerste zich en zei: 'U zult nog wel merken dat ik niet zomaar dreigementen uit.'

Puller deed de deur zacht achter zich dicht, ook al had hij de neiging hem dicht te slaan.

Dat genoegen doe ik die idioot niet.

Toen Puller het regeringsgebouw verliet, zag hij een groep donkere aambeeldwolken over de rivier de Delaware kruipen; dat betekende dat er vanaf het water zware buien met mogelijk onweer aankwamen. Dat weer paste helemaal bij zijn stemming.

Voordat hij bij zijn auto was, belde hij Pine en vertelde haar over zijn gesprek met Moss.

'Wat is er verdomme aan de hand? Waarom gebeurt dit allemaal?'

'Teddy zei dat zijn zoon ergens tot over zijn oren in zat. Misschien hebben de mensen die daar achter zitten mij bij Moss op het matje laten roepen.'

'Maar dat zou betekenen dat de mensen die betrokken zijn bij een criminele zaak banden hebben met de regering.'

‘Voor sommige politici is corruptie hun voornaamste taak. Trouw het land dienen komt waarschijnlijk op de laatste plaats.’

‘Tja, het is zeker mogelijk dat Tony Vincenzo of de mensen met wie hij werkte banden hadden met een paar machtige mensen.’

‘We moeten echt zien te achterhalen wie dat zijn. Hé, zin om vanavond samen te eten en onze volgende stappen te bespreken?’

‘Klinkt goed.’

Puller vertelde haar de tijd en de locatie.

‘Maar we moeten voorzichtig te werk gaan, Puller. Het is allemaal prima dat we ons nergens van laten weerhouden door een idioot als deze Moss, maar er moeten mensen achter hem staan met veel meer macht.’

‘Dat is een van de redenen dat ik hem niet heb doodgeschoten. Tot vanavond.’

10

Pine douchte zich, trok een spijkerbroek en trui aan, bewapende zich en stopte haar legitimatie en badge in een schoudertas. Ze keek naar haar spiegelbeeld in de spiegel.

Ik lijk inderdaad op mijn moeder.

De moeder die haar had verlaten. Niet echt iets voor een moeder. Dat had alles aangetast wat Pine voor haar had gevoeld. Toch wilde ze nog altijd weten waar haar moeder was, en of ze nog leefde of dood was.

Pine reed naar het restaurant in een van de buitenwijken van Trenton. Ze had het op internet opgezocht. Het had een Italiaanse keuken, maar was niet te duur voor twee federale agenten zoals zij en Puller.

Hij wachtte al in de kleine hal toen ze arriveerde. Hij droeg een spijkerbroek, een grijze V-halstrui met een T-shirt eronder, en een windjack.

De ober bracht hen op verzoek van Puller naar een tafeltje achterin.

Puller ging met zijn rug naar de muur zitten, iets wat Pine ook het liefst deed.

Het restaurant had de gebruikelijke versieringen voor zo'n gelegenheid. Uit oude chiantiflessen groeiden druiven, aan de muren hingen ingelijste foto's van jachten en strandgangers aan de Middellandse Zee, en op de tafeltjes lagen rood-wit geruite tafelkleedjes en menukaarten zo dik als een boek.

Ze bestelden Peroni-bier en besloten een Griekse salade te nemen en daarna een pizza te delen. Ze hadden alle andere gasten ook al bekeken, net als elke mogelijke uitgang; dat zat in hun DNA.

Dat zou in ieders DNA moeten zitten, dacht Pine, vooral tegenwoordig nu elk gebouw op elk moment een schietbaan kon worden.

'Ik heb je dit nog niet gevraagd, maar hoe gaat het met je broer en je vader?'

'Met Bobby gaat het uitstekend. Is nu verantwoordelijk voor een groot deel van de cybersecurity van het land.'

'En je vader?'

Pullers vader was 'Fighting John Puller', een legendarische driesterrengeneraal van het leger met meer medailles dan zo ongeveer wie ook. Hij verbleef nu in een veteranenziekenhuis wegens dementie.

'Gaat wel,' zei Puller. 'Geeft het nog niet op. Hoe is het in Arizona?'

'Heet. En droog. En jij, zit je nog altijd in Virginia?'

Puller zei: 'Ja, maar ik ben meestal onderweg.'

'Ons werk laat weinig tijd over voor pleziertjes.'

'Klopt. Hou je je nog altijd bezig met olympisch gewichtheffen en MMA-toernooien?'

Op college had Pine graag lid willen worden van het vrouwenteam voor olympisch gewichtheffen, maar ze was één kilo te licht geweest. Ze had de zwarte band in MMA – *multiple martial arts* – en had meegedaan aan MMA-wedstrijden. 'Ik doe nog altijd aan gewichtheffen om in vorm te blijven. Ik word te oud voor MMA, maar ik kan nog steeds hoger dan mijn hoofd schoppen,' zei ze grijnzend.

'Juist.' Hij zweeg even. 'Goed, ik heb geprobeerd meer informatie te krijgen over deze Moss, maar ben niet veel te weten gekomen. Volgens mij heeft hij deze baan nog niet lang.'

'Dat klopt,' was Pine's antwoord.

Hij keek haar aan. 'Heb jij iets ontdekt?'

Ze knikte. 'Heb een paar mensen gebeld. Tot een jaar geleden was hij een belangrijke advocaat in Manhattan. Daarna stapte hij over naar een lobbybureau. Meteen daarna werkte hij voor het Bureau of Prisons. Op dit moment is hij de directeur voor het noordoosten, waardoor Fort Dix onder zijn jurisdictie valt.' Ze zweeg even. 'Heeft hij je dit niet verteld tijdens jullie gesprek? En stond zijn functienaam niet op de deur van zijn kantoor?'

'Nee en nee. Volgens mij wás het zijn kantoor niet eens. Er hingen veel foto's aan de muren, maar hij stond nergens op. Hij is waarschijnlijk niet gestationeerd in Trenton. Hij was gewoon de dichtstbijzijnde jachthond die ze op me af konden sturen.'

'Interessant.'

'Het is ook informatief. En om gek van te worden. Hij heeft kennelijk geen hoge pet op van het leger.'

'Waarom nam je eigenlijk de moeite hem te ontmoeten?'

'Ik werd gebeld en kreeg die opdracht.'

'Van wie?'

'Een man twee niveaus hoger op de ladder van het CID dan ik. Deze Moss leek er niet blij mee en ik kreeg de indruk dat hij dit verzoek met tegenzin doorgaf. Maar uit zijn toon bleek wel dat ik moest gaan.'

'Dus Moss gaf je bevel in te rukken?'

'En ik zei dat hij die autoriteit niet bezat.'

'Het Bureau of Prisons valt onder het ministerie van Justitie.'

'Desondanks hebben ze niets over mij te zeggen,' antwoordde Puller.

'Toch kan het ministerie van Justitie het je heel lastig maken.'

'Ik heb van mijn kant niets gehoord over repercussies, dus dat beschouw ik maar als een goed teken. Mijn mensen willen degene die achter deze drugsbende zit waar Tony Vincenzo bij betrokken is. Zoals ik al zei, als ze dat spul verkopen aan militairen vermindert dat hun militaire paraatheid. Als militairen die drugs verkopen, zijn ze chantabel door vijanden van dit land. Dus feitelijk draait dit om de nationale veiligheid van de Verenigde Staten. Als het ministerie van Justitie tegen het ministerie van Defensie wil aanvoeren dat iets zwaarder weegt dan het beschermen van dit land, zou ik daar heel graag bij aanwezig willen zijn om te horen wat dat is.'

'Als het erop aankomt houden politici van onze krijgsmacht, in elk geval in het openbaar, dus heb je misschien het recht aan je kant.'

'Misschien. Heb jij nog iets nieuws ontdekt over je moeder en je zus?'

Pine vertelde hem in een paar minuten wat ze in de doos in Evie Vincenzo's kast had gevonden en ook over haar gesprek met Darren Castor, de man die in de ijssalon voor Ito had gewerkt.

'Dus Ito ging inderdaad naar Georgia, ontvoerde je zus en vermoordde jou bijna. Dat lijkt nu bevestigd, tenminste voor zover mogelijk op dit moment.'

'Lijkt er wel op.'

'Om zijn broer Bruno te wreken?'

'Ziet er wel naar uit.'

'En Ito vertelde zijn werknemer dat hij geschokt was door wat hij had gedaan?'

'Ik weet niet of hij daarmee verwees naar het feit dat hij bijna een zesjarig meisje had vermoord, mij. Of...' Pine kon het bijna niet hardop zeggen... *of mijn zus had vermoord.*

Puller, die kennelijk begreep hoe geëmotioneerd ze was, pakte haar hand en zei: 'Ik heb één ding geleerd in de afgelopen jaren: je moet hopen op het beste en plannen maken voor het ergste. Maar het is ook waar dat we, tot we alles weten, eigenlijk niets weten. Er is geen enkel bewijs waaruit onomstotelijk blijkt dat je zus is vermoord, toch?'

'Klopt,' zei Pine, terwijl ze hem na twee vergeefse pogingen eindelijk aankeek. Ze voelde haar adrenalineniveau stijgen en probeerde te verbergen dat ze diep ademde om te voorkomen dat haar zenuwen haar de baas werden. Ze wilde Puller niet laten merken dat ze zichzelf niet in de hand had. Hij zou er begrip voor hebben, maar zijn vertrouwen in haar zou daardoor ook afnemen.

'Oké, dan moeten we blijven geloven dat ze nog leeft.'

Ze zei: 'De kans is klein dat die aanname juist is, dat weet je.'

'Ik weet ook hoe vaak mijn beste aannamen door de feiten onjuist zijn gebleken. Ito kan verschillende dingen met haar hebben gedaan. En van alles wat je hebt ontdekt over die man was hij geen gewelddadige misdadiger, niet zoals zijn broer. Hij was de eigenaar van een ijssalon.'

'Iedereen die ik heb gesproken, beschreef hem als een aardige en vriendelijke man, een normale man.'

Langzaam liet Puller haar hand los. 'Het is moeilijk om iemand te doden, Atlee. Dat weten we allebei. Het is nog moeilijker om een kind te doden.'

Pine raakte de plek aan waar Ito haar op haar hoofd had geslagen en haar schedel had gebroken. 'Hij heeft me wel bijna vermoord.'

'En misschien heeft dat je zus juist gered. Hij had jou kunnen vermoorden, met gemak, maar hij heeft je geslagen en is gevlucht zonder te weten of je wel of niet dood was.'

Pine liet langzaam haar hand zakken.

Puller zei: 'En dat kinderrijmpje dat hij gebruikte, kennelijk om tussen jullie tweeën te kiezen... Je vroeg Teddy daarover om te weten of dat goed of slecht was voor je zus, maar je kon zijn antwoord op twee manieren interpreteren.'

'Inderdaad.'

'Maar hij kon ook een man zijn van wie te veel was gevraagd en die tijd rekte voordat hij iets ging doen wat hij niet echt wilde doen.'

'Je probeert toch niet gewoon me op te vrolijken?'

'Dat zou ik nooit doen in een situatie zoals deze. Dat zou wreder zijn dan alle andere mogelijkheden die ik kan bedenken.' Hij zweeg even en speelde met zijn bierglas. 'Maar waarom zou een man die daarnaartoe gaat om te doen wat hij ook maar heeft gedaan eigenlijk kiezen? Waarom heeft hij jullie toen niet allebei vermoord? Hij nam Mercy mee, ook al was dat niet nodig. De stad verlaten met een klein kind, en haar vervolgens naar een andere plek brengen... Niets is toch moeilijker?'

Pine schudde haar hoofd, maar leek niet overtuigd. 'Hij wilde mijn vader laten lijden. Hij raakte in gevecht met hem, beschuldigde hem ervan dat hij zijn ene dochter had aangevallen en de andere had vermoord.'

'Maar ik dacht dat we ervan uitgingen dat Bruno kwaad was op je moeder, niet op je vader.'

'Mijn moeder was toen met mij in het ziekenhuis. Misschien was mijn vader de enige die hij op dat moment kon bereiken.'

'Misschien.'

'Jaren later heeft mijn vader, waarschijnlijk door een overweldigend schuldgevoel, zelfmoord gepleegd, op mijn verjaardag.'

'Verdomme, dat wist ik niet!'

'Dat heb ik niet veel mensen verteld.'

Hij pakte haar hand weer. 'Dat vind ik echt heel erg, Atlee.'

Hun salades en pizza werden gebracht en daarna zaten ze een paar minuten zwijgend te eten.

Ze bestelden allebei een tweede biertje en namen rustig de tijd dat op te drinken, terwijl veel gasten het restaurant verlieten.

'Bevalt het je daar in Arizona?' vroeg Puller.

'Ja, prima.'

'De enige fed, voor kilometers in de omtrek?'

'Nee, de DEA heeft een kantoor in mijn gebouw. Maar de dichtstbijzijnde FBI-agenten zitten in Flagstaff. We hebben ook kantoren in onder andere Tucson, Lake Havasu en natuurlijk Phoenix. Maar voor de dagelijkse zaken in de regio van de Grand Canyon ben ik de enige.'

'Heb je ondersteuning?'

'Ik heb de beste administratieve kracht van het hele Bureau, Carol Blum. Ze is nu ook bij me en helpt me hiermee.' Ze legde haar vork neer. 'Wat ga jij nu doen?'

'Ik ga Tony zoeken en heb Teddy ook nog niet opgegeven. Hij weet kennelijk dingen die relevant zijn en misschien weet hij meer over Ito en waar die kan zijn.'

'Hoe ga je dat aanpakken?'

'Voorzichtig. Zoals je al zei kan het ministerie van Justitie het me heel lastig maken.'

'Ik zou graag weten waarom een andere dienst zich hiervoor interesseert.'

'Daar is maar één bureaucraat voor nodig, Atlee.'

Ze betaalden de rekening, ieder de helft, ondanks Pullers poging alles te betalen. 'Dat is het minste wat ik kan doen, Atlee.'

'Ik heb jouw arrestatie verknald. Eigenlijk zou ik de hele volgende maand al je maaltijden moeten betalen.'

'Je bent geweldig, echt waar,' zei hij glimlachend.

Hij had me geen groter compliment kunnen geven, dacht Pine.

Toen ze naar buiten liepen vroeg ze: 'Waar logeer je?'

'In een motel een paar kilometer hiervandaan. We hebben weinig voertuigen, dus heeft Ed McElroy me hier afgezet en hij haalt me ook weer op.'

'Ik kan je wel terugbrengen,' zei Pine.

Puller wees naar een groene auto met een overheidskentekenplaat die een paar meter verderop geparkeerd stond; McElroy stond tegen de voorbumper geleund. 'Hij is er al.'

Ze liepen naar McElroy toe.

'Hoe was het eten?' vroeg hij. Hij zette zich af van de bumper en liep naar hen toe.

Voordat Puller kon antwoorden, sloeg de kogel in McElroys rug, zodat hij als een blok neerviel op de plek waar hij een seconde eerder nog levend en wel had gestaan.

11

Puller en Pine doken achter de auto, terwijl er meer kogels langs hen heen zoefden. Eén kogel sloeg in een van de ruiten van de auto, die daardoor verbrijzelde, en een andere raakte de metalen omlijsting van de voorruit, waardoor er metaalstukjes door de lucht vlogen.

Puller en Pine trokken hun wapen en schoten naar de ingang van de steeg, waar de schoten vandaan kwamen.

Mensen hadden zich doodsbang op het trottoir laten vallen en lagen te gillen.

Toen het schieten ophield controleerde Puller snel McElroys pols, maar er was geen hartslag. De pupillen van de man werden al glazig. Hij was dood.

'Shit,' mompelde Puller. Hij belde 911 en vertelde de telefonist wat er was gebeurd. Hij stopte zijn telefoon weg en zei: 'Jij blijft bij het lichaam. Ik ga achter de schutter aan.'

'Niet alleen, echt niet.'

'Geen discussie. Iemand moet bij hem blijven.' Hij tuurde over de motorkap van de auto. 'Dek me.'

Hij rende naar de overkant, terwijl Pine hem dekte met haar pistool op de steeg gericht.

Nadat Puller in de steeg was verdwenen, hield Pine een oudere man aan die het uniform van een particulier beveiligingsbedrijf droeg en achter een brievenbus gehurkt zat. Ze liet hem haar badge zien en gaf hem opdracht bij het lichaam te blijven tot de politie er was. Daarna rende ze achter Puller aan.

Bij de ingang van de steeg keek ze voorzichtig om de hoek. De steeg was slecht verlicht, maar ze kon wel zien dat Puller ongeveer vijftien meter verderop achter een afvalbak gehurkt zat. Hij keek achterom, zag haar, fronste en gebaarde dat ze terug moest gaan.

Ze negeerde hem en wees naar een punt voor hen in een donkerder deel van de steeg.

Puller stak één vinger op en wees eerst naar haar en daarna naar de plek naast hem.

Ze stak haar duim op.

De steeg was donker en stil; er waren ontelbare plekken waar iemand kon wachten om hen te overvallen. Ze moesten dus heel voorzichtig zijn.

Toen Puller haar wenkte, liep ze behoedzaam door tot ze naast Puller hurkte.

Hij snauwde: 'Ik zei dat je bij het lichaam moest blijven. Als ik een bevel geef, verwacht ik dat dat wordt opgevolgd.'

Ze snauwde terug: 'Je weet het misschien niet, maar ik ben je ondergeschikte niet, Puller, want ik zit toevallig niet in het leger.'

Hij kalmeerde even snel als hij kwaad was geworden. 'Klopt, sorry.'

Ze vertelde wat ze had gedaan om de plaats delict en McElroys lichaam te beschermen.

'Oké, ik hoorde maar één stel voetstappen,' zei hij zacht. 'Ongeveer dertig meter voor me. Toen stopten ze. Er is geen deur geopend en geen auto gestart.'

'Hij is dus nog steeds in deze steeg. Misschien loopt-ie wel dood.'

'Vreemde keus voor een schutter,' zei Puller veelbetekenend.

'Ja, inderdaad.'

Puller bekeek de ladder die aan de stenen muur was geschroefd en keek omhoog om te zien waar die naartoe leidde. 'Ik neem een hogere positie in. Jij blijft hier beneden.'

'Ik kan wel op mezelf passen,' zei ze bot.

'Daarom laat ik je ook alleen, hier beneden.'

'Wat ga jij daarboven doen?'

'Tijdens een gevecht of een achtervolging is een hogere positie altijd een betere positie.' Hij rende naar de ladder en klom snel omhoog.

Pine keek naar hem tot hij het dak had bereikt en over de rand verdween. Ze sloop naar voren en bleef voor haar gevoel op dezelfde positie als Puller boven haar. Toen ze van het ene gebouw naar het volgende sloop, keek ze omhoog en zag dat Puller moeiteloos van dat dak op het volgende sprong.

Tussen de gebouwen waren stegen, maar twee waren afgezet met een hoog gazen hek, met poorten die met een hangslot waren afgesloten en prikkeldraad op de bovenrand. Pine keek een derde steeg in, maar die liep dood.

Drie daken en doodlopende of afgezette stegen later bleef ze staan. Haar telefoon zoemde.

Het was een tekstbericht van Puller.

Doodlopende steeg. Een paar afvalbakken. Hij zit erachter. Jaag hem op.

Pine liep door en keek naar de rij gedeukte afvalbakken. Toen ze omhoogkeek, zag ze een schaduw die iets donkerder was dan de nachtelijke duisternis eromheen.

Dat was Puller. Zijn pistool was naar beneden op het doelwit gericht.

Pine knielde en richtte haar pistool op de afvalbakken. 'FBI, gooi je wapen op de grond en kom tevoorschijn met je handen omhoog en je vingers gevouwen achter je hoofd. Doe het, nu!'

Pine zag dat een van de afvalbakken trilde en kon niet bedenken waarom dat zo was. En, zoals Puller eerder had gezegd, waarom had deze persoon McElroy doodgeschoten vanuit een doodlopende steeg waaruit hij niet kon ontsnappen?

'Ik zei: kom tevoorschijn. Nu! Dit is de laatste waarschuwing voordat we gaan schieten.'

Ze zou niet gaan schieten, omdat ze niet in acuut gevaar was en de voorschriften van het Bureau haar verboden om in zo'n soort situatie een levensbedreigende handeling uit te voeren. Maar de man die ze achternazaten wist dat niet.

Ze richtte haar pistool toen de man achter de afvalbakken langzaam opstond.

Hij leek een tiener. Hij was zwart en tenger en hij trilde, wat het trillen van de afvalbak kon verklaren. In zijn rechterhand had hij een vuurwapen.

Pine keek vooral naar het wapen, en dat moest ook. Zodra dat onschadelijk was gemaakt, kon ze de situatie op verschillende manieren aanpakken. 'Leg je wapen neer,' zei ze. 'Je maakt geen kans, dus heb je geen keus.'

De jongen keek wild om zich heen, alsof hij niet kon geloven dat hij zich in deze situatie bevond. 'Niet schieten!' riep hij.

'Niemand schiet op iemand,' zei Pine. 'Als jij je wapen neerlegt.'

'Ik heb niets gedaan!'

'Leg je wapen neer, dan kunnen we erover praten. Dan kun je me jouw kant van het verhaal vertellen.'

Hij schudde zijn hoofd. 'Niemand zal me geloven!'

'Ik beloof je dat ik zal luisteren, als jij je wapen neerlegt.'

'Nee, mevrouw, dat kan ik niet doen! We zitten diep in de shit.'

'Je zit straks veel dieper in de shit als je je wapen niet neerlegt.'

De jongen leek hierover na te denken, maar wist duidelijk niet wat hij moest doen.

'Hoe heet je?' vroeg Pine. 'Ik weet namelijk graag met wie ik te maken heb.'

'Ik... heet Jerome. Jerome Blake.'

'Oké, ik ben agent Pine. Dat is een goed begin, Jerome. En als je nu je wapen neerlegt kan ik naar jouw kant van het verhaal luisteren.'

Jerome begon weer te trillen en de tranen stroomden over zijn wangen. 'U begrijpt het niet, mevrouw.'

'Ik doe mijn best.'

Hij zwaaide met de hand waarin hij het pistool vasthad. 'Alstublieft! Ik...'

Op dat moment viel het schot.

Pine schreeuwde: 'Nee!'

Jerome keek haar aan alsof hij zich verbaasde over het gat dat opeens in zijn borst was verschenen, vlak boven zijn hart.

Ze keek omhoog naar het dak van het gebouw. Ze kon Puller daar niet zien, maar vanuit zijn positie had hij dat schot niet kunnen lossen.

Ze keek net op tijd weer naar Blake om te zien dat hij eerst tegen de afvalbakken en daarna op het smerige asfalt viel.

Even later rende een geüniformeerde politieagent met getrokken pistool langs Pine heen. Hij was midden veertig, was lang, had brede schouders, donker haar en nog donkerder wenkbrauwen.

Hij knielde naast Jerome en voelde zijn pols. Hij keek Pine aan en schudde zijn hoofd. 'Hij is dood. Hij wilde u doodschieten, mevrouw.'

'Nee hoor, volgens mij tenminste niet.'

De agent richtte zijn wapen op het gebouw toen Puller via de ladder naar beneden klom. 'Verroer je niet!' brulde de agent.

'Hij hoort bij mij!' riep Pine. 'Ik ben FBI. Hij is CID.'

'Laat me een ID zien,' zei de agent gespannen. 'Nu.' Hij bekeek hun legitimatie en badge en gaf ze toen terug. 'We kregen een 911 over afgevuurde schoten en dat er iemand dood was. Man verderop op straat.'

'Dat waren wij,' zei Pine.

'Wie is die dode man op straat?'

Puller zei: 'Een agent van het CID van het leger, Ed McElroy.'

'Waarom zou een kind in godsnaam een agent van het CID doodschieten?' vroeg de agent.

'Had ik het antwoord maar op die vraag,' zei Puller grimmig. 'Maar ik ben van plan dat te vinden.'

12

'Goddank dat u niet gewond bent geraakt,' zei Carol Blum.

Ze zat in de kamer van Pine, die haar net had verteld wat er die avond was gebeurd.

Pine had haar jasje uitgetrokken en op het bed gegooid. Ze zat ernaast met haar blik neergeslagen. 'Maar vanavond zijn twee mensen doodgeschoten, een agent van het leger en een kind van een jaar of zestien.'

'Ik zou hem echt geen kind noemen als hij een pistool had en iemand opzettelijk doodschoot. Maar waarom had hij het op McElroy gemunt?'

'Of schoot hij op mij of op Puller? Vlak voordat hij werd geraakt, kwam McElroy in beweging en liep voor ons langs.'

'Dat kan misschien ook. U onderzoekt een zaak waardoor heel veel mensen erg zenuwachtig kunnen worden. En die schutter kan banden hebben met Tony Vincenzo en zijn drugsbende.'

'Die jongen was bang, Carol. En alles daar voelde gewoon niet goed.'

'Ik neem aan dat de plaatselijke politie de zaak onderzoekt...?'

'Ja, maar omdat het slachtoffer een van zijn agenten was, zijn Pullers mensen er ook bij betrokken.'

'Wat zei die Jerome Blake tegen u?'

'Dat hij diep in de shit zat. Dat niemand hem zou geloven.'

'Wat niet zou geloven?'

'Hij kreeg niet de kans me dat te vertellen.' Ze schudde haar hoofd. 'Maar er was iets, iets aan zijn blik. Ik weet het niet. Het sloeg gewoon nergens op. Het leek wel alsof hij geen idee had waarom hij daar was, of hoe hij een vuurwapen moest vasthouden.'

'Wat bent u van plan eraan te doen?'

'Misschien woont hier in de buurt familie van Jerome Blake. Misschien kunnen we met hen praten.'

'Maar dat zal de plaatselijke politie natuurlijk ook doen. Is dat dan geen inmenging in hun onderzoek?'

'Waarschijnlijk wel,' gaf Pine toe.

'En ik zie geen enkel verband tussen wat er vanavond is gebeurd en uw onderzoek naar wat er met uw zus is gebeurd.'

'Ik ook niet,' zei Pine met een vastbesloten blik op Blum.

'Maar die blik ken ik wel,' zei Blum.

'Die jongen is voor mijn ogen doodgeschoten, Carol. Ik weet wel dat dit soort dingen zo ongeveer overal in dit land elke dag gebeuren. En het is niet de eerste keer dat mij dit is overkomen. Maar nogmaals, ik heb het gevoel dat er iets niet klopt en ik wil graag weten waarom.'

'Maar u hebt uw zoektocht naar uw zus ook al laten verstoren door een aantal moorden in Andersonville.'

'En ik heb geholpen met het oplossen daarvan en ondertussen een heleboel ontdekt over wat er met haar is gebeurd. Ik kan multitasken, Carol. Dat zou jij beter moeten weten dan wie ook.'

'Maar toch...'

'Carol, de enige reden dat ik FBI-agent ben, is omdat ik ervoor wil zorgen dat mensen die het leven van andere mensen vernietigen zich voor de rechter moeten verantwoorden en boeten voor wat ze hebben gedaan. Ik wil dat de familie van hun slachtoffers de zaak kan afsluiten. Ik wil...' Pine maakte haar zin niet af; ze leunde naar voren en staarde naar de grond.

Blum zei zacht: 'U bedoelt dat u anderen iets gunt wat uzelf nooit is gegund?'

Pine ademde langzaam uit en zei: 'Ik kan dit niet negeren, dat kan ik gewoon niet.'

'Nou ja, zoals u al zei: we kunnen uitzoeken wie zijn familie is en hun vragen stellen.'

'Dobbs zou een hartaanval krijgen als hij wist dat ik wéér bij een moordzaak betrokken ben. Hij wil dat ik zo snel mogelijk terugkom.'

'Tja, Clint Dobbs zal gewoon moeten wachten.'

'Ik vind het niet prettig jou bij dit soort situaties te betrekken, Carol. Jij werkt ook voor het Bureau.'

'Ik heb er zelf voor gekozen met u mee te gaan op deze... missie. Ik heb mezelf vrijwillig in elke situatie geplaatst die we tot nu toe hebben meegemaakt. En ik ben absoluut bereid daarmee door te gaan.'

'Je doet veel meer dan je plicht is.'

'U bent niet alleen mijn baas, maar ook mijn vriendin, agent Pine.'

'Ik zou het fijn vinden als je me Atlee zou noemen.'

'Daarvoor werk ik al veel te lang voor het Bureau. Dat soort protocollen zijn erin geramd bij me. Hoe wilt u de zoektocht naar eventuele familieleden van Jerome Blake aanpakken?'

'Nou, ik zou Superman kunnen bellen.'

'Superman?'

'John Puller. Heb ik je dat niet verteld? Hij kan met één grote sprong van het ene hoge gebouw op het andere springen.'

13

De volgende middag vertrokken ze om op bezoek te gaan bij Jerome Blakes moeder. Ze woonde in een oude, maar gerenoveerde middenklassenwijk van Trenton. Dat zagen ze aan de vele woningen die opgeknapt waren en de dure nieuwe auto's op de opritten van sommige recent gerenoveerde huizen.

'Fijn te zien dat oude wijken nieuw leven is ingeblazen,' zei Blum. 'Het nadeel is wel dat de mensen die hier vroeger woonden nu zijn verdreven doordat ze meer belasting moeten betalen. Of doordat de huizenprijzen de pan uit rezen, zodat een gewoon arbeidersgezin hier geen huis meer kan kopen.'

'Helemaal niet eerlijk,' zei Pine.

Ondanks de kou speelde een groep jongelui een potje basketbal op een veldje van gebarsten asfalt; ze scoorden driepunters en dunkten in een ring zonder net. Toen Pine en Blum voorbijreden hielden een paar jongens op met spelen, terwijl ze niet bepaald vriendelijk naar hen keken.

Blum zei: 'Het is het volgende huis links.'

Pine stopte op de oprit van een bungalow met een metalen carport, waar een tweedeurs Buick onder stond. Op het stoepje stonden een paar potten met bloemen erin. In de verte hoorden ze een hond blaffen.

'Waarom is Superman eigenlijk niet met ons meegekomen?' vroeg Blum. 'Ik wil die Man van Staal weleens ontmoeten.'

'Dat gaat ook gebeuren, Carol. Maar hij heeft het nu ontzettend druk en moet verantwoording afleggen aan zijn superieuren. Denk maar aan de debriefings en het papierwerk waar John zich mee bezig moet houden nu hij op deze manier een agent is kwijtgeraakt. Maar ik heb hem verteld wat ik van plan ben en praat hem later wel bij over wat we hebben ontdekt.'

Pine zag dat het huis pas geverfd was en dat er gezellige kleurrijke gordijnen voor de ramen hingen.

Ze stapten uit en liepen naar de voordeur. Voordat ze konden aankloppen, werd de deur al geopend door een zwarte vrouw van in de veertig. Ze keek eerst naar hen, daarna langs hen heen en zei toen kortaf: 'Kom binnen.'

Voordat Pine naar binnen liep keek ze achterom en zag dat een groepje jongemannen op de stoep voor het huis stond. 'Vrienden van Jerome?'

'Kom nu maar,' zei de vrouw. Zodra ze binnen waren, duwde ze de deur stevig dicht en deed hem op slot. Ze nam hen mee naar de voorkamer, waar het grote raam uitzicht bood op de straat.

Pine hield de straat in de gaten en zag dat de jongens dichterbij kwamen.

'Bent u mevrouw Blake?' vroeg Blum.

De vrouw leek verdrietig en kwaad en op van de zenuwen. Ze knikte en zei: 'Cheryl Blake. Zeg maar Cee-Cee, dat doet iedereen.'

'Gecondoleerd met Jerome,' zei Pine.

'Aan de telefoon zei je dat je erbij was,' zei de vrouw schor. 'Toen het gebeurde.' Ze haalde een tissue uit haar zak en depte haar rode ogen. Ze droeg een lange trui, een zwarte hardloopbroek en tennisschoenen met enkelsokjes. Ze was ongeveer één meter zestig en had een sterk atletisch lichaam. Terwijl ze praatte spanden en ontspanden haar nekspieren zich.

Pine zei: 'Ja, ik was erbij. Ik probeerde hem over te halen zijn pistool te laten zakken.'

'Maar jij hebt hem niet doodgeschoten.'

'Nee, dat was een agent van de plaatselijke politie. Maar er was al een andere man doodgeschoten, een onderzoeker van het leger. Ik probeer uit te zoeken wat Jerome daarmee te maken had, als dat al zo was.'

'Gisteravond laat kwam de politie hier. Om het me te vertellen van Jerome. En om vragen te stellen. En vanochtend kwamen ze terug. Ze hebben dingen uit zijn kamer meegenomen.'

'Hebt u nog andere kinderen?' vroeg Blum.

'Twee. Mijn oudste heet Willie. Hij woont en werkt in Delaware. En ik heb Jewel van veertien. Ze ligt boven te slapen. Ze heeft de hele nacht alleen maar gehuild. Ze hield van haar broer.'

'Natuurlijk,' zei Blum.

Pine zei: 'Jerome had gisteravond een pistool, een Glock. Heb je dat wapen hier ooit gezien?'

'Die agenten vroegen me hetzelfde en ik zal jullie vertellen wat ik hun heb verteld: Jerome had geen pistool. Hij heeft nooit een pistool willen hebben en had er ook geen,' zei ze gedecideerd.

'Maar gisteravond dus wel. Ik probeer het te begrijpen.'

Blake keek haar argwanend aan. 'Je zei dat je voor de overheid werkt. Heb je iets waar dat op staat?'

Pine liet haar legitimatie en badge aan de vrouw zien. 'Ik werk bij de FBI. Ik had een afspraak met een andere onderzoeker van het leger toen er werd geschoten. We werken samen aan die zaak.'

'Wat wil je van me weten?'

'Wat heb je de politie verteld?'

'De waarheid, maar die willen ze niet geloven.'

'Ik wil die graag horen,' zei Pine.

Blake leunde naar achteren in haar leunstoel, wreef in haar ogen en snoot haar neus in de tissue. Daarna verhardde haar zachte blik. Ze keek hen fel aan en zei: 'Luister, ik ben niet dom, hoor? Ik weet dat de politie hier kwam met het idee van: "Oké, daar gaan we verdomme weer. Hetzelfde ouwe verhaal: zwarte man vermoordt witte man, dus heeft hij zijn verdiende loon gekregen." Maar weet je, de zaak ligt anders, totaal anders.'

'Vertel,' zei Pine.

'Ten eerste was Jerome slim, heel slim: de slimheid waarmee je wordt geboren en vervolgens word je slimmer door alle informatie die je maar kunt vinden in je op te nemen. Op school haalde hij tienen. Hij zat nog op college en kreeg nu al beurzen aangeboden, hoewel hij pas zestien was. Omdat hij zo slim was!'

'Oké,' zei Pine. 'Vertel verder.'

'Goed, de politie kwam hier en vertelde me dat wat er gisteren gebeurde kwam doordat Jerome lid wilde worden van een bende, dat het vermoorden van een federale agent een soort initiatieding was.'

'Zeiden ze dat echt?' vroeg Pine ongelovig.

'Zeker weten.'

'En dat geloofde u niet?' zei Blum.

'Natuurlijk niet, want het is niet waar. Hier zijn een heleboel bendes, dat weet iedereen. Kijk maar naar buiten, daar staan ze. Mijn oudste zoon Willie zat in een bende, maar hij is eruit gestapt en dat was de enige reden dat hij is verhuisd. Verdorie, ik heb hem weggestuurd. Ik wil niet dat mijn kinderen dat doen. Te veel jongelui worden doodgeschoten en begraven voordat ze volwassen zijn. Mijn man is nu veertien jaar dood. Hij kwam thuis nadat hij een ijsje voor me had gekocht omdat ik zwanger was van Jewel en zin had in iets kouds. Hij had verdomme een ijsje voor me gekocht en werd doodgeschoten toen hij 's avonds laat met een bruine papieren zak op straat liep en een paar agenten die voorbijreden daar een probleem mee hadden. Ze zeiden dat hij zich verzette tegen zijn arrestatie, dat hij hun wapens wilde afpakken en ze hem daarom doodschoten. Ja hoor, hij wilde hun wapens afpakken. Wat een onzin!'

'Heeft er een onderzoek plaatsgevonden?'

'Ja hoor, duurde wel een week. Gerechtvaardigd schot, zeiden ze. Vreesden verdomme voor hun leven, ook al was het vier tegen één. Die agenten zijn meteen weer aan het werk gegaan; misschien zijn ze nog steeds aan het werk. Mensen doodschieten omdat ze met een ijsje op straat lopen.'

'Wat verschrikkelijk voor je.'

'Maar Jerome wilde daar nooit iets mee te maken hebben. Hij was elke avond thuis om zijn huiswerk te doen. Hij was een van de beste leerlingen. Hij wilde de... hoe heet het ook alweer, zijn bij het afstuderen. Je weet wel, de beste...'

'De *valedictorian*, degene die namens zijn jaargenoten de afscheidsrede houdt?' opperde Blum.

'Ja, de valedictorian. En dat wás hij ook geworden, dat weet ik zeker. Hij had dus helemaal geen tijd voor bendes. Op school hebben ze een robotteam en Jerome had daar de leiding over. Vorig jaar waren ze de beste van de staat.'

'Dat is allemaal heel indrukwekkend,' zei Pine, 'maar dat verklaart niet waarom hij in een steeg was tegenover de plaats waar een man werd doodgeschoten. Of waarom hij wegrende met een pistool in de hand. Dat wil ik uitzoeken. Hoe was hij toen hij gisteren thuiskwam van school? Leek hij ongerust of zo?'

Blake knikte. 'Hij kwam helemaal van slag en ongerust thuis. Ik vroeg hem wat er aan de hand was. Hij zei: "Mama, ik heb een proefwerk verknald. Wist het antwoord niet op een paar vragen." Ik zei dat dat niet het einde van de wereld was. Hij keek me vreemd aan, alsof... alsof het dat misschien wél was.' Ze haalde een nieuwe tissue uit haar zak, depte haar ogen, schudde haar hoofd en sloeg haar blik neer. 'Ik kan gewoon niet geloven dat dit echt gebeurt. Ik kan niet geloven dat mijn kind dood is, niet Jerome.' Ze wiegde heen en weer en begon te jammeren. 'Lieve God, niet Jerome!'

'Mama?'

Ze draaiden zich allemaal om.

Onderaan de trap stond een lang, atletisch meisje van veertien in een tweedelige pyjama en met rode ogen van het huilen. 'Mama, alsjeblieft, niet huilen.'

Blake sprong op en streek over haar ogen. 'O schatje, mama is oké, hoor. Zit gewoon een beetje te janken.' Tegen Pine zei ze: 'Dit is Jewel. Jewel, deze dames zijn van de FBI. Zij zijn hier om uit te zoeken wat er met je broer is gebeurd.'

Jewel keek naar Pine en Blum, draaide zich om en rende de trap weer op.

Blake keek haar na, met trillende lippen. 'Dat arme kind! Ons leven staat helemaal op de kop. Ik heb haar vandaag natuurlijk niet naar school laten gaan.' Ze schudde haar hoofd. 'Ik heb geen idee wanneer ik haar wel weer laat gaan. Ik wil haar niet uit het oog verliezen.'

Blum stond op, legde haar hand op Blakes schouder en wreef zacht. 'Dit is de ergste nachtmerrie van iedere moeder. Ik vind het heel erg voor u.'

Blake snoof en vroeg: 'Hebt u kinderen?'

'Ja, allemaal volwassen en een paar hebben nu zelf kinderen en hun eigen problemen. Soms kan ik hen daarmee helpen, maar soms ook niet. Je blijft altijd hun ouder, dat houdt pas op als je je laatste adem hebt uitgeblazen.'

'Dat is zo, liefje, dat is zo.' Blake klopte op Blums hand en beheerste zich, terwijl Blum weer op haar stoel ging zitten.

'Wanneer is hij gisteren weggegaan?' vroeg Pine nadat het even stil was geweest.

'Na het avondeten. Hij zei tegen me dat hij snel terug moest naar school om aan een robot te werken. De school staat verderop in de straat. Hij zei dat de directeur had gezegd dat dat mocht. Ik vind het niet prettig als hij 's avonds weg is. Maar Jewel voelde zich niet goed en ik zorgde voor haar, dus zei ik dat hij me moest bellen zodra hij op school was en me weer moest bellen als hij wegging. Maar toch was ik ongerust.'

'Hij had dus een mobiele telefoon?' vroeg Pine.

'Jazeker, die heeft hij zelf gekocht. Heeft in de zomer voor een bedrijf gadgets en zo gemaakt.'

'Hij had geen mobieltje bij zich,' zei Pine. 'Heeft hij je gisteravond gebeld?'

Blake kreeg tranen in haar ogen en schudde haar hoofd. 'Hij stuurde me om een uur of zeven een berichtje: *Mama ik ben op school.* En dat hij me zou laten weten wanneer hij naar huis ging. Maar toen hij om tien uur nog niet thuis was, stuurde ik hem een berichtje. Daarna belde ik hem. Hij nam niet op. Ik begon me echt zorgen te maken. Ik wilde hem gaan zoeken, maar toen kwam de politie hier en vertelde me dat mijn kindje dood was.' Ze sprong op en liep snel naar de kamer ernaast, waar ze haar hoorden snikken.

Blum stond op en zei: 'Ik ga even kijken of ze thee of koffie heeft, dan maak ik een kopje voor haar klaar. Ik wil een paar minuten alleen met haar zijn.'

Pine knikte, waarna Blum naar de andere kamer ging.

Pine liep naar het raam en keek naar buiten.

De jongemannen stonden nu om haar auto heen en toonden er een onaangename belangstelling voor.

Ze verliet het huis via de voordeur en liep naar hen toe.

14

Pine bleef staan op het trottoir en keek naar de groep. 'Kan ik jullie helpen?'

Ze keken allemaal naar haar. De oudste leek begin twintig, de jongste een jaar of veertien. Het was halftwee 's middags, zodat Pine zich afvroeg waarom de kinderen die nog naar school moesten niet waren waar ze hoorden te zijn. Aan hun blik en hun houding zag ze wel dat ze niemand vertrouwden die een badge droeg. Ze herhaalde haar vraag.

Alweer gaf niemand antwoord. Ze keken haar alleen aan.

Ze zette een paar stappen naar voren, zich onmiddellijk bewust van de kritieke situatie. Ze bracht haar hand niet naar haar Glock, hoewel ze die allemaal konden zien, net zoals de glimmende FBI-badge die ze aan haar riem had bevestigd. Ze wist wel dat die geen echte bescherming vormde; hier niet, maar misschien nergens meer. 'Kende een van jullie Jerome Blake?'

'Hij is dood. De politie heeft hem doodgeschoten.'

Dat zei een jongen achteraan, jaar of vijftien, korte stekeltjes, pezig lichaam, veel te harde blik voor zijn leeftijd – maar niet voor een buurt als deze. Voor een buurt als deze was zijn blik waarschijnlijk precies goed.

Ze zei: 'Jerome had een pistool. Hij had iemand kunnen doodschieten.'

'Jerome heeft op niemand geschoten,' zei de jongen die het oudst leek.

'Oké, vertel me eens waarom je dat denkt.'

'Wie ben je eigenlijk?' vroeg de jongeman.

'Ik ben een federale agent. En ik was erbij toen die man werd doodgeschoten en Jerome werd gedood. Nu onderzoek ik dat.'

'Heb jij hem doodgeschoten?' vroeg de jongeman met een dreigende klank in zijn stem en een gespannen blik.

De rest van de groep voelde zijn stemming aan en nam dezelfde dreigende houding aan.

Pine kon voelen dat het groepsgevoel sterker werd, zodat haar positie steeds onhoudbaarder werd. Ze zei rustig: 'Nee, ik probeerde hem over te halen zijn pistool neer te leggen. Want hij had een pistool. Dat zag ik. Ik zeg niet dat hij er iets mee deed, maar hij had het wel. Een Glock. Zijn moeder zegt dat Jerome nooit een pistool heeft gehad.'

'Daar heeft ze gelijk in. Robotman heeft nooit een vuurwapen gehad.'

De rest van de groep grinnikte om deze opmerking.

Pine knikte. 'Juist. Hij bouwde robots. Hij was slim. Hij zei gisteravond dat hij terugging naar school om aan die robots te werken. Maar dat is kennelijk niet gebeurd en ik zou graag willen weten wat er wel is gebeurd. Heeft een van jullie iets gezien? Weten jullie hoe hij aan dat pistool kwam?'

'De politie heeft het verhaal al klaar, die gaan nergens anders zoeken.'

'Een bende-initiatie, bedoel je? Jeromes moeder vertelde me dat de politie dat zei, maar jullie geloven dat kennelijk niet.'

De oudste jongen zei spottend: 'Omdat het niet waar is. Jerome zit in geen enkele bende.'

'Kan het zijn dat een bende probeerde hem in te lijven?'

'Waarom zouden ze?' vroeg de jongen. 'Ze hebben iedereen die ze nodig hebben. En je moet de zaak verstandig bekijken.'

'Wat bedoel je daarmee?'

De jongen wees naar zijn hoofd en zei: 'Jerome was hier sterk, met boeken en robots en zo. Maar bendes hebben alle soorten slimheid die ze nodig hebben. Dat soort slimheid had Jerome niet, hij was niet door de wol geverfd. Wat een bende wil is spierkracht, iemand die stoer is en zich nergens iets van aantrekt, en jongens die bereid zijn een vuurwapen te trekken en doen wat daarmee gedaan moet worden. Zo was Jerome niet. Geen enkele bende zou hem willen. Zij beschouwden hem als een boekenworm waar ze niets aan hadden.' Hij grijnsde en zei: 'Shit, dat zou net zoiets zijn als Bill Gates inhuren om hun buit te bewaken, snap je?'

'Oké. Kun je me nog meer vertellen? Heeft een van jullie Jerome gisteravond gezien? Heeft hij een van jullie een berichtje gestuurd en verteld wat hij ging doen?'

De jongens keken elkaar aan. Ten slotte zette de jongste aarzelend een stap naar voren. 'Hij stuurde me gisteravond een berichtje.'

'Hoe laat en wat zei hij?'

De jongen haalde zijn telefoon tevoorschijn. 'Om tien over zeven. Dat hij iets moest doen, maar dat niet wilde doen.'

'Zei hij wat dat was?'

'Nee. Ik stuurde een tekstbericht terug en vroeg het hem, maar hij zei dat hij me dat niet kon vertellen. Hij zei wel dat hij zich zorgen maakte, omdat het allemaal slecht kon aflopen.'

'Dat wat slecht kon aflopen?'

'Dat zei hij niet.'

Ze keek naar de anderen. 'Heeft niemand anders Jerome gisteravond gezien of hem gesproken?'

Niemand gaf antwoord, maar Pine keek even naar een jongen van een jaar of zestien die zich iets afzijdig hield. Hij had haar aangekeken, maar zijn blik neergeslagen toen ze haar vraag stelde.

'Kent een van jullie iemand met wie ik hierover zou moeten praten? Een vriend van Jerome? Iemand die hij misschien in vertrouwen heeft genomen?'

Weer zei niemand iets.

'Nou, bedankt voor de informatie,' zei ze.

'Wat ga je daarmee doen?' snauwde de oudste.

'De waarheid zoeken. Als Jerome niets verkeerds heeft gedaan, zal ik zijn naam zuiveren. Voor wat het waard is.'

'Ja hoor, natuurlijk doe je dat,' zei de jongen sarcastisch. 'Agenten zijn agenten, die dekken elkaar allemaal.'

'Ik ben meer een eenling. Ik werk officieel in Arizona, waar ik meestal de enige agent ben. Ik ga mijn eigen gang en soms maak ik mijn eigen regels.'

'Wat doe je hier dan?'

'Antwoorden zoeken.' Ze keek hem aan. 'Zoals altijd.'

Toen ze zich had omgedraaid en terugliep naar het huis, riep de jongen haar achterna: 'Hé, veel geluk, Arizona.'

Ze keek achterom naar hem. 'Ik kan alle geluk gebruiken die ik kan krijgen.'

15

Toen Pine het huis weer binnenkwam, zaten Blum en Blake in de voorkamer en dronk Blake thee.

Blum keek Pine nieuwsgierig aan.

'Ik heb even gepraat met een paar "kennissen" van Jerome,' vertelde Pine, terwijl ze ging zitten. 'Zij geloven ook niet dat hij bij een bende betrokken was.'

Blake snauwde: 'Dat komt doordat hij dat niet wás, zoals ik al zei. Maar de politie ziet dat anders. Ik vertelde hun dat Jerome een van de besten van zijn klas was en zou gaan studeren. Ze keken me aan alsof ik Chinees sprak.'

'Daar werd u natuurlijk erg boos om,' zei Blum.

'Verdomd als het niet waar is. Maar dat gaan ze gewoon negeren, geloof me maar.'

'Niet als ik daar iets aan kan doen,' zei Pine.

Blake keek haar recht aan. 'Wat ga je daaraan doen? Als je baas zegt dat je je er niet mee mag bemoeien, bemoei je je er niet mee. Klopt toch?'

'Niet dus,' zei Blum. 'Zo werkt agent Pine niet. Bovendien werkt ze niet bij de plaatselijke politie. Zij zal deze zaak tot op de bodem uitzoeken.'

Pine vroeg: 'Kun je ons nog meer vertellen? Heeft Jerome het ooit over ene Tony Vincenzo gehad?'

Blake schudde haar hoofd. 'Die naam heb ik niet eerder gehoord. Is hij een Mexicaan?'

'Hij is Italiaans-Amerikaans.'

'Nee. Hier woont niemand die zo heet, tenminste, niet dat ik weet. En Jerome heeft het nooit over hem gehad.'

'Leek Jerome in zijn normale doen, tot gisteren dan?'

'Ja. Hij ging gewoon naar school, zoals altijd opgewekt en zo.'

'Maar toen hij gisteren thuiskwam was hij van slag. En je denkt niet dat dat kwam doordat hij een paar vragen van een proefwerk niet kon beantwoorden?'

'Ik wéét dat het daar niet door kwam.'

'Dus wat het ook was waardoor hij heeft gedaan wat hij gisteravond deed: het gebeurde nadat hij hier gisterochtend vertrok en voordat hij thuiskwam?'

'Dat moet wel,' beaamde Blake.

Pine keek Blum aan. 'We moeten dus uitzoeken wat dat was.'

'We gaan dus naar zijn school?' vroeg Blum.

'Dat is een begin.'

De highschool stond een kleine kilometer van het huis van de Blakes. Ernaast lag een nieuw footballveld en de voorgevel van de school was gereinigd met een hogedrukspuit. Naast het hoofdgebouw stond een nieuw bijgebouw. Het schoolterrein leek groot en goed ingericht. Pine hoopte dat de lokalen, de studenten en de docenten dezelfde steun hadden gekregen.

Ze liepen naar het hoofdgebouw en nadat Pine haar badge had laten zien, werden ze naar de directeur gebracht.

Haar naam was Norma Bailey, een grote zwarte vrouw die haar grijze haar in een strak knotje had gebonden. Ze had de nuchtere manier van doen van iemand die gewend was grote aantallen tieners bijeen te drijven, te leiden en ten slotte iets te leren.

'Ik heb het gehoord van die arme Jerome,' zei ze met een verdrietige blik. 'Ik wilde dat ik kon zeggen dat ik het niet kan geloven, maar tegenwoordig vinden er zoveel schietpartijen plaats. Mensen zien er een op het nieuws en de volgende dag is er alweer een. Mensen worden er ongevoelig voor, een afschuwelijke ontwikkeling.'

'Maar het verbaasde u wel dat Jerome erbij betrokken was?' vroeg Pine.

'Ja, ik ben bang dat ik daar niet duidelijk over was. Jerome...' Ze schudde haar hoofd en bracht een trillende hand naar haar lippen, maar toen beheerste ze zich weer. 'Hij was een van onze slimste leerlingen. Hij was voorbestemd een belangrijke rol te spelen en zou het ver hebben geschopt. Hij was echt geniaal in wiskunde en natuurkunde. Hij begreep dingen die zelfs de docenten niet begrepen, en we hebben hier nota bene twee afgestudeerde wiskundigen. Hij was echt een wonderkind.'

'We hoorden dat hij de leiding had over het robotteam,' zei Blum.

'Ja. Dat zit in het nieuwe gebouw op het terrein. Vorig jaar waren ze de beste van de staat. Dat was echt geweldig. Jerome... Hij hield van zijn robots, dat was duidelijk. Die bouwde hij met ongelofelijk veel... flair.' Ze wreef in haar ogen en vroeg toen: 'Wat kan ik voor jullie doen?'

'Jeromes moeder vertelde ons dat hij in zijn normale doen was toen hij gisteren naar school ging, maar dat niet meer was toen hij thuiskwam. Hij zei iets over een proefwerk en dat hij een paar vragen niet had kunnen beantwoorden.'

'Dat kan echt niet kloppen. Geen enkele klas heeft gisteren een proefwerk gemaakt. Het was een voorbereidingsdag voor de aanstaande examens.'

'Juist, dan loog hij dus tegen zijn moeder en maakte hij zich zorgen over iets anders. En gezien de tijdstippen die we kennen, moet het zijn gebeurd terwijl hij op school was.'

'Ik kan niet bedenken wat het kan zijn geweest.'

'Mogen we met zijn docenten praten?' vroeg Pine.

'Zeker, dat kan ik wel regelen.'

'Is de politie hier geweest om met u te praten?' vroeg Blum.

'Nee, die zijn hier niet geweest.'

Pine en Blum keken elkaar ongerust aan.

Een uur later hadden ze alle docenten van Jerome gesproken. Geen van hen kon zich iets herinneren wat ertoe had kunnen leiden dat Jerome deed wat hij kennelijk had gedaan. Ze zeiden allemaal dat ze geschokt waren en het heel erg vonden, maar hadden geen nuttige informatie.

Toen ze de school verlieten, keek Pine naar rechts en zei: 'Die jongen ken ik. Hij stond vanochtend voor het huis van de Blakes.'

De jongen zat op de lage omheining van het nieuwe footballveld.

Pine en Blum liepen naar hem toe.

Pine zei: 'Ik had het idee dat je wel iets wist, maar het vanochtend niet wilde zeggen.'

De jongen sprong van het hek en keek hen aan. Hij was ongeveer even lang als Pine, slank en leek keihard. Hij had een onregelmatig litteken op zijn gezicht en miste een stukje van een vinger.

'Kende je Jerome?'

'Ja.'

'Hoe heet je?'

Hij haalde zijn schouders op.

'Je bent ons hiernaartoe gevolgd, hè? Je wilt ons dus iets vertellen.'

Hij keek langs haar heen.

'We denken dat Jerome gisteren iemand heeft gesproken die hem dwong te doen wat hij gisteravond deed. Weet je daar iets van?'

'Misschien.'

'Daar weet je misschien iets van?' vroeg Pine.

'Zag gisteren een man met hem praten.'

'Hier op school?'

Hij knikte.

'Zit jij op deze school?' vroeg Pine.

Hij schudde zijn hoofd. 'Ga niet naar school.'

'Heb je je eindexamen gehaald?' vroeg Blum.

Hij haalde zijn schouders op, grijnsde en zei niets.

'Kende je de man met wie hij praatte?'

'Hmmm.'

'Hoe laat was dat?'

'Uur of twee.' Hij wees. 'Zag ze daar met elkaar praten.'

'Hoe zag die man eruit?'

'Witte vent. Groot, brede schouders.'

'Leeftijd?'

'Jaar of veertig. Donker haar.'

'Kleding?'

'Lange broek en overhemd.'

'Stropdas?'

Hij schudde zijn hoofd.

'Denk je dat hij hier werkte?'

'Weet ik niet.'

'Als we wat foto's verzamelen, denk je dan dat je hem herkent?'

'Misschien.'

'Hoe heet je?' vroeg ze weer.

'Peanut. Zo noemen ze me op straat.'

'Hoe goed kende je Jerome?'

'Een tijdje terug trokken we veel met elkaar op.'

'Waarom nu niet meer?'

'Ik kapte met school en hij niet.'

Pine zei: 'Hoe zag Jerome eruit toen hij en die man uit elkaar gingen?'

'Jerome liep weg met zijn blik neergeslagen. Leek erg gespannen. Vreemd, weet je wel?'

'Geloof jij dat Jerome iemand heeft doodgeschoten?'

Hij glimlachte. 'Shit, dame, Jerome zou niet weten hoe hij iemand moest vermoorden.'

16

Ze gingen weer naar binnen en vroegen Norma Bailey of ze een fotoboek met achtergrondinformatie kon samenstellen van de werknemers van de school.

Bailey vertelde dat ze die informatie digitaal hadden, maar dat ze wat tijd nodig had om de benodigde toestemming te krijgen om die informatie te verstrekken. Ze beloofde contact met Pine op te nemen zodra het klaar was.

Daarna stapten Pine en Blum weer in de auto en reden weg.

Drie minuten later zei Pine zacht: 'We worden gevolgd. Zilverkleurige Mercury Marquis. Niet achteromkijken, Carol!'

Blum had zich al half omgedraaid, maar keek weer voor zich uit. 'Sorry, agent Pine. Hebt u enig idee wie dat kan zijn?'

Pine ging een beetje langzamer rijden zodat de auto dichterbij kwam en keek ernaar via de binnenspiegel. 'Oké, nu kan ik de kentekenplaat zien. Het lijkt een overheidskenteken van New Jersey.'

'Kunt u het kenteken zien?'

'Ja, schrijf maar op.'

Blum voerde het kenteken in op haar telefoon. 'Eén bestuurder of meer mensen?'

'Twee.'

'U weet zeker dat ze ons volgen?'

'Dat weten we zo meteen.' Pine maakte een scherpe bocht naar links, trapte het gaspedaal in, scheurde een kruising over en sloeg rechts af. Weer keek ze in de spiegel. 'Ze moesten stoppen voor het verkeerslicht, maar volgen ons inderdaad.' Daarna drukte ze op een sneltoets van haar telefoon.

Puller nam niet op.

'Waarom achtervolgen ze ons, denkt u?'

'Ze willen zien welke aanwijzingen wij natrekken.'

'Hebt u hen gezien toen we in het huis van de Blakes waren?'

'Nee, maar daar heb ik ook niet op gelet.'

'Dus iemand van de staatsoverheid heeft belangstelling,' zei Blum.

'De man die Puller zo hard aanpakte was van de federale overheid, niet van de staat.'

'Maar nog steeds de "overheid". Iemand is zich ervan bewust dat-ie iets fout heeft gedaan.'

'Misschien is er meer aan de hand, Carol.'

'Dit lijkt niet op een gewone territoriumstrijd tussen verschillende overheden.'

'Meer op een crimineel complot.'

Pine's telefoon zoemde.

Het was Puller. 'Een nieuwe complicatie bij deze zaak.'

'Hoezo, wat dan?'

'Teddy Vincenzo lag vanochtend dood in zijn cel.'

'Wat! Wat is er gebeurd?'

'Voorlopige conclusie is zelfmoord of drugsoverdosis. Ze vonden hem dood tijdens het koppen tellen.'

'Dat is toch niet te geloven?'

'Nee, ik geloof het ook niet. Ik heb zijn dossier bekeken en foto's van hem gezien toen hij de gevangenis in ging. Geen naaldspoor te zien, geen problemen met zijn gebit, neus of tandvlees, niets wat erop wees dat hij drugs gebruikte. En toen we hem zagen was er ook niets wat daarop wees. Bovendien, en dat is het belangrijkst, is de timing een beetje verdacht.'

'Hebben ze geen camera's in de gevangenis?' vroeg Pine.

'Jawel. Daar heb ik naar gevraagd. Helaas deed die bepaalde camera het niet. Er is kennelijk sprake van een achterstand met betrekking tot het onderhoud ervan.'

'Dat is bijzonder handig. En als ze de koppen telden, is hij waarschijnlijk vanochtend al vroeg gestorven. Toch heb je het nog maar net gehoord.'

Puller zei: 'Ik denk niet dat ze het belangrijk vinden om me op de hoogte te houden. Ik ontdekte het toevallig omdat ik een andere manier probeerde om hem weer te kunnen opzoeken. Op dat moment werd me verteld dat dat niet kon omdat hij dood was.'

'Verdomme, dat is echt balen!'

'Ze hebben de vader dus uitgeschakeld,' zei Puller.

'Wat betekent dat ze de zoon nu in het vizier hebben.'

'We moeten Tony Vincenzo snel vinden, voordat hij ook wordt vermoord,' zei hij.

'We werden trouwens vandaag gevolgd. Of dat begon bij het huis van de Blakes of bij de school waar we waren om te zien of daar een aanleiding te vinden was voor wat er is gebeurd, weet ik niet. Maar het was een zilverkleurige Mercury Marquis met een overheidskenteken van de staat New Jersey.'

'Heb je het kenteken?' vroeg Puller.

Pine las het voor vanaf Blums scherm.

'Ik trek het na.'

Pine zei: 'De mensen die ik heb gesproken, onder wie Blake's moeder, zeiden dat de politie denkt dat het een bendeding was, misschien een initiatie. Maar diezelfde mensen waren ervan overtuigd dat Jerome niet eens wist hoe hij met een vuurwapen moest omgaan, laat staan raak kon schieten zoals gisteravond.'

'De hele zaak stinkt. De plaatselijke politie heeft de zaak al zo ongeveer gesloten. Ze zijn nergens anders op zoek.'

'Je weet toch dat wij gisteravond misschien het echte doelwit waren?' vroeg Pine.

'Zoiets dacht ik ook al, ja.'

'Zijn moeder vertelde dat hij terugging naar school om verder te werken aan een robotproject, maar dat was niet zo. En toen hij gespannen thuiskwam van school en ze hem vroeg waarom dat zo was, loog hij tegen haar en zei dat hij een proefwerk had verknald. En een vroegere vriend van Jerome vertelde ons dat Jerome op school was benaderd door een man en dat Jerome daarna van slag en zenuwachtig leek. Ik probeer dat nu na te trekken.'

'Stel dat iemand hem benaderde en dwong om naar die steeg te gaan, hem een pistool gaf en zei dat hij moest rennen nadat hij de schoten had gehoord.'

'Hoe zouden ze hem daartoe kunnen dwingen?' vroeg Pine.

'Dat moeten wij dus uitzoeken.'

'Hebben ze eigenlijk al bevestigd dat het pistool dat hij in de hand had het moordwapen was?'

'Dat heeft niemand me verteld,' zei Puller vol afkeer.

'Wacht eens even, wie doen de autopsie en het forensisch onderzoek? Mensen van het CID toch zeker?'

'Het enige wat ik je kan vertellen is dat de plaatselijke politie het pistool en het lichaam van Jerome Blake heeft meegenomen en ons achterliet met het stoffelijk overschot van McElroy.'

'Maar hoe kán dat, Puller? Het slachtoffer was een CID-agent! Daardoor is het jouw zaak of zijn ze op z'n minst verplicht jou op de hoogte te houden.'

'Dat argument heb ik gisteravond en vanochtend ook aangevoerd, en ik liep tegen een muur op. Ik kreeg iets te horen over samenwerking met de plaatselijke politie voor het opbouwen van vertrouwen en kameraadschap.'

'Dat is larie!' snauwde Pine.

'Het ís ook larie. En mijn superieuren van het CID denken hetzelfde. Maar kennelijk kwamen deze bevelen van heel hoog, misschien zelfs wel van een hoger niveau dan de uniformen, dus tot aan het land van de pakken.'

'Wat is er verdomme aan de hand, Puller?'

'Een doofpot van enorme omvang. Iets wat alleen gebeurt wanneer er een enorm belang in het spel is. Op een schaal van nul tot tien schat ik de kans op meer dan twee cijfers.'

'We móéten achterhalen wat dat is.'

'Ik hoop dat ik daar de kans voor krijg.'

Pine's mond viel open. 'Je bedoelt...'

'Het zou me absoluut niet verbazen als ik van de zaak word gehaald.'

'Wat ga je doen als dat gebeurt?' vroeg ze.

'Dat weet ik niet zeker. Dit is me in mijn hele carrière nog maar één keer overkomen. Ik had niet verwacht dat het weer zou gebeuren.'

'Wat deed je de eerste keer?'

'Iets wat ik niet had moeten doen,' antwoordde hij.

'Wat ga je doen als het weer gebeurt?'

Puller antwoordde niet.

17

'Superman heeft misschien net een dosis kryptoniet toegediend gekregen,' zei Pine zacht, terwijl ze de verbinding verbrak. 'Hij is bang dat hij van de zaak wordt gehaald.'

Blum verwerkte deze zorgwekkende informatie. 'Nog meer nieuws?'

'Ja, verbijsterend nieuws: Teddy Vincenzo is dood. Ze zeggen dat het zelfmoord was met een overdosis. Puller gelooft dat natuurlijk niet. En ik ook niet.'

'Ik dacht al dat hij dood was door de flarden van jullie gesprek die ik kon horen.'

'De plaatselijke politie heeft de zaak-Jerome Blake overgenomen en heeft het vuurwapen. John kreeg alleen het stoffelijk overschot van McElroy, meer niet.'

'Legt hij zich daarbij neer?'

'Hij werd teruggefloten door hogergeplaatsten, misschien zelfs wel door iemand die boven het leger staat.' Ze keek Blum aan. 'De pakken staan hoger in de hiërarchie dan de uniformen.'

'Nou, zo te zien wordt de doofpot al gevuld, en niet zo'n beetje ook.'

'Volgens mij is dat al een hele tijd geleden gebeurd.'

'Wat gaan wij doen terwijl Puller probeert dit uit te zoeken en wij wachten op de foto's die we aan onze getuige willen laten zien?'

'Ik heb een bron die ik kan raadplegen.'

'Wie is dat?'

'De FBI heeft een kantoor in Trenton. Ik ken een van de agenten daar, Rick Davies. Maar eens zien wat hij voor ons kan uitzoeken.'

Ze belde Davies, die in haar lijst met contactpersonen stond. Nadat Davies had opgenomen, legde ze hem de situatie uit en vertelde hem wat ze wilde.

'Ben je hier officieel mee bezig?' vroeg Davies. 'Ik dacht dat je in Arizona zat.'

'Nee, ik was aanwezig bij die schietpartij. Ik werk samen met het CID van het leger aan deze zaak.'

'O. Oké, ik zal zien wat ik kan ontdekken. Ik moet je wel waarschuwen, want de agenten in Trenton vinden het maar niets als federale agenten achter hun rug om onderzoek doen.'

'Volgens mij geldt dat voor iedere agent van de plaatselijke politie.' Ze verbrak de verbinding en keek Blum aan.

'Wat doen we nu?' vroeg Blum.

'Tot we iets horen van Puller of Davies of de schooldirecteur richten we ons op een andere Vincenzo. Ito.'

Blum vouwde haar handen en keek Pine aandachtig aan.

Pine zei: 'Laten we de logica doornemen. Of Ito heeft Mercy gedood...' Ze zweeg even, verstijfde door haar eigen woorden, balde haar vuisten even voordat ze ontspande en Blum weer aankeek. 'Of hij heeft haar ergens achtergelaten.'

'Of hij gaf haar aan iemand,' zei Blum.

Pine leek te schrikken van Blums suggestie, maar praatte snel door. 'Goed, Mercy's DNA zit in een database van de FBI. Monsters van alle niet-geïdentificeerde stoffelijke overschotten waar ook in de VS worden naar die database gestuurd om te worden vergeleken. Niet een daarvan matchte met het DNA van Mercy. Dat weet ik zeker.'

'Hebt u daarvoor gezorgd?' vroeg Blum.

'Ja.'

'Wat hebt u hun gegeven voor Mercy's DNA-monster?'

'Ik ben haar tweelingzus, Carol. Ik heb hun een monster van mijn DNA gegeven. Dat hebben ze in de database gestopt.'

'Natuurlijk, stomme vraag van me. Maar dat is dus goed nieuws. Geen enkel stoffelijk overschot matchte met haar DNA.'

'Ja. Maar misschien is haar stoffelijk overschot nog niet gevonden. En we kunnen er niet zeker van zijn dat elke dienst in het land DNA-monsters naar die database stuurt. Ik ben ervan overtuigd dat een paar dat niet doen of dat ze een procedurefout hebben gemaakt. Of misschien is ze het land uit gebracht en daar vermoord.'

'Toch lijkt dit positief.'

'Dus als hij haar ergens heeft achtergelaten, zou je denken dat iemand haar inmiddels wel had gevonden, dood of levend. Ze kan gestorven zijn door blootstelling aan de elementen of, als ze is achtergelaten in een van de vele beboste gebieden in Georgia, door een aanval door een wild dier. Ze kan zijn gestorven van de honger of door een ongeluk.'

'Maar als dat zo is, zou haar lichaam allang gevonden moeten zijn,' zei Blum.

'Doden in de natuur verdwijnen meestal snel, Carol. Natuurlijke vertering, vraat door dieren of als ze in een rivier is gevallen en vast kwam te zitten aan iets op de bodem. Er zijn zoveel mogelijkheden...' Pine zag er opeens beroerd uit.

Blum zei snel: 'Maar we moeten ons opnieuw afvragen hoe groot die kans is. En tenzij Ito van tevoren een plek had gevonden om haar achter te laten, betwijfel ik of een man uit Trenton, New Jersey, die waarschijnlijk nog nooit in Georgia was geweest, veel plaatsen wist waar hij haar kon achterlaten of dumpen.'

'Maar toen we in Andersonville waren, hebben we ontdekt dat hij al zeker een paar maanden in Georgia was.'

'U gaat er dus eigenlijk van uit dat ze ergens is achtergelaten?'

Pine wreef over haar hoofd en keek haar assistente onzeker aan. 'Dat zou niet kloppen met de brief van Bruno die we hebben gelezen. Hij was duidelijk kwaad. Hij wilde wraak.'

Nu was Blum degene die onzeker keek. 'Maar dat staat lijnrecht tegenover alles wat we tot nu toe over Ito te weten zijn gekomen. Het is erg moeilijk om iemand te vermoorden, en nog veel moeilijker om een weerloos kind te vermoorden.'

'Hij kan daartoe zijn gedreven door zijn liefde voor zijn broer, door wat hem was overkomen.'

'Mag ik advocaat van de duivel spelen?' vroeg Blum.

'Ga je gang.'

'Hoe weten we dat Ito van Bruno hield? Daar hebben we geen enkel bewijs voor gevonden.'

'Nou, hij ging wel naar Georgia, ontvoerde mijn zus en vermoordde mij bijna, en vervolgens beschuldigde hij mijn vader van die misdaden.'

'Oké, laten we ervan uitgaan dat dat waar is. Maar het leven dat hij daarvoor leidde, was totaal tegengesteld aan dat van zijn broer. En vergeet niet wat Castor ons vertelde, hij wíst dat Bruno slecht was.'

'Maar hij zei dat hij dat had gehoord van Evie, niet van Ito.'

'Maar denkt u niet dat man en vrouw het daarover eens waren? Dat denk ik dus wel, door alles wat we hebben ontdekt.'

Pine dacht hier even over na. 'Castor zei ook dat hij Bruno nooit heeft ontmoet.'

'Klopt. Hij werkte al die jaren voor Ito. Hij was elke dag bij hem en Ito's broer, die kennelijk in de buurt woonde, of in elk geval in New York City, en hij heeft hem daar nooit bezocht.'

Pine zei: 'Evies buurvrouw mocht Bruno ook niet. Zij zei dat Evie hem haatte en hem niet in haar huis wilde. En Ito protesteerde daar niet tegen. De buurvrouw zei dat Ito Bruno niet mocht.'

'Dat bedoel ik dus.'

'Waarom ging hij dan naar Georgia en deed hij wat hij deed?' vroeg Pine.

'Misschien komt het neer op wat we in die brief lazen. Er stond niet veel in, maar daardoor weten we wel dat Bruno misschien voor het eerst in zijn leven probeerde iets goeds te doen: hij weigerde als spion achter de maffia aan te gaan en werd uiteindelijk genaaid. Misschien knapte er toen iets bij Ito. Dat lijkt me geloofwaardiger dan het idee dat Ito in een uitzinnige kille moordenaar veranderde. Want dat klopt absoluut niet met wat iedereen ons over hem heeft verteld.'

Pine leunde naar achteren en dacht hierover na. 'Ik heb de politiedossiers doorgenomen. Voordat Ito naar Georgia kwam, was Teddy beschuldigd van autodiefstal en veroordeeld tot gevangenisstraf.'

'Dus dacht Ito misschien dat Teddy dezelfde kant op ging als Bruno?'

Pine zei: 'Dat kan, en dat heeft hem er misschien toe gedreven om te doen wat hij deed. Vergeet niet wat hij Castor vertelde: dat hij iets had gedaan wat hem schokte.'

'Toen hij naar Georgia ging was hij dus van slag en verkeerde hij misschien in tweestrijd?'

'Ik kan geen medelijden met hem hebben, Carol. Nooit.'

'Dat vraag ik ook niet, maar we moeten begrijpen hoe de man zich op dat moment voelde, omdat dat ons zal helpen te bedenken wat hij met uw zus heeft gedaan.'

Pine keek Blum opgewonden aan. 'Om onze redenering af te maken, als hij haar niet heeft vermoord of ergens heeft achtergelaten, kan hij haar aan iemand hebben gegeven, zoals je al suggereerde.'

'Mensensmokkel dus?'

'Nee, om door te gaan op jouw voorstel dat we proberen de man te begrijpen, betwijfel ik of Ito ook maar iets af wist van mensensmokkel. Zijn broer misschien wel, maar die was toen al dood. En ik kan me niet voorstellen dat Ito contact zou opnemen met uitschot, oftewel leden van de georganiseerde misdaadfamilie voor wie zijn broer had gewerkt, om informatie te krijgen over waar hij een klein kind zou kunnen verkopen.'

Blum zei: 'Maar als hij haar bijvoorbeeld aan een gezin gaf, zou Mercy die mensen dan niet gewoon vertellen wie ze was en dat ze was ontvoerd? Het verhaal over wat er was gebeurd heeft vast in heel Georgia, zo niet in het hele land, in de kranten gestaan. Haar foto was waarschijnlijk overal te zien. Dus dan hadden ze haar opgevangen en daarna de politie gebeld, of meteen de politie gebeld toen Ito haar kwam brengen.' Ze aarzelde, maar zei toen: 'Dus misschien heeft Ito haar volgens een eerdere afspraak aan iemand gegeven.'

'Daar hadden we het net over, mensensmokkel.'

'Nee, geen mensensmokkel. Gewoon een gezin dat wanhopig verlangde naar een kind.'

Pine keek haar aan. 'Wat? Maar dan wisten ze...'

'Ze zouden alleen weten wat Ito hun had verteld. Hij heeft misschien gelogen over haar achtergrond, hoe hij haar had gekregen. Misschien dachten ze dat ze er goed aan deden om haar in hun gezin op te nemen.'

'Maar zou Mercy zich daar dan niet tegen hebben verzet? Hebben verteld wie ze was en wat haar was overkomen, zoals je net zei, Carol? Nu spreek je jezelf tegen.'

'Nee hoor, ik probeer de zaak alleen van alle kanten te bekijken. Zelfs een vroegwijs kind van zes kan dingen gaan geloven en accepteren zoals een volwassene nooit zou doen,' zei Blum. 'We weten niet wat Ito haar heeft verteld. Dat ze alleen zou blijven leven als ze haar situatie accepteerde. Of hij kan hebben gedreigd jou of jullie ouders iets aan te doen als ze niet deed wat haar werd gezegd.'

Pine zuchtte en zakte weer onderuit. 'Dat klinkt allemaal volkomen logisch. Misschien wel logischer dan welke andere verklaring ook.' Ze zweeg wanhopig, maar opeens verscheen er een nieuwsgierige blik op haar gezicht.

'Wat is er?' vroeg Blum, die haar heel goed kende.

'Twee vragen. Eén, in de brief zei Bruno dat hij was bedrogen. Wat denk je dat hij daarmee bedoelde?' Toen Blum haar hoofd schudde, zei Pine: 'Ik denk dat hij mijn moeder niet heeft verraden omdat hij een deal wilde sluiten en zichzelf wilde redden. Alleen ging die deal niet door. Ik vraag me af waarom.'

'En de tweede vraag?'

'De vraag die ik al eerder stelde: hoe wist Ito Vincenzo in vredesnaam dat wij in Andersonville waren?'

18

Dit had nooit mogen gebeuren. Je zou niet dood mogen zijn.

John Puller keek naar de dode special agent Ed McElroy van het CID.

Mijn agent, mijn verantwoordelijkheid en die van niemand anders. Hier is geen enkel excuus voor.

Eds vrouw, nu zijn weduwe, was op de hoogte gebracht van zijn dood en onderweg hiernaartoe om de ergste realiteit van een partner onder ogen te zien.

Puller verliet het gebouw en liep terug naar zijn auto. Hij reed door de stad naar het politiebureau, waar, zoals hem was verteld, de eenheid die de schietpartij en Jerome Blake's dood onderzocht gestationeerd was. Bij de receptie kreeg hij nul op het rekest, zelfs nadat hij zijn legitimatie en badge had laten zien, zijn duidelijke band met de zaak had uitgelegd en had verteld dat hij serieus wilde weten hoe ver de plaatselijke politie was met het onderzoek.

De brigadier die erbij werd geroepen om de situatie af te handelen nadat Puller had verklaard dat de eerste twee agenten te laag van rang en dus te onwetend waren, leek uiteindelijk medelijden met hem te krijgen. 'Het leger dus?' zei de man, terwijl hij Puller onderzoekend aankeek.

'*Chief warrant officer*, hoofdadjudant dus.'

'West Point?'

'Nee, ik heb niet op de militaire academie gezeten. Mijn vader zat wel op West Point, maar ik koos een andere weg.'

'Mijn jongste zoon is nu in Irak,' zei de brigadier, iets ontspannener nu. 'Nu al een maand of zes. Hebt u daar gevochten?'

Puller knikte. 'Kwam terug met metaal in mijn lichaam dat er niet in zat toen ik werd geboren. Maar het was een voorrecht en een eer om mijn land te dienen.'

De politieman, zwaargebouwd en met brede schouders, maar nu met een zachtere blik, knikte. 'Hoop dat mijn jongen weer heelhuids thuiskomt.'

'Gevechten zijn nooit veilig, maar het leger doet alles wat het kan om zijn mensen voor elke situatie te trainen en hun het beste materieel ter beschikking te stellen om hun werk te doen.'

'Goed te weten, agent Puller. En we hebben allemaal veel waardering voor u, omdat u ons land hebt gediend.' Hij keek om zich heen. 'Eh, ik ga even iets nakijken. Wacht hier maar even, meneer.'

Terwijl hij wegliep keek Puller om zich heen in het kleine vertrek. Er hingen foto's van de huidige commissaris, burgemeester, gouverneur en president. Ze keken hem vanaf hun officiële portretfoto allemaal glimlachend aan. Hij had geen enkele reden om terug te glimlachen. Wat hem nu overkwam was zinloos, maar voor anderen had het kennelijk wel zin. En dat stoorde hem verschrikkelijk.

'Kan ik u helpen?'

Puller draaide zich.

Achter het bureau stond een jonge vrouw van ergens achter in de twintig, terwijl de zwaargebouwde agent nergens te bekennen was. Ze was klein en had grote bruine ogen en kort donker haar, met daaronder een slanke nek vol sproeten. Op het naamkaartje dat aan een koordje om haar hals hing, stond dat ze bij de pr-afdeling werkte. Ze keek hem met haar grote ogen vragend aan.

Puller stapte naar haar toe en stak zijn hand uit. 'Special agent John Puller van het CID.'

Ze nam zijn hand niet aan. 'Ik weet wie u bent, agent Puller. Ik vraag me alleen af waarom u hier bent. Ik heb het erg druk, dus ik hoop dat het niets ingewikkelds is, want ik heb echt geen tijd voor u. Daar hebt u vast wel begrip voor.'

Al Pullers nekharen gingen overeind staan door haar domme en neerbuigende verklaring. 'Een van mijn mannen is gisteravond hier in Trenton doodgeschoten. Ik werk samen met de plaatselijke politie hier aan deze zaak.'

'Ik ben op de hoogte van de onfortuinlijke dood van agent McElroy.' Ze zweeg en bleef hem aankijken, alsof ze hem uitdaagde haar duidelijk te maken waarom hun gesprek zou moeten voortduren.

Puller zei: 'Op dit moment zijn we met zijn autopsie bezig. Daarna hebben we een kogel die we aan uw eenheid kunnen overhandigen voor vergelijking met het moordwapen, dat in jullie bezit is.'

'Er is geen twijfel aan wie uw agent heeft vermoord en welk pistool daarvoor is gebruikt,' zei ze.

'Er zijn heel veel vragen die beantwoord moeten worden,' antwoordde Puller. Hij zette nog een stap naar haar toe en keek naar haar naam op het kaartje. 'Dus, mevrouw Lanier, ik ben hier om het onderzoek met uw mensen te bespreken. Zo wordt gewerkt in een gezamenlijke zaak als deze. Daar bent u vast van op de hoogte.'

'Ik was me niet bewust van een gezamenlijke zaak.'

'Hoe zou dat niet het geval kunnen zijn?' snauwde Puller, veel feller dan hij waarschijnlijk van plan was geweest in de snuffeloefening die op dit moment tussen hen plaatsvond. 'Er is een federale agent beschoten en gedood. Een van uw mannen heeft de vermoedelijke dader doodgeschoten. Het spijt me als u liever geen ingewikkelde zaak hebt, maar dat is deze zaak duidelijk wel.'

'Hij heeft de schutter doodgeschoten, waardoor hij het leven van een FBI-agent heeft gered, als ik het me goed herinner.'

'Misschien.'

'Wat bedoelt u met misschien? Het is heel duidelijk dat dat is gebeurd.'

'Ik wilde dat ik dat even duidelijk vond. Maar dat is dus de reden dát we dit onderzoeken. Ik wil hem dus graag spreken en...'

'Waarom?'

'Waarom wat?'

'Waarom moet u met hem praten?'

Deze vraag was zo bizar en onlogisch dat Puller – een meer doorgewinterde onderzoeker bestond bijna niet – haar verbijsterd aankeek. 'Hij vuurde zijn wapen af. Hij was betrokken bij wat er is gebeurd. Hij heeft misschien dingen gezien die cruciaal zijn voor het onderzoek.'

'Volgens mij heeft hij zijn rapport ingediend.'

'Mag ik dat zien?'

'Ik weet niet zeker of dat mogelijk is.'

'En ik weet niet zeker of wat u zegt ergens op slaat. U kunt me niet weigeren zijn rapport in te zien.'

Ze haalde haar schouders op. 'Dan verschillen we van mening.'

'Ja, over de realiteit,' zei Puller, die zijn fluwelen handschoenen nu uittrok omdat het wel duidelijk was dat die benadering even nuttig was als de aanval van een vliegdekschip met een jetski.

'Uw toon bevalt me niet.'

'En mij bevalt het niet dat ik word buitengesloten van een onderzoek, terwijl er een overduidelijke reden is dat ik daarbij betrokken ben.'

'U begrijpt misschien niet hoe we hier werken.'

'Integendeel, ik heb twee zaken onderzocht in samenwerking met de politie van Trenton, drie met de staatspolitie van New Jersey en één met de politie van Newark. Daarbij ben ik uiterst professioneel behandeld en werd er volledig samengewerkt, met als resultaat dat we elke zaak met succes konden afronden.'

'Nou, ik denk dat wij deze zaak prima zelf kunnen afhandelen. We hebben de schutter; hij is dood. De zaak zou niet duidelijker kunnen zijn. Die is afgerond.'

'Neem me niet kwalijk, maar bent u een opgeleide onderzoeker? Want op uw kaartje staat pr.'

'Ik ben gebriefd over deze kwestie.'

'Wat meer is dan ik kan zeggen,' snauwde Puller.

'Ik ben van mening dat u alles weet wat u hoeft te weten over deze zaak. Die is opgelost, agent Puller. U kunt zich nu bezighouden met andere onopgeloste zaken.'

'Uw mening over deze kwestie vind ik, helaas voor u, volkomen onbelangrijk, aangezien u hiernaartoe bent gestuurd om me helemaal niets te vertellen.'

'Ik doe gewoon mijn werk,' snauwde ze terug.

'Ik ook. Dat probeer ik tenminste, maar u helpt me niet echt.'

'Ik wist niet dat het mijn taak was u te helpen. Hoe dan ook, ik wens u veel succes met wat u ook maar doet.'

Puller bood haar zijn kaartje aan. 'Als u nog iets te binnen schiet, zou ik een telefoontje erg waarderen.'

Lanier nam zijn kaartje niet aan, maar ze draaide zich om en verliet het vertrek door een deur die ze hard achter zich dichtsloeg.

Even later kwam de zwaargebouwde agent binnen via een andere deur. ‘Hoe ging het, agent Puller?’ vroeg hij hoopvol.

‘Het ging niet,’ antwoordde Puller. Daarna draaide hij zich om en liep naar buiten, waar zich een stormfront opbouwde. Die storm was lang niet zo heftig als de storm die in zijn hoofd woedde.

19

Jack Lineberry klonk zwak en een beetje depressief aan de telefoon. Hij had Pine's beide ouders tientallen jaren gekend. Pine had kort geleden ontdekt dat hij indertijd voor een overheidsdienst meewerkte aan een undercoveroperatie tegen de maffia, waarbij Pine's moeder als mol had gefungeerd. Lineberry was naar Andersonville gestuurd om op hen te passen, maar die missie van hem was mislukt. Later was hij ontzettend rijk geworden dankzij een investeringsmaatschappij die hij had opgericht.

Pine had ook ontdekt dat Jack Lineberry haar en Mercy's vader was. Hij had hen verwekt bij hun moeder voordat zij Tim Pine had ontmoet, de man die Pine altijd als haar vader had beschouwd.

'Jack, voel je je wel goed?' vroeg Pine ongerust. Ze had haar telefoon op de speaker gezet, zodat Blum het gesprek kon volgen.

'Heb gewoon een slechte dag. Een ontsteking, zeiden ze, met de bijbehorende pijn.'

'Wacht even, lig je nog steeds in het ziekenhuis? Ik dacht dat je ontslagen zou worden.'

'Ze hebben me verzekerd dat het niets ernstigs is, maar ze houden me nog een tijdje, als een voorzorgsmaatregel.'

'Weten ze zeker dat het niet ernstig is?'

'Ja hoor, het is iets postoperatiefs, maar ik voel me opgesloten. Ik wil hier weg! Daardoor ben ik niet in een beste bui.'

'Volhouden, Jack. Ze moeten zeker weten dat je oké bent.'

'Waar zit jij?'

'Trenton.'

'Ito Vincenzo dus?'

'Ja. We hebben een paar dingen ontdekt en een paar problemen gehad.'

'Zoals?'

'Zoals dat Ito's kleinzoon Tony op de vlucht is. En Ito's zoon en Tony's vader Teddy kort nadat ik met hem had gesproken in de gevangenis is vermoord.'

Lineberry klonk niet verbaasd door dit alles. 'Het leven zit vol problemen, Atlee,' zei hij zacht. 'Ik weet dat beter dan wie ook.'

'Daarom bel ik je dus, ik heb hulp nodig.'

Lineberry zei: 'Je had niet op een beter moment kunnen bellen. Dan heb ik iets te doen terwijl ik wacht op de volgende slechte maaltijd die ze me vandaag komen brengen.'

Pine vertelde hem over de brief die ze in Evie Vincenzo's kast hadden gevonden.

'Wat?' vroeg Lineberry verbijsterd. 'Zo klinkt het alsof Bruno wist dat je moeder met ons samenwerkte.'

Ze schrok van zijn zware ademhaling. 'Volgens mij ben je dus niet in orde en kun je maar beter niets meer horen.'

'Nee, echt, ik ben... oké. Vertel alsjeblieft verder.'

'Ik begrijp dat je niet wist dat Bruno het misschien wist van mijn moeder.'

Lineberry zei vol afkeer: 'Bruno Vincenzo was een koelbloedige moordenaar. Als ik dat had geweten, had ik de hele operatie in New York acuut stopgezet.'

'Hij zei dat hij mijn moeder niet had verraden, maar dat hij was genaaid. Het klonk alsof hij een deal had gesloten waardoor hij een soort immuniteit zou verkrijgen, maar dat die deal niet was doorgegaan.'

'Dat kan ik niet geloven, echt niet. Maar je moet begrijpen dat ik niet op de hoogte werd gehouden van de juridische kant van de zaak. Ik ben geen advocaat. Mijn taak was op je moeder passen. Een eventuele deal zou zijn gesloten door de openbaar aanklagers, de lui van de FBI en uiteindelijk het ministerie van Justitie. Niet door mij. Maar toch zou ik het hebben geweten, of dat had tenminste gemoeten. Dat Bruno op de hoogte was van je moeders rol was van invloed op de operatie, en die was mijn verantwoordelijkheid. Als de advocaten zo'n deal sloten en ons dat niet vertelden... dat zou dan ongelofelijk stom zijn geweest. Als we dat hadden geweten, hadden we de hele operatie anders opgezet. Dan hadden we Bruno misschien als informant kunnen inzetten, hoewel ik die klootzak voor geen cent zou vertrouwen.'

‘Uiteindelijk heeft hij tegen zijn medeplichtigen getuigd,’ zei Pine.

‘Ja, maar alleen om zichzelf te redden. Daar is hij niet in geslaagd en ik zal er geen traan om laten. Die kerel had waarschijnlijk het bloed van minimaal vijftig mensen aan zijn handen. Goed dat we daarvan af waren.’

‘Maar als we ervan uitgaan dat Bruno de openbaar aanklagers wel had verteld over mijn moeders undercoverstatus, waarom zouden ze dan geen deal met hem hebben gesloten? Ik bedoel, hij was van grote waarde. Hij had het hele onderzoek op losse schroeven kunnen zetten, zoals je zelf al zei. Hij had mijn moeders leven in gevaar kunnen brengen. Ze hadden misschien geen keus en moesten er wel in meegaan.’

‘Haar leven wás al in gevaar,’ zei Lineberry.

‘In méér gevaar dan.’

‘Ik weet niet wat ik je kan vertellen, Atlee. Ik was niet bij die gesprekken betrokken, als ze al hebben plaatsgevonden.’

‘Het lijkt wel duidelijk dat dat de reden was dat Ito deed wat hij deed. Om Bruno te wreken.’

‘Luister, ga er niet van uit dat Bruno de waarheid vertelde in die brief. Het kan heel goed zijn dat hij zijn nederlaag niet wilde accepteren; uiteindelijk heeft hij zijn verdiende loon gekregen. Zoals ik al zei, het aantal mensen dat hij heeft vermoord toen hij bij de maffia zat, en de manier waarop... Dat was misselijkmakend. De klootzak!’

‘Oké, Jack, beheers je. Het is helemaal niet goed voor je om je zo op te winden.’

Ze hoorde dat hij een paar keer diep ademhaalde om rustig te worden.

‘Neem me niet kwalijk, meestal laat ik me niet zo gaan. Maar ik ben alweer gekalmeerd. Ga maar verder met je vragen.’

‘Weet je het zeker?’ vroeg ze.

‘Ja, heel zeker.’

‘Oké. Je zei dat ons gezin, in elk geval in het begin, in WITSEC zat?’

Lineberry zei: ‘Inderdaad. Nadat je moeder als mol voor ons had gewerkt, haar identiteit werd gelekt en zij werd bedreigd. Toen werd besloten jullie allemaal in het getuigenbeschermingsprogramma te plaatsen.’

‘Hoe werd haar identiteit gelekt?’ vroeg Pine.

Hij antwoordde niet meteen. 'Dat hebben we nooit kunnen ontdekken, ook al hebben we daar uitgebreid onderzoek naar gedaan.'

'Gingen jullie ervan uit dat haar identiteit was gelekt vanwege die dreigementen?'

Lineberry kuchte en zei: 'Inderdaad. Dat was het beste bewijs van allemaal.'

'Wat hielden die dreigementen in?'

Het bleef heel lang stil.

Ze zei behoedzaam: 'We kunnen dit wel een andere keer doen, als je je beter voelt.'

'Nee hoor, we kunnen wel doorgaan.' Hij schraapte zijn keel. 'Het eerste dreigement kwam in de vorm van een brief die was gestuurd naar het appartement in New York waar jullie toen woonden. De locatie van dat appartement was geheim, maar toch was de brief daarnaartoe gestuurd. Het was een duidelijke bedreiging met de dood. Toen werd besloten jullie allemaal in WITSEC te plaatsen.'

'Waarom een brief sturen en ons feitelijk waarschuwen in plaats van daarnaartoe gaan en proberen mijn moeder te vermoorden?'

'Dat heb ik nooit kunnen achterhalen. Misschien werd het gedaan om te intimideren, wat lukte. En ook om ons te dwingen jullie te verplaatsen, wat we deden. We hebben nooit ontdekt waarom dat voordelig was voor degene die deze brief had gestuurd.'

'Ze wisten dus wie ze was, ook al heeft ze nooit tijdens een rechtszaak getuigd?'

'Je moeder heeft "getuigd" voor de federale autoriteiten tijdens behoorlijk lange gesprekken die tot gevolg hadden dat andere getuigen een verklaring aflegden in ruil voor strafvermindering. Ze gaf ons ook opnamen die ze in het geheim had gemaakt tijdens gesprekken met verschillende maffiabazen. Deze opnamen werden gevalideerd door andere bronnen en als bewijs geaccepteerd. Het was allemaal legaal en officieel, en we hebben er alles aan gedaan om haar identiteit geheim te houden. Ze was onze grootste kans om de maffiafamilies op te pakken. We moesten haar veiligheid garanderen. En uiteindelijk hebben veel maffialeden een deal gesloten omdat de bewijzen overweldigend waren. De meeste oudere mobsters die we hebben opgepakt, zijn in de gevangenis overleden. Voor zover ik weet, zitten de jongere leden nog steeds in de gevangenis, precies waar ze horen te zijn.'

'Oké, vertel eens meer over die eerste getuigenbeschermingsactie.'

'Jullie werden overgebracht naar Hudson, Ohio. Dat is een buitenwijk van Akron, ver van New York City vandaan. We dachten dat jullie daar veilig zouden zijn.'

'Maar dat waren we niet.'

Lineberry zei: 'Nee. Op een avond, toen jullie daar ongeveer twee maanden waren, vielen twee gewapende mannen jullie huis binnen.'

'Wat gebeurde er toen?'

'Jullie hadden toen een hond, een labrador die Molly heette.'

'Ik kan me helemaal niet herinneren dat we een hond hadden.'

'Je was nog heel jong, Atlee. Maar de hond blafte en maakte je ouders wakker. Je vader had een geweer, schoot op de indringers en joeg ze weg. Toen werd besloten jullie de volgende dag naar een tijdelijk safehouse te brengen tot we een permanentere locatie hadden gevonden.'

'Waar was dat?'

'Het platteland van Colorado, waar iedere vreemdeling meteen zou opvallen. We dachten echt dat dat zou lukken.'

'Maar dat was dus niet zo. Wat gebeurde er?'

'Deze keer was het geen inval, maar een poging jullie auto van de weg te rijden. Heel toevallig reden twee agenten van de staatspolitie jullie tegemoet en zij hebben jullie gezin gered. Een van de daders kon ontsnappen. De andere werd gedood tijdens een schietpartij met die agenten.'

'Konden ze hem identificeren?'

Lineberry zei: 'Ja. Giovanni Colletti, lid van een misdaadfamilie uit Colorado. We konden hem natuurlijk niet verhoren, maar later ontdekten we dat hij op jullie gezin was gezet door een van de maffiafamilies die dankzij het werk van je moeder waren vernietigd.'

'Oké, de grote vraag is nu: hoe was het mogelijk dat ze steeds weer wisten waar we waren? Er móét een lek zijn geweest, Jack. En het bleef lekken.'

'Daar waren we ons goed van bewust. Maar we namen elke mogelijke voorzorgsmaatregel en hebben de achtergrond gescreend van iedereen die wist waar jullie naartoe werden gebracht. We konden niets vinden, geen gemeenschappelijke noemer die ons naar de mol zou leiden. We gebruikten steeds andere mensen, zodat de kring van intimi steeds veranderde, waardoor degenen die echt op de hoogte waren werden uitgesloten. Dat was de meest verbijsterende fase van mijn carrière, ik werd er gek van. Na Colorado werd besloten jullie uit WITSEC te halen en naar Andersonville, Georgia, te brengen. Ik kreeg de taak op jullie te passen en jullie te beschermen.' Hij zweeg even om zijn keel weer te schrapen. 'Dat is me dus niet gelukt.' Hij hoestte een keer na deze laatste opmerking, gevolgd door een afschuwelijke hoestbui.

'Jack, gaat het wel?'

Toen de hoestbui over was zei hij: 'Ja hoor, ik ben alleen moe.'

'Luister, je moet dus rusten, maar mag ik je vragen iets voor me te doen?'

Zijn toon werd meteen alert. 'Zeker. Alles.'

'Kun je me informatie sturen over wie inderdaad op de hoogte was van de verhuizingen van ons gezin? Ik bedoel iedereen die je je kunt herinneren, hoe vaag de relatie ook was?'

'Atlee, een heleboel van die mensen zijn allang met pensioen of zelfs al dood.'

'Toch wil ik hen natrekken.'

'Daar zie ik het nut niet van in.'

'Dan zal ik je vertellen waarom dat nuttig is. Ito Vincenzo kwam naar Georgia. Hij probeerde mij te vermoorden en hij ontvoerde mijn zus. Degene die onze locatie in Ohio en Colorado lekte, deed datzelfde in Georgia. Diegene moet contact hebben gehad met Bruno of Ito of iemand dicht bij hen. Als ik die persoon kan vinden, leidt die persoon me misschien naar Ito.'

Het bleef even stil.

Lineberry zei: 'Ik zal kijken wat ik kan doen. Maar ik werk al heel lang niet meer in die wereld. De meeste contacten die ik had, zijn niet langer van waarde.'

'Bel me als je tegen problemen aan loopt, dan zal ik zien wat ik kan doen om te helpen. Ik vertelde je in Georgia al dat we dit samen moeten proberen. En ik ben niet van gedachten veranderd.'

'Soms kan het oprakelen van het verleden meer kapotmaken dan mensen beseffen.'

'Ik moet de waarheid weten én ik moet mijn zus vinden, en jouw dochter, Jack! Ito is echt de enige connectie die ik op dit moment heb.'

'Hij leeft misschien niet eens meer,' zei Lineberry.

'Sinds 2001 heeft niemand hem kennelijk nog gezien, maar dat bewijst niet dat hij dood is. Tot ik dat zeker weet, moet ik hem blijven zoeken.'

'Het is veelbetekenend dat Teddy Vincenzo is vermoord meteen nadat hij met jou had gepraat. Je denkt toch niet...' Lineberry maakte zijn zin niet af.

'Nee. Ik denk niet dat dat iets met mijn zaak te maken heeft. Ik denk dat Tony Vincenzo betrokken was bij iets veel groters dan eenvoudige drugshandel. En ik denk dat hij dat aan zijn vader heeft verteld. En zijn vader heeft daarvoor de prijs betaald.'

'Dan is Tony Vincenzo ook een doelwit.'

'Ik hoop dat wij hem vinden voordat de mensen die Teddy hebben vermoord dat doen,' antwoordde Pine.

20

De volgende dag – het was kil en regenachtig geworden – stonden ze in de lobby van het hotel waar Pine en Blum logeerden.

Pine zei glimlachend: 'John Puller, Carol Blum.'

Puller gaf Blum een hand. 'Fijn kennis te maken, Carol. Ik heb veel over je gehoord.'

Blum keek op naar de lange, kaarsrechte en knappe Puller. 'Datzelfde kan ik van u zeggen, agent Puller.'

Pine zei: 'Laten we bij een kop koffie onze volgende stappen bespreken.'

Ze gingen naar het kleine café naast de lobby en bestelden koffie. Daarna liepen ze met hun kopjes naar een leeg zitje, namen plaats en keken elkaar aan.

'Hoe gaat het met je zaak?' vroeg Puller.

'We hebben een paar nieuwe dingen ontdekt, maar proberen nog wat meer grip op de zaak te krijgen. Mijn prioriteit is het vinden van Ito Vincenzo. Ik heb iemand gesproken die me misschien kan helpen te achterhalen wat er van hem is geworden, maar de kans dat dat lukt is klein. Laten we het dus over jouw zaak hebben. Als ik daardoor sneller bij Ito kan komen, dan moet ik alles weten.'

'Bedoel je dat Tony misschien weet waar zijn opa is?' vroeg Puller.

'Dat is de enige reden waarom we naar Trenton zijn gegaan.'

Puller knikte. 'Nou, ik kan ook niet zeggen dat ik veel grip op de zaak heb. Ik heb het weer geprobeerd, maar de politie van Trenton houdt me nu volledig buiten het onderzoek. Ik kan geen rapporten inzien én niet met de agent praten die Jerome Blake heeft doodgeschoten. Ze hebben de rijen gesloten en mij erbuiten gehouden.'

'Je zei dat die man van het Bureau of Prisons, Moss, je had verboden je ermee te bemoeien. Misschien heeft hij de politie van Trenton opdracht gegeven je buiten te sluiten.'

'Het verbaast me niet dat Moss dat misschien heeft gedaan, vooral niet na zijn gesprek met mij. Wat me wel verbaast is dat de politie van Trenton daarin meegaat. Het lijkt op een doofpotaffaire.'

'En uw eigen dienst?' vroeg Blum.

'Teleurstellend. Ik krijg maar heel weinig steun en verwacht niet dat daar verandering in komt. De uniformen houden zich stil, wat ik niet begrijp. Ik had verwacht dat iemand wel wat ruggengraat zou tonen, maar vreemd genoeg lijkt iedereen zich erin te schikken.' Puller zweeg even, met zijn blik neergeslagen. 'Het is niets voor het leger om zich gewoon afzijdig te houden als er onrecht geschiedt. Waarom dragen we dat uniform dan, verdomme, of waarom leggen we die eed dan af?'

'Dat hoef je mij niet te vragen. Maar ik wil het graag over de schietpartij hebben waarbij agent McElroy omkwam,' zei Pine.

Puller keek haar aan. 'Dat was duidelijk niet het werk van een bende, zoals je hebt ontdekt. Ik betwijfel zelfs of Jerome Blake dat schot wel heeft afgevuurd. Maar wie dan wel? En was Ed het doelwit wel? Of was jij dat, of ik, zoals we ons al eerder hebben afgevraagd?'

'Wás hij wel het doelwit, of was dit alleen een waarschuwing voor ons om de zaak te laten rusten?' opperde Pine.

'Allemaal goede suggesties,' zei Blum. 'Maar als ze bereid waren in koelen bloede een federale agent te vermoorden, moeten daar wel heel goede redenen voor zijn. Dat geldt ook voor een brede samenzwering om alles in de doofpot te stoppen.'

Pine zei: 'Teddy Vincenzo vertelde ons dat zijn zoon er tot ver over zijn oren in zat. Dat betekent misschien dat dit geen eenvoudige drugsoperatie is en dat er meer achter zit, veel meer. Zou de reden kunnen zijn dat de lui achter die drugsbende banden hebben met zeer hooggeplaatste politici?'

'Dat lijkt me goed mogelijk, want er is echt iets heel vreemds aan de gang,' zei Puller.

'Zei je net dat ze jou niet met de agent wilden laten praten die Blake heeft doodgeschoten?' zei Pine.

'Klopt. Ze wilden me zelfs niet vertellen hoe hij heet.'

'En je zei dat er militairen betrokken waren bij Tony's project?'

'Ja.'

'Heb je al iemand gearresteerd?'

'Twee, Bill Danforth en Phil Cassidy. Ze zitten nu in een cel in Fort Dix.'

'Niet in het gevangenisgedeelte van Fort Dix?' vroeg Pine.

'Nee. We willen niet dat hun hetzelfde overkomt als Teddy Vincenzo. Het leger houdt hen gevangen in een beveiligde ruimte ver bij de gevangenis vandaan. Ik heb de MP's die hen bewaken zelf uitgekozen.'

'Ik neem aan dat je Danforth en Cassidy hebt verhoord.'

'Tot ze om een militaire advocaat vroegen,' zei Puller. 'Zodra ze een advocaat hadden, werd het verhoor beëindigd.'

'Ik neem aan dat het militair recht niet veel afwijkt van het civiel recht,' zei Blum. 'Mijn zoon is een MP. Gestationeerd in Californië.'

Puller knikte. 'Geen gemakkelijke baan. En het is goed van hem dat hij zijn land dient. En ja, er zijn overeenkomsten, maar de Uniform Code of Military Justice kan vreemd lijken voor buitenstaanders. Soldaten leggen een eed af. Het gevolg daarvan is dat we hogere eisen aan hen stellen dan het civiele recht aan gewone burgers stelt. De bewijslast en de straffen kunnen erg verschillen. Danforth en Cassidy zijn al officieel in staat van beschuldiging gesteld en zullen voor de krijgsraad komen. Deze zaak wordt echt niet afgehandeld via een Artikel 15.' Puller keek Pine en Blum aan. 'Sorry, ik verval automatisch in militair jargon. Artikel 15 geeft de bevelvoerend officier het recht zijn mensen voor lichte overtredingen een straf op te leggen zonder dat een proces nodig is. Het komt echter wel in hun dossier te staan en dat zal hun carrière, promoties en dergelijke negatief beïnvloeden. Maar drugshandel is geen lichte overtreding en we hebben alle bewijzen die we nodig hebben voor een veroordeling. Ze zullen tot een lange gevangenisstraf worden veroordeeld.'

'Dan willen ze misschien een deal sluiten,' zei Pine.

'Ik zal zeker een deal sluiten als ik daardoor de grotere spelers te pakken kan nemen, áls ik daar tenminste toestemming voor krijg.'

'Hebt u met Danforth en Cassidy de mogelijkheid van een deal besproken?' vroeg Blum.

'Nog niet. Ik was van plan daar toestemming voor te vragen en hen daarna hard aan te pakken, zodat ze ons de namen gaven van de mensen hogerop in de keten. Maar sinds ze een advocaat hebben is alles onzeker.'

‘Kunnen we met de gevangenen praten in aanwezigheid van hun advocaat, of is dat bij het leger ook anders?’ vroeg Pine.

‘Nee hoor, dat kan. Ik bel wel iemand om te proberen dat te regelen. Maar verwacht er niet te veel van, want alles aan deze zaak is verkloot.’

‘Je zou denken dat ze alles willen doen om een deal te sluiten in ruil voor strafvermindering,’ zei Blum.

Puller keek Pine aan en zei toen: ‘Maar ze hebben ook een heel belangrijke reden om hun mond te houden.’

‘Omdat wat Teddy Vincenzo is overkomen hun ook kan overkomen,’ zei Pine.

Haar telefoon zoemde en ze zag dat het haar contactpersoon was bij het FBI-kantoor in Trenton, Rick Davies. Ze nam dus op.

Davies zei: ‘Ik stuur je een foto die ik heb gekregen van een vriend van me, een agent die iemand kent die belast is met de zaak. Een foto van het pistool waarmee die CID-agent is doodgeschoten.’

‘Oké.’

‘En ik heb gehoord dat er zes bewakingscamera’s in de buurt hangen. Volgens mij heeft de politie alle beelden in beslag genomen, maar dat kon ik niet bevestigd krijgen. Ik stuur je de locatie van elke camera, voor het geval je die wilt checken.’

‘Dat is fantastisch, Rick, bedankt.’

Ze verbrak de verbinding, vertelde wat Davies had verteld en wachtte tot het mailtje binnenkwam. Toen dat was gebeurd, bekeek ze de foto van het pistool.

Ze hapte naar adem en keek Puller aan.

‘Wat is er?’ vroeg hij.

‘Dat is niet het pistool dat Jerome Blake vasthield.’

21

De politie was al verdwenen en alleen geel politielint wapperde nog in de wind. Door de regen en de wind waren maar weinig mensen zo dapper om naar buiten te gaan.

Met hun paraplu's stevig vastgehouden tegen de harde wind bekeken Puller, Blum en Pine het gebied waar de schoten waren afgevuurd.

Pine vond dat de omgeving er in het daglicht totaal anders uitzag; groter en ingewikkelder. Die avond had het een soort lange, smalle tunnel geleken met maar heel weinig mensen. Ze keek naar de steeg. 'Puller, waar heb je eigenlijk geleerd om op die manier van het ene naar het andere gebouw te springen?'

Blum trok een wenkbrauw op bij deze vreemde vraag.

'Ranger School,' zei hij achteloos. 'Je weet zeker dat het niet hetzelfde wapen was?'

Ze keek hem aan. 'Blake had een subcompacte Glock 26. Het pistool op de foto is een gewoon formaat Glock 26 met een zwarte roestvrijstalen slede.'

'Ik kon hem niet goed zien, niet zoals jij. En het was donker in die steeg,' zei Puller waarschuwend. 'Verder ziet het frame van alle vuurwapens er hetzelfde uit.'

'Ik weet wat ik zag,' antwoordde Pine. 'Iemand heeft die wapens verwisseld. Dit was allemaal doorgestoken kaart en ze hebben Blake als zondebok gebruikt.'

Puller zei: 'Maar je moet op heel hoog niveau invloed hebben om zoiets als dit te kunnen doen.'

'Volgens mij hebben we duidelijk gezien dát ze dat hebben,' zei Pine. Ze opende een nieuwe pagina op haar telefoon. 'Zes locaties voor een bewakingscamera. Laten we ze checken.'

Twee banken, een wasserij, een pandjeshuis, een supermarkt en een winkel voor kantoorartikelen later hadden ze ontdekt dat alle opnamen van die avond als bewijs in beslag waren genomen door de plaatselijke politie.

Pine, Puller en Blum stonden in de stromende regen op de stoep voor het pandjeshuis te overleggen wat hun volgende stap moest zijn.

'Ze hebben heel snel gewerkt om al die camerabeelden in handen te krijgen,' zei Puller. 'Daardoor hebben wij geen enkele video-opname van die avond.'

'Het is niet waarschijnlijk dat ze die gaan gebruiken als bewijsmateriaal,' zei Blum.

'De kans is groter dat ze die opnamen vernietigen,' zei Puller.

Pine zei: 'Er waren mensen in de buurt toen er werd geschoten. Misschien heeft iemand een video met zijn telefoon gemaakt. Dat gebeurt tegenwoordig heel vaak.'

'Zullen we later vanavond terugkomen en wat rondvragen?'

'We zouden nu terug kunnen gaan naar het restaurant waar we hebben gegeten. Misschien heeft iemand die daar werkt iets gezien. We stonden ervoor toen McElroy werd doodgeschoten.'

Ze liepen naar het Italiaanse restaurant, namen plaats in een zitje en bestelden wat te eten. Pine herkende de serveerster van die avond en riep haar.

Ze was in de twintig, had lichtbruin haar, een scherpe blik in haar blauwe ogen en een slank lichaam.

Puller en Pine lieten haar hun badge zien en vroegen haar naar de schietpartij.

De serveerster, die volgens haar naamplaatje Dawn heette, verstijfde meteen. Met grote ogen zei ze: 'Dat klopt. Jullie tweeën waren hier die avond.' Ze keek naar buiten. 'Het was gruwelijk! Ik bedoel, dit is een leuke buurt. We hadden nog nooit een moord meegemaakt.'

'Kun je ons vertellen wat je hebt gezien?' vroeg Puller, terwijl hij zijn notitieboekje tevoorschijn haalde.

Pine vroeg snel: 'Heeft de plaatselijke politie al met iemand hier gesproken?'

'Niet dat ik weet.'

Pine en Puller keken elkaar aan.

Puller zei: 'Vertel ons dus alles wat je je herinnert, hoe onbelangrijk het ook lijkt.'

Ze trok een stoel bij en ging zitten. Terwijl ze naar buiten keek zei ze: 'Ik hoorde een paar knallen. Als vuurwerk, maar het was geen feestdag.'

'Klopt,' zei Pine. 'En toen?'

'Ik rende naar het raam en zag jullie tweeën en die man... Hij lag toen al op de stoep.'

'Heb je gezien waar die schoten vandaan kwamen?' vroeg Puller. 'Of de schutter?'

Ze schudde haar hoofd. 'Ik keek alleen naar het lichaam. Dat was...' Ze zweeg even. 'Ik zag wel iets, in de steeg aan de overkant.'

'Wat zag je dan?' vroeg Pine.

'Iets, een flits van iets, misschien van iemand die zich omdraaide en wegrende.'

'Welke kant op?' vroeg Puller.

'De steeg weer in, denk ik.' Ze keek hen met een hopeloze blik aan. 'Ik... Het spijt me, ik weet het gewoon niet zeker.'

Puller haalde een foto van Jerome Blake uit zijn zak. 'Heb je deze man die avond gezien?'

Dawn bekeek de foto en schudde haar hoofd. 'Nee.'

'Weet je het zeker?'

'Ja.' Ze keek weer naar buiten. 'Daar moeten camera's hangen. Die zouden jullie kunnen bekijken.'

Pine zei: 'Dat hebben we geprobeerd. Die... waren niet beschikbaar.'

'Misschien kunnen jullie het aan Karl vragen.'

'Karl?' zei Blum.

'Hij is een van onze koks van het snelbuffet.'

'Waarom zou hij iets weten?' vroeg Pine.

'Karl woont in het gebouw hiernaast. Daar is een brandtrap die uitkijkt op de steeg aan deze kant. Er is dit jaar twee keer ingebroken in zijn appartement, beide keren via de brandtrap. Daarom heeft hij zo'n camerading opgehangen; je weet wel, dat ding waarschuwt hem als daar beweging is. Maar die is zo gericht dat die misschien een opname heeft gemaakt van wat er aan de overkant is gebeurd.'

'Weet je waar Karl nu is?' vroeg Puller.

'Waarschijnlijk thuis. Zijn dienst is van vijf tot middernacht.'

Ze betaalden de rekening en vroegen Dawn of ze Karl wilde bellen om te controleren of hij thuis was en om hem te vertellen dat ze naar hem toe kwamen om de camerabeelden te bekijken.

Tijdens de korte wandeling nadat ze het restaurant hadden verlaten, vroeg Pine aan Puller: 'Zou dit de grote doorbraak in de zaak kunnen zijn?'

'Ik betwijfel of zelfs een rokend pistool voldoende is. Zo'n soort zaak is het kennelijk niet.'

'Maar we moeten de waarheid achterhalen.'

'Dat is de enige reden waarom ik dit werk ben gaan doen.'

'Ik ook.'

'En ik ook,' zei Blum.

22

'Daar hangt-ie,' zei Pine. Ze wees naar de kleine camera die aan een steunbalk hing in het portaal van de brandtrap tussen de eerste en tweede verdieping. Hij dekte de hele brandtrap voor het raam en had zo te zien ook zicht op de steeg aan de overkant van de straat.

Ze gingen het gebouw in, namen de trap naar de tweede verdieping en liepen door de gang naar appartement 311.

Karl Shaffer was achter in de veertig en kalend. Hij leek grauw en vermoeid. Hij zag eruit als iemand die niet tevreden was over het leven dat hij leidde. Ondanks de kilte in zijn kamer droeg hij een T-shirt. Nadat ze hem hun officiële legitimatie hadden laten zien, nodigde hij hen uit binnen te komen.

'Mijn vrouw werkt overdag op een kantoor,' zei hij nadat hij een wasmand en een paar andere spullen had verplaatst, zodat Blum en de beide anderen konden gaan zitten. 'Oké, Dawn belde net en zei dat jullie mijn camerabeelden moeten zien.'

'Van de schietpartij laatst.'

Shaffer schudde zijn hoofd. 'Verdomme, dat was idioot, nietwaar? Maar waarom ook niet? Overal gebeuren schietpartijen. Je bent niet veilig in je eigen huis.'

'En de camera?' zei Pine.

'Ja, hier is de afgelopen tien maanden twee keer ingebroken. Toen zei ik: nu is het genoeg geweest.' Hij keek Pine en Puller aan en pakte zijn telefoon. 'De livebeelden van de camera gaan via een app naar mijn telefoon. De camera neemt continu op. Die staat op een *cloud loop* of zo, waar ik niets van snap, maar dat hoeft ook niet. Het ding moet het gewoon doen.'

'Maar u kunt de beelden van de schietpartij wel terughalen?' vroeg Puller.

'Dat denk ik wel. De man die het heeft geïnstalleerd heeft me dat laten zien. Wacht even. Het is gemakkelijker om dat op de laptop te doen.'

Hij stond op, verliet de kamer en kwam terug met de laptop. Hij zette die op zijn schoot, opende de app en drukte een paar toetsen in. 'Even kijken, ik zal de tijd zo goed mogelijk invoeren. Ik weet het nog vrij goed. Toen ik de schoten hoorde, was ik kip tikka masala aan het maken. Ik weet niet of ik dat ooit weer kan maken. Oké, hier gaan we.' Hij draaide de computer om zodat zij het scherm konden zien en drukte op een toets, waarna een video werd afgespeeld.

Ze zagen allemaal dat Pine en Puller het restaurant verlieten en naar agent McElroy toe liepen. Even later hoorden ze een schot. Ook al wisten ze dat het schot zou komen, ze krompen toch in elkaar. McElroy viel op de stoep, en Pine en Puller zochten dekking achter de auto toen er nog meer schoten weerklonken.

'Oké, speel de opname terug tot ik "stop" zeg,' zei Puller.

Dat deed Shaffer.

'Stop.'

Nu keken ze naar de ingang van de steeg waar de schoten vandaan kwamen. En precies zoals Dawn de serveerster had gezegd, was er een flits van iets. Een mouw, een been, een hand. Zelfs toen Shaffer inzoomde, konden ze niet meer zien dan dat.

'Speel het nu maar verder af,' zei Puller.

Ze keken naar het scherm en zagen dat eerst Puller de steeg in rende en verdween, en daarna Pine.

Een minuut verstreek.

In gedachten zag Pine dat zij door de steeg rende, terwijl ze op dezelfde hoogte bleef als Puller. Ze bereikten het einde van de steeg. Jerome Blake was opgestaan van achter de afvalbakken. Pine had met hem gepraat en geprobeerd hem over te halen zijn wapen neer te leggen. Hij had gezegd wat hij had gezegd. Het volgende moment hoorde ze het schot. Het schot dat een einde had gemaakt aan Jerome Blake's leven. In gedachten zag ze zijn verbaasde blik weer en daarna in slow motion zijn langzame val. In werkelijkheid was hij meteen gevallen.

Maar dat dramatische beeld werd meteen overschaduwd door iets anders, iets wat zowel afschuwelijk als onverklaarbaar was.

Ze keek verbijsterd naar Puller. Hij had een harde blik in zijn ogen, een knoop in zijn kaak spande en ontspande zich.

Ze boog zich naar Puller toe en fluisterde: 'Op de camerabeelden is niet te zien dat de agent die Jerome heeft doodgeschoten de steeg in rende.'

'Nee, dat klopt,' fluisterde Puller terug.

'Wat betekent dat hij al in de steeg wás.'

'Wat betekent dat hij degene is die Ed McElroy heeft vermoord,' antwoordde Puller.

23

In tegenstelling tot die avond was het stil in de steeg.

De dood brengt een onvergelijkbare geluidloosheid, dacht Pine. Je kunt op een druk plein staan met de enorme herrie van een menigte mensen, maar een dode zuigt al het geluid om je heen op en verandert dat in een grimmige stilte.

Puller en Pine liepen aan weerszijden van Blum toen ze de steeg in liepen.

'De vraag is waar de schutter zich had verborgen zodat we hem niet zagen,' zei Pine.

Ze liepen tot het einde van de steeg en zagen de rij afvalbakken staan waar Jerome Blake zich achter had verstopt. Ze keken naar de bloedvlekken op de grond waar hij was doodgeschoten.

In die vlekken zag Pine een jongeman die de wereld had kunnen verbeteren. Nu lag hij in een mortuarium, beschuldigd van een moord die hij niet had gepleegd. Pine kreeg een brandend gevoel in haar maag. Er gebeurde elke dag weer zoveel onrecht dat je je haren uit je hoofd wilde trekken en tegen de leiders van het land wilde schreeuwen dat ze daar iets aan moesten doen.

'Je klom via die ladder van het dak,' zei Pine, weer terug in de realiteit, tegen Puller.

Puller keek naar dezelfde plek. 'Klopt. Laten we resumeren wat er is gebeurd.'

Pine zei: 'De agent kwam eraan rennen nadat hij Jerome had doodgeschoten. Zei dat Jerome op het punt stond te schieten. Ik zei dat dat volgens mij niet zo was. Hij voelde Jeromes pols, maar hij schoot bijna op je toen je die ladder af kwam.'

Puller nam het verhaal over. 'Hij vroeg naar onze legitimatie en die lieten we hem zien. Toen zei hij dat hij reageerde op een telefoontje naar 911, maar dat was dus een leugen, want hij was hier al.'

'Je vroeg of hij Jerome kende en hij zei nee. Hij vroeg wie de dode man op straat was en dat vertelde je hem.'

'En hij vroeg waarom een kind een agent van het CID van het leger zou willen doodschieten.'

'Daarna kwamen er meer agenten bij en gebeurde er van alles tegelijk,' zei Pine. 'Wij werden weggeleid om een verklaring af te leggen.'

'Hij was ongeveer één meter tweeëntachtig en breedgeschouderd, maar ik heb zijn gezicht geen moment goed kunnen zien. Jij wel?'

Pine dacht even na. 'Ik zal de man zeker herkennen als ik hem weer zie.'

'Wat gebeurde er met hem?' vroeg Blum. 'Hoe is hij vertrokken?'

'Ik weet nog dat ik naar Jeromes lichaam keek. Daarna keek ik om me heen. Puller stond met een brigadier te praten.'

'Klopt. Hij had de leiding en maakte aantekeningen, en daarna riep hij het technische team erbij.'

Pine zei: 'Toen draaide ik me om en keek de steeg in. Ik durf het niet te zweren, maar ik dacht dat ik de man de steeg uit zag lopen. Maar op dat moment wemelde het van de geüniformeerde agenten.'

'Wat een perfecte afleiding was,' zei Blum. 'En ook de enige reden waarom u die man niet tegenhield om hem te arresteren omdat hij Jerome had doodgeschoten.'

Puller zei: 'Hij kan best een echte agent zijn geweest. Wat deze situatie alleen maar lastiger maakt. Heb je zijn naamplaatje gezien?'

'Nee, maar als hij dat had gedragen, zou ik dat hebben gezien, want daar kijk ik altijd naar. Wat betekent dat hij geen naamplaatje droeg. Wat me meteen duidelijk had moeten maken dat er iets niet klopte,' zei Pine schaapachtig. 'Ik heb het verknald.'

'Ik denk dat het u vergeven kan worden dat het u niet opviel, agent Pine,' zei Blum.

'Ik kan het mezelf niet vergeven, Carol. Ik ben getraind om dingen te zien die andere mensen niet zien.' Ze dacht even na. 'Zijn uniform leek echt, op dat ontbrekende naamplaatje na dan. Hij hield zijn pet op, zodat ik niet weet of hij kalend was of zelfs helemaal kaal. Zijn onderarmen waren erg behaard. Zoals ik al zei, zal ik hem zeker herkennen als ik hem weer zie.'

Puller keek achterom. 'We moeten nog uitzoeken waar hij zich verschool.'

Ze liepen heel langzaam terug door de steeg en keken naar de kale muren. Nergens was een deur of een raam. Niemand had geluidloos over het prikkeldraad kunnen klimmen dat boven de afgesloten hekken van de zijstegen was gespannen. Op een paar plaatsen leek het alsof daar ooit een deur of raam was geweest, maar die waren dan dichtgemetseld of dichtgetimmerd met planken. Ze checkten deze plaatsen en verzekerden zich ervan dat de voegen intact waren of de planken stevig waren vastgespijkerd.

Puller zei: 'Waarschijnlijk hebben ze alle zijstegen en ramen en deuren afgesloten om drugsgebruikers en hoertjes hier weg te houden en te voorkomen dat dieven hun handeltje hier verbergen. Sommige van deze gebouwen staan leeg of worden gerenoveerd, waardoor ze heel verleidelijk zijn voor bepaalde figuren.'

'Kan hij van een van de daken zijn gekomen, net als jij?' zei Pine.

'Dan moet hij nog steeds toegang tot een van de gebouwen hebben gehad. En mensen die over daken rennen zijn wel verdacht. Ik zou denken dat hij niet wilde opvallen.'

Ze liepen terug naar de ingang van de steeg.

Pine zei: 'Jerome moet eerder in de steeg zijn gekomen, vóór de videobeelden die we hebben gezien.'

'Maar waarom?' vroeg Blum.

Pine liep door en hoorde dat het geluid van haar schoenen op de grond iets veranderde, van een dof naar een hol klinkend geluid. En ze zag een putdeksel.

Puller volgde haar blik.

Toen ze allebei opkeken, keken ze elkaar met een berustende glimlach aan.

Puller rende naar zijn auto, haalde de krik uit de kofferbak en rende terug. Hij stak het platte uiteinde van de krik in het gat in het midden van het deksel en duwde dat naar beneden. Het metaal gaf langzaam mee en daarna tilden Puller en Pine het deksel eraf en legden het opzij.

Pine haalde haar zaklamp uit haar zak en scheen in het gat.

'Carol, jij blijft hier terwijl wij dit checken. We sturen je een berichtje als we iets ontdekken.'

Puller ging eerst, in het licht van Pine's zaklamp.

Daarna klom ze langzaam achter hem aan de duisternis in.

24

Toen Pine beneden was, scheen ze met haar zaklamp om zich heen. Aan de muren waren koperen en pvc-buizen bevestigd, maar ook zaken die leken op kleppen en elektriciteitskastjes en rubber slangen.

'Dit lijkt een toegangstunnel van nutsbedrijven,' zei ze. 'Waarschijnlijk voor dit hele blok.' Ze richtte haar licht naar beneden en zag in het stof op de betonnen vloer verse voetafdrukken. 'Twee stel voetstappen, van grote en kleine schoenen. Misschien kwamen de agent en Jerome hier samen naartoe. En de afdrukken gaan maar één kant op, naar de steeg.'

'Geen van de beide voetafdrukken gaat terug. De agent heeft Jerome hier dus langs naar de steeg gebracht, omdat dit de enige manier was om er zeker van te zijn dat de jongen ernaartoe ging én hij hem in de gaten kon houden. Ze klimmen via de ladder naar boven, de agent schiet McElroy dood en geeft Jerome dan opdracht de steeg in te rennen, wat hij ook doet.'

Pine zei: 'Daarna verstopt de agent zich waarschijnlijk achter wat rotzooi in de steeg tot wij voorbijkomen, of hij klimt het gat weer in.'

'Nadat we hem gepasseerd zijn, klimt hij er weer uit, loopt achter ons aan door de steeg, wacht tot we Jerome zien en schiet hem dood voordat de jongen ons de waarheid kan vertellen. Probleem opgelost.'

Puller maakte met zijn telefoon foto's van de voetafdrukken. Hij en Pine liepen langs de rand om te voorkomen dat ze deze bewijzen op de plaats delict zouden vernietigen.

'Weet je wat we niet zien?' vroeg Pine.

'Enig bewijs dat de plaatselijke politie hier beneden is geweest.'

Ze volgden de beide voetsporen door de lange gang, die verschillende bochten maakte en ten slotte eindigde bij een blinde muur en een andere ladder. Ze klommen weer naar boven, duwden het putdeksel omhoog en kropen in een groot vertrek in een gebouw uit de put. Er stonden veel machines en aan de muren hingen grijze panelen met schakelaars en stroomonderbrekers erachter.

'Dit lijkt de controlekamer van een van de energiebedrijven die deze buurt van stroom voorzien,' zei Pine.

De voetstappen in het stof leidden naar de enige deur in het vertrek.

Ze liepen ernaartoe.

Puller haalde een latex handschoen uit zijn zak en gebruikte die om de deurknop om te draaien. De deur zat op slot en was vanaf deze kant niet te openen. 'Dat verbaast me niet,' zei hij. Hij haalde een leren etuitje uit zijn andere zak, opende het, haalde er twee dunne metalen staafjes uit en ging daarmee aan de slag, met zijn oor vlak bij het slot.

'Het leger heeft je een paar indrukwekkende vaardigheden bijgebracht,' zei Pine met een insinuerende glimlach.

'Ja, dat doet het leger. Maar ik weet zeker dat jij deze vaardigheden ook bezit.'

Er was een klikje en daarna draaide hij de deurknop om en trok de deur open.

Ze keken argwanend naar buiten.

'Shit,' zei Pine.

Ze zagen de achtergevel van een politiebureau.

Puller keek of er niemand in de buurt was, waarna ze naar buiten liepen en hij de deur zacht achter zich sloot.

'Best dapper om de ingang vlak bij de politie te gebruiken,' zei Pine.

'Tenzij hij echt een agent is,' antwoordde Puller. 'In dat geval is het volkomen logisch. Jerome zou nooit lang genoeg leven om hem als schuldige aan te wijzen.'

Terwijl ze terugliepen naar de plaats waar Blum op hen wachtte zei Pine: 'Oké, hebben we te maken met een oneerlijke agent of is het meer dan dat?'

'Een oneerlijke agent werkt alleen. Niets van wat ik tot nu toe heb gezien wijst erop dat deze man alleen werkt. Integendeel juist.'

'Ik hoopte al dat je dat zou zeggen, want zelf denk ik dat we te maken hebben met een van die complotten waar stomkoppen op internet zo vaak over opscheppen.'

'Denk ik ook.'

'Dus als de plaatselijke politie hierbij betrokken is, en de feds hierbij betrokken zijn?' zei Pine.

'Dan hebben wij maar heel weinig speelruimte en moeten we dus meer dan ooit op onze tellen passen.'

'Je zei eerder dat je niet wist wat je zou doen als je van de zaak werd gehaald.'

'Elke keer als de telefoon gaat zie ik ertegen op om op te nemen, omdat het dát gesprek kan zijn.' Hij aarzelde. 'Maar ik kan dit niet laten rusten.'

'Maar je bent een militair. Als ze je op een andere zaak zetten, moet je wel gaan.'

'En jij dan? Jij werkt ook voor een grote meedogenloze dienst.'

'Ik heb maar heel weinig tijd gekregen. Binnen een paar dagen verwacht ik het bevel dat ik als een goede agent snel terug moet naar Arizona en dit allemaal maar moet vergeten.'

'En?' zei hij nieuwsgierig.

'En ik ben net als jij. Ik kan dit niet laten rusten.'

'Maar dit is niet echt jouw gevecht. Jij moet verder werken aan de zaak van je zus. Ik kan mijn vinger in de dijk steken en hopen dat-ie het houdt.'

'Leuk geprobeerd, dappere ridder, maar je kent me te goed om te denken dat ik mijn handen hiervan aftrek. Het is beide zaken of geen zaak.'

'Mag ik een voorstel doen?'

'Ga je gang.'

'Laten we tegelijk aan beide zaken werken. Jij wilt Tony Vincenzo vinden voor jouw zaak en ik wil hem vinden voor mijn zaak. Wat ik je nog niet heb verteld, is dat ik een surveillanceteam op Tony had gezet voordat we probeerden hem te arresteren. Hij is een paar keer naar New York geweest. Naar één plek in het bijzonder, een wolkenkrabber aan Billionaires' Row.'

'Billionaires' Row?'

'Dat is om de hoek van Fifty-Seventh Street. De appartementen in deze wolkenkrabbers zijn eigendom van de superrijken. Sommige appartementen zijn gekocht door Russische oligarchen, buitenlandse machthebbers die geld hun land uit willen sluizen, Arabische sjeiks, dat soort mensen.'

'Wat deed Tony Vincenzo in zo'n gebouw?'

Puller zei: 'Dat weten we niet, maar dat moeten we wel te weten zien te komen. En hij is er twee keer in een Aston Martin naartoe gereden.'

'Een Aston Martin? Hoeveel verdiende hij dan met zijn pillen?'

'Die auto stond niet op zijn naam, maar op die van een lege vennootschap. We hebben geprobeerd de eigenaar te traceren, maar dat is niet gelukt. Alleen mensen met geld en/of connecties krijgen dat voor elkaar.'

Pine dacht hierover na. 'Oké. Dan is deze zaak dus zojuist op een ander niveau beland.'

Puller zei: 'Ik zal je de namen geven van een paar mensen die bij Rijdend Materieel in Fort Dix werken en van anderen met wie hij daar werkte. Ik wil dat je met hen praat en kijkt wat zij je kunnen vertellen. Op die manier kunnen ze mij niet verwijten dat ik de zaak onderzoek.'

'Wat ga jij in die tijd doen?' vroeg ze.

'Als je op het slagveld met een overmacht wordt geconfronteerd en de vijand van plan is je positie over te nemen en jou te vernietigen, kun je maar twee dingen doen.' Hij keek haar onderzoekend aan.

'Oké, het ene is je terugtrekken,' zei Pine.

'Het andere is aanvallen. En in dit geval is optrekken de beste keus, want dat is het laatste wat ze in deze situatie van me verwachten.'

'Maar wie ga je aanvallen?' vroeg ze zenuwachtig.

'Mijn superieuren, hoewel niet op de manier die jij misschien denkt.'

'Ga je me vertellen wat je van plan bent?'

'Nee, want dan maak ik je onbedoeld tot medeplichtige en dat zou ons allebei bijzonder ongelegen komen. Je zult me gewoon moeten vertrouwen.'

Daarna versnelde Puller zijn pas en moest Pine zich haasten om hem bij te houden.

25

'Je kent Tony dus goed?' vroeg Pine.

Zij en Blum zaten aan een cafétafeltje, tegenover een jonge vrouw die Lindsey Axilrod heette. Ze was midden dertig, van gemiddelde lengte, pezig en fit, had lichtbruin haar en een aantrekkelijk gezicht met sproeten. Haar naam had op de lijst gestaan die Puller aan Pine had gegeven.

'Ja, hij is een leuke man. Ik ga graag met hem om.'

'En je hebt hem leren kennen op Fort Dix?'

'Ja, ik ben geen militair, maar burger, net als Tony. Ik ben IT'er en los eventuele technologische problemen op.'

'Dan zult u nooit zonder een betaalde baan zitten,' zei Blum. 'Mensen met uw kennis leiden de wereld.'

Axilrod glimlachte en vouwde de papieren wikkel van het rietje dubbel dat nu in haar glas ijsthee stond. 'Dat weet ik niet, hoor, maar het is uitdagend werk. Dat vind ik prettig, want elke dag is anders, het is nooit saai.'

Ze zweeg even en keek Pine aan. 'Maar waarom heeft de FBI belangstelling voor Tony?'

'Wanneer heb je hem voor het laatst gezien?'

'Ongeveer een week geleden. Hij is de laatste tijd niet op zijn werk geweest. Is hem iets overkomen?'

'Hij wordt vermist,' zei Pine.

'Er is dus echt iets met hem gebeurd. Dat dacht ik al.'

'We proberen hem te vinden. We horen dus graag alles wat je ons kunt vertellen.'

'Ik kan me niet voorstellen dat ik je iets nuttigs kan vertellen.'

'Ben je met hem uit geweest?'

'Ja, soms met een groepje en soms met z'n tweeën.'

'Is er een gelegenheid waar jullie vaker naartoe gingen?'

'Nee, niet echt. We zijn een keer gaan bowlen; daar is hij heel goed in. We gingen naar bars, clubs, basketbalwedstrijden en restaurants en zo. Geen vaste dingen dus.'

'We begrepen dat hij naar een bepaalde plek in New York gaat.'

Axilrod zei met grote ogen: 'O ja! Daar weten jullie dus van?'

'We zouden er graag meer over willen weten.'

'Dat is van een man. Ze werden vrienden, heel goede vrienden.'

'Hoe heet die vriend?'

'Randy, volgens mij. Hij heeft een bedrijf opgericht en later voor goudgeld verkocht aan Google of zo. Hij is niet veel ouder dan ik, maar hoeft nooit meer te werken, de bofkont. Dat gebouw heeft een portier en een privélift die in de foyer uitkomt.' Ze schudde haar hoofd. 'Dat soort dingen had ik alleen maar in films gezien.'

'Je bent daar dus geweest?'

'O ja, een paar keer. Samen met Tony. Voor mij de enige manier om binnen te komen.'

'Hoe heeft Tony een man als Randy leren kennen?'

'Randy is niet altijd rijk geweest. Hij en Tony kenden elkaar daarvoor al. Tony was toen pas een jaar of achttien. Verder weet ik er weinig van, maar nadat Randy rijk was geworden vergat hij zijn oude vrienden niet.'

'Waar is het?'

'Fifty-Seventh Street.'

'Billionaires' Row misschien?'

'Ja. Het is een vrij nieuw gebouw. Een parkeerplek kost waarschijnlijk vijf keer mijn jaarsalaris.'

'Ik hoorde dat hij daar in een bijzondere auto naartoe rijdt.'

Axilrod glimlachte. 'De Aston Martin. Ja, die is ook van Randy. Tony mag hem weleens gebruiken. Als je me een jaar geleden had gevraagd of ik dacht dat ik ooit in een Aston Martin zou zitten, had ik nee gezegd. Maar wat een heerlijke auto!'

'Heb je Randy weleens ontmoet?' vroeg Blum.

'Nee. Tony zei dat hij misschien in Beijing of Parijs of Rio was. Randy heeft zijn eigen vliegtuig. Ik kan me zo'n leven niet eens voorstellen. Maar die man vindt het kennelijk prettig zijn rijkdom met anderen te delen, dus dat is cool.'

'Dus jullie reden met de auto naar dat penthouse, en toen?'

'We waren daar gewoon. We dronken wat, speelden wat videogames. Daar is een aparte kamer om te gamen. We zijn allebei gek op games, hoewel – ik wil niet opscheppen, hoor – ik veel beter ben dan Tony.'

'Jullie zijn dus een stel?'

Axilrod fronste. 'Zo zou ik het denk ik niet noemen. We zijn gewoon vrienden. We hadden geen trouwplannen, als je dat soms bedoelt. Ik ben tien jaar ouder dan Tony.'

'Jullie zijn dus nooit intiem geweest?' vroeg Pine.

Axilrods frons werd dieper. 'Daar wil ik geen antwoord op geven. Waarom is dat belangrijk als je Tony wilt vinden? En waarom vragen jullie dit allemaal?'

'We proberen gewoon een beter beeld van zijn leven te krijgen. Ik zou ook niet willen dat iemand me zoiets vroeg, maar dat is standaardprotocol voor het Bureau.'

Axilrod leek nog steeds afwijzend. 'Nou, ik blijf erbij dat we "vrienden" waren.'

'Oké, was hij ook "vrienden" met iemand anders?'

'Ik weet niet of hij... intiem was met iemand. Dat heeft hij nooit verteld.'

'Als jullie daar waren, waren jullie dan altijd met z'n tweeën?'

'Nee hoor, er waren altijd veel meer mensen.'

'Vrienden van Tony?'

'Een paar misschien wel.'

'Waren de anderen compagnons van Randy?'

'Denk het wel. Of vrienden van hem. Luister, daar gebeurt niets geks, hoor. Mensen met te veel geld zoals Randy vinden het immers leuk om de grote jongen uit te hangen. We gaan erheen, drinken wat, vermaken ons, spelen videogames en flirten een beetje. Dat is alles, meer is het niet. Dat soort dingen gebeuren overal in New York.'

'Misschien.'

'Nou, ik kan je niets anders vertellen dan dat alles wat ik daar heb gezien legaal is. Gewoon onschuldig plezier.'

'Houdt Randy daar elke dag feestjes?'

'Natuurlijk niet! Tony vertelde me dat hij een telefoontje krijgt als daar een feest wordt gehouden. Dat gebeurt niet vaak, één of twee keer per maand, maar ik kijk er altijd naar uit. Ik bedoel, kom op zeg, hoe zou ik anders ooit naar zoiets toe kunnen gaan?'

'Oké, laten we het over iets anders hebben. Heb je iets ongewoons gezien op Fort Dix?'

'Hoezo ongewoon?'

'Gewoon, anders dan anders?'

'Nee, nooit.'

'Want Tony produceerde en verkocht drugs, Lindsey.'

Axilrod schudde haar hoofd en zei fel: 'Het is onmogelijk om drugs naar dat complex toe te brengen. Ze hebben honden die daarop getraind zijn, en ze doorzoeken voertuigen.'

'Oké, dan over dat penthouse in New York. Zou je het terug kunnen vinden?' Pine had het adres wel, maar ze wilde Axilrod niet laten weten dat ze die informatie had.

'Waarom?' vroeg ze ongerust.

'Ik zou het zelf wel willen zien. We kunnen er samen naartoe.'

Axilrod schudde haar hoofd en zei nerveus: 'Ik wil niets te maken hebben met wat daar gebeurt.'

'Als jij het niet wilt doen, kan ik binnen een uur een huiszoekingsbevel en een team klaar hebben staan. Maar op die manier doe ik dat liever niet.'

Axilrod verstijfde. 'Je plaatst me in een onmogelijke positie. Als je dat doet en Tony ontdekt dat ik met jullie heb gepraat, wordt hij pisnijdig.'

'Ik dacht dat je zei dat daar niets aan de hand was.'

'Voor zover ik weet. Maar als dat wel zo is? Dan zit ik er middenin. En ik ben niet dom. Als de FBI daar rondneust, moet er wel iets aan de hand zijn.'

'Het enige wat jij moet doen is me mee naar binnen nemen. De rest kan ik zelf wel. Je kent de portier?'

'Ja, natuurlijk.'

'En? Is daar vanavond een feestje?'

Axilrod keek eerst naar Blum en daarna naar Pine. Berustend zei ze: 'Ja, inderdaad.'

'Hoe weet je dat er vanavond een feestje is?' vroeg Blum.

'Omdat Tony me dat vorige week vertelde. We zouden er samen naartoe gaan. Maar daarna heb ik niets meer van hem gehoord.'

‘Nou, jij en ik kunnen er samen naartoe. Oké, Lindsey?’ vroeg Pine.

Ten slotte knikte Axilrod. ‘Oké. Maar als het link wordt, ben ik weg.’

26

Axilrod en Pine reden met een Uber naar het centrum. Ze hadden elkaar ontmoet in Newark en waren daar in de Uber gestapt.

Axilrod droeg een strakke, donkere spijkerbroek, een witte blouse open bij de hals zodat een stukje decolleté te zien was, een kort denim jasje en stiletto's.

Pine droeg ook een spijkerbroek, een donkere blouse helemaal dichtgeknoopt en een zwart bomberjack. Haar wapens en legitimatie had ze natuurlijk in haar hotelkamer laten liggen.

'Wat gaan we doen als we daar zijn?' vroeg Axilrod zenuwachtig.

'Rondlopen, luisteren en kijken. Proberen een aanwijzing te krijgen waar Tony is. Ik verwacht niet de hoofdprijs te winnen, maar alles wat we te weten komen is meer dan ik nu weet.'

'Hé, denk je soms dat Tony er ook is? Hij heeft mijn berichtjes en telefoontjes niet beantwoord.'

'Laat ik zeggen dat het me zou verbazen als hij er was, maar ik ben wel vaker verbaasd.'

Voor het gebouw stapten ze uit en Pine keek omhoog. Ze waren aan de zuidkant van Central Park tussen Seventh en Eighth Avenue, en het gebouw waar ze zo dadelijk naar binnen zouden gaan was zo'n driehonderdvijftig meter hoog.

Nadat Puller haar over dit gebouw had verteld, had Pine een en ander uitgezocht. Het goedkoopste appartement hier had drieënveertig miljoen dollar gekost. De duurste eenheid was het penthouse, dat de hele bovenverdieping plus de verdieping eronder in beslag nam. Beide verdiepingen waren met elkaar verbonden door een brede trap en een privélift. Pine had ontdekt dat het penthouse was gekocht door een Saoedische prins voor honderdtien miljoen dollar en dat hij daar minder dan drie weken per jaar was.

Er stonden geen appartementen te koop. Er waren ook geen fulltime bewoners. Deze appartementen fungeerden niet als woning, maar als kluis. Dit was een manier om geld uit een land te sluizen waarvan de overheid soms dingen van de rijken afpakte zonder daarvoor te betalen, of een perfecte manier om geld wit te wassen dat in het buitenland illegaal was verkregen.

Pine zag met haar geroutineerde blik dat de geüniformeerde portier meer spieren en een betere opmerkingsgave bezat dan de meeste portiers in de Big Apple. De man bracht hen naar een kleine, maar paleisachtige lobby. Achter de tafel van de *concierge* stond een breedgeschouderde jongeman met dik golvend haar, een duur blauw pak met wit pochet en een behulpzame maar onderzoekende blik.

Pine nam aan dat hij altijd een lastig evenwicht moest vinden: hij kon het zich niet veroorloven niet argwanend te zijn, maar hij kon het zich ook niet veroorloven een vip tegen de haren in te strijken. Ze nam aan dat hij uitstekend was opgeleid om zijn taak zo goed mogelijk uit te voeren.

'Ja?' zei hij, terwijl hij Axilrod en Pine afwisselend aankeek.

'Ik ben Lindsey Axilrod, weet u nog? Ik kom hier meestal samen met Tony Vincenzo.'

'O ja, natuurlijk. Hallo, mevrouw Axilrod, fijn u weer te zien. Maar meneer Vincenzo is er niet, vrees ik.'

'Dat weet ik, maar hij zei dat ik hem hier zou treffen. Ik eh... Hij komt later, denk ik. Volgens mij is er vanavond weer een feestje, zo als gebruikelijk.'

Hij zei diplomatiek: 'Er zijn ook anderen in het penthouse, ja.' Hij keek naar Pine. 'En uw vriendin?'

Pine stak haar hand uit. 'Ik ben Angela. Lindsey zei dat ik met haar mee mocht.'

'Tony vond dat ook,' zei Axilrod snel. 'Hij wilde dat Angela vanavond meekwam.'

'Kom dan maar mee, dan laat ik jullie in de lift.' Hij drukte met zijn duim op de scanner naast de lift en toetste vervolgens het nummer van de verdieping in.

De deuren gleden open en Pine en Axilrod stapten naar binnen. De deuren gleden weer dicht, waarna de lift vertrok en hen snel negentig verdiepingen hoger bracht. Daar gingen de liftdeuren open in wat alleen maar beschreven kon worden als een rauw tafereel in een van de duurste appartementen ter wereld.

Pine zag ongeveer veertig mensen, vrijwel allemaal jonger dan dertig. Veel aanwezigen waren dronken en werden steeds beschonkener. Ze stonden in kleine groepjes te kletsen, lagen languit op de zware meubels, leunden tegen een muur of zaten op een tafel of liepen met hun hand op een stevig kontje naar meer besloten vertrekken.

Het volgende dat ze zag waren de twee forse mannen in een donker pak met een bolling naast hun borst voor hun wapen.

Een van hen stak een grote hand uit. 'Tasje.'

Het was geen vraag.

Ze gaven de mannen hun tasje, dat grondig werd doorzocht en daarna teruggegeven. Vervolgens werden ze efficiënt gefouilleerd.

'Naam?' vroeg een van hen.

Die gaven ze.

'Ik ben hier meestal samen met Tony Vincenzo,' zei Axilrod. 'Ik heb jullie vaker gezien.'

Een van de mannen maakte een weids gebaar en zei: 'Juist. Veel plezier.'

Ze liepen naar een bar voor een raampartij die een weids uitzicht bood op de stad. In de straten beneden zagen ze de lampen van duizenden voertuigen. Een slank vliegtuig vloog op hun hoogte tijdens zijn daling naar LaGuardia. Naast dit gebouw stond nog een wolkenkrabber waar de superrijken woonden, ver boven het gepeupel – zo dachten zij daar tenminste over.

Pine en Axilrod bestelden iets te drinken, respectievelijk een rum-cola en een champagnecocktail.

Pine keek om zich heen om zo veel mogelijk informatie te vergaren. Ze keek naar de beide mannen bij de deur, maar die besteedden niet meer aandacht aan haar dan aan de andere gasten.

'Herken je iemand?' vroeg Pine. 'Iemand die Tony kent bijvoorbeeld?'

'Die twee mannen daar,' zei Axilrod. 'Toen Tony en ik hier waren heeft hij met hen gepraat. Ze schenen hem te kennen, maar ze hebben elkaar alleen begroet en kletsten toen over sport.'

'Oké, is hier misschien iemand van Fort Dix die je herkent?'

Axilrod keek langzaam om zich heen. 'Die vrouw daar, die met die man staat te zoenen.'

Pine keek naar de vrouw. Ze was klein en in de twintig, en had dun asblond haar. Ze was te mager en haar bleke huid zag er ongezond uit. Haar benen in haar zwarte spijkerbroek leken op stokjes en alleen dankzij haar rode pumps was ze ongeveer één meter tweeënzestig. 'Haar naam?'

'Sheila Weathers.'

'Wat doet zij op Fort Dix?'

'Ze werkt in de kantine.'

'Ze ziet eruit als een junkie. Haar blik, haar nerveuze bewegingen. Weet je daar iets van?'

'Nee.'

'Waar kent ze Tony van?'

'Hij eet in de kantine. Ik heb hen vaak met elkaar zien praten.'

Pine zette haar glas neer. 'Laten we naar haar toe gaan. Zo te zien is ze die vent liever kwijt dan rijk.'

27

Pine liep snel naar het stel toe en ging gedecideerd tussen hen in staan. 'Hoi Sheila. Ik ben Angela.'

Weathers keek Pine niet-begrijpend aan, maar toen ze Axilrod zag zei ze: 'Jij werkt op ook Fort Dix. Daar heb ik je gezien.'

'Klopt. Ik ben Lindsey, van de IT. Volgens mij kennen we Tony Vincenzo allebei.'

'Hé!' riep de man. Hij was ongeveer één meter tweeënzeventig, had brede schouders, een hangbuik, glad naar achteren gekamd haar en een nijdige blik. 'Mag ik even?'

Pine keek op hem neer. 'Nee, ga maar weg. We willen even bijkletsen met onze vriendin Sheila.'

De man keek Pine kwaad aan. 'Dat bedoelde ik niet. Ik bedoelde verdomme dat jullie moeten oprotten.'

'Wil jij dat ook, Sheila?' vroeg Pine.

Weathers keek de man glimlachend aan. 'Ik zoek je straks wel op, Ryan.' Voordat hij iets kon zeggen kuste ze hem. 'Dat beloof ik.'

Hij keek kwaad naar Pine en zei tegen Weathers: 'Daar hou ik je aan.' Daarna beende hij weg.

Weathers draaide zich naar hen om. 'God, wat een griezel. Bedankt!'

'Graag gedaan, maar je weet dat hij je straks weer komt lastigvallen,' zei Pine.

'Dan ben ik hopelijk allang weg. Ik moet vroeg beginnen. Wilden jullie echt met me kletsen of was dat een smoesje om hem bij me weg te krijgen?'

Pine zei: 'Nee, we wilden echt met je praten.'

'Oké. Ik hoopte dat Tony hier was, want ik kreeg een berichtje dat ik hier vanavond naartoe moest en dat Tony ook kwam. Dankzij hem kom ik hier weleens.'

‘Ik ook,’ zei Axilrod.
‘Wie heeft je dat bericht gestuurd?’ vroeg Pine scherp.
Weathers zei: ‘Weet ik niet. Maar dat bericht kreeg ik wel vaker van tevoren over feestjes hier.’
‘Daten jij en Tony?’
Ze glimlachte. ‘Soort van, ja.’
‘Nou, ik wil graag met je over Tony praten,’ zei Pine. Ze nam hen mee naar een ander vertrek, waar gek genoeg verder niemand was, deed de deur dicht en zei tegen Weathers: ‘Tony wordt vermist en we zijn naar hem op zoek.’
Weathers keek naar Axilrod.
Deze knikte en zei: ‘Dat is waar.’
Weathers vroeg aan Pine: ‘Ken jij Tony?’
‘We hadden een relatie, heel serieus. Ik kom uit Newark. Ik wilde het weer goedmaken met hem.’
‘Sorry hoor, maar je bent een beetje te oud en een beetje te lang voor Tony. Hij houdt van kleine vrouwen zoals ik.’
‘Dan is zijn smaak veranderd.’
‘Tegen mij heeft hij het nooit over een Angela gehad.’
‘Praten jongens weleens over vroegere vriendinnetjes met hun nieuwe vriendinnetje?’ vroeg Pine. ‘Wanneer was de laatste keer dat je hem zag?’
Weathers beet op haar lip. ‘Luister, ik denk niet dat ik met jou over Tony wil praten.’
‘En als hem iets is overkomen?’
‘Er is hem niets overkomen.’
‘Dat kun je niet weten. En we weten allebei dat hij zich met gevaarlijke dingen bezighoudt.’
‘Hoezo, bedoel je met Rijdend Materieel?’
Pine keek haar strak aan. ‘Denk je echt dat ik het daarover heb?’ Ze keek naar de ogen en neus van de vrouw. ‘Ik veroordeel je niet, Sheila. Ik zeg alleen dat je verstandig moet zijn, want ik weet hoe het is in het leger. Ze pakken drugsgebruikers keihard aan.’
‘Hoe durf je! Ik ben geen drugsgebruiker!’
‘Is dat zo? Nou, je ogen en je neus en je tics vertellen me iets anders. Nogmaals, ik veroordeel je niet. Maar ik heb dat vaker gezien en heb genoeg tijd in afkickcentra doorgebracht om het te weten.

Je hoeft dus niet tegen me te liegen.'

'Oké, oké!' snauwde Weathers. 'Maar als je die shit eenmaal gebruikt, is het onmogelijk om ervan af te komen. Ik heb vier keer in een afkickcentrum gezeten. Als het leger meer mensen kon vinden om de afwas te doen en de afvalbakken te legen, was ik allang ontslagen.'

'Was Tony ook je dealer?'

Weathers keek haar aan. 'Waarom vraag je dat? Ben je in werkelijkheid een agent die me onzin verkoopt en hem wil arresteren? En mij ook?'

Pine keek Weathers vals aan en klopte op haar platte buik. 'Hierom wil ik met Tony praten.'

Weathers hapte naar adem. 'Je bent...'

'Je kunt het nog niet zien, maar dat duurt niet lang meer.'

'En hij is de vader?'

'Zeker weten.'

'Ik weet niet waar Tony is, echt niet!'

'Oké, maar heb je hem gezien?'

'Ja, op het werk.'

'Hij is al een tijdje niet op zijn werk geweest.'

'Dat weet ik.'

'Je hebt hem dus ergens anders gezien dan op je werk?'

'Misschien.'

'Je hebt hem óf wel óf niet gezien. En alles wat je ons kunt vertellen, zal meer zijn dan we nu weten.'

'Oké, een paar dagen geleden kwam hij bij me thuis. Zei dat hij uit zijn huis was gejaagd door de politie, die naar hem op zoek was, en dat hij zich een tijdje gedeisd moest houden.'

'Je bedoelt het huis dat van zijn pa was?' vroeg Pine.

'Ja, volgens mij wel. Hoe weet jij daar iets van?'

'Ik was naar hem op zoek. Hij had me over dat huis verteld, dus ging ik ernaartoe, maar er was niemand. Hoe lang is hij bij je gebleven?'

'Alleen die nacht.' Ze keek Pine aan en zei snel: 'We hebben niets gedaan, hoor. Hij sliep op de bank.'

Pine maakte een afwijzend gebaar. 'Ik wil niet met hem trouwen, Sheila. Ik dacht alleen dat hij wel zou willen weten dat hij vader wordt. Zei hij waar hij naartoe ging toen hij vertrok?'

'Nee, maar daarna stuurde hij me een berichtje en zei dat zijn vader in de gevangenis was gedood. Volgens mij joeg hem dat de stuipen op het lijf.'

'Zei hij waarom de politie hem zocht?'

'Nee, en dat heb ik ook niet gevraagd. Zo dom ben ik niet.'

'En hij zei niets waaruit je kon opmaken waar hij naartoe ging?'

'Niet echt.' Ze zweeg even en keek om zich heen, alsof ze wilde zien of iemand kon meeluisteren. 'Maar als hij niet terug kan naar zijn huis en hij hier niet is gekomen, zijn er niet veel plekken over.'

'Weet je er eentje dan?' vroeg Pine.

Axilrod keek om toen de deur openging en een paar mensen binnenkwamen met een glas en een sigaret. Ze zei: 'Luister, volgens mij is het beter als we dit niet hier bespreken.'

Pine zei: 'Oké, we kunnen wel ergens anders wat gaan drinken. Ik trakteer.'

'Jij mag niet drinken als je zwanger bent,' zei Weathers.

'Alsof ik dat niet weet. Ik bedoelde dat ik jullie drankjes zou betalen.'

Axilrod zei: 'Ik ken een tent in Chinatown, Lucky Thirteen.'

'Laten we daarheen gaan,' zei Pine. 'We kunnen samen een taxi nemen.'

Axilrod zei: 'Volgens mij kunnen we beter niet tegelijk weggaan. Als hier iets gebeurt wat niet klopt...' Ze keek ongerust naar Weathers.

Weathers zei: 'Ik weet waar de Lucky Thirteen is. Ik zie jullie daar wel.'

Pine leek niet blij. 'Oké. Maar Sheila, ik word heel nijdig als je niet komt opdagen.'

'Oké, oké. Ik kom echt, dat zweer ik.'

Pine en Axilrod liepen langs de beide mannen bij de voordeur, maar die letten niet echt op hen.

Pine zei: 'Weet je waar ze woont, voor het geval ze niet komt?'

'Nee, maar dat staat wel in haar personeelsdossier op Fort Dix. Daar kan ik wel bij.'

'Goed.'

Voordat ze in de lift stapten, bestelde Axilrod een Uber.

Toen ze naar buiten liepen, stopte er een donkere SUV voor de uitgang.

'Dat is hem,' zei Axilrod met een blik op haar telefoon.

Pine stapte als eerste in.

En dat was het laatste wat ze zich herinnerde toen ze wakker werd op een donkere plek met een dode naast zich.

28

Pine rolde op haar rechterzij en kwam langzaam bij bewustzijn. Even later werd ze ontzettend misselijk en gaf ze over op de grond.

'Shit.'

Ze ging rechtop zitten, wreef over haar hoofd en haar buik. En verstijfde.

Sheila Weathers lag naast haar. En in tegenstelling tot Pine zou ze niet meer opstaan. De diepe, brede snee over haar keel liep van haar ene oor naar haar andere. Pine keek of ze haar tasje zag, maar dat was hier niet. Ze had dus geen telefoon, geen zaklamp. Ze had geen idee waar ze was. Of hoe lang ze bewusteloos was geweest.

Overal was bloed, op de grond en op het lichaam. Sheila was hier dus vermoord en het slagaderlijke bloed zat overal op de vloer en de muren en haar lichaam.

De vrouw droeg dezelfde kleren als eerst. Pine raakte Weathers' hand aan; die was koud, maar niet ijskoud. Ze bewoog haar arm; geen rigor. De vrouw was nog niet erg lang dood.

Daardoor dacht Pine ergens aan. Ze onderzocht haar eigen lichaam zorgvuldig. Iemand had haar schoenen en bomberjack uitgetrokken, zodat ze alleen haar spijkerbroek en blouse aanhad. Er zat bloed op haar kleren en haar armen. Toen ze over haar gezicht streek, voelde ze dat daar opgedroogd bloed op zat. Ze raakte haar haar aan en voelde dat ook dat onder het bloed zat.

Ze hebben haar dus vermoord terwijl ik hier lag. Ze is hier gestorven en terwijl ik bewusteloos was, kwam ik onder haar bloed te zitten.

Pine's maag verkrampte weer en ze haalde een paar keer diep adem om de gal binnen te houden en te voorkomen dat de zenuwen met haar op de loop gingen.

Oké, dit was dus een plaats delict en zo moest ze die ook behandelen.

En ik maak dus deel uit van die plaats delict.

Toen zag ze het mes, nog geen dertig centimeter bij haar been vandaan. Ze kroop ernaartoe. Ze keek naar het bebloede handvat en toen naar haar eigen bebloede hand. Ze kroop nog dichterbij en probeerde te zien of... Shit, stel dat ze toen zij bewusteloos was haar hand om het lemmet hadden gevouwen?

Dan zitten mijn vingerafdrukken op het moordwapen.

Ze kroop terug, ging zitten en keek uitgebreid om zich heen, op zoek naar een uitweg.

De muren waren van hout, net als de vloer. Ze zag geen ramen. Pine ging door met het scannen van de muren tot ze een deur zag. Die was gemaakt van hout en leek stevig.

Ze stond op en liep er op haar blote voeten naartoe.

Ze voelde aan de deur. Die zat op slot.

Natuurlijk zit-ie op slot.

Toen bedacht ze zich iets. Waar was Lindsey Axilrod eigenlijk? Zij was samen met haar in de Uber gestapt.

Of niet?

Pine probeerde zich elke seconde te herinneren, maar het was allemaal vaag. Wat ze haar ook hadden toegediend moest haar geheugen hebben beïnvloed, want ze kon zich niets herinneren.

Hadden ze Axilrod dan ook vermoord? Lag haar lichaam in een van de donkere hoeken van dit vertrek? Was haar keel doorgesneden? Zat Pine ook onder haar bloed?

Maar toen ze er langer over nadacht, kwamen haar herinneringen terug. Ze herinnerde zich dat Axilrod de Uber had besteld en had gezegd dat de auto de Uber was. Dat was de enige reden geweest dat Pine was ingestapt. Maar het was hun Uber dus niet geweest. Het was helemaal geen Uber geweest, wat maar één logische verklaring openliet.

Ze heeft me erin geluisd en ik ben erin getrapt.

Axilrod moest betrokken zijn bij wat er speelde. Pine had haar benaderd omdat ze dacht dat de vrouw een potentiële getuige was of haar naar Vincenzo kon leiden. En ze had haar rol goed gespeeld; ze had geprobeerd Pine ervan te overtuigen dat er niets mis was. Ze was waarschijnlijk bang geworden dat Pine, als ze het spel niet goed speelde, haar dreigement om een huiszoekingsteam naar het appartement te sturen zou uitvoeren. Er was geen twijfel aan dat ze ervoor had gezorgd dat er een 'feest' plaatsvond nadat ze Pine had gesproken. Anders was het wel erg toevallig dat zo'n feest werd georganiseerd op de dag waarop Pine Axilrod had ontmoet. En toen Weathers was gaan praten, had Axilrod voorgesteld om weg te gaan. En voorgesteld dat Weathers apart vertrok.

Pine kreunde om haar eigen goedgelovigheid. Maar ze had zich zo gefocust op het inwinnen van informatie, en – dat moest gezegd worden – Axilrod had haar rol perfect gespeeld. Ze had duidelijk ervaring met bedrog.

En nu word ik waarschijnlijk beschuldigd van de moord op Weathers.

Ze moest hieruit zien te komen. Ze ramde met haar schouder tegen de deur, maar die gaf niet mee.

Ze verstijfde toen ze voetstappen hoorde.

'Poes, poes, poes, kom maar,' zei een stem. 'Kom maar, poesje.'

Pine trok zich terug in de donkerste hoek die ze kon vinden.

'Kom maar naar buiten, waar je ook bent,' zei de man spottend, waardoor Pine witheet werd.

De zelfverzekerde voetstappen kwamen dichterbij, waarna er opeens een lichtbundel door het pakhuis schoot.

'Het zal sneller gaan als je niet vlucht,' zei de stem. 'Als je vlucht, doe ik het langzaam aan. Als je stil blijft staan, is het binnen een seconde voorbij. Eén snee en het is afgelopen, dat beloof ik. Poes, poes, poes.'

De man kwam de hoek om.

Pine kneep haar ogen half dicht om hem beter te zien.

Hij was groot, slank en breedgeschouderd. Misschien van haar leeftijd. En het mes in zijn hand was een kartelmes, dat glom in het licht. Het had een gebogen lemmet en leek op iets wat een *ninja warrior* zou gebruiken om een vijand te doden. 'Ik weet dat je me kunt horen, poesje.'

'Waarom heb je Weathers vermoord?' vroeg Pine, terwijl ze wegsloop en in een andere hoek ging staan.

'Je bent wel erg traag van begrip. Je vertelde haar dat je zwanger was van haar vriendje. Ze werd kwaad. Jullie spraken hier af en begonnen te vechten. Jij hebt haar gedood, poesje, maar toen had ze jou al gesneden met het mes dat ik in mijn hand heb. Het heeft gewoon langer geduurd voordat je was doodgebloed. Dan is de zaak gesloten.'

'Dat gaat niemand geloven.'

'Daar ga ik niet over. Ik ben een specialist. Je weet vast wel waarin.'

'Onzin.' Al pratend verplaatste Pine zich weer. Niet in een willekeurige richting, maar systematisch. Ze was nu blij dat ze haar schoenen hadden uitgetrokken, want nu kon ze zich geluidloos verplaatsen.

De man liep naar de plek waar haar stem vandaan was gekomen. 'Je vlucht. Ik zei toch dat je dat niet moest doen.'

'Help! Help me!' riep Pine, waardoor ze zijn aandacht op de plek richtte waar ze stond, maar even later had ze zich alweer verplaatst.

'Hier is niemand die je kan helpen.' Hij sloop verder. Hij zei niets meer. Hij was geconcentreerd en behoedzaam, en misschien een beetje nerveus doordat alles niet helemaal volgens plan verliep.

Door de keiharde trap tegen zijn rug knalde de man met zijn hoofd tegen de muur voor hem. Hij stond langzaam op, maar Pine was al bij hem en sloeg toe met een rechtse hoekslag, gevolgd door een zwaaiende trap tegen zijn nek. Hij viel vloekend en kreunend opzij.

Ze riep: 'Kom hier, poesje. Dan kan ik dit afmaken.'

Hij stond onzeker op, pakte een doos van de grond en smeet die naar haar toe.

Ze ontweek de doos, maar dat gaf hem tijd om het mes op te rapen, dat hij had laten vallen.

'Nu kunnen we zien hoe goed je bent, bitch!'

Een seconde later vloog het mes uit zijn hand, die Pine vermorzelde met een nieuwe zwaaiende trap. Daarna hield ze de man in een armklem. Ze duwde zijn arm in een hoek waar die nooit voor was gemaakt, waarna ze samen op de grond vielen. Ze trok zo hard ze kon aan zijn arm.

Hij gilde toen verschillende botten en pezen in zijn arm allemaal tegelijk knapten. Hij schopte naar haar en ramde een knie tegen haar arm, waardoor er een pijnscheut door haar hele rechterkant trok. Toen hij dat opnieuw deed, liet ze hem los. Ze krabbelden overeind. Toen Pine opnieuw wilde aanvallen, gleed ze uit en landde keihard op de grond.

Hij maakte van die kans gebruik om weg te rennen, terwijl hij zijn gewonde arm vasthield en snikte van de pijn.

Een paar seconden later was hij verdwenen. Ergens in de verte hoorde Pine een andere deur, die werd geopend en dichtgeslagen.

'En ik háát katten, verdomme!' brulde ze hem achterna.

Pine stond langzaam op. Ze schudde de arm waarmee ze de rechtse hoek had uitgedeeld en die nu helemaal tot aan haar schouder stekend pijn deed. Ze liep naar de deur waardoor de man was verdwenen, liep een stukje terug, rende naar voren, draaide om haar as en ramde haar rechterhiel tegen het hout. De deur bewoog wel door de keiharde schop, maar ging niet open.

Ze bekeek de deur en ramde met haar knie onder het slot. Daardoor kwam de schacht los uit de kruk en de deur zwaaide open.

Ze liep door en zag een slecht verlichte trap naar beneden. Ze luisterde een paar seconden of ze iets hoorde – voetstappen, een ademhaling, of iets anders waaruit bleek dat er behalve zijzelf nog iemand was.

Ze liep behoedzaam de trap af, kwam bij een bordes, draaide zich om en liep verder naar beneden. Onderaan de trap bleef ze even staan voor een soort voordeur. Naast de deur was een raam, maar dat was zwart gemaakt. Ze hoorde geluiden buiten, auto's, pratende mensen, het gemiauw van een poes en nog meer auto's.

Pine probeerde de deurknop en tot haar verbazing zat de deur niet op slot. Ze ademde diep in en trok de deur open. Buiten was een donkere straat en het regende. Ze zag geen voorbijgangers, wat logisch was op zo'n onaangename avond, en ze had geen idee hoe laat het was.

Een auto reed voorbij en was alweer verdwenen voordat ze naar buiten kon stappen. Ze liep een kort trapje af en stond op straat.

Even later stond ze in het lichtschijnsel van een sterke zaklamp.

'Politie. Ga liggen, handen achter je hoofd. Nu!'

Pine ging op de grond liggen met haar handen achter haar hoofd. 'Niet schieten!' riep ze.

Verdomme, deze avond wordt steeds beter.

29

John Puller had een onrustige lift gekregen in een militair transportvliegtuig naar luchtmachtbasis Andrews. Daar mocht hij meerijden met een agent van het CID van de luchtmacht met wie hij aan een gemeenschappelijke zaak had gewerkt. De man zette hem af bij een metrostation, waar Puller met de ondergrondse naar zijn eindbestemming ging. Het Pentagon was het grootste kantoorgebouw ter wereld.

Het gebouw werd net gerenoveerd toen een van de vijf zijgevels op 11 september werd doorboord door een gekaapte jumbojet van American Airlines, bestuurd door Saoedi's die het land ten val wilden brengen. Naast alle passagiers van het vliegtuig stierven meer dan honderd mensen die aan hun bureau hadden gezeten, door een gang liepen of gewoon met collega's kletsten. Er was een kleine kapel gebouwd op de plek waar het vliegtuig het gebouw had geraakt. Maar het Pentagon was snel hersteld en was nu sterker dan ooit. Dat moest ook wel, dacht Puller, want de wereld werd met de minuut minder voorspelbaar.

Nadat hij zich bij de security had gelegitimeerd en de bewakers had verteld dat hij gewapend was mocht hij naar binnen. Hij liep door een doolhof van gangen zonder een begeleider en volgde exact de route die hij goed kende. Het Pentagon had ruim achttien kilometer aan gangen, met Ring A tot en met E en Gang Eén tot en met Tien op de begane grond. Je kon hier je hele carrière werken en nog altijd verdwalen, hoewel het gebouw zo was ontworpen dat een wandeling tussen twee punten nooit meer dan zeven minuten in beslag nam. Puller had er nooit een probleem mee gehad om welke plaats in Afghanistan of Irak dan ook te vinden, maar hij was hier al verschillende keren verdwaald. Elke keer had hij dat een vernederende ervaring gevonden, vooral één keer toen een oudere vrouw

– een veteraan die die dag op bezoek was – zijn hand had gepakt en hem naar zijn bestemming had gebracht. Bijna precies het tegenovergestelde van het oude beeld van een padvinder die een oudere vrouw helpt met oversteken.

Hij liep het kantoor in, waar de enorme voorkamer en de vele vlaggen aangaven hoe hoog de rang was van de man met wie hij deze avond een afspraak had. Dit was de vicevoorzitter van de gezamenlijke stafchefs, de op een na hoogste functie in de hiërarchie van de Amerikaanse krijgsmacht. De vicevoorzitter had zijn vierde ster gekregen toen hij deze positie innam. In de wet stond dat hij niet bij hetzelfde legeronderdeel kon zitten als de voorzitter. De huidige voorzitter was luchtmacht, maar de vicevoorzitter droeg hetzelfde uniform als Puller – en dat was een van de redenen dat Puller hier was.

Een onderofficier begroette Puller en bracht hem naar het echte kantoor, waarvan het formaat paste bij de hoge positie van de man. Eén muur was de *wall of love*, zoals het leger het graag noemde: een serie foto's van vips die glimlachten en de huidige eigenaar van dit kantoor een hand gaven of op de schouder klopten.

De huidige bewoner van dit kantoor was Tom Pitts, ongeveer één meter tachtig, een lichaam als een brok graniet en een bijpassend gezicht. Zijn handdruk was even stevig als die van Puller, die zo'n vijfentwintig jaar jonger was. De vier sterren stonden perfect op zijn brede schouders. Hij was een van slechts veertien viersterren in het leger en een van de slechts tweeënveertig in de hele krijgsmacht van de Verenigde Staten. Pitts had vaak gevochten en had elke medaille en elk lintje meer dan verdiend.

Ze gingen tegenover elkaar zitten op een identieke bank naast Pitts bureau.

'Ik heb je pa laatst opgezocht,' zei Pitts.

Dat verbaasde Puller. Hij zei: 'Dat wist ik niet.'

'Ik had het je wel willen vertellen, maar het was een spontane actie, zeg maar. Toen we langs het veteranenziekenhuis reden... wilde ik Fighting John Puller gewoon zien.'

'U hebt mijn toestemming niet nodig, meneer. Ik weet zeker dat hij het geweldig vond u te zien.'

'Je vader is meer vergeten over het aanvoeren van soldaten in de strijd dan ik ooit zal weten.'

Puller sloeg zijn blik neer. 'Hij is veel vergeten, meneer. Te veel.'

Pitts' gezicht betrok. 'Onhandige opmerking van me. Neem me niet kwalijk. Ik begrijp dat zijn toestand niet... zal verbeteren?'

'Nee meneer, tenzij er een wonder gebeurt.'

Pitts knikte langzaam, met een sombere en afwezige blik. Toen leefde hij weer op en zei: 'Maar daarvoor ben je niet gekomen. Wat kan ik voor je doen?'

Puller had ongeveer twee minuten nodig om Pitts volledig op de hoogte te brengen.

De generaal keek steeds verbaasder en toen Puller klaar was zei Pitts: 'Volgens mij heb ik nog nooit zoiets vreemds gehoord. Dat is onbegrijpelijk.'

'Dat dacht ik ook. Maar nu al die wegversperringen zijn opgesteld, en omdat u de hoogste baas van het CID bent geweest, dacht ik dat u het wel zou willen weten.'

'En je superieuren?'

Puller schraapte zijn keel en dacht zorgvuldig na over zijn antwoord. Bij het leger was niets zo heilig als de hiërarchie. Een militair die zijn superieuren passeerde kon daar maar beter een uitstekende reden voor hebben, en zelfs dat was niet altijd voldoende.

Hij besloot zijn verhaal met: 'Maar u ziet dat ik alle gebruikelijke kanalen heb benaderd, meneer.'

'Ja, dat zie ik. En?'

'En niet een van mijn problemen is opgelost. En mijn superieuren lijken al even verbijsterd als ik ben.'

'Dat is onacceptabel!'

'Ik dacht al dat u daar zo over zou denken.'

'Jij onderzoekt misdaden die door militairen zijn gepleegd, dus heb je alle recht om elke aanwijzing na te trekken en elk bewijs te checken. Er is geen enkele reden voor wie ook, civiel of militair, om jou buiten te sluiten, en de overheid al helemaal niet.'

'Maar sommige mensen begrijpen dat kennelijk niet.'

'Ik ga dit uitzoeken. Jij hebt een taak uit te voeren en je zou in de gelegenheid gesteld moeten worden om dat te doen.'

'Dank u, meneer.'

'Laat het maar even rusten terwijl ik me hiermee bezighou. Kom over vierentwintig uur terug. Dan weet ik meer.'

Pitts stond op, en Puller dus ook. Hij wist dat de generaal waarschijnlijk tien andere besprekingen had voordat hij zijn werkdag kon afsluiten, en elke bespreking ging vrijwel zeker over veel belangrijker zaken.

Puller vertrok en liep snel terug door de gang. Hij had lang en diep nagedacht over de vraag of hij Pitts erbij zou betrekken, maar was uiteindelijk tot de conclusie gekomen dat hij niets te verliezen had.

Weer buiten keek hij achterom naar het gebouw dat al sinds het gedurende de Tweede Wereldoorlog was gebouwd symbool stond voor de macht van de Amerikaanse krijgsmacht. Deze had onder vuur gelegen tijdens onpopulaire oorlogen en was geprezen toen zaken goed uitpakten. Puller wist dat de wereld nu eenmaal zo in elkaar stak. Maar het gebouw stond er tenminste nog. Puller hoopte nooit op oorlog. Geen enkele militair die hij ooit had ontmoet deed dat. Maar als er wel een oorlog was, had het land behoefte aan een gebouw als dit.

Helaas zou hij over iets meer dan een uur weer strijd moeten leveren.

30

Puller stapte weer in de metro en reed tot de halte Reagan National, waar hij zijn auto op de langparkerenplek had achtergelaten. Hij nam de Interstate 95 naar zijn appartement.

Toen hij binnenkwam lag zijn kat AWOL op het aanrecht en zwaaide als een behaarde metronoom met zijn staart.

Puller leunde tegen het aanrecht en aaide AWOL's oren gedurende tien seconden: de maximale tijd die AWOL hem toestond voordat hij weer met rust gelaten wilde worden. Een oudere buurvrouw zorgde voor de kat als Puller afwezig was. En met Pullers werkrooster zag de buurvrouw AWOL waarschijnlijk vaker dan Puller zelf.

Opeens keek AWOL met zijn felgroene ogen naar het raam. Puller woonde op de eerste verdieping van een flatgebouw niet ver van Quantico. Daar was het CID-hoofdkantoor gevestigd aan Telegraph Road in hetzelfde complex als de basis van de marine. Hij zag dat AWOL naar het keukenraam sloop en naar buiten keek. De staart van de kat ging naar beneden en zijn rug omhoog, en Puller hoorde hem blazen.

Puller was in het Midden-Oosten geweest, waar de meest onschuldige geluiden vaak leidden tot de meeste doden en vernietiging. Daardoor was zijn innerlijke antenne zo fijn afgesteld dat hij een bijna buitenaards vermogen had om geluiden te horen en te onderscheiden, hoewel hij dat zelf anders zou beschrijven.

Daardoor ben je een soldaat die in leven blijft.

En het hielp echt als je een kat had met een zelfs nog betere antenne dan een mens ooit zou kunnen hebben.

Hij haalde zijn M11 uit de holster en duwde AWOL met de pistoolkolf opzij. De kat sprong van het aanrecht, landde geluidloos op de grond en verdween in een ander vertrek.

Er was maar één deur waardoor je het appartement in en uit kon gaan. Er waren twee ramen die uitkeken op de straat. Er was geen balkon of dakterras. Het was gewoon een Amerikaans appartement van ruim tachtig vierkante meter. Pullers overheidssalaris was goed, hoger dan het gemiddelde loon, maar veel lager dan hij in de private sector zou hebben verdiend. Hij had een veel luxere woning kunnen betalen, maar waarom zou hij betalen voor iets wat hij amper gebruikte? En het kon AWOL niets schelen hoe zijn behuizing eruitzag.

Puller sloop naar een van de ramen, bleef ernaast staan en duwde het gordijn iets opzij. Het was donker buiten, maar zijn ogen waren getraind om in het donker te kunnen zien.

Op de verlichte parkeerplaats stonden een heleboel donkere auto's. Maar er was er eentje waarbij er nog damp van de motorkap kwam, doordat de motor draaide en de regen die op de motorkap viel werd verwarmd. De koplampen van de auto waren uit, dus waarom zat daar iemand met een draaiende motor?

Toen zag hij ongeveer vijftien meter van de auto vandaan twee schaduwen die in de richting van het gebouw bewogen. Ze liepen langzaam. Dat was geen goed teken, aangezien het regende en gewone mensen zich haastten om uit de regen te komen. Dit waren dus geen gewone mensen.

Puller liep door het kleine appartement naar zijn voordeur, opende die op een kier en keek naar buiten.

Stiekeme voetstappen op de trap.

Puller pakte snel de ingepakte rugzak die hij in de kast naast de voordeur bewaarde en hing hem aan zijn schouder. Hij sloop zijn appartement uit en deed de deur achter zich dicht. Hij liep geluidloos over de galerij en verschool zich achter een ijsblokjesmachine.

Hij richtte zijn pistool en wachtte.

De eerste persoon verscheen bovenaan de trap, bleef even staan, keek om zich heen en gebaarde dat zijn partner hem moest volgen. Ze bereikten Pullers voordeur ongeveer op hetzelfde moment waarop Puller oordopjes in zijn oren stopte.

Ze bekeken het slot. Puller had de deur op slot gedaan om het hun niet te gemakkelijk te maken. De eerste man haalde iets uit zijn zak en ging met het slot aan de gang, terwijl de tweede man de wacht hield.

Het slot was geopend en de eerste man duwde de deur centimeter voor centimeter open. Even later verdwenen beide mannen naar binnen. Puller kwam achter de ijsblokjesmachine vandaan en haalde tegelijkertijd een nachtbril uit zijn rugzak. Hij had hem al op toen hij bij zijn voordeur was. Hij keek naar binnen en zag dat de mannen met hun rug naar hem toe stonden. Hij trok de pin uit het voorwerp dat hij in zijn hand had, hield het twee seconden vast en gooide het toen naar binnen. Hij stapte opzij en drukte zijn rug tegen de buitenmuur.

De flitsgranaat deed precies wat hij moest doen. Door de verblindende flits konden de beide mannen niets meer zien. En de gelijktijdige knal beroofde hen van hun andere zintuigen. Puller hoorde dat de beide mannen schreeuwend op de grond vielen.

Puller wachtte twee seconden en liep naar binnen.

De mannen lagen kronkelend en jammerend op de vloer van de kleine keuken. Toen een van hen probeerde op te staan, tikte Puller vrij hard met zijn vuist tegen zijn nek, waarna de man bewusteloos raakte. De andere man probeerde zijn pistool te trekken, maar Puller ontwapende hem snel en schakelde hem uit met een tik van zijn M11 tegen het hoofd.

Hij wilde net de politie bellen toen een salvo van een machinegeweer in de buurt van de voordeur hem dwong dekking te zoeken achter een bank. De mannen met wie hij al had afgerekend, vormden kennelijk slechts de voorhoede.

Hij had nu zijn beide M11's getrokken en schoot op de deuropening. Een nieuwe kogelregen sloeg in de bank. Zodra dat afgelopen was, rende Puller naar rechts, trapte zijn slaapkamerdeur open en smeet de deur achter zich dicht.

Hij dook op de vloer toen de kogels van het machinegeweer de deur versplinterden en in de muur ertegenover sloegen. Puller rolde op zijn rug en schoot met beide pistolen terug door de kapotgeschoten deur. Onmiddellijk daarna hoorde hij de sirenes. Machinegeweervuur dat geen deel uitmaakte van een oefening op Quantico trok de aandacht van een heleboel militairen en FBI-personeel die hier woonden.

Waarom duurde het zo lang?

Puller ramde een nieuw magazijn in beide pistolen, kroop naar links, hoorde dat iemand zich zo geluidloos mogelijk verplaatste en leegde een van de magazijnen door het dunne wandje tussen deze kamer en de woonkamer. Hij werd beloond met een kreun en het geluid van iemand die viel en hopelijk dood was.

Hij dook in de kleine badkamer ernaast toen verschillende kogels door de muur vlogen en zijn slaapkamer aan flarden schoten.

Daarna hoorde hij gestommel bij de voordeur, een deur die werd opengetrokken en wegrennende voetstappen.

Hij stond op, liep zijn slaapkamer weer in en keek voorzichtig naar buiten.

Er was niemand in de kamer. Hij rende naar het raam en zag mannen naar de auto rennen die met draaiende motor en zonder licht op de parkeerplaats stond. Ze ondersteunden een andere man; misschien degene die Puller had beschoten. Ze stapten in de SUV en de bestuurder trapte het gaspedaal in.

Puller schoof zijn raam open, richtte en schoot met zijn andere M11 op de vluchtende auto tot het magazijn leeg was. Van deze afstand kon hij natuurlijk niet verwachten dat hij de auto met een pistoolschot tot stilstand kon brengen.

Een paar seconden later reed de SUV de hoek om en was verdwenen.

Toen het geluid van de sirenes dichterbij kwam, ging Puller op zoek naar AWOL. De kat zat op de bovenste plank van de kast, achter een plastic krat waarin Puller zijn winterkleren bewaarde. Er zat een kogelgat in.

AWOL was niet gewond, miauwde en sprong op Pullers schouder.

Puller ging op zijn vernielde bed zitten, terwijl hij AWOL onder zijn kin aaide. De kat vond het prima; hij wilde kennelijk niet alleen zijn.

Puller kon hem dat niet kwalijk nemen.

Hij keek naar wat er over was van zijn appartement. De twee mannen die hij had uitgeschakeld waren verdwenen. Hun vrienden hadden hen kennelijk bij kennis gebracht, waarna ze met z'n allen met de SUV waren gevlucht.

Hij keek naar zijn beide lege M11's en slaakte een lange, opgeluchte zucht.

Ik dacht dat ik het Midden-Oosten achter me had gelaten.

31

Pine rook haar eigen zweet. Ze zat geboeid en in haar eentje in de cel. Haar handboeien zaten vast aan een metalen bankje dat op zijn beurt aan de vloer was geschroefd.

Nooit gedacht dat ik de wereld ooit vanaf deze kant van de tralies zou zien.

Nog steeds had ze geen schoenen aan, nog steeds zat ze onder het bloed en nog steeds had ze het ijskoud.

Ze keek op en zag een man staan.

Hij was in de vijftig, gezet en kalend, en hij had een dossiermap bij zich. Hij keek bars en tegelijkertijd verveeld. 'Ben jij degene die steeds zegt dat je FBI-agent bent?'

'Dat zeg ik steeds omdat ik dat bén. En ik wil graag iemand bellen.'

'Natuurlijk. We hebben alleen nog een paar mensen die vóór je aan de beurt zijn. Drukke avond. Zal wel vollemaan zijn.'

'Wie ben je eigenlijk?'

Hij tikte op de badge aan zijn riem. 'Rechercheur Milton Barnes. Jouw zaak is op mijn bureau gedropt. Heb ik even mazzel! Wie is die dode jonge vrouw die naast je lag?'

'Dat heb ik de agenten al verteld. Ik heb hun ook verteld over de man daar die probeerde me te vermoorden.'

'We hebben geen man gezien, maar vertel eens over die vrouw.'

'Haar naam was Sheila Weathers, of dat is mij tenminste verteld. Mij is ook verteld dat ze in de eetzaal van Fort Dix werkte.'

'Dat is je verteld?'

'Kun je die handboeien losmaken en kan ik me wassen en een deken krijgen? En hoezo wordt het hier niet verwarmd? Het is hier maar vier graden of zo!'

'Ja hoor. Ik kan je advocaat ook wel betalen en dan krijg je een gratis auto die je naar Antigua brengt als je van moord wordt beschuldigd. Denk je soms dat dit het Hilton is of zo?'

'Ik ben special agent Atlee Pine van de FBI. Maak een foto van me en mail die naar het Bureau. Daar zullen ze bevestigen dat ik ben wie ik zeg dat ik ben.'

'Waar zijn je badge en je legitimatiepapieren? Dat zou veel minder tijd kosten dan een foto.'

'Ik was undercover. Zou bijzonder gevaarlijk zijn als ze die op me hadden gevonden. Ik had mijn telefoon niet eens meegenomen.'

'Zo, zo. Uiteindelijk was het dus toch gevaarlijk, voor die dode dame dan. Je vingerafdrukken zaten trouwens op het moordwapen.'

'Dan heeft iemand mijn hand eromheen gevouwen toen ik bewusteloos was. Misschien de man die mijn keel wilde doorsnijden. Ze waren kennelijk van plan mij die moord in de schoenen te schuiven.'

'De politie kreeg een telefoontje over een vechtpartij in dat gebouw. Gegil en spullen die werden omgegooid.'

'Klopt, dat was ik toen ik met die man vocht. Ik heb zijn arm op zeker zes plaatsen gebroken. Ik heb de agenten zijn signalement gegeven. Doe navraag bij de afdelingen Spoedeisende Hulp. Daar zit die klootzak waarschijnlijk te grienen als een klein kind.'

De man zei: 'Ze gingen daarnaartoe en zagen jou. Je zat onder het bloed en jouw vingerafdrukken zitten op het mes. Wat denk je dat ik dan denk? Dat je een undercover FBI-agent bent zoals je beweert of een moordenaar? Dit is geen tv-serie, dame, dit is geen plotwending, oké?'

'Maak die foto nu maar en stuur hem naar het Bureau.' Opeens schoot haar iets te binnen. 'Naar special agent Eddie Laredo van het veldkantoor New York.'

'Oké, terwijl we wachten kun je met mij meekomen.'

Hij gaf een geüniformeerde agent opdracht de celdeur en haar handboeien los te maken, waarna hij Pine meenam naar een verhoorkamer. Daar duwde de agent haar op een stoel aan een tafeltje, maakte haar been met een enkelboei vast aan een ring in de vloer en vertrok.

Barnes ging tegenover haar zitten en legde het dossier op de tafel. 'We hebben het slachtoffer nog niet geïdentificeerd.'

'Ik heb je verteld wie ze was.'

'Wie ze was zoals jou is verteld. Wat deed je in dat gebouw?'

'Ik werd bewusteloos geslagen en daarnaartoe gebracht. Ik kwam weer bij naast de dode vrouw.'

'Waar was je toen ze je bewusteloos sloegen?'

Ze gaf hem het adres van het gebouw in Fifty-Seventh Street.

'Chique buurt,' zei hij.

'Daar moet je misschien naartoe. Dan vind je misschien een heleboel internationale criminelen die daar een luxeleventje leiden.'

'Ja, dat weet ik ook wel. En die hebben twintig advocaten voor iedere advocaat die wij hebben, dus wie wint dat gevecht, denk je? Vertel verder. Wat gebeurde er toen?'

'Ik zag dat ze dood was en daarna heb ik de man die ze daarnaartoe hadden gestuurd om mij te vermoorden behoorlijk toegetakeld. Daarna ontsnapte ik en toen kwam de politie, die me bijna doodschoot.'

'Je zit onder háár bloed, weet je. Ze hebben je onderzocht, maar je bent zelf niet gewond.'

'Op mijn arm zitten een paar blauwe plekken zo groot als een frisbee. Hoe noem je dat dan?'

'Dus jij hebt die vent verrot geslagen en hij ging er gewoon vandoor? Klinkt onwaarschijnlijk.'

'Waarom, omdat ik een vrouw ben? Geef me een stuk hout, dan laat ik je zien hoe hard ik kan slaan.'

'Ik geloof je op je woord. Weet je, we hadden je in een gigantische bewijszak kunnen stoppen. We hebben je kleren nodig en moeten monsters nemen van je lichaam.'

'Het verbaast me dat jullie dat nog niet hebben gedaan.'

'De administratie moet dat eerst regelen. We willen niet dat je rondbazuint dat je grondrechten uit het Vierde Amendement zijn geschonden, of wel soms, mevrouw de FBI-agent?'

Ze kalmeerde en keek hem aandachtig aan; ze rook een kans. 'Er zijn twee uitzonderingen op de bescherming uit het Vierde Amendement tegen onredelijke arrestatie en fouillering, in elk geval met betrekking tot mijn situatie.'

Barnes keek opeens geïntrigeerd. 'Is dat zo? Welke uitzonderingen zijn dat?'

'Zichtbaar bewijsmateriaal, wat het bloed op mij duidelijk is.'

'En de andere?'

'Fouilleren na gerechtvaardigde arrestatie om bewijsmateriaal veilig te stellen. Ook dat is van toepassing op mijn situatie. Ik zal je voor geen van beide zaken aanklagen. Gratis en voor niets, cadeautje van een federale agent aan een agent van de plaatselijke politie. Wil je ook iets voor mij doen?'

Barnes ging rechtop zitten, terwijl zijn beschuldigende blik langzaam verdween. 'Aan welke zaak werk je, agent Pine?'

'Dat is een lang verhaal.'

'Welke naam noemde je net, van die man bij de FBI?'

'Eddie Laredo. Je gelooft me nu dus wel?'

Barnes stond op. 'Je zei dat je een agent was en ik gaf je de kans dat te bewijzen. De beide criteria die je net opsomde alsof je je politie-examen deed... Je bent met vlag en wimpel geslaagd. Alleen een agent weet dat soort dingen.'

Hij vertrok en bleef veel langer weg dan een minuut.

Pine was met haar hoofd op het tafelblad in slaap gevallen. Het middel waarmee ze haar in slaap hadden gebracht werkte nog na.

Ze werd wakker toen de deur opengaing.

'Zo zien we elkaar dus weer.' Special agent van de FBI Eddie Laredo keek met een ongelovige grijns op haar neer.

Pine keek op en was ontzettend blij dat ze hem zag, terwijl ze hem het liefst wilde wurgen om die grijns van zijn gezicht te halen.

Misschien was het maar goed dat ze met een enkelboei aan de vloer vastzat.

32

'Zo te horen ben je bij een behoorlijk ernstige zaak betrokken,' zei Laredo, terwijl hij Pine terugbracht naar Newark, waar haar auto stond. Het was de volgende ochtend en Pine was het grootste deel van de rit aan het woord geweest om Laredo te vertellen wat er was gebeurd.

Pine had bij het NYPD haar verklaring afgelegd en haar kleren afgegeven als bewijsmateriaal, er waren foto's gemaakt van de bloedspetters op haar lichaam en daarna was ze vrijgelaten. In ruil voor haar kleren hadden ze haar een blauwe ziekenhuisjas en teenslippers gegeven. Daarna had ze het hoofdbureau samen met Laredo verlaten.

'Dat overkomt me altijd, Eddie.'

'En die man van het CID met wie je samenwerkt?'

'John Puller.'

'Heb je hem al gesproken?'

'Ik heb nog niemand gesproken, alleen Carol Blum met jouw telefoon.'

'De tegenwerking van de plaatselijke en federale politie die jullie hebben ondervonden is echt zorgwekkend, Atlee.'

'Vertel mij wat.'

'En dat die rotzak van een Tony Vincenzo met de grote jongens in dat penthouse omgaat... Hoe kán dat?'

'Geen idee. Misschien willen ze de loopjongens tevreden houden. Verdomme, er is waarschijnlijk nooit iemand in dat penthouse, alleen als ze een feestje houden. Maar het is echt bizar.'

'Nou, ik wens je veel geluk. Zo te horen kun je dat wel gebruiken.' Hij zette haar af bij haar auto, waar Blum ook naartoe zou komen.

Terwijl Laredo wegreed, kwam Blum er net aan in een Uber. Ze stapte uit, liep naar Pine toe en omhelsde haar.

Toen Blum haar losliet, zag Pine dat Blum haar gespannen aankeek. 'Ik ben in orde, Carol, echt.'

'Dat weet ik,' zei Blum schor. 'Maar het was op het nippertje, nietwaar?'

'Dat is zo,' gaf Pine toe.

Blum liet haar de reservesleutels van de huurauto zien. 'Goed, dan breng ik u nu naar het hotel zodat u zich kunt wassen.'

Ze reden terug naar het hotel, waar Pine inderdaad deed wat Blum had voorgesteld. Met het warme water spoelde ze het bloed en de viezigheid van zich af. Ze bleef wel een halfuur onder de douche staan om de stank en het bloed van de andere vrouw van zich af te spoelen. Nadat het rode water in het putje was verdwenen, leunde ze met haar voorhoofd tegen de betegelde wand en begon te huilen. Ze wist niet goed waarom. Nee, misschien wist ze ergens wel waarom.

Ik heb me voor de gek laten houden door Lindsey Axilrod. Daarom is Sheila Weathers nu dood.

Ze droogde zich af, föhnde haar haar, trok schone kleren aan en gooide de ziekenhuisjas en teenslippers in de afvalbak.

Ze had honger, nam de lift naar de lobby en liep het hotelrestaurant in, waar ze koffie en een broodje bestelde. Daarna pakte ze haar telefoon om te kijken of er berichtjes waren. Er waren er drie van Puller.

Ze belde hem snel. 'Alles in orde?'

'Ik denk niet dat dit het landelijke nieuws heeft gehaald,' zei hij.

'Waar heb je het over?'

Puller vertelde haar over de inval in zijn appartement.

'O mijn god! Hoe ben je daar levend uit gekomen?'

'Mijn kat waarschuwde me.'

'Wacht eens even, heb je een kat?'

'Hij heet AWOL. Hij bespeurde hun aanwezigheid eerder dan ik. Geen idee hoe, maar ik let goed op als hij alert is. Dus toen ze binnenkwamen, was ik er niet. Ik stond buiten mijn appartement met flitsgranaten en mijn M11's. Kon hen onverwacht overvallen. Maar toen kwam er versterking en zijn ze allemaal ontsnapt.'

'Goddank dat je AWOL hebt.'

'Ik heb geprobeerd je te pakken te krijgen,' zei hij.

Haar koffie en broodje werden gebracht en ze nam een slok koffie.

'Heb je een paar minuten? Ik heb ook een avontuur beleefd.' Ze vertelde hem wat haar de vorige avond was overkomen.

'Jij hebt ook geluk gehad dat je nog leeft,' zei hij.

'Ik weet het.'

'Die Lindsey Axilrod was dus een lokvogel?'

'Ja.'

'Ik heb jou haar naam gegeven. Het is dus mijn schuld.'

'Dat kon jij toch niet weten? Ik wantrouw altijd iedereen, maar Axilrod speelde het spelletje goed. Door haar rol van dom blondje was ik niet op mijn hoede en dacht ik dat ik haar voor de gek hield, terwijl het precies andersom was. Ik kan je wel vertellen dat ik nooit meer in een Uber stap.'

'De kans is dus heel groot dat Axilrod vandaag niet op haar werk verschijnt.'

'Ik denk ook niet dat we haar thuis vinden, maar ik ga het toch proberen.'

'Ik kan je haar adres wel mailen, dat staat in mijn dossier.'

'Hoe is jouw "aanvalsplan" verlopen?'

'Ik heb hem gisteren gesproken, reed vervolgens naar huis en werd overvallen. Ik heb geen idee of die beide gebeurtenissen verband houden met elkaar. Ik hoop het niet, want dat zou wijzen op een mol binnen het leger op een heel hoog niveau.'

'Volgens mij had Teddy Vincenzo gelijk toen hij zei dat zijn zoon er tot over zijn oren in zat.'

'Zijn zoon leeft op dit moment misschien niet eens meer,' zei Puller.

'Als dat zo is, is mijn enige aanknopingspunt met Ito verdwenen. Wat ga jij nu doen?'

'Ik zou moeten wachten tot mijn superieuren contact met me opnemen. Maar ik denk niet dat ik dat ga doen. Ik hou er niet van als mensen naar mijn huis komen en alles vernielen. Dat vat ik heel persoonlijk op.'

'Wat ga je dan doen?'

'Iemand moet gisteravond iets hebben gezien. Ze hebben geen enkele moeite gedaan om stil te zijn en waren zwaarbewapend. Wat ga jij doen?'

'Ik vat het ook niet licht op als iemand me behandelt zoals gisteravond. Dus geef me haar adres maar, dan ga ik achter Axilrod aan.'

'Laten we elkaar daarna weer bijpraten. En Atlee, ik weet dat ik het niet hoef te zeggen, maar ik ga het toch doen.'

'Ik zal goed op mezelf passen, en niemand vertrouwen.'

'Uitstekend.'

Ze verbraken de verbinding.

Pine dronk haar koffie en at haar broodje op. Daarna bestelde ze nog een kop.

Toen ze zag dat Blum het restaurant binnenkwam wenkte ze haar. 'Sorry, Carol, ik had moeten vragen of je samen met me wilde eten.'

'Nee hoor, het is goed. Ik heb al gegeten.' Ze ging zitten en keek haar baas aan.

Pine kon wel zien wat ze dacht. 'Ik weet het, Carol. Ik weet het, ik moet beter opletten.' Ze vertelde Blum wat Puller allemaal was overkomen.

'O mijn god! U hebt hem dus gesproken?'

'Nu net. Hij zei dat zijn kat hem had gered.'

'Dat doen goede katten inderdaad,' zei Blum nuchter.

Pine's blik versomberde. 'Het is mijn schuld dat er een vrouw is vermoord, Carol. En dat moet ik rechtzetten.'

'Ik dacht al dat u dat zou zeggen. Maar ik herhaal wat ik in Andersonville ook al zei: u bent hier om uit te zoeken wat er met uw zus is gebeurd. En hoewel de beide zaken misschien een paar oppervlakkige raakvlakken hebben, is de kans groot dat u al uw tijd aan die ene zaak besteedt en die oplost, zonder dat u vooruitgang boekt met de zaak van uw zus.'

'Daar heb ik over nagedacht, maar ik kan dit niet gewoon laten rusten. Een jonge knul met een fantastische toekomst is dood; ik zag hem sterven. Een jonge vrouw ging naar een feestje en haar keel werd doorgesneden. En volgens mij werd zij uitgekozen als slachtoffer zodat ik van haar dood kon worden beschuldigd en zelf dood naast haar kon worden gelegd. Dus dat is ook aan mij te wijten. Daar laat ik die klootzakken niet mee wegkomen. Ik ben een FBI-agent, dit is mijn werk. En dat zal altijd zo blijven.'

'Ik had ook al verwacht dat u dát zou zeggen. En ik ben het niet oneens met u. Ik wilde alleen dat u volledig geïnformeerd bent en weet hoe ik erover denk.'

Pine pakte Blums hand. ‘Ik waardeer je mening. Die blijkt altijd heel waardevol te zijn.’

‘Wat gaan we nu doen?’

‘Ik moet twee mensen vinden. Tony Vincenzo en Lindsey Axilrod. En wie weet leidt de een me wel naar de ander.’

33

Puller mailde Lindsey Axilrods huisadres naar Pine. Hij bevestigde ook dat Axilrod die ochtend niet op haar werk was verschenen.

Daarna reden Pine en Blum naar Axilrods kleine bungalow in een rustige wijk, ongeveer acht kilometer van Fort Dix.

'Geen auto op de oprit,' zei Blum.

'Voordeur dicht. Zo te zien brandt er geen licht, maar het is natuurlijk overdag. En er ligt niemand in de struiken op de loer.'

Ze stopten voor het huis, stapten uit en liepen naar de voordeur.

Pine klopte op de deur en wachtte.

Geen reactie.

Ze klopte harder, met hetzelfde resultaat.

Pine keek naar de bel. 'Ze heeft een bel met een camera, dus kijkt ze nu waarschijnlijk naar ons, waar ze ook is.'

Ze liepen naar de achtertuin. Daar stonden twee verroeste palen scheef in hun betonnen voet en de restanten van een waslijn hingen op de grond. Tegen het hek stond een houten schuurtje.

Pine liep ernaartoe en keek door een van de ramen naar binnen. 'Er hangen geen lijken aan de balken. Ik zie alleen een grasmaaier en wat tuingereedschap.'

'Wat doen we nu?' vroeg Blum.

'Ik wil echt graag naar binnen.'

'Maar zonder een huiszoekingsbevel hebben we daar geen recht toe. En als u van plan bent in te breken, zou ik u dat afraden.'

'Misschien kan ik iets doen waardoor we wel naar binnen mogen.'

Ze pakte haar telefoon, toetste een nummer in en zei: 'Ik ben special agent Atlee Pine van de FBI. Ik heb een afspraak met ene Lindsey Axilrod over een zaak die ik onderzoek. Ze is vandaag niet op haar werk verschenen en we zijn nu bij haar huis. Ze reageert niet op mijn kloppen. Ik zou graag zien dat u komt kijken of ze in orde is, want ik ben bang dat haar iets is overkomen.' Pine gaf het adres door, stopte haar telefoon in haar zak en keek Blum aan.

Vijf minuten later stopte een patrouillewagen voor het huis en twee geüniformeerde agenten stapten uit. Een was in de veertig, was veel te dik, had een rood gezicht en een verveelde blik. De andere agent was een jaar of tien jonger, lang en mager. Hij leek veel enthousiaster dan zijn partner over het feit dat ze hier door het Bureau naartoe waren gestuurd.

'Bent u de FBI-agent?' vroeg de oudere agent. Op zijn naambordje stond DONNELLY en hij leek van plan om zich tot zijn pensioen nergens meer druk over te maken.

Pine liet haar badge en legitimatie zien en stelde Blum voor.

De jongere agent, die zich had voorgesteld als Brent Tatum, vroeg: 'Wat voor onderzoek is het waarbij de vrouw die hier woont betrokken is?'

'Dat kan ik u helaas niet vertellen, alleen dat ze een potentiële getuige is van iets op haar werk wat cruciaal is voor de nationale veiligheid.'

'Waar werkt ze?' vroeg Donnelly.

'Fort Dix.'

'Maar dat is een militaire basis.'

'Ik werk samen met het Army CID aan deze zaak.'

Donnelly wreef over zijn kin en keek naar het huis. 'Op slot?'

'Ja. Ze heeft een deurbel met camera, maar ze reageerde niet. En dat had ze wel kunnen doen, zelfs als ze hier niet is.'

'Laten we dit maar even checken, Dan,' zei Tatum.

Zijn partner leek daar weinig zin in te hebben, maar hij trok toch zijn riem op en liep voorop naar de voordeur. Hij klopte op de deur, maar kreeg geen reactie. Toen bukte hij zich naar de bel en zei: 'Mevrouw Axilrod, bent u thuis?'

'Hallo, wie is daar?'

Donnelly ging rechtop staan, keek naar Pine en zei: 'Agent Donnelly van de politie van Trenton. Bent u mevrouw Axilrod?'

'Ja, dat ben ik. Wat wilt u?'

'We hebben hier agent Pine van de FBI. Ze zegt dat ze een afspraak met u had.'

'O ja, dat is waar ook. Maar ik moest de stad uit voor een noodgeval in mijn familie. Zodra ik terug ben neem ik contact met haar op.'

Pine ging naast Donnelly staan en zei: 'Mevrouw Axilrod, ik moet weten waar u bent, nu meteen.'

'Sorry hoor, maar ik moet ophangen. Ik ben in het ziekenhuis met mijn moeder. Ik bel u nog wel.'

'Mevrouw Axilrod!' riep Pine, maar de deurcamera bleef stil.

'Nou, dat is dat. Een noodgeval binnen de familie,' zei Donnelly. 'Ze belt u als ze terug is, zoals ze zei. Weet u zeker dat ze toen u aanklopte niet reageerde via de deurcamera?'

Pine keek hem ongelovig aan.

Hij zei snel: 'Nou ja, ze is in elk geval oké. Een fijne dag nog.'

Ze stapten weer in hun auto en reden weg, en Pine en Blum bleven achter.

Pine zei in de camera: 'Hé Lindsey, ik kan echt niet wachten om je weer te zien. En de volgende keer dat je iemand stuurt om mij te vermoorden kan dat maar beter een vrouw zijn. Want de mannen kunnen me niet aan. En weet je, hoe lang het ook duurt, ooit zal ik je arresteren. En dan krijg je de rest van je leven gevangeniseten.'

Ze liepen terug naar de auto en stapten in.

'Kunnen we haar traceren via die deurcamera? Die moet verbonden zijn met haar telefoon.'

'Ja. Als we een gerechtelijk bevel krijgen. Maar officieel werk ik niet eens aan deze zaak. Puller zou het kunnen proberen, maar tegen de tijd dat hij zo'n bevel krijgt is het al te laat.'

Haar telefoon ging.

'Jack?' zei Pine. 'Hoe voel je je?'

'Beter,' zei Lineberry. 'Het ziet ernaar uit dat ze me morgen of overmorgen ontslaan. Maar ik bel je omdat ik aan een oude relatie van me dacht. Hij heet Douglas Bennett. Hij is begin zeventig en woont in Annapolis.'

'Hoe was hij erbij betrokken?' vroeg ze.

'Hij was mijn *handler*.'

'Hij werkte toen dus bij de CIA? Net als jij? Daar ben je nooit duidelijk over geweest.'

'En ook nu geef ik niets toe, Atlee. Maar Doug was er nauw bij betrokken. Hij kende je beide ouders en hij heeft jou en je zus ontmoet. Dat kun jij je natuurlijk niet herinneren. Hij is al heel lang met pensioen en brengt zijn dagen door met zeilen, lange wandelingen met zijn geliefde labradoedels Finnegan en Guinness, en tuinieren.'

'Is hij getrouwd?'

'Dat was hij wel, maar Joan is twee jaar geleden gestorven; auto-ongeluk. Hij woont nu alleen, met zijn honden, zijn boeken, zijn boot en zijn herinneringen.'

'Jullie hebben al deze jaren dus contact gehouden?'

'Ja. Hij is een goede man en een goede vriend.'

Pine, die toch al in een slechte bui was door Axilrod, riep: 'Dat betekent dat je meteén aan hem had moeten denken toen ik je vroeg naar voormalige contactpersonen, maar toen zei je dat je erover na moest denken.'

'Ja, maar ik wist niet of Doug wel met je wílde praten. Ik wilde je zijn naam niet geven voordat ik contact met hem had opgenomen.'

'Hij wil me dus zien?' zei Pine, rustiger nu.

'We zouden dit gesprek niet hebben als dat niet zo was. Ik zal je zijn adres sturen.'

'Hoeveel weet hij van mijn situatie?'

'Een beetje. Het leek me beter dat jij hem zelf het meeste vertelt.'

'Oké, Jack, bedankt. En sorry dat ik zo uitviel. De afgelopen vierentwintig uur waren niet aangenaam.'

'Succes.' Hij verbrak de verbinding.

Pine bleef in gedachten verzonken zitten.

'En?' vroeg Blum.

Pine keek op. 'Zo te zien gaan we naar Annapolis.'

34

Na een rit van vier uur reden ze in een van de hoofdstraten van Annapolis, een bijzondere winkelstraat waar ook exclusieve en fraai uitziende B&B's en kleine hotels gevestigd waren.

Ze roken de sterke geuren van vis en zout water.

Pine wees naar rechts en zei: 'De Marine Academie is die kant op. Een vriend van me is daar afgestudeerd.'

'Zeer prestigieuze opleiding,' zei Blum.

'En iets verderop woont Doug Bennett. Hij heeft een huis aan de haven, leuke locatie.'

Ze stopten voor een grijs huis in Cape Cod-stijl. Achter het huis zagen ze de mast van een zeilboot.

Ze liepen over het betegelde pad naar de voordeur.

Blum keek naar de keurige bloembedden vol mulch, het fraaie gazon en de bomen, en zei: 'Een gedisciplineerde, systematische man.'

Pine had Bennett gebeld om te zeggen dat ze eraan kwamen, en meteen nadat ze had geklopt werd de deur geopend.

Doug Bennett was ongeveer één meter tweeëntachtig, zwaargebouwd, had een dikke bos grijs haar en een zongebruind, verweerd gezicht. Hij was gekleed in een kakikleurige broek en een wit poloshirt met het logo van de Marine Academie.

Hij werd geflankeerd door twee oplettende grote ruwharige honden. De ene had een witte vacht en de andere was donkerbruin met een beetje roodbruin om de snoet.

Bennett had een onaangestoken sigaar in een mondhoek en keek grimmig, maar toen hij Pine zag glimlachte hij. Hij haalde de sigaar uit zijn mond. 'Mijn god, Lee. De laatste keer dat ik je zag droeg ik je op één arm.'

'Meneer Bennett, dank u wel dat u me wilde ontvangen. Dit is mijn partner, Carol Blum.'

'Mevrouw Blum, heel fijn u te ontmoeten. Kom alsjeblieft binnen.' Hij stapte opzij en de honden volgden hem.

'En wie zijn deze knappe jongens?' vroeg Pine.

'De grote witte is Finnegan, maar ik noem hem Finn. De donkerbruine heet natuurlijk Guinness.'

'Labradoedels?' vroeg Blum.

'Ja. Ik ben allergisch, maar deze jongens verharen niet. Ze hebben haar, geen vacht. En ze houden me gezelschap,' voegde hij er zacht aan toe. 'We maken lange wandelingen samen. Ze zijn... goede vrienden.'

Blum keek om zich heen in de voorkamer, die was ingericht in de kleuren blauw, goud en wit. De kamer had een nautische sfeer, alles had een eigen plek en was opgeruimd. Een inbouwkast stond vol foto's en boeken. Ze zag verschillende foto's van dezelfde vrouw, die altijd naast Bennett stond.

Pine zag dat ook. 'Jack vertelde ons dat uw vrouw is gestorven. Gecondoleerd.'

Bennetts blik versomberde en hij aaide Finns kop. 'Ja. Dat was... een hele schok.'

'Hebt u kinderen?' vroeg Blum.

Hij schudde zijn hoofd. 'Ga alsjeblieft zitten. Willen jullie iets drinken? Rond deze tijd neem ik meestal een glaasje whisky.'

'Ik graag alleen water,' zei Pine.

'Ik doe met u mee met de whisky,' zei Blum, waardoor Pine haar verrast aankeek.

Bennett nam hen mee naar de achterkant van het huis, waar hij de drankjes klaarmaakte en ze plaatsnamen in comfortabele stoelen met uitzicht op het water. Finn en Guinness lagen aan weerszijden van hun eigenaar en vriend.

'Is dat uw boot?' vroeg Pine.

'Ja, de Saint Joan.' Hij glimlachte verdrietig. 'Dat was een grapje tussen ons. De naam heeft nu een totaal andere betekenis, voor mij tenminste.'

'Gaan de honden met u mee?'

'De honden gaan overal mee naartoe. Dit zijn de allerbeste vrienden die ik ooit heb gehad.' Peinzend zei hij: 'Ik heb het grootste deel van mijn carrière alleen gewerkt, maar dat kwam doordat mijn werk dat vereiste. Nu vind ik het niet prettig om alleen te zijn.'

Hij nam een slok van zijn whisky en keek naar zijn boot.

'Dat kan ik me voorstellen,' zei Blum.

'Dus, Jack zei dat je met me wilde praten over wat er al die jaren geleden is gebeurd?' Hij keek haar aandachtig aan.

Pine had het idee dat de man, die weliswaar allang met pensioen was, een meer zakelijke blik kreeg.

'Ik zal je vertellen wat ik je kán vertellen, maar dat is denk ik niet alles. Sommige dingen zijn nooit vrijgegeven.'

'Weet u wat mij en mijn zus is overkomen?'

'Ja.' Hij slikte een beetje moeizaam.

Pine meende te zien dat zijn ogen vochtig werden.

Hij wendde zijn blik af en wreef in zijn ogen. 'Ja. Dat was ongelukkig en onvergeeflijk. Dat was de ergste fout in mijn professionele leven. En in dat van Jack.' Hij zweeg even en zei toen: 'Maar dat was niets vergeleken met wat jullie gezin overkwam.'

'Dank u,' zei Pine. 'Wat kunt u ons vertellen?'

'Ik heb natuurlijk met Jack gepraat en hij vertelde me wat hij jou heeft verteld. Je weet dus wat je moeders rol in dit alles was. Ze was in de jaren tachtig onze informant in onze undercoveroperatie tegen de maffia van New York.'

'Ja. Haar echte naam was Amanda, maar haar echte achternaam ken ik niet.'

'Niet belangrijk. Dat is allemaal officieel veranderd, zodat jullie allemaal Pine gingen heten.'

'En mijn vader werkte als barkeeper in de Cloak and Dagger in New York, de bar waar een deel van die undercoveroperatie plaatsvond. Het verbaasde me dat niet alle mensen die daar werkten in overheidsdienst waren.'

'We hadden niet genoeg mensen om al die functies uit te oefenen,' vertelde Bennett. 'Je vader had natuurlijk geen idee wat er speelde. Hij schonk alleen de drankjes in.'

'Maar hij en mijn moeder kregen een relatie. Nam ze hem toen in vertrouwen?'

Bennett knikte langzaam. 'Dat was verdomd lastig. Maar je moeder was zo jong en stond enorm onder druk. Ik kon het haar niet echt kwalijk nemen dat ze Tim in vertrouwen nam. Ze moet zich ontzettend alleen hebben gevoeld.'

'U hebt gelijk, ze waren allebei erg jong. Hadden ze eigenlijk nog familie?' vroeg Pine. 'Leefden hun ouders nog? Hadden ze broers of zussen? Grootouders?'

'Ze zeiden allebei van niet.'

'Maar hebben jullie dat nagetrokken?'

'Daardoor zou een mogelijk spoor zijn ontstaan dat iemand had kunnen volgen. We besloten hen op hun woord te geloven.'

'Het lijkt me onwaarschijnlijk dat geen van beiden familie had,' zei Blum.

'Ik weet zeker dat ze wél familie hadden. Maar nogmaals, we hebben niet doorgevraagd. En voor zover ik weet, heeft geen van beiden geprobeerd contact met iemand op te nemen terwijl ze onder ons toezicht stonden.' Hij keek Pine aan. 'Heb je ooit iemand van hen en dus jouw "familie" ontmoet?'

'Nee.'

Bennett fronste. 'Dat is het offer dat mensen moeten brengen als ze in WITSEC komen: ze moeten alle banden doorsnijden. Dat is de enige manier waarop de beschermde mensen veilig zijn.'

'Maar in ons geval is dat niet gelukt,' zei Pine. 'Er is twee keer geprobeerd ons te vermoorden. Daarom moesten we uit WITSEC worden gehaald.'

Bennetts frons werd dieper. 'Dat weet ik. Het maakte me gek!'

'Er móét een lek zijn geweest,' zei Blum.

'Mee eens, maar dat hebben we nooit kunnen vinden. En we hebben gezocht, langdurig en intensief. Alles gecheckt en opnieuw gecheckt.'

'Nadat we WITSEC hadden verlaten, verhuisden we naar Andersonville.'

'Ja, dat weet ik. Dat hadden Jack en ik geregeld.'

'En hij werd daarnaartoe gestuurd om ons te bewaken.'

'Ja.'

'Maar ene Ito Vincenzo vond ons.'

Bennett ging rechtop zitten en keek haar strak aan. 'Vincenzo?'

'De broer van Bruno Vincenzo. Heeft Jack u dat niet verteld?'

'Nee. Weet je het zeker? Weet je zeker dat het Bruno's broer was?'

'Ja. Geen twijfel aan.'

'Maar waarom zou deze Ito...'

'Bruno ontdekte dat mijn moeder als spion voor de FBI werkte, maar hij heeft haar niet verraden. Ik vond een brief die Bruno aan zijn broer Ito heeft geschreven. Daarin zei Bruno met zoveel woorden dat hij was bedrogen. Ik denk dat hij een soort deal verwachtte omdat hij zijn mond hield. Maar hij ging naar de gevangenis en werd daar vermoord.'

'Ik weet niets van een deal die Bruno is aangeboden. En ik wist echt niet dat hij wist dat je moeder voor ons werkte.'

'Jack wist dat ook niet. Hij zei dat hij de operatie zou hebben gestopt als hij dat had geweten.'

'Dat hadden we zeker gedaan.'

'Als mijn moeder had ontdekt dat Bruno haar had kunnen verraden, kan zij hem dan een deal hebben aangeboden zonder dat jullie dat wisten?'

'Daartoe was ze niet gemachtigd. Ze was een mol, ze vertegenwoordigde de regering niet,' antwoordde Bennett. Hij zweeg even en keek nadenkend. 'Maar ik heb je moeder vrij goed leren kennen. Ze was veel slimmer en bedrevener dan je gezien haar leeftijd mocht verwachten, en dat werd nog eens versterkt door wat we van haar vroegen. Ze had ook geen keus, gewoon om in leven te blijven. Ik denk dat het wel mogelijk is dat ze, als Bruno haar benaderde en vertelde dat hij wist wie ze was, heeft gedaan alsof ze hem een deal beloofde als hij zijn mond hield. God, ze moet doodsbang zijn geweest. Bruno Vincenzo was een van de zwaargewichten van de maffia. Niemand weet hoeveel mensen die klootzak heeft vermoord.'

Pine dacht hierover na en zei toen: 'U hebt waarschijnlijk gelijk. Dus Bruno hield zijn mond en dacht dat hij een deal had gesloten. Maar er kwam niets terecht van die deal. Ondertussen doken mijn moeder, mijn vader, mijn zus en ik onder. Vervolgens werd Bruno gearresteerd en in de gevangenis gezet. Maar voordat hij de gevangenis in ging, schreef hij Ito een brief waarin hij een paar van zijn grieven beschrijft. En hij vraagt Ito hem in de gevangenis te bezoeken. Ik denk dat hij Ito toen heeft verteld dat wij in Andersonville waren, wat toen waarschijnlijk ook zo was.'

'Denk je dat Bruno ook wist waar jullie waren toen jullie nog wel in WITSEC zaten en denk je dat hij de aanstichter was van die aanvallen?'

'Dat weet ik niet, zou kunnen. Maar de maffia heeft lange armen. Zij kunnen mensen hebben omgekocht die bij het getuigenbeschermingsprogramma betrokken waren om hun te vertellen waar we waren.'

'Wat weet je van Ito Vincenzo?' vroeg Bennett.

'Hij had een ijssalon in Trenton en heeft nooit problemen met de wet gehad. Maar ik heb onweerlegbare bewijzen dat hij naar Georgia is gegaan, mij bijna heeft vermoord en mijn zus heeft ontvoerd, waarna niemand haar ooit nog heeft gezien.'

'Wat is er met hem gebeurd?'

'Een paar maanden later kwam hij terug in Trenton. Hij vertelde zijn vrouw en werknemers dat hij in Italië was geweest. Maar jaren later verdween hij opnieuw en deze keer kwam hij niet terug.'

Bennett leunde naar achteren. Hij leek in deze paar minuten tien jaar ouder geworden. 'Dit is allemaal zo bizar. Ik heb het gevoel dat ik ontwaak uit een nachtmerrie, een echte.'

'De vraag is dus: hoe kon Ito, een man zonder criminele of andere nuttige relaties, ons in Georgia vinden?'

'Ik denk dat dat wel duidelijk is, zoals jij ook suggereerde. Zijn broer vertelde hem waar jullie waren.'

'Dat ben ik met u eens,' zei Pine. 'Maar hoe heeft Brúno dat dan ontdekt?'

Bennett schudde zijn hoofd. 'Zoals ik al zei, wij hebben het lek nooit kunnen vinden.'

'Nog één ding, meneer Bennett, heeft Jack u verteld... over hem en mijn moeder?'

Bennett verstijfde en zette zijn glas neer. 'Wat bedoel je daar precies mee?'

Pine haalde diep adem, keek even naar Blum en zei toen: 'Bijvoorbeeld dat Jack mijn vader is?'

Bennett leek totaal geschokt. Hij stond abrupt op en wankelde een beetje. Hij was zo ontdaan dat zijn beide honden begonnen te janken; ze voelden waarschijnlijk aan dat hun baasje ontzettend van slag was. 'Je vader? Maar dat betekent...'

'Ja, hij en mijn moeder hadden een relatie vlak voordat ze Tim leerde kennen.'

Bennett ging langzaam weer zitten. 'Jezus, misschien heeft hij het daarom uitgemaakt met Linda. Dat heb ik nooit begrepen.'

Nu was Pine degene die verbijsterd keek. 'Linda? Wie is Linda?'

'Nou, zij was toen Jacks verloofde.'

35

John Puller klopte op de deur van generaal Pitts' kantoorsuite, maar de deur werd geopend door een vrouw en niet door de assistent die hem de vorige keer had ontvangen.

'Ik ben CWO John Puller van het CID. Generaal Pitts heeft me gevraagd vandaag bij hem te komen,' zei Puller. Hij verstijfde toen hij achter de vrouw de stapel dozen zag staan.

De vrouw was achter in de dertig, had kort donker haar en een fit lichaam. 'Generaal Pitts is overgeplaatst, Chief Puller.'

Pullers mond viel open. 'Overgeplaatst? Hij is de vicevoorzitter van de gezamenlijke stafchefs.'

'Niet meer.'

'Waar is hij naartoe overgeplaatst?'

'Dat is geheim.'

'Wie vervangt hem?'

'Ik heb geen toestemming u dat te vertellen.'

'Waarom niet?'

'Ik heb geen toestemming u dat te vertellen.'

'U hebt geen toestemming me te vertellen waarom u geen toestemming hebt me dat te vertellen?'

Dat hij haar wees op de absurditeit van wat ze zei leek haar iets te doen. Ze sloeg haar blik neer, klemde haar lippen op elkaar en beheerste zich. 'Ik geef graag toe dat deze situatie ongebruikelijk is.'

'Dit is extréém ongebruikelijk! Ik heb generaal Pitts gisteren gesproken over een bijzonder delicate kwestie. Hij zou deze zaak gaan onderzoeken en zei dat ik vandaag terug moest komen. Dus, ik ben hier en hij is hier niet. Wat leidt u daaruit af?'

'Ik ben hier vanochtend pas naartoe gestuurd. Ik weet niet eens wie de nieuwe vicevoorzitter wordt.'

'Deze zaak stinkt verschrikkelijk,' zei Puller. 'Wat is er verdomme aan de hand? En zeg niet dat je geen toestemming hebt om dat te zeggen.' Normaliter verhief hij zijn stem nooit, maar zijn kalme professionele gedrag leek de vrouw onrustig te maken.

Ze keek langs hem heen, wenkte hem naar binnen en sloot de deur. 'Chief Puller, ik weet niet wat er aan de hand is, maar ik ben het met u eens dat het verschrikkelijk stinkt. Maar wanneer ze een viersterrengeneraal zoals generaal Pitts van het ene op het andere moment van zijn functie kunnen ontheffen, wat denkt u dan dat ze met iemand zoals ik kunnen doen? Of, nog belangrijker misschien, met iemand als u?'

'Nou, ik zal je vertellen wat ze al hebben geprobeerd met mij te doen: ze kwamen met machinegeweren naar mijn appartement en hebben de hele boel aan flarden geschoten. En het is alleen aan de training die het leger me heeft gegeven te danken dat ik hier nu met je sta te praten.'

'O mijn god!'

'Ja, nu zou ik wel wat hulp van God aannemen. Misschien kom jij er genadig van af, zodat ze je met een schip naar Antarctica sturen in plaats van dat ze proberen je te vermoorden zoals ze bij mij hebben geprobeerd.'

'Ik weet niet wat ik moet zeggen, alleen dat ik het heel erg voor u vind.'

'Ik vertegenwoordig het uniform, ik vertegenwoordig het leger en daardoor vertegenwoordig ik het Amerikaanse volk. Voor mij is dat geen cliché. We hebben allemaal een eed afgelegd.'

'En ik heb hard gewerkt om te komen waar ik nu ben. Ik wil mijn baan niet verliezen, of mijn carrière.'

'Dat is dan goed,' zei Puller. 'Want al het andere ben je al kwijt, inclusief je zelfrespect. Voor mij is geen enkele baan dat waard.' Hij verliet het kantoor en beende met stijve passen door de gang.

Hij had het altijd heerlijk gevonden om naar het Pentagon te gaan. Hij voelde zich veilig, op zijn gemak en gerustgesteld, alleen al door hier rond te lopen. Hier was hij omringd door mensen die dezelfde missie hadden als hij: Amerika veilig houden en op een onbaatzuchtige manier het juiste doen. Dat klonk misschien afgezaagd, maar dat was wel de manier waarop hij had geleefd. Nu had Puller echter het gevoel dat hij met een parachute in Noord-Korea of Iran was geland, zodat iedereen die hij tegenkwam de vijand of een informant kon zijn, of deel kon uitmaken van de 'anderen' – wie dat ook waren.

Oké, Puller, het is tijd dit serieus aan te pakken.

Hij dook een wc-hokje in, haalde zijn telefoon tevoorschijn, zette hem uit, haalde de simkaart eruit en stopte hem in zijn zak. Daarna gooide hij de telefoon in de afvalbak.

Hij versnelde zijn pas, verliet het gebouw en ging zelfs nog sneller lopen. Hij stapte in de eerste trein van de ondergrondse die hij zag, stapte een keer over en reisde naar Vienna, Virginia. Onderweg keek hij aandachtig of hij iemand zag die probeerde hem te volgen.

In Vienna liep hij door het station, nam dezelfde weg terug, stapte in een andere trein, stapte op een ander station over in een andere trein, reed naar Springfield, zag een bijna lege coupé, stapte uit op een tussenstation, bleef staan en keek of iemand anders daar uitstapte. Daarna nam hij een taxi naar een elektronicawinkel aan de Reston Parkway.

Daar kocht hij een prepaidtelefoon. Buiten belde hij het nummer om deze telefoon te activeren zonder dat hij persoonlijke informatie hoefde op te geven.

Hij toetste een nummer in dat hij heel goed kende en dat niet kon worden getraceerd of gehackt, niet gemakkelijk tenminste. Op dit moment had hij geen keus. Hij had hulp nodig.

'Bobby?'

'Hoi broertje, hoe gaat-ie?'

'Ik heb een probleem.'

'Pa toch niet?' vroeg Robert Puller snel. Zijn luchthartige toon werd meteen ernstig.

'Nee. Geef me twee minuten om je bij te praten. Geen interrupties, alleen luisteren, en geef me dan wat advies.'

John Puller had iets meer dan drie minuten nodig om zijn broer alles te vertellen. Over de verdwijning van Tony Vincenzo, de moord op een CID-agent, de dood van Jerome Blake, de moordenaar die een agent was of had gedaan alsof, het blokkeren van zijn onderzoek door mensen op staats- en federaal niveau en over het ontheffen van een viersterrengeneraal van zijn functie als vicevoorzitter van de gezamenlijke stafchefs. Bovendien vertelde hij dat hij was overvallen en bijna vermoord in zijn appartement.

Toen hij klaar was, zweeg Robert Puller bijna dertig seconden. John Puller kon de raderen van zijn broers enorme intellectuele brein bijna horen draaien terwijl Robert over deze feiten nadacht en alles combineerde – bijna als een FBI-profiel of een DNA-keten – tot hij misschien geen oplossing wist, maar op z'n minst wel wat goede raad kon geven. Maar zijn eerste reactie verbaasde Puller.

'Waarom heb je me verdomme niet gebeld nadat je was aangevallen? Ik was de afgelopen twee dagen in een bunker bezig met een *cybernuke*-oefening en dus onbereikbaar, maar je had het verdomme wel kunnen proberen!'

'Ik heb het overleefd, dus wat had ik je kunnen vertellen? Ik wil alleen maar dat je je concentreert op wat ik je net vertelde en dat je me helpt, Bobby.'

Weer bleef het stil.

Ten slotte zei Robert: 'Oké, de mate van invloed die noodzakelijk is om een viersterren uit het Pentagon te halen vierentwintig uur nadat jij met hem hebt gepraat is ontzettend groot, John. Er zijn maar heel weinig figuren die in aanmerking komen, echt heel weinig.'

'Als ze Pitts kunnen overplaatsen, kunnen ze dat ook met mij.'

'Ze hebben geprobeerd je uit te schakelen, definitief, in je appartement. Tegelijkertijd hebben ze Pitts overgeplaatst. Dat konden ze doen en niemand zal zich daar lang druk over maken. Er zijn genoeg viersterren. En een CWO in het veld is vervangbaar. Maar weet je, als ze probeerden je over te plaatsen terwijl je met een onderzoek bezig bent, wat betekent dat?'

'Wat dan?'

'Dat betekent een klokkenluiderzaak, zeker weten. Je zou voor een commissie van het Congres staan en het hele land vertellen wat deze mensen niet willen dat iemand hoort.'

'Daar had ik nog geen seconde aan gedacht.'

'Doordat je geen enkele belangstelling hebt voor politiek, maar in mijn positie moet ik me daar wel mee bezighouden.' Hij zweeg even. 'Wacht even, John.'

'Wat?'

'Er komt een verhaal binnen waar je naam in voorkomt.'

'Wat staat erin?'

Robert zei, nadat hij het artikel had gelezen: 'Oké, dat was een slimme zet van hen. Hier staat dat, gebaseerd op anonieme bronnen, de aanval op jou was geïnitieerd door elementen van een Mexicaans kartel, waarvan dankzij jou drie maanden geleden een paar hooggeplaatste leden in de gevangenis zijn gezet nadat ze hadden geprobeerd een militaire basis in Texas te infiltreren en soldaten te rekruteren om drugs de vs in te smokkelen.'

'Anonieme bronnen?'

'Binnen een paar minuten staat het overal op internet. Trollen zullen erbovenop duiken en mensen aan elke mogelijke kant zullen het hele verhaal ontleden. Tegen de tijd dat ze hiermee klaar zijn, zal de helft van het land denken dat je hebt geprobeerd jezelf met een machinegeweer dood te schieten.'

'Maar waar komt de waarheid naar boven?'

'Dat gaat niet gebeuren. Social media gaan niet om de waarheid; het enige doel is heel veel geld verdienen door de verkoop van advertenties waardoor mensen worden verleid rommel te kopen die ze niet nodig hebben. Het afschuwelijke bijproduct daarvan is dat het een mondiaal platform biedt aan de absoluut slechtste elementen van de samenleving. Het resultaat is dat "de waarheid" alles is waar je de mensen maar van kunt overtuigen. Dat is dus precies waar Orwell over schreef.'

'Hoe moet dit land dat dan overleven?'

'Als je de waarheid wilt weten, John, dat gaat alleen gebeuren als er heel veel dingen veranderen. Maar ik denk niet dat dat gebeurt, in elk geval niet als de vrije samenleving die we allemaal willen.'

'Bedankt voor je peptalk, Bobby. Daar had ik echt behoefte aan.'

'Je vroeg erom. En ik ga niet tegen je liegen. Wat ga jij nu doen?'

'Ik werk niet alleen aan deze zaak. Weet je nog dat ik je over Atlee Pine vertelde?'

'Ja. FBI. Je hebt een bijzonder hoge dunk van haar.'

'Ze heeft verlof van het Bureau om aan een privézaak te werken die iets met mijn zaak te maken heeft door de relatie met de Vincenzo's.' Puller vertelde zijn broer over Pine's undercoverwerk in het penthouse, dat ze werd ontvoerd, wakker werd naast een dode vrouw en bijna was vermoord.

'En deze Lindsey Axilrod zit daar middenin?'

‘Zo te zien heeft zij Pine erin geluisd. En nu is ze verdwenen.’

‘Geef me het adres van dat penthouse.’

‘Waarom, wat ga je doen?’

‘Vraag dat maar niet. En maak je geen zorgen, niemand zal weten dat ik hierbij betrokken ben.’

‘Zorg daar maar voor.’

‘Jij en Pine zullen doelwitten blijven zolang jullie deze zaak onderzoeken.’

‘We zijn al doelwitten vanaf het moment dat we dit werk zijn gaan doen.’

‘Dit is anders.’

‘Niet voor mij.’

‘Pas heel goed op jezelf.’

‘Jij ook. Ik moet wel zeggen dat ik behoorlijk heb geaarzeld om je hierbij te betrekken.’

‘Het bloed kruipt waar het niet gaan kan, John. Of dat zou zo moeten zijn. Maar laten we proberen ons eigen bloed niet te laten vloeien.’

Puller dacht weer aan het bijna-bloedbad in zijn appartement. ‘Gemakkelijker gezegd dan gedaan, Bobby.’

36

Pine zat voor het huis van Doug Bennett in haar auto en Blum zat naast haar. 'Linda Holden-Bryant?' vroeg Pine in de telefoon.

Jack Lineberry zei: 'Doug heeft je over haar verteld?'

'Ja, inderdaad!' snauwde Pine.

'Waarom noemde hij haar naam?'

'Waarom heb jij dat niet gedaan?'

'Daar was geen reden voor.'

'Daar was wél een reden voor,' snauwde Pine.

'Welke dan?'

'Jullie waren verloofd?'

'Ja, dat klopt. Een tijdje.'

'Woonden jullie samen?'

'Ja, in New York.'

'Wanneer gingen jullie uit elkaar?'

'Waarom moet je dat weten?'

'Dat is wel duidelijk, Jack, denk je ook niet?' zei ze scherp. 'Weet je, toen je mij Bennetts naam gaf, denk ik dat je wel begreep dat haar naam zou worden genoemd. Misschien dacht je al dat zij de mol was.'

Hij begon te hoesten, maar daar liet Pine zich niet door afleiden. Deze keer niet.

Toen hij uitgehoest was, zei hij: 'Als je dat denkt, geef je me meer credits dan zou moeten.'

'Heb je ooit met haar over je werk gepraat?'

'Natuurlijk niet. Nooit!'

'Werkte je vanuit huis?'

'Af en toe wel.'

'In die tijd waren er nog geen smartphones, computers of internet. Hoe werkte je dan vanuit huis?'

'Ik gebruikte de telefoon. Een beveiligde lijn.'

'Wat nog meer?'

'Ik schreef memo's. Soms kwamen mensen bij me op bezoek.'

'Terwijl Linda thuis was?'

'Niet altijd.'

'Dus soms wel?'

'Sommige afspraken werden ad hoc gemaakt of waren 's avonds laat. Wat had ik dan moeten doen volgens jou, haar in haar nachtpon de straat op sturen?'

'Weet je zeker dat ze lag te slapen?'

'Atlee...'

'Weet je zeker dat ze je aktetas nooit heeft doorzocht, of een telefoongesprek heeft afgeluisterd, of je volgde als je ergens naartoe ging om te zien wat je ging doen?'

'Ze wist dat ik voor de regering werkte. En ze wist dat het... geheim was.'

'Maar je vertrouwde haar?'

'Natuurlijk vertrouwde ik haar, maar toch nam ik alle noodzakelijke voorzorgsmaatregelen. Ik wilde haar nooit in gevaar brengen doordat ze ongewild informatie oppikte over wat ik deed.'

'Misschien was daar niets ongewilds aan. Ik vraag het je dus nog een keer: waarom gingen jullie uit elkaar?'

Lineberry antwoordde niet.

Pine dacht dat ze zijn versnelde hartslag, die gelijk leek op te gaan met de hare, kon horen. Ze keek naar Blum, die haar aandachtig aankeek. 'Jack?'

'Ze ontdekte... nou ja, wat er gebeurde.'

'Wat betekent dat precies?'

'Ze ontdekte het van mij en Amanda.'

'Hoe?'

'Dat heb ik nooit precies geweten. Maar ze confronteerde me ermee.'

'Jack, als ze het heeft ontdekt, moet ze iets hebben gedaan om erachter te komen. Misschien liet ze je schaduwen.'

'Ik nam voorzorgsmaatregelen.'

'De pot op met je voorzorgsmaatregelen! Die werkten kennelijk niet.'

Weer bleef het stil.

Rustiger vroeg Pine: 'Wist zij dat mijn moeder zwanger was? En dat jij de vader was?'

Toen hij bleef zwijgen zei ze: 'Jack, ik moet dit echt weten. En je weet wel waarom, want dat is de enige manier waarop we kunnen achterhalen wat er met Mercy is gebeurd. Zoals ik je al vertelde toen je in het ziekenhuis lag, we móéten dit samen doen.'

'Ze wist het.'

'Ze wist van mijn moeder? Ik bedoel, wie ze was?'

'Ik heb haar nooit iets over de omstandigheden verteld.'

'Maar ze kende mijn moeders identiteit?'

'Ja.'

'Hebben ze elkaar ooit ontmoet?'

'Niet dat ik weet. Je moeder heeft daar tenminste nooit iets over gezegd.'

'Als Linda haar niet vertelde wie ze was, wist mijn moeder misschien niets over jullie relatie.'

'Dat is... waar,' zei Lineberry aarzelend.

'Je weet waar dit toe leidt, Jack.'

'Zij was het lek niet, Atlee. Dat kán niet.'

'Dat kun je niet weten. En zoals ik het nu bekijk, is zij de meest waarschijnlijke bron van het lek. En ze had een reden om de Vincenzo's achter mijn familie aan te sturen.'

'Hoe kan ze het hebben geweten, van de Vincenzo's?'

'Dat stond toen toch in alle kranten? Na de arrestaties?'

'Dat is waar.'

'En jij zegt dat Linda niet wist wat jij deed voor de kost en dat zij dat verband dus niet kon leggen? Of was ze echt zo dom?'

'Niemand zou Linda ervan beschuldigen dat ze dom was. Integendeel, ze was briljant.'

'Dan bevestig je dus wat ik net zei. Heb je mijn moeder ooit in jullie huis ontvangen?'

'Niet als Linda thuis was.'

'Maar ze heeft haar daar dus wel kunnen zien, als ze argwaan had. Ze had kunnen weggaan en terugkomen.'

'Volgens mij is dat niet mogelijk.'

'Wat deed ze voor werk? Had ze een baan?'

'Ze was advocaat.'

'O, geweldig. Zeg niet dat ze strafzaken deed!'

'Dat deed ze dus wel.'

'Toch denk je nog steeds dat ze onmogelijk de relatie met de Vincenzo's kon leggen? Verdomme, misschien had ze wel cliënten die lid waren van de maffia!'

'Nee, nee, ik weet zeker dat dat niet zo was.'

'Praatte ze met jou over haar werk?'

'Nee, ze was even gesloten als ik.'

'Dan kun je dus onmogelijk weten wie haar cliënten waren, toch?'

'Nu ben je net een advocaat die me aan een kruisverhoor onderwerpt.'

'Goed zo, want dat is mijn bedoeling ook. Waar is ze nu?'

'Dat weet ik niet. Het is al meer dan dertig jaar geleden.'

'Weet je wat ze deed nadat jullie uit elkaar waren gegaan?'

'Ik hoorde dat ze ging trouwen, met een bijzonder rijke man. Hij stierf een paar jaar later, waarna ze heel rijk achterbleef. Misschien is ze daarna opnieuw getrouwd. Maar dat weet ik niet zeker.'

'En ze heeft nooit geprobeerd contact met je op te nemen? Nadat jij superrijk was geworden? Jullie verkeerden waarschijnlijk in dezelfde kringen.'

'Ik was naar Georgia verhuisd, en zij hield meer van de grote stad.'

'Ze zou eenvoudig op te sporen moeten zijn.'

'Ga je dat doen?'

'Dat moet ik wel doen, Jack.'

'Zelfs als ze wél iets te maken had met wat er is gebeurd, denk je dan serieus dat ze dat gewoon zal toegeven als je het haar vraagt?'

'Nee, dat verwacht ik niet, maar toch moet ik met haar praten.'

'Luister, ondanks wat ik net zei, ik weet dat het mogelijk is dat Linda het lek was... Ik denk dat ik dat gewoon niet eens wilde denken.'

'Ik zeg niet dat ze een slechte vrouw is, Jack. Ik zeg niet eens dat ze mijn familie kwaad wilde doen. Maar iemand die verloofd is en dan ontdekt dat haar verloofde een andere vrouw zwanger heeft gemaakt... Dat kan genoeg zijn geweest om haar iets te laten doen wat ze anders nooit zou hebben gedaan.'

'Dat is misschien wel zo.'

‘Ik ga mijn eigen onderzoek doen, maar als jou nog iets te binnen schiet, moet je me dat laten weten.’

‘Doe ik.’

Pine verbrak de verbinding en liet haar telefoon op de stoel vallen.

Blum zei: ‘Ik heb het gesprek vrijwel helemaal kunnen volgen. Die man houdt zichzelf voor de gek.’

‘Klopt.’

‘De kans is groot dat deze Linda Holden-Bryant het lek was.’

‘Ik weet het.’

‘Als u haar vindt en ondervraagt, wat doet u dan? Hoe wilt u het aanpakken?’

Pine sloot haar ogen en haalde diep adem. Toen ze haar ogen weer opende zei ze: ‘Als ik dat weet, ben jij de eerste die het hoort, Carol.’

37

Pine stond op Billionaires' Row, deze keer samen met Blum, en keek omhoog naar een andere wolkenkrabber. Het weer was omgeslagen, het was nu koel en het regende. Ze stonden een blok van het gebouw vandaan waar Pine was ontvoerd en heel dicht bij de brede lanen van Central Park.

'Ze moet het heel goed hebben gedaan als ze hier woont,' zei Blum.

Het was niet moeilijk geweest om Linda Holden-Bryant te vinden. Ze had haar meisjesnaam aangehouden, ook al was ze twee keer getrouwd geweest. Eén keer met een man van in de zeventig, die vier jaar later was gestorven en zijn weduwe van in de dertig een vermogen van honderden miljoenen dollars had nagelaten. Daarna had de vrouw de hoofdprijs gewonnen met haar tweede man, de erfgenaam van een Frans cosmeticaconcern. Na hun scheiding had ze meer dan drie miljard dollar toegewezen gekregen. Sinds die scheiding waren er tien jaar verstreken, en Pine nam aan dat de vrouw als ze het geld gewoon had belegd nu waarschijnlijk meer dan tien miljard bezat.

'Dat heeft ze inderdaad.'

'Verbaasde het u dat ze u wilde ontvangen?'

'Niet echt. Ze zal mij even graag willen spreken als ik haar.'

'Hebt u haar... alles verteld?'

'Ik heb haar verteld dat ik Jack Lineberry ken, maar niet hoe.'

'Waarom denkt ze dan dat u haar wilt spreken?'

'Ik werk aan een zaak waar Jack iets mee te maken heeft. Ik weet wel zeker dat ze daarom bereid was me te ontvangen.'

'Gaat u haar vertellen dat u zijn dochter bent?'

'Ja, maar alleen op het juiste moment.'

'En dat is?'

'Als mijn gevoel me dat zegt.'

De portier en de *concierge* lieten hen binnen, nadat een video van

Pine en Blum aan mevrouw Holden-Bryant was getoond en zij toestemming had gegeven dat ze in de privélift naar boven mochten.

De lift kwam uit in de hal van haar appartement, dat zich, zoals hun was verteld, over drie verdiepingen van het gebouw uitstrekte.

'Ze lijkt zelfs nog rijker dan Jack,' mompelde Pine, meer tegen zichzelf dan tegen Blum.

Een butler in livrei begroette hen in de hal en ging hun voor door een gang met een marmeren vloer die volhing met schilderijen die zo te zien net zo goed in het Metropolitan of het Louvre hadden kunnen hangen.

Hij bracht hen naar een vertrek dat volgens hen de bibliotheek zou kunnen zijn, aangezien twee wanden gevuld waren met duizenden boeken. Op het rooster in de haard brandde een vuur met eromheen een gloeiend hete muur van baksteen.

Blum liep naar het vuur en stak haar handen ernaar uit. 'In Arizona is het nooit zo guur. De wind blies dwars door me heen.'

Pine ging op een bank zitten die eruitzag als een meubelstuk dat Napoleon mooi had kunnen vinden en tikte met haar vingers op de houten armleuning.

Een andere muur hing vol foto's. Pine stond op, liep ernaartoe en bekeek ze van dichtbij. Ze zag beroemde acteurs uit het vorige decennium, twee Yankee-honkballers uit een ander tijdperk en rocksterren uit de jaren zeventig en tachtig, allemaal gesigneerd door de musici zelf. De andere foto's waren van politici van vroeger en nu. De foto van een voormalige vip was door hemzelf gesigneerd met 'de hartelijke groeten aan een echte vriendin'. Pine wist dat dit betekende dat Holden-Bryant een enorm bedrag aan de man had gedoneerd of voor hem had opgehaald.

Blum kwam bij haar staan en wilde iets zeggen, maar Pine stak waarschuwend haar hand op en wees naar een zwarte lens die in een hoek aan het plafond hing.

Tegen de camera zei ze: 'Wanneer je zover bent, Linda. Dank je wel.'

Ongeveer dertig seconden later ging een andere deur open en kwam een jonge vrouw binnen. Ze was helemaal in het zwart gekleed, had haar blonde haar in een paardenstaart gebonden, droeg een bril met schildpadmontuur en zag er efficiënt uit. Ze zei: 'Volgt u mij alstublieft.'

Ze liepen via een brede trap van marmer, metaal en hout naar de verdieping erboven. Ze kwamen door een andere lange gang, waar nog meer Picasso's en Dalí's en Monets hingen, tot ze bij bijna vier meter hoge dubbele deuren kwamen die spierwit waren geverfd. De vrouw klopte aan en opende, nadat iemand 'Binnen' riep, een van de deuren.

Pine en Blum liepen naar binnen. De vrouw deed de deur achter hen dicht en ze hoorden haar hakjes door de gang verdwijnen.

Ze keken om zich heen. Ze waren in een slaapkamer. Alleen was die zo groot als een gigantisch appartement. Het bed stond helemaal achterin. En in het bed lag – namen ze aan – Linda Holden-Bryant.

De vrouw ging rechtop zitten. 'Kom alsjeblieft dichterbij.'

Ze liepen naar haar toe.

Holden-Bryant wees naar twee met chintz beklede stoelen naast het enorme bed, waarop zes volwassenen konden slapen zonder elkaar aan te raken. Ze was gekleed in een dunne lavendelkleurige satijnen ochtendjas met lange mouwen die van voren gesloten was. De vrouw leunde tegen de opgeklopte kussens, terwijl Pine zichzelf en Blum voorstelde.

Pine bekeek de vrouw. Ze was midden zestig, zongebruind en fit. Haar grijze haar was blond geverfd en er was maar een heel klein beetje uitgroei te zien. Ze had bijzonder scherpe gelaatstrekken, een felle blik in haar groene ogen, haar mond leek een scherpe snee en haar kin was hoekig maar toch elegant. Ze was bijzonder aantrekkelijk en leek tien, misschien wel vijftien jaar jonger dan ze was. Ze lag onder het dekbed, maar Pine zag meteen aan haar lange benen dat Holden-Bryant maar een paar centimeter kleiner was dan zijzelf.

'Neem me niet kwalijk dat ik jullie hier ontvang, maar ik heb een soort infectie,' zei de vrouw.

Haar stem was lager dan Pine had verwacht.

Holden-Bryant keek Blum aan. 'Het is niet besmettelijk, hoor, dus maakt u zich geen zorgen. Volledige antibioticumkuur en snel herstel. Maar ik ben nog niet helemaal in orde. En het is buiten zo afschuwelijk. Daar word je somber van.'

'Ik zou denken dat iemand die in dit huis woont niet lang somber zal blijven,' zei Blum heel ontwapenend.

'U bent heel vriendelijk, en u hebt gelijk. Ik heb veel geluk gehad. Bevoorrecht. Ik was op het juiste moment op de juiste plek.'

'Het is heel lang geleden dat ik een butler zag,' zei Pine.

Holden-Bryant giechelde een beetje. 'Een overblijfsel van mijn laatste huwelijk. Ik had de meeste personeelsleden kunnen ontslaan, want eigenlijk leef ik heel eenvoudig. Maar dat zou niemand van hen goed hebben gedaan en het zou ook niet eerlijk zijn geweest. De scheiding was hun schuld niet, dus heb ik hen aangehouden.'

'Heel aardig van u,' zei Blum.

'Dat vonden zij ook. Goed,' zei ze, terwijl ze Pine aankeek, 'u wilde met me praten over Jack Lineberry.'

'Ja.'

'Ik begrijp dat hij het ook goed getroffen heeft. Investeringen, nietwaar?'

'Ja. Maar ik denk dat u hem in financieel opzicht hebt verslagen.'

'Dat zou ik niet willen zeggen. Zijn vliegtuig is groter dan het mijne, hoewel ik er twee heb.'

'Hoe weet u dat?'

'We hebben een paar gemeenschappelijke vrienden. Zij houden me op de hoogte. Maar hij heeft zijn geld verdiend.'

Blum zei: 'Ach, volgens mij hebt u uw geld ook verdiend.'

'Als u zo doorgaat, zou u weleens mijn nieuwe beste vriendin kunnen worden,' zei ze. Daarna keek ze Pine aan, veel ernstiger. 'Maar waar wilde u met me over praten?'

'Jack ligt in een ziekenhuis in Georgia.'

Gespannen vroeg ze: 'Gaat het goed met hem?'

'Hij wordt weer beter, maar hij is beschoten.'

Haar gezicht betrok. 'O mijn god. Jack beschoten. Door wie? Waarom?'

'De wie is bekend, het waarom ook. De schutter had het eigenlijk op mij gemunt, maar Jack bevond zich op de verkeerde plek.'

'Waarom probeerde iemand u te vermoorden?'

'Ik ben een FBI-agent, dat hoort zeg maar bij mijn werk.'

'En waar kent u Jack ook alweer van? Is hij betrokken bij een FBI-zaak?'

'Nee. Ik heb hem onlangs gesproken in Georgia. Ik kende hem

toen ik nog een kind was, maar kon me hem niet herinneren.'

Holden-Bryant vroeg gespannen: 'U kende hem als kind?'

'Ik ontdekte pas later dat hij mijn vader is.'

Holden-Bryant, dat moest gezegd worden, zei absoluut niets. Gedurende ongeveer vijf van de langste seconden van Pine's leven.

'Hij is uw vader?' vroeg ze schor.

'Van mij en mijn zus Mercy. Ja. Mijn moeder was Julia Pine, hoewel ze toen Amanda heette. Misschien kende u haar.'

Holden-Bryant nam even de tijd om haar kussen op te schudden en haar dekbed omhoog te trekken, alsof ze zich inbouwde voor een lange winterslaap. 'Nee, nee. Ik kan niet zeggen dat ik haar kende.'

Pine bleef de vrouw even aankijken. 'Ik weet dat u en Jack toen verloofd waren.'

Opeens gooide de vrouw het dekbed van zich af, zette haar voeten op de grond en stapte uit bed. Onder de ochtendjas droeg ze een gestreepte pyjama. Ze liep snel naar een houten kast en opende de deur, waar zich een complete bar achter bevond. 'Willen jullie iets drinken?' vroeg ze.

'Beetje vroeg op de dag voor mij,' zei Pine. 'En zou u met uw medicijnen wel iets moeten drinken?'

'Ach, ik heb nu gewoon zin om gevaarlijk te leven,' zei Holden-Bryant.

'Voor mij graag een glas sherry, als u dat hebt,' zei Blum.

'Ik heb alles, liefje. En ik kan nu wel een borrel gebruiken.' Ze kwam terug met een glas sherry voor Blum en ging met een glas cognac op het bed zitten. Ze sloeg haar benen over elkaar en nam een grote slok. Met een stevig gebaar veegde ze haar mond af, zuchtte en zei: 'Ik ben ruim een jaar verloofd geweest met Jack. Daarvoor hadden we jaren een relatie.'

'Dan zal het wel een schok voor u zijn geweest dat hij een andere vrouw zwanger had gemaakt,' zei Pine.

'God, ik wilde dat ik nog rookte,' riep Holden-Bryant. Ze keek Pine scherp aan. 'Wat is de echte reden dat u hier bent?'

'Ik ga u iets vertellen, iets opzienbarends. Het zal u waarschijnlijk schokken, dat hoop ik tenminste. En daarna wil ik er graag met u over praten.'

Holden-Bryant keek haar even aan, dronk haar glas leeg, stond op om haar glas weer bij te vullen, en toen dat gebeurd was ging ze weer op het bed zitten.

Daarna vertelde Pine haar iets van wat haar familie was overkomen, hoewel niet erg gedetailleerd, en ze zei ook niets over de betrokkenheid van de Vincenzo's; die naam noemde ze niet. Dat bewaarde ze voor later. Toch leek het alsof Holden-Bryant steeds kleiner werd op het gigantische bed. Toen Pine klaar was met haar verhaal sloeg ze haar armen over elkaar en keek ze naar de oudere vrouw.

Holden-Bryant dronk haar tweede glas cognac leeg en zette het lege glas op het nachtkastje. Ze leunde weer tegen haar dure en bolle kussens. 'Dit was allemaal erg lang geleden.'

'Oude zonden werpen lange schaduwen,' zei Blum.

'Is dat wat u denkt, dat ik een zondaar ben?'

Pine zei: 'Dat weet ik niet en het kan me niets schelen ook. Ik wil alleen weten wat u indertijd misschien hebt gedaan nadat u het had ontdekt van Jack en mijn moeder.'

'U hebt geen enkel bewijs dát ik iets ontdekte of deed.'

'Laat ik het u dan zonder omwegen vragen. Wist u dat Jack met mijn moeder had geslapen en dat ze zwanger was?'

'Ik zou kunnen antwoorden dat u me niet kunt dwingen die vraag te beantwoorden.'

'Daar hebt u gelijk in. En het enige wat ik daarop kan zeggen, is dat ik graag wil weten wat er met mijn zus is gebeurd. Zou u dat niet willen, als de rollen omgedraaid waren?'

'Ik was strafrechtadvocaat. Ik leefde van aannamen, maar dat betekent niet dat ik op een aanname moet reageren.'

'Is dat echt een aanname?'

'Dat weet ik niet,' zei Holden-Bryant kil.

'Wist u het van Jack en mijn moeder?'

Holden-Bryant keek Blum aan. 'U ziet eruit als een moeder.'

'Zes keer.'

'Ik heb nooit kinderen gehad. Wilde ze wel. Maar ik had het te druk met mijn werk. De beide mannen met wie ik trouwde, waren eerder getrouwd geweest en hadden al kinderen en zelfs kleinkinderen. Ze wilden dat niet opnieuw. Dus wat dat betreft heb ik verloren.'

'Maar mijn moeder had twee dochters,' zei Pine. 'Op heel jonge leeftijd.'

'Jack wilde altijd kinderen. Als we waren getrouwd, weet ik zeker dat we samen kinderen zouden hebben.'

'Maar jullie zijn niet getrouwd. U maakte een einde aan jullie relatie. Waarom?'

Ze keek Pine met een vreemde glimlach aan. 'Waarom maakt iemand een einde aan een relatie? Er was een probleem. We hadden ruzie.'

'Wat was uw probleem?

Holden-Bryant stond op en schonk zichzelf weer een drankje in. 'Weet u zeker dat u niets wilt?'

'Goed dan. Graag hetzelfde als u.'

'Zo mag ik het horen.'

'Maar ik zou graag iets van u willen horen.'

De vrouw schonk de drankjes in en liep langzaam terug naar het bed.

Nu komen we misschien ergens, dacht Pine.

38

'Jack en ik groeiden gewoon uit elkaar.' Nadat Holden-Bryant Pine haar glas had gegeven, was ze weer op bed gaan liggen.

'Was daar een oorzaak voor?' vroeg Pine.

'Luister, laten we er niet omheen draaien. We weten allemaal hoe mannen zijn.'

'Wilt u dat uitleggen voor ten minste één iemand hier die dat misschien niet weet?'

'Mannen vinden het op zich al moeilijk om zich te binden en in een bepaalde situatie is dat gewoon onmogelijk.'

'Welke situatie is dat?' vroeg Pine.

Blum antwoordde: 'Als de man niet meer van je houdt omdat hij van iemand anders houdt.'

'Bingo!' zei Holden-Bryant, hoewel haar blik niet overeenstemde met haar triomfantelijke toon.

'Jack hield meer van mijn moeder dan van u. Wist u dat?'

'Ik had mijn vermoedens.'

'Gebaseerd op...?'

De vrouw richtte haar puntige kin op Pine en keek haar triomfantelijk aan. 'Ik was advocaat, weet u. Ik weet hoe je dingen te weten moet komen.'

'Liet u Jack volgen?'

'Ik heb stappen gezet om uit te zoeken waarom de man met wie ik zou trouwen opeens niet meer met me wilde trouwen.'

'Hoorde daar ook bij dat u de maffia vertelde waar ze ons gezin konden vinden zodat ze ons konden vermoorden, terwijl we in een getuigenbeschermingsprogramma zaten?'

Langzaam liet Holden-Bryant haar glas zakken. 'Wat?'

'En hebt u, toen dat mislukte, Bruno Vincenzo verteld waar ons gezin was, zodat hij zijn broer Ito kon ompraten om naar Georgia te gaan om ons iets aan te doen?'

'Ik weet niet waar u het over hebt,' protesteerde Holden-Bryant. 'Ik begrijp niets van wat u allemaal zegt. Wie is die Bruno?'

'Vindt u dat ik op mijn moeder lijk?' vroeg Pine opeens.

'Wat?'

'Lijk ik op mijn moeder?'

Holden-Bryant aarzelde even en zei toen: 'U hebt in elk geval haar lengte, dat is zeker.' Ze realiseerde zich te laat wat ze net had gedaan, leunde naar achteren en zei chagrijnig: 'Nou, dat hebt u goed gedaan, agent Pine, dat moet ik u nageven.'

'U hebt mijn moeder dus wel ontmoet. Hebt u haar ooit gesproken?'

'Dat weet ik niet meer.'

'U loopt geen enkel risico, hoor. Wat er ook is gebeurd, is allang verjaard. U bent advocaat, dus weet u dat zelf ook.'

'Daar heb ik eerlijk gezegd niet aan gedacht. Vanaf mijn eerste huwelijk heb ik niet meer als advocaat gewerkt.'

'Dan hebt u er dus geen probleem mee om me te vertellen wat u misschien hebt gedaan.'

'Waarom kan u dat iets schelen?'

'Omdat ik een tweelingzus heb die misschien dood is of nog leeft. Maar ik wil zekerheid.'

Dit leek de vrouw meer te doen dan Pine had verwacht.

'Vertel daar eens meer over,' zei ze zacht, maar ook nieuwsgierig.

Dat deed Pine; ze vertelde haar elk detail van die afschuwelijke nacht in Andersonville. En daarna alles wat ze had ontdekt over Bruno en Ito Vincenzo.

'Maar dat is afschuwelijk!' zei Holden-Bryant ten slotte ademloos.

'Ja, dat was het. Dus alles wat u me kunt vertellen zal meer zijn dan ik nu weet.'

Weer stapte de vrouw uit bed, maar nu niet om iets te drinken te halen. Ze trok een stoel bij en ging zitten. Terwijl ze sprak, staarde ze naar de vloerbedekking. 'Ik hield onvoorwaardelijk van Jack. Hij was echt alles wat ik wenste van een echtgenoot. Ik had een goed beeld van onze bruiloft en van onze eerste paar huwelijksjaren. Ik was een gedreven, onafhankelijke vrouw, begrijp me niet verkeerd. Ik wilde een juridische carrière op hoog niveau met veel macht en daarvoor werkte ik me uit de naad.' Ze zweeg even. 'Maar dat was niet het enige wat ik wilde. Ik wilde een leven samen met Jack. Ik wilde kinderen met hem.' Weer zweeg ze even, terwijl ze om zich heen keek in haar jaloersmakende slaapkamer. 'En in plaats daarvan kreeg ik dit. En ik kan jullie wel vertellen dat dit dat gemis bij lange na niet compenseert.' Ze keek op en zei tegen Blum: 'Ik vermoedde dat Jack iemand anders had. Een vrouw weet dat gewoon, weet u?'

Blum knikte. 'Dat is mij ook overkomen, en ik ben het met u eens. Er zijn bepaalde signalen.'

'Wat deed u om uw vermoedens bevestigd te krijgen?' vroeg Pine.

'Ik nam een privédetective in de arm en liet hem schaduwen. Ik gebruikte een man die ook voor mijn juridische zaken voor me werkte. Hij was goed, heel goed. Hij verzamelde bijzonderheden, foto's, alles.'

'Van Jack met mijn moeder?' zei Pine.

'Zodra u hier binnenkwam, wist ik dat u de dochter was van Amanda en Jack. Amanda was de knapste vrouw die ik ooit had gezien. Ik kon wel begrijpen waarom Jack verliefd op haar werd. Maar ik was ook woedend op hem. Ontzettend kwaad.'

'Wat deed u met die woede?' vroeg Pine zacht.

'Ik wist dat Jack voor de FBI werkte. Hij praatte nooit over dat werk, en daar drong ik ook nooit op aan. Door mijn werk was ik zelf ook aan geheimhouding gebonden; ik heb mijn zaken nooit met hem besproken.' Ze stond op, liep naar de bar en schonk zichzelf een glas spuitwater in. Terwijl ze terugliep naar haar stoel zei ze: 'In die tijd volgde ik de maffiazaken die toen in New York werden gevoerd. Zelf heb ik nooit een van die maffiabazen vertegenwoordigd, maar wel een enkele keer een van hun loopjongens. Ik wist dat ze uitschot waren, maar daardoor was het ergens ook wel een uitdaging. En ik vind toevallig ook dat iedereen recht heeft op een goede advocaat. Maar het was meer dan dat. De bazen verwachtten totale loyaliteit van de jongens onderaan de ladder, maar zelf waren ze niet zo loyaal. Ze waren bereid hen op te offeren om zichzelf te redden. En dat beviel me helemaal niet.'

Holden-Bryant zweeg even en leek overspoeld te worden door herinneringen.

'Vertel verder,' zei Pine.

'Er was een loopjongen die mij benaderde om hem te vertegenwoordigen bij een RICO-zaak. U weet wel, die wet die tot doel had bedrijven aan te pakken die geld verdienden met afpersing en corruptie. Hij heette Amadeo Bertelli. Italiaanser dan dat bestaat niet en die man was precies wat je je voorstelt bij een Italiaanse mobster; hij zat tot aan zijn ellebogen onder het bloed. Privé had ik geen minuut met die man willen doorbrengen, maar hij had een verhaal te vertellen en ik luisterde naar dat verhaal. En hoe langer ik luisterde, hoe meer dingen op hun plaats vielen. Hij had een vriend die in die hele zaak verwikkeld was geraakt. Deze vriend had geprobeerd het juiste te doen, maar was door iemand bedrogen. De vriend was al gearresteerd, maar was om de een of andere reden op borgtocht vrijgelaten. Ik heb die vriend ontmoet.'

'Bruno Vincenzo,' zei Pine. 'De man over wie u net zei dat u nooit van hem had gehoord?'

'Ja. Bruno Vincenzo,' beaamde ze bits. 'Hij was zelfs nog erger dan Bertelli. Ik kreeg al de kriebels als ik alleen maar in dezelfde ruimte was als hij. Hoe dan ook, Vincenzo vertelde me alles, en ik bedoel echt alles. Hij hoopte dat hij een deal kon sluiten met de openbaar aanklagers zodat ze hem in het getuigenbeschermingsprogramma zouden opnemen, maar voordat dat kon gebeuren werd zijn afspraak ingetrokken en nam een andere advocaat de zaak over. Bruno ging uiteindelijk de gevangenis in. En ik hoorde dat hij daar later is vermoord.'

'En daarmee had de zaak afgesloten moeten zijn,' zei Pine.

'Had gemoeten, maar dat gebeurde niet,' zei Holden-Bryant moeizaam.

'Hoe bent u te weten gekomen waar ons gezin naartoe was gebracht?' vroeg Pine. 'U zei dat Jack nooit over zijn werk praatte.'

Holden-Bryant keek haar aan, terwijl er tranen uit haar ogen drupten. 'Hij deed zijn aktetas niet altijd op slot. Hij controleerde niet of iemand meeluisterde met zijn telefoongesprekken; dat betekende dus dat hij niet controleerde of ik meeluisterde als hij vanuit ons appartement een telefoongesprek voerde. Ik neem aan dat hij me vertrouwde. En als hij veel had gedronken, wat toen vaak het geval was, was hij loslippiger dan anders. Het duurde niet lang voordat ik ontdekte dat de persoon die Bruno had bedrogen en Jacks Amanda dezelfde persoon waren.'

'Wat deed u met die informatie?' vroeg Pine, terwijl ze de vrouw strak aankeek.

'Ik moet gek van jaloezie zijn geweest, echt waar.'

'Op de een of andere manier gaf u de informatie over onze verblijfplaats, onze nieuwe namen en andere bijzonderheden door aan Bruno,' zei Pine. 'Of niet soms?'

'Ja.'

'Hoe?'

'Ik gaf die informatie door aan zijn advocaat en die gaf het weer door aan Bruno als hij hem in de gevangenis bezocht. Bewakers mogen aantekeningen die een gevangene van zijn advocaat krijgt niet inzien.'

'Wist deze advocaat waar die aantekeningen over gingen?'

'Hij heeft het nooit gevraagd en ik heb het nooit verteld.'

'We kregen een dreigbrief, waardoor we weer werden verplaatst. Kort daarna is twee keer geprobeerd ons te vermoorden. Jack werd paranoïde en haalde ons uit WITSEC. Hij bracht ons naar Andersonville en gaf ons de achternaam Pine. En hij ging daar ook naartoe om ons te bewaken.' Ze zweeg even. 'En toen kwam Ito Vincenzo, Bruno's broer, op bezoek, kort nadat zijn broer was vermoord. Want u had Bruno ook verteld dat we naar Georgia waren verhuisd, nietwaar? Voordat hij in de gevangenis werd vermoord omdat hij een verklikker was.'

Holden-Bryant weigerde haar aan te kijken, maar ze knikte. 'Toen Jack het definitief uitmaakte en me vertelde dat hij ging verhuizen, wist ik wat er aan de hand was. Ik wist precies wat hij deed. Hij volgde uw moeder, de vrouw van wie hij echt hield. En hij liet mij... alleen.'

'Hij heeft u de bijzonderheden natuurlijk niet verteld,' zei Blum. 'Dus hoe hebt u ontdekt wat u Bruno moest vertellen?'

'Jack vertelde me niets, hij stopte met drinken en belde ook niet meer vanuit het appartement. Ik denk niet dat hij me ooit heeft verdacht, maar hij was gewoon ongelofelijk voorzichtig. Toch maakte hij een grote fout: hij had een telefoontje gekregen waardoor hij snel naar zijn werkkamer liep om iets in zijn kluis te controleren. Onze relatie stond al op losse schroeven, maar we woonden nog samen in het appartement en ik probeerde het tij te keren. Normaal als ik thuis was deed hij de deur dicht en op slot als hij naar zijn werkkamer ging. Maar hij had zo'n haast dat hij de deur op een kier liet staan. Daardoor kon ik hem bespioneren toen hij de muurkluis openmaakte, waardoor ik de combinatie ontdekte. Daarna controleerde ik de kluis regelmatig, zolang we nog samenwoonden. Op een dag, toen het duidelijk was dat hij de stad zou verlaten, wachtte ik tot hij vertrokken was, opende de kluis en vond een brief die iemand van zijn dienst hem had gestuurd. Het stond er allemaal in. Andersonville, Georgia. Tim en Julia Pine en hun twee schattige dochtertjes Atlee en Mercy. Die informatie gaf ik door aan Bruno, en ik denk dat hij die doorgaf aan zijn broer, want ik neem aan dat zijn relaties bij de maffia al waren opgedroogd. Volgens mij stierf hij kort nadat hij die informatie kreeg.'

'Maar niet voordat hij die had doorgegeven aan zijn broer.' Pine zweeg even. 'Hebt u ooit gehoord wat er eind jaren tachtig met ons is gebeurd?' vroeg ze.

'Dat kan ik me niet herinneren.'

'Maar u vertelde niemand wat u had gedaan?'

'Zodat ik in de gevangenis zou belanden? Nee, dat heb ik niet gedaan.'

'Ik heb een brief gelezen die Bruno aan zijn broer Ito had geschreven, waarin hij zich beklaagde over zijn oneerlijke behandeling. Alsof een man die ontelbare mensen had vermoord het recht had om te klagen. Hij praatte zijn gezagsgetrouwe broer Ito een schuldgevoel aan, waardoor deze ons te pakken wilde nemen. Ito heeft mij bijna vermoord en hij ontvoerde mijn zus, die niemand daarna ooit nog heeft gezien. Mijn vader pleegde zelfmoord en mijn moeder is verdwenen. Ik weet niet of zij dood is of niet. Dus als het uw bedoeling was ons gezin te vernietigen, dan bent u daarin geslaagd. U hebt ons vernietigd. Voor zover ik weet, ben ik de enige die nog leeft.'

Holden-Bryant sloeg een hand voor haar mond en huilde zacht. Ze zei trillend: 'Het spijt me, Atlee. Ik heb nooit gedacht...'

'Natuurlijk wel. U vertelde een moordenaar waar hij ons kon vinden. Wat dacht u dan dat er zou gebeuren?'

Holden-Bryant droogde haar ogen met haar mouw en keek Pine rustig aan. 'Ik denk dat ik precies verwachtte wat er is gebeurd. Het zal wel absurd en banaal en wreed zijn om te zeggen dat het me spijt wat er is gebeurd, maar dat is echt zo.'

'Hebt u Ito Vincenzo ooit ontmoet?' vroeg Pine.

'Nee, ik wist niet eens dat hij bestond tot u zijn naam noemde.'

'Weet u zeker dat u nooit contact met hem hebt gehad?'

'Nooit.'

'Wanneer zijn u en Jack officieel uit elkaar gegaan?'

'Toen hij naar Georgia verhuisde. Bij elkaar blijven leek zinloos.'

Pine stond op en gaf haar een kaartje. 'Wanneer u nog iets te binnen schiet, bel me dan alstublieft.'

De vrouw nam het kaartje aan. 'Ik weet hoe u over me denkt.'

'Het maakt niet uit hoe ik over u denk. Het is veel belangrijker hoe u over uzelf denkt.'

Holden-Bryant haalde een tissue uit een doos op het nachtkastje en snoot haar neus. 'Nou, op dit moment heb ik een lage dunk van mezelf.'

'Oké.'

'Komt het weer goed met Jack?'

'Daar lijkt het wel op, ja. Hij heeft geluk gehad dat hij nog leeft. Net als ik trouwens.'

'Hebt u echt net ontdekt dat hij uw vader is?'

'Ja.'

'Dat zal wel een schok zijn geweest.'

'Alles aan deze zaak was een schok.'

'Ik hoop dat u uw zus vindt.'

Pine reageerde hier niet op.

'Gaat... u Jack vertellen wat ik heb gedaan?'

'Nee, tenzij het niet anders kan.'

'Dat waardeer ik.'

Pine antwoordde niet. Ze was al onderweg naar de deur en was even later verdwenen.

Holden-Bryant keek Blum aan, die nog naast het bed stond. 'Ik neem aan dat de liefde ons allemaal in idioten verandert,' zei ze.

'Volgens mij kunnen we dat ook heel goed zelf,' zei Blum. Ze keek om zich heen. 'Nou ja, u hebt dit alles tenminste... om tevreden mee te zijn. Wat een geluk hebt u, nietwaar?'

Ze verliet de slaapkamer en deed de deur zacht achter zich dicht.

39

Puller had net tien kilometer hardgelopen op Quantico, samen met een paar rekruten van de marine van nog geen twintig. Daarna ging hij terug naar zijn 'nieuwe' appartement, aangezien het andere nog steeds een plaats delict was, nam een douche en wilde zich net aankleden toen zijn telefoon zoemde.

Het was een tekstbericht van zijn broer.

Vanavond twintig honderd, ANC*. Denk aan de Maine. Zout. Vier strepen en een ster.*

Iemand die de broers niet kende, of iemand van de krijgsmacht in het algemeen, zou moeite hebben deze boodschap te ontcijferen. Maar voor Puller was het bericht helemaal duidelijk, tot op zekere hoogte dan.

Hij keek op zijn horloge. Hij zou net genoeg tijd hebben, want hij moest eerst ergens naartoe. Hij liep naar de kledingkast en haalde daar zijn blauwe gala-uniform uit. Dat was voor de afspraak vanavond, ook al was dat niet echt noodzakelijk. Maar het was ook voor waar hij nu naartoe ging.

Het leger had heel lang vastgehouden aan een groen gala-uniform en een wit gala-uniform. Maar nu was blauw de juiste kleur. Dat was de kleur van Amerika's belangrijkste twee zeges op eigen grondgebied. De blauwrokken tegen de roodrokken tijdens de Amerikaanse Revolutie. En het blauw van de Union tegen het grijs van de Confederatie tijdens de Burgeroorlog.

Waarom zou je rommelen met succes?

Hij controleerde de rijen lintjes om er zeker van te zijn dat ze allemaal daar zaten waar ze hoorden te zitten – op dat gebied kende de krijgsmacht geen foutenmarge – pakte zijn pet en vertrok nadat hij AWOL de kans had gegeven hem te inspecteren en goedkeurend te spinnen.

Hij reed naar het veteranenziekenhuis en werd door een escorte naar de juiste afdeling gebracht. Onderweg salueerde hij voor militairen die in een rolstoel zaten, op een brancard lagen of met behulp van een looprek door de gangen liepen. Zij allen hadden het land goed en eervol gediend. Nu waren ze hier, de laatste inzet van hun carrière: een verpleeghuis betaald door Uncle Sam.

De escorte liet hem alleen en Puller klopte op de deur van de kamer. Hij wachtte even en liep daarna naar binnen.

Het was een kleine kamer waar weinig meubels in stonden. Het belangrijkste meubelstuk was het bed, waar een oude man in lag. Die oude man was Pullers vader en naamgenoot. John Puller senior.

Vroeger brulde zijn vader zodra hij Puller zag altijd: 'xo, wat doe je hier?'

Puller was nooit zijn vaders *executive officer* ofwel xo geweest, maar hij had het spel meegespeeld omdat de artsen zeiden dat dat waarschijnlijk het beste was.

Dat was toen.

Nu was dat niet meer zo. Nu was totaal anders dan toen.

Zijn vader lag opgerold in het bed. Hij was ooit één meter negentig geweest, maar nu was hij centimeters korter door de ouderdom en een slechte gezondheid. Hij was kaal, op een paar plukjes grijs haar rondom zijn schedel na. Tegenwoordig droeg hij geen camouflage- of blauw gala-uniform, maar een ziekenhuisbroek en een wit T-shirt, waar krullend grijs borsthaar bovenuit piekte.

Puller liep naar de zijkant van het bed zodat hij zijn vader kon aankijken. Hij stond kaarsrecht en keek neer op de man die hem had verwekt en hem de helft van zijn DNA en andere zaken had gegeven – sommige goed, andere niet zo goed. 'Ik kom me melden, meneer,' zei Puller een beetje halfhartig. Hij verwachtte geen antwoord. De laatste vijf keer dat hij zijn vader had bezocht, was de man niet eens wakker geworden.

Alzheimer is het ergste wat een mens kan overkomen, dacht Puller. Uiteindelijk ga je eraan dood, net als aan andere nare ziektes. Maar voordat het zover is, ontneemt deze ziekte een mens het enige waardoor iemand de persoon is die hij is, terwijl het fysieke omhulsel redelijk intact blijft. En dat is geen echte troost, niet voor de familie en vrienden. Daardoor vraag je je alleen maar af hoe het mogelijk is dat iemand normaal lijkt, maar absoluut geen overeenkomsten meer vertoont met wie die persoon ooit is geweest.

Tot zijn verrassing bewoog zijn vader zich. Zijn ogen gingen heel even open en weer dicht. Puller dacht dat het daarbij zou blijven. Maar de ogen gingen opnieuw open en bleven open.

Puller boog zich naar hem toe en besloot geen spelletje meer te spelen. 'Vader?'

'Bobby?' vroeg hij bars.

Zijn vader verwisselde de broers nu vaak.

Puller senior had meegemaakt dat zijn oudste zoon in de militaire gevangenis zat voor een misdaad die hij niet had gepleegd. Hij had meegemaakt dat Robert Puller werd vrijgelaten en van alle blaam was gezuiverd. Hij had ook te horen gekregen wat er was gebeurd met zijn vrouw, Pullers moeder, die tientallen jaren eerder was verdwenen. Dat was het zwaarst geweest voor de oude man, wist Puller. Niets kon erger zijn dan dat. Maar hij had het tenminste kunnen afsluiten.

Wij konden het tenminste allemaal afsluiten.

Puller keek naar zijn vaders nog altijd brede schouders en zag in gedachten diens drie sterren. Eigenlijk had er een vierde ster bij gemoeten, maar dat had de politiek voorkomen. Puller wist dat geen enkele viersterrengeneraal van het leger van mening was dat Fighting John Puller dat laatste stukje glanzende carrière-erkenning niet had verdiend. Maar hij had het niet gekregen. Net zoals hij de Medal of Honor niet had gekregen; nog zo'n voorbeeld van politiek boven verdienste. Maar zijn vader was een legende en legendes hadden geen sterren of medailles nodig. Zij leefden in de gedachten en herinneringen van degenen die na hen kwamen.

'Het is Junior, meneer. Niet Bobby.'

Zijn vader ging rechtop zitten, leunde tegen het kussen en keek om zich heen in de waarschijnlijk laatste kamer die hij op deze aarde zou bewonen. Maar aan zijn blik te zien leek hij die niet te herkennen. Hij leunde achterover, staarde even naar het plafond, draaide zijn hoofd opzij en keek naar zijn jongste zoon. 'Zit je in het leger, soldaat?'

'Ja, meneer. Chief warrant officer.'

'Wat zijn dat?'

Pullers hart zonk hem in de schoenen, want zijn vader wees naar zijn rij lintjes. Puller was een oorlogsheld geweest, had elke belangrijke eervolle vermelding verdiend die het leger kende, verschillende zelfs vaker dan één keer. En desondanks verbleekten zijn rijen *guts and glory* bij die van zijn vader, wiens eervolle vermeldingen twáálf rijen in beslag namen. Ze hadden er een deken van kunnen maken. Maar ja, wat verwachtte je dan van iemand die toen hij al in de zestig was nog had geprobeerd uitgezonden te worden naar oorlogsgebied?

'Die horen gewoon bij dit pak,' antwoordde Puller.

'Ze zijn mooi,' zei zijn vader.

'Ja, bedankt. Dat vind ik ook.'

'Wie ben je ook alweer?'

'Ik werk hier. Hebt u iets nodig?'

'Beter eten. De rotzooi die ze hier serveren zou ik niet eens aan een hond geven, als ik een hond had. Heb ik een hond?'

'Nee, meneer.'

'Nou, het eten is toch smerig.'

'Ja, meneer. Ik zal ernaar laten kijken.'

'Ik weet niet eens hoe ik hier terecht ben gekomen. Ik was aan het werk en nu ben ik hier.'

'Ja, meneer. Ik denk dat het ingewikkeld was.'

'En ze hebben dit hier neergezet en ik heb geen idee wie dat is.'

Puller keek naar de ingelijste foto van zijn moeder, Jackie.

'Weet je hoe ze heet, jongen?' vroeg zijn vader.

'Ik... Nee.' Puller wist niet hoe zijn vader op de naam van zijn moeder zou reageren.

'Het lijkt me niet juist om hier de foto van een onbekende vrouw neer te zetten. Mijn vrouw wordt daar misschien heel kwaad om.'

'Herinnert u zich uw vrouw?'

'Wat?'

'Uw vrouw.'

Zijn vader legde de foto neer en leunde weer tegen zijn kussen.

Puller keek door het raam naar buiten en begon snel over iets anders. 'Is uw vogel hier nog steeds? Voor het raam, bedoel ik. De vorige keer was daar een nest.'

Zijn vader keek hem vol onbegrip aan. 'Vogel?'
'Ja, ik... Hebt u iets nodig, meneer?'
Zijn vader keek hem aandachtiger aan. 'Je komt me bekend voor. Je doet me aan iemand denken.'
Pullers maag verkrampte. 'Is dat zo, meneer. Aan wie dan?'
'Jongen met wie ik op school zat, dat denk ik tenminste. Mocht hem niet erg. Kan even niet op de naam van die school komen.'
'U zat op West Point.'
Zijn vader keek verbaasd. 'Weet je dat zeker?'
'Vrij zeker, meneer,' zei Puller zacht.
'Echt?'
'U deed het daar heel goed. U werd een echte leider.'
Zijn vader gromde alleen.
Fighting John Puller had nooit een gevecht verloren. Hij had enorme risico's genomen, de voorschriften aan zijn laars gelapt als hem dat zo uitkwam, alles van zijn mannen geëist en zelf zelfs nog meer gegeven. Hij had zijn superieuren ongelofelijk nijdig gemaakt en hun vervolgens de ene onmogelijke overwinning na de andere gegeven, waarvoor zij de eer konden opstrijken. Er waren twee generaties militairen in dit land: degenen die spontaan begonnen te vloeken wanneer de naam Fighting John Puller alleen maar werd uitgesproken én degenen die bereid waren hem overal naartoe te volgen, overtuigd van de overwinning dankzij de man die de leiding had.
En die twee groepen zouden uit dezelfde militairen bestaan.
'De mannen hadden respect voor u, meneer. Dat hebben we allemaal.'
Weer gromde de man.
Toen rolde zijn vader zich op en viel weer in slaap, terwijl zijn zoon in de houding naast hem stond.
Puller zou zijn vader accepteren zoals hij zich hem herinnerde: de schreeuwer, soms kleinzielig en rancuneus, die zijn zonen meedogenloos opjoeg als hij thuis was, wat bijna nooit het geval was; de ijzeren man van het leger, maar ook de man die glimlachte, aanmoedigde en trots was op zijn zoons – maar niet dit gedesoriënteerde omhulsel van een man.
Puller trok de deken omhoog en verliet daarna met een gebro-

ken hart de kamer. Desondanks zonder tranen op zijn wangen, zijn rug nog steeds kaarsrecht en zijn blik weer gericht op zijn missie. Hij begon te accepteren dat zijn snel aftakelende vader de enige vijand was die John Puller ooit met angst en beven tegemoet had gezien.

40

Puller gaf zijn autosleutels aan de parkeerhulp voor de hoofdingang van de ANC, de Army and Navy Club, in Seventeenth Street in het noordwesten van D.C., en liep naar binnen.

Het gebouw was oud en had een klassiek exterieur en interieur. Het werd efficiënt en rustig geleid door een toegewijd team, waarvan velen hier al tientallen jaren werkten. Op de begane grond was een grote eetzaal, op de eerste verdieping waren privékamers, meer intieme eetzaaltjes en, aangezien dit een soort militaire buitenpost was, natuurlijk ook een bar.

Hij keek op zijn horloge. Hij was vroeg, hij wilde altijd vroeg zijn. Een generaal van het Confederatieleger had ooit gezegd dat je bijna altijd wint als je het eerst aanwezig bent. Daar zat zeker enige waarheid in.

Misschien had degene met wie hij hier had afgesproken datzelfde gedacht. Hij liep naar de glazen deuren van de bar en keek naar binnen. Aan de bar zaten drie mannen en twee vrouwen, van wie slechts twee een uniform droegen: één vrouw en één man. De man was een luitenant kolonel van het leger en de vrouw een *commander* van de marine, een O-5, wat betekende dat zij en de man een gelijkwaardige rang hadden. Maar Puller was op zoek naar een O-6, een *captain* – kolonel – van de marine, één rang lager dan een *rear admiral lower half*. Dat had zijn broer bedoeld met de term 'zout'. De rang van captain bij de marine was gelijkwaardig aan die van een *major* bij het leger.

Puller liep naar de bibliotheek op de tweede verdieping. Hier stond een tafel die vol kogelgaten zat, doordat die meer dan honderd jaar geleden tijdens een vuurgevecht op Cuba door Amerikaanse soldaten als schild was gebruikt. Robert Pullers verwijzing naar *Denk aan de Maine* had betrekking op het schip dat was opgeblazen in de haven van Havana, wat het begin was geweest van de Spaans-Amerikaanse Oorlog. Het leger leidde de wereld in historische rekwisieten, wist Puller. En met elke strijd voegden ze daar nieuwe aan toe.

Hij keek om zich heen, maar zag niemand.

Opeens werd de stilte verbroken. 'Ik zie dat u ook graag vroeg komt, Chief Puller.'

Uit een stoel met hoge rugleuning, die van hem af was gedraaid stond een vrouw op. Ze had een gemiddelde lengte, was slank en droeg haar donkere haar in een paardenstaart. Haar witte gala-uniform stond haar goed. Puller schatte haar op een jaar of veertig, wat jong was voor een kolonel. Normaal gesproken duurde het twintig jaar voordat je na je afstuderen de vier strepen en een ster en de adelaar op je uniform kreeg. Dat verklaarde Robert Pullers verwijzing ook.

Ze liep naar hem toe, stak haar hand uit en gaf hem een stevige hand.

Puller keek op haar neer en vroeg: 'Kolonel...?'

'Gloria Miles, Chief Puller.'

'Zeg alsjeblieft John.'

'Dan mag jij Gloria zeggen. Mijn vader was *master sergeant* bij het Korps Mariniers. Hij heeft mijn naam bedacht. Weet je hoe hij me noemde?'

Puller schudde zijn hoofd.

'Glory.' Ze glimlachte, maar met een verdrietige blik. 'Kun je je voorstellen hoe ik daar vroeger mee ben gepest?'

Hij bekeek haar aandachtig. 'Zo te zien heeft het je sterker gemaakt. En als je zo jong bent als ik denk, ben je ook bijzonder prestatiegericht.'

'Je hebt gelijk, met je beide veronderstellingen. Ik ben drie jaar eerder dan normaal O-6 geworden, maar het voelde als zes jaar.'

'Dat begrijp ik. Hoe gaat het met je vader?'

'Hij is overleden. Hoe gaat het met jouw vader?'

Op die vraag antwoordde Puller bijna 'Gaat wel'. Maar er was iets met Miles waardoor hij antwoordde: 'Helaas minder goed dan vroeger.'

'Het is moeilijk om je vader oud te zien worden,' zei Miles. 'En nog moeilijker als je vader een soldaat was, een leider, kei- en keihard. Je verwacht dat hij altijd blijft leven.'

'Waar ben je nu gestationeerd?' vroeg Puller.

'Op dit moment werk ik vanuit het Norfolk Naval Station, zodat ik mijn baby geboren kan zien worden.'

Puller was even in verwarring en keek naar haar vinger, maar ze droeg geen ring.

Ze zag dit en lachte triest. 'Ik wacht tot ik het bevel kan voeren over een LCS van de Freedom-klasse dat binnenkort te water wordt gelaten, de USS Seattle,' zei Miles. Ze gebruikte de afkorting voor een Littoral Combat Ship, een kustgevechtsschip. 'Dat is mijn baby.'

'Dat zal fantastisch zijn.'

Ze keek langs hem heen. 'Zullen we een rustig plekje zoeken waar we kunnen praten?'

Puller draaide zich om en zag dat een groep mannen en vrouwen in pak en in uniform de bibliotheek binnenkwam en ging zitten.

Achter in de gang vonden ze een leeg vertrek waar een paar klapstoelen stonden. Puller deed de deur achter zich dicht, waarna ze tegenover elkaar gingen zitten. Miles legde haar pet op haar schoot en Puller deed hetzelfde met de zijne.

Ze keek naar zijn rijen lintjes en trok haar wenkbrauwen op. Dit was het militaire equivalent van verdiend opscheppen: guts and glory duidelijk zichtbaar op de borst. Het was niet eenvoudig geweest ze te verdienen. Puller had met veel geweld stukken metaal in zijn lichaam gekregen en was beland in helse situaties die geen enkel mens zou mogen meemaken. Met andere woorden, een gewone werkdag voor een soldaat.

'De DSC, Purples, Bronze, twee Silvers, plus al die andere. Bijzonder indrukwekkend, John. Je hebt je land trouw en uitstekend gediend.'

'Ik doe mijn plicht, net als ieder ander.'

'Er is niets mis met het erkennen van uitzonderlijkheid.'

'Waarom heeft mijn broer contact met je opgenomen?'

'Ik denk dat hij een aantal mensen heeft benaderd van wie hij dacht dat ze nuttig voor je konden zijn.'

'Maar jij bent de enige die ik op zijn verzoek ontmoet.'

Ze knikte. 'Ik denk dat mijn relevantie voor je onderzoek niets te maken heeft met het feit dat ik een uniform draag.'

'Oké.'

'Dat heeft veel te maken met iemand die ik heel goed ken.'

'Oké.'

'Zoals ik al zei heb ik geen kinderen, maar ik ben wel de peetmoeder van iemand.'

'Van wie?'

'Jeff Sands.'

'Ik weet niet wie dat is.'

'Hij is de kleinzoon van Peter Driscoll.'

'Peter Driscoll, de fractievoorzitter van de meerderheidspartij in de Senaat? Waarom zou die wetenschap nuttig voor me zijn?'

'Jeff is net eenentwintig geworden. Dankzij de connecties van zijn opa zit hij op Georgetown, waar hij een junior is. Zonder zijn opa was hij daar nooit toegelaten.'

'Oké, maar ik begrijp nog steeds niet wat dat met mijn zaak te maken heeft.'

'Jeff is een junkie. Hij is waarschijnlijk ook drugsdealer. Ik weet het niet zeker, maar wel bijna.'

'Dus misschien een drugsdealer. Waarom heb ik daar niets over gehoord?'

'Waarom zou je?'

'Dus opa heeft dat verzwegen voor het bestuur en de media?'

'Zoals ik al zei: ik weet niet zeker of hij handelt. Maar Jeff heeft veel rijke relaties van goede komaf op Ivy League-colleges die zomaar klanten van hem zouden kunnen zijn.'

'Dus een netwerk van elitaire drugsgebruikers? En wat heb jij daaraan gedaan?'

'Ik ben zijn peetmoeder, wat over het algemeen een eretitel is. Ik kende zijn moeder, Jennifer. Ze stierf toen Jeff acht was, dat was heel moeilijk voor hem. Zijn vader is een hedgefondsman, woont en werkt in New York. Na Jennifers dood trouwde hij met een veel jongere vrouw. Ze hebben twee kleine kinderen en hij heeft Jeff afgeschreven. Ik heb geprobeerd het gemis te compenseren, zodat ik in de loop der jaren veel tijd met Jeff heb doorgebracht. Niet als een tweede moeder of zo, maar gewoon als een vriendin, iemand om mee te praten.'

‘Heeft Jeff nog zussen of broers?’

‘Nee.’

‘Wat vertelt hij je als jullie het over zijn problemen hebben?’

‘Ik heb dat een paar keer bij hem aangekaart, maar hij zegt dan dat alles in orde is. Dat hij een probleem had, maar nu niet meer, en dat alles wat ik over hem heb gehoord gewoon niet klopt.’

‘Zag hij eruit alsof hij gebruikte?’

‘Niet toen hij bij mij was.’

‘Heb je dit aan mijn broer verteld?’

‘Ja.’

‘Waarom nam hij contact met je op? Zijn jullie bevriend? Dat heb je niet gezegd.’

‘Nee. Ik had wel van hem gehoord, maar hij vertelde me dat hij nooit van mij had gehoord. Hij zei dat het iets te maken had met de uitkomst van een algoritme dat hij had ontworpen voor jouw onderzoek.’

Puller grijnsde. ‘Een algoritme? Ja hoor, echt iets voor Bobby. Weet je zeker dat Driscoll iets weet van het onberekenbare gedrag van zijn kleinzoon?’

‘Ik weet dat hij dat weet. Want dat heb ik hem ontelbare malen verteld.’

‘Wat deed hij toen?’

‘Zei dat-ie het zou regelen.’

‘En, heeft hij dat gedaan?’

‘Ik denk niet dat ik nu met jou zat te praten als hij dat had gedaan.’

‘Wanneer heb je Jeff voor het laatst gesproken?’

‘Ongeveer twee weken geleden.’

‘Heeft hij het ooit gehad over ene Tony Vincenzo?’

‘Nee, niet met mij. Dat zou ik hebben onthouden.’

‘En over een penthouse aan Billionaires’ Row in Manhattan?’ Puller vertelde haar het adres.

Miles keek verbaasd. ‘Weet je, volgens mij heb ik hem daar een keer afgezet toen we samen in New York waren. Dat was ongeveer een maand geleden. Hij zei dat daar een feest was. Ik weet nog dat ik zei dat hij voorzichtig moest zijn en ook dat hij wel een paar bijzonder rijke vrienden moest hebben. Weet je van wie dat penthouse is?’

‘We hebben geprobeerd dat te achterhalen, maar tevergeefs, wat betekent dat het best een internationaal bedrijf kan zijn met megadiepe zakken.'

'O mijn god! Met wie heeft hij zich in vredesnaam ingelaten?'

'Dat ben ik van plan te ontdekken. Maar ik moet zo snel mogelijk met je peetzoon praten.'

'Wil je dat ik contact met hem opneem en een afspraak maak?'

'Nee, dat zal niet werken.'

'Waarom niet?'

'Omdat hij zal verdwijnen óf omdat iemand opdracht zal krijgen me te vermoorden. En aangezien dat zeer recent ook al is gebeurd, wil ik dat als het even kan voorkomen.'

Miles was bleek geworden toen hij dat zei. 'Wat wil je dan dat ik doe?' vroeg ze, amper luider dan fluisterend.

'Stuur me zijn contactinformatie en een foto. Dan regel ik wel iets.'

'Wat moet ik in de tussentijd dan doen?'

'Geen contact met hem opnemen. Ga terug naar Norfolk, hou je gedeisd en stap, zodra je schip vaarklaar is, aan boord en kijk niet achterom.'

'Je maakt me echt bang, John.'

'Dan heb ik mijn doel bereikt.'

'Werk je alleen aan deze zaak?'

Puller haalde zijn telefoon tevoorschijn. 'Nee. Ik heb een partner, die ik nu ga bellen.'

'Ik hoop dat je partner goed is.'

'Zij is veel beter dan goed.'

41

De volgende avond hadden Pine en Puller met elkaar afgesproken voor de uitgang aan Eighth Avenue van het Penn Station in New York City. Puller was met de regionale Amtrak uit D.C. gekomen, een treinreis van ongeveer drie uur.

Ze liepen naast elkaar. Het was bewolkt en kil. Pullers kleine weekendtas hing aan zijn schouder. Hij had zijn blauwe gala-uniform verwisseld voor een spijkerbroek, trui en donkerblauwe blazer. Tijdens hun wandeling praatten ze elkaar bij over de respectievelijke ontwikkelingen, ook over Robert Pullers algoritme waardoor ze Gloria Miles en via haar Jeff Sands kenden.

'Heb je Lineberry al verteld dat Linda Holden-Bryant indertijd zijn mol was?' vroeg Puller.

'Dat had ik wel moeten doen, maar ik heb het niet gedaan. Ik weet niet goed hoe ik dat moet doen. Bovendien is hij nog herstellende van die beschieting.'

Ze namen een taxi, die hen via de West Side naar een appartementengebouw in de Eighties bracht, vlak bij Riverside Drive.

Terwijl ze de portier met een hoge hoed en in uniform passeerden en de enorme lobby vol marmer en chroom in liepen, vroeg Puller: 'Wat doen we hier?'

'Hier logeren we. Carol is in het appartement bezig met het avondeten.'

'Van wie is dat appartement? Ik slaap meestal bij een vriend op de bank als ik in New York ben. De CID-vergoeding voor een overnachting is onvoldoende voor welk onderkomen dan ook in de City, en dan bedoel ik ook in een parkeergarage in je eigen auto slapen.'

Puller keek naar de glimlachende *concierge* achter een bureau dat in Versailles niet zou hebben misstaan en zei: 'En ik hoef niet de beste rechercheur van de hele wereld te zijn om te zien dat dit ook veel duurder is dan de onkostenvergoeding van het Bureau.'

Pine leek niet op haar gemak. 'Dit is eh... Jack Lineberry's pied-à-terre. Hij was zo vriendelijk aan te bieden dat we hier mochten logeren.'

'Zaten jullie niet in een hotel in Trenton?'

Pine drukte op de knop voor de lift en zei: 'Hij belde gisteren. Ik vertelde hem dat ik in New York was en toen stond hij erop dat we hiernaartoe gingen.'

'Was dit voor of nadat je zijn oude vlam had gesproken?'

'Daarna. Maar dat heb ik hem niet verteld. Hij was gewoon vriendelijk.'

Ze gingen met de lift naar de tiende verdieping en ze liep voor hem uit door een brede hal met vloerbedekking, stevige houten deuren en zo te zien originele schilderijen. Ze gebruikte haar sleutelkaart om het appartement binnen te kunnen.

Puller liep achter haar aan, zette zijn tas neer en keek om zich heen. 'Wauw, Lineberry is echt steenrijk!'

'Ja. Hij heeft zijn eigen vliegtuig, een herenhuis op het platteland van Georgia en een penthouse in Atlanta.'

'En dit optrekje,' zei Puller. 'En hij is jouw vader.'

'Hij is mijn biologische vader, maar Tim Pine heeft me opgevoed,' snauwde ze. 'In mijn ogen is *híj* mijn vader.'

'Dat begrijp ik wel. Maar heeft Lineberry ook andere kinderen?'

'Nee, hij is nooit getrouwd. Hij had mij en... Mercy.'

'Nou, dan moet je niet raar staan te kijken als hij dit alles aan jou nalaat.'

Pine keek verbaasd. 'Daar heb ik nooit aan gedacht. En ik *wíl* het niet hebben!'

'Toch kan hij het aan je nalaten. En dan kun je ermee doen wat je wilt.'

'Daar zal ik me dan wel mee bezighouden; als en wanneer blijkt dat ik dat moet doen.'

Even later kwam Blum binnen. Ze had een schort voor en een veeg meel op haar wang. Ze droogde haar handen af aan een doek. 'Ik dacht al dat ik jullie hoorde binnenkomen. Dit appartement is bedrieglijk groot én heel stil. Ik hoop dat jullie honger hebben. Over ongeveer tien minuten is het eten klaar.'

'Ik heb inderdaad honger,' zei Puller. 'In de trein was niet veel te krijgen.'

'Kom, dan laat ik je je kamer zien,' zei Pine.

Ze nam hem mee door een gang naar de laatste deur en opende die. Ze liep naar binnen en keek om zich heen in de kamer, die kostbaar en professioneel was ingericht, net zoals de rest van het appartement.

'Lineberry heeft een goede smaak, of hij heeft iemand ingehuurd met een goede smaak,' zei Puller, terwijl hij zijn tas op het hemelbed zette.

Pine ging zitten op een stoel voor een bureau waarop een schrijfblok, pen en een enorm vergrootglas met leren handvat lagen. 'Jeff Sands?'

Puller knikte en ging op het bed zitten. 'Zijn opa is een van de machtigste mannen in het land. Maar zijn schoonzoon heeft Jeff kennelijk afgeschreven en houdt zich nu met zijn nieuwe gezin bezig.'

Pine vroeg: 'Jeff is dus misschien drugsdealer én gebruiker? Hoe is het mogelijk dat dat niet in het nieuws is geweest?'

'Ik heb daar wat onderzoek naar gedaan. Jeff Sands is een van Driscolls zestien kleinkinderen en heeft een andere achternaam. En van wat ik kon vinden, zijn niet veel mensen hiervan op de hoogte. Misschien vindt men het niet nieuwswaardig. Ik bedoel, Sands' pa was de afwezige ouder. Ik kan me niet voorstellen dat veel mensen Peter Driscoll zullen bekritiseren omdat een van zijn vele kleinkinderen het niet goed doet. Hij heeft zijn eigen kinderen opgevoed en die lijken allemaal goed terechtgekomen te zijn. Het is niet echt zijn verantwoordelijkheid om zich bezig te houden met de volgende generatie.'

'Oké, dat klinkt wel logisch. Goed, wat doen we nu?' vroeg Pine.

'Ik heb Sands' adres. We beginnen met surveillance en zien wel wat er gebeurt.'

'Waarom gaan we hem niet gewoon ondervragen?'

'Nee, ik wil deze klojo eerst een beetje leren kennen,' zei Puller.

'De federale regering en de politie van Trenton hebben ons behoorlijk klemgezet en ik zie niet hoe Jeff Sands dat heeft kunnen regelen. Maar ik kan me wel voorstellen dat iemand als Peter Driscoll daar de hand in had,' zei Pine.

'Ik heb geen idee, maar ik hoop dat we dat binnenkort weten.'

'Maar er zijn mensen vermoord: Sheila Weathers, Jerome Blake en Ed McElroy. Je vindt me misschien hopeloos naïef, maar ik kan me ook niet voorstellen dat een Amerikaanse senator daarbij betrokken zou zijn.'

Toen hij niet reageerde zei ze: 'Puller?'

'Ik probeer te beslissen of jij hopeloos naïef bent of dat ik een ontzettende cynicus ben.'

'Maar volgens jou is het wel mogelijk dat hij daar op de een of andere manier bij betrokken is?'

'Ik denk dat er tegenwoordig zoveel geld in de politiek omgaat dat alles mogelijk is. Mannen als Driscoll zijn een geliefd item, Atlee. Voor bepaalde mensen kunnen ze miljarden of zelfs biljoenen dollars waard zijn.' Hij zweeg even. 'Wat denk je dat iemand bereid is te doen voor een biljoen dollar?'

'Alles,' zei ze. 'En als je het zo bekijkt denk ik dat we geluk hebben dat er maar drie mensen dood zijn.'

'Ik denk dat er meer doden zullen volgen.'

'Inclusief jij en ik? Het is al op het nippertje geweest, vooral voor jou.'

'Vanaf het moment dat we onze badge opspeldden...'

'... hebben we die mogelijkheid geaccepteerd,' maakte Pine zijn zin af.

'Maar nogmaals, dit is niet jouw zaak, Atlee. Jij zou je echt alleen moeten bezighouden met je zoektocht naar je zus.'

'Heel ridderlijk van je om me zo'n gemakkelijke uitweg te bieden.'

'Die je niet gaat nemen?'

'Mijn antwoord is hetzelfde als de vorige keer dat je dat vroeg. Laten we gaan eten. Jij bent niet de enige die honger heeft.'

42

Het was nacht en rond deze tijd lagen de meeste mensen al in bed. De mist van de Hudson en de East River hadden elkaar midden in Manhattan ontmoet, als twee stiekeme minnaars tijdens een rendez-vous.

Pine stond volledig gekleed door het slaapkamerraam naar buiten te kijken, maar ze zag niets. Eventuele activiteit op straatniveau tien verdiepingen lager kon ze op dat moment niet zien.

Ze controleerde haar voornaamste wapen en haar Beretta voor de vierde en laatste keer. Ze liep naar de deur van Blums slaapkamer en luisterde even, tot ze de vrouw zacht hoorde snurken.

Puller stond in de voorkamer op haar te wachten. Hij was helemaal in het zwart gekleed en rond zijn middel zag ze de bobbels van zijn beide M11's. Hij haalde zijn telefoon tevoorschijn en scrolde door een paar schermen. 'Ik heb een team CID-agenten hiernaartoe gehaald om Sands de hele dag en nacht te schaduwen.'

'Wat heeft hij gedaan?'

'De dubbele werkdruk als student van Georgetown en als leider van een drugsbende is hem kennelijk te veel geworden. Hij heeft even vrij genomen van zijn studie om zijn portefeuille te spekken en zijn marktaandeel te vergroten.'

'Het is dus zeker dat hij dealt?'

'Vrij zeker, ja.'

'Hebben we kunnen uitsluiten dat zijn vader een partner in deze zaak is?' vroeg ze, terwijl ze in de lift stapten en naar beneden gingen.

'Niet voor honderd procent, maar volgens alles wat we hebben gevonden is de man legaal rijk. En hij is een waardeloze vader, in elk geval voor Sands. Daarom betwijfel ik of vader en zoon hier samen in zitten.'

Een taxi zette hen af drie blokken van hun bestemming in Brooklyn.

'Het is een club waar Sands naartoe gaat,' vertelde Puller.

'Wat voor club?'

'Een dure.'

'Wil je de voor- of achterkant?' vroeg ze.

'Jij mag kiezen.'

Pine liep naar de achterkant. Ze nam positie in achter een rij afvalbakken, ongeveer twintig meter van de achteruitgang van het gebouw, dat, heel eenvoudig, de Club was genoemd.

Dat is ontzettend lui of uiterst ingenieus, dacht Pine.

Puller had haar een foto van Sands gestuurd. Sands was knap en had een arrogante uitstraling. Pine vond hem wel bevoorrecht. Maar zijn moeder was overleden toen hij nog een kind was en zijn vader had hem verlaten. Pine kon dat wel invoelen, maar dat ontsloeg de man niet van de consequenties van het feit dat hij een drugsdealer was.

Het begon te motregenen en Pine liep terug tot onder de beschutting van een overkapping. Ze trok de kraag van haar jack omhoog en hield haar blik gericht op de achterdeur van de Club. Om één uur verstijfde ze toen de deur werd geopend en twee mannen wankelend naar buiten kwamen. Maar geen van beiden was Sands. Ze liepen snel weg en gingen nog sneller lopen toen het harder ging regenen.

Nog eens twintig minuten verstreken, en Pine vroeg zich net af of deze surveillance op niets zou uitlopen toen de deur weer openging. Ze verstijfde en ontspande zich toen de vrouw naar buiten kwam. Ze leek in de twintig, was klein en mollig, en droeg vrijwel geen kleren.

Pine werd alert toen even later een man in de deuropening ging staan en om zich heen keek. Jeff Sands. Hij liep naar buiten, glimlachte en sloeg zijn armen om de vrouw heen. Zijn handen zakten naar haar billen en bleven daar rusten. Ze kusten elkaar en hij drukte haar met haar rug tegen de muur.

Pine betwijfelde of ze wel wilde zien wat er daarna zou gebeuren, tot de twee mannen tevoorschijn kwamen uit een donkere hoek aan de achterkant van het gebouw. De vrouw rende weg, zodat alleen Sands achterbleef met de twee mannen, die een pistool op zijn knappe en nu doodsbange gezicht richtten. Hij deed zijn handen omhoog en deinsde achteruit.

Pine zag dat hij smekend iets zei tegen de gewapende mannen, maar ze wist dat zijn smeekbeden niets zouden uithalen. Ze had al een berichtje van één woord verzonden om Puller te waarschuwen, trok haar beide pistolen en liep naar voren. Ze richtte haar Glock op de ene aanvaller en haar Beretta op de andere.

Ze hadden Sands met zijn rug tegen dezelfde muur geduwd als hij de vrouw.

Normaal gesproken zou ze haar aanwezigheid kenbaar maken en zeggen dat ze van de FBI was, maar deze situatie leende zich daar niet echt voor. Ze sloop daarom snel en geluidloos naar hen toe, sloeg de eerste man met de kolf van haar pistool op zijn achterhoofd, die daarop een kreet slaakte en op de grond viel. De andere man draaide zich vliegensvlug om, met zijn pistool ter hoogte van haar borst. Maar het volgende moment lag hij op de grond, want hij had een klap gekregen van Puller, die de hoek om was gelopen.

Pine en Puller hadden de mannen snel ontwapend en zeiden dat ze moesten opstaan.

Bij de man die Pine had gevloerd, stroomde het bloed over zijn gezicht. 'Ik moet een dokter hebben!'

'Wat jij moet,' zei Puller, terwijl hij hem zijn badge liet zien, 'is vragen beantwoorden. Te beginnen met waarom je op het punt stond deze man te vermoorden.'

Sands hing slap tegen de muur en stond met tranen in zijn ogen te hijgen.

'We wilden hem helemaal niet vermoorden,' zei de andere man. Hij wreef over een schaafwond op zijn wang waar die de grond had geraakt. 'We wilden met hem praten over een paar onbetaalde rekeningen.'

'En dat doen jullie met pistolen?' vroeg Pine.

'Meneer Sands heeft meestal een beetje overtuiging nodig.'

Puller haalde zijn telefoon tevoorschijn en toetste een nummer in. 'Goed, jullie mogen je methode uitleggen aan het NYPD, wat vinden jullie daarvan?'

'Dat willen jullie niet echt doen.'

Ze draaiden zich om naar Sands, die dit had gezegd. Hij had zich inmiddels herpakt en keek hen nu smekend aan. 'Dit zijn zakenpartners van me. Ze zouden me niet echt iets aandoen.'

'Wat ik niet van jullie kan zeggen,' zei dezelfde man, terwijl hij weer over zijn wang wreef.

Pine zei: 'Kent een van jullie Tony Vincenzo?'

De mannen keken elkaar aan tot de man die bloedde vroeg: 'Wie?'

Puller stopte zijn telefoon weg en keek naar Sands, die zei: 'Dit heeft niets met Tony te maken. Zij kennen hem niet.'

Pine keek hem aan. 'Maar jij wel?'

'Ik ken hem, ja,' zei hij nors.

Puller keek naar de twee mannen. 'Opzouten!'

De mannen keken elkaar verbaasd aan en liepen toen snel weg. Ze verdwenen even geluidloos in de mist als ze eruit tevoorschijn waren gekomen.

Sands zette zich af van de muur en streek zijn kleren recht. 'Bedankt voor de hulp. Ik zou jullie wel op een drankje willen trakteren, maar ik moet ergens naartoe.'

Puller pakte hem bij de arm. 'Klopt, je moet ergens naartoe waar je met ons kunt praten. Meekomen.'

Sands verzette zich. 'Dit is een vrij land en ik heb niets verkeerds gedaan. Blijf dus met je poten van me af.'

Pine stapte naar voren. 'Of we kunnen je opa bellen en hem vertellen wat we door ons onderzoek over jou te weten zijn gekomen.'

'Alsof mij dat iets kan schelen,' zei Sands spottend. 'Waarom bel je mijn pa niet, die hufter. Het zal je verbazen wat je dan te horen krijgt.'

'Misschien vinden zij het niet interessant, maar de politie waarschijnlijk wel. Die mannen wilden echt geen geld incasseren voor een liefdadigheidsorganisatie. Hoeveel ben je hun schuldig?'

'Waarom vallen jullie me eigenlijk lastig?'

Puller zei: 'We weten waar je bij betrokken bent, Jeff. En er zijn mensen dood. Waarom denk je dat jij zo bijzonder bent?'

'Wie zijn dood?'

'Tony Vincenzo's vader. En een vrouw, Sheila Weathers.'

Sands leek in paniek. 'Sheila?! Je liegt. Ze was onlangs...'

'Onlangs wat? In dat penthouse die avond? Ik was daar ook. Ze is dood. Ik zag haar lichaam.'

'Je liegt!'

'Kom maar mee naar het mortuarium, dan laten we je haar lijk zien. Dat is geen prettig gezicht, want de autopsie is al geweest. Ik heb het rapport op mijn telefoon. Wil je de foto's zien?'

Sands schudde zijn hoofd en bracht een trillende hand naar zijn gezicht. 'Nee... Ik...'

'Kom, we gaan een kop koffie drinken. Om de hoek is een koffietentje dat de hele nacht open is,' zei Puller.

Daarna liepen ze weg, de duisternis in.

43

Sands dronk zijn koffie helemaal op voordat hij hen aankeek.

Ze zaten in een goedkoop maar wel gezellig koffietentje, waar het op dit tijdstip niet erg druk was. Pine en Puller hadden goed opgelet of ze de twee mannen weer zagen die Sands hadden aangevallen. Maar als ze al in de buurt waren, wat waarschijnlijk zo was, slaagden ze er goed in onzichtbaar te blijven.

'Wil je iets eten?' vroeg Pine. Ze pakte haar koffiekopje met beide handen vast en probeerde haar gezicht, dat koud aanvoelde door de kou buiten, op te warmen met de koffiedamp.

Sands schudde zijn hoofd, schepte wat suiker in zijn kopje, dat de serveerster net had bijgevuld, en zei: 'Sheila was aardig.'

'Ze vertelde me dat ze uitging met Tony.'

Sands streek door zijn dikke, verwarde haar. Hij leek wel een Kennedy, dacht Pine. Hij was aantrekkelijk en charmant, had goede relaties en kwam soms in serieuze problemen. Hij zei: 'Dat is waar, maar we gingen allemaal met elkaar om.'

'Ze werkte op Fort Dix, in de eetzaal,' zei Pine. 'Dat is me tenminste verteld.'

'Zoiets, ja.'

'Dus hoe kreeg een meisje zoals zij toegang tot Billionaires' Row?'

'Omdat ik zei dat dat mocht. Net als Tony.'

'Net als Lindsey Axilrod?'

'Lindsey? Waarom begin je over haar?'

'Omdat zij het was die mij en Sheila erin luisde. Ze heeft de moordenaar van Sheila geholpen.'

'Dat kán niet, dat geloof ik niet!' zei hij verhit. 'Lindsey is cool. Zoiets zou zij nooit doen.'

'Hoe heb je Lindsey leren kennen?' vroeg Pine.

'We... We kwamen elkaar gewoon tegen. Zoals zo vaak gebeurt.'

‘Waarom denk je dat ze jou uitzocht?’ vroeg Pine.

‘Waarom zou ze? Ze is gewoon een IT’er die op Fort Dix werkt.’

‘Ik ben samen met Lindsey naar dat penthouse gegaan. Ze mocht naar binnen dankzij haar relatie met Tony, dat dacht ik toen tenminste. Zij stelde me daar voor aan Sheila en we spraken af haar later ergens te ontmoeten. Lindsey en ik stapten in wat volgens mij een Uber was die Lindsey had besteld. Maar het volgende wat ik me kan herinneren is dat ik wakker werd naast de dode Sheila, terwijl Lindsey nergens te bekennen was.’

‘Misschien hebben ze haar ook te pakken genomen.’

‘Nee, want daarna ben ik naar haar huis gegaan. Omdat niemand reageerde op mijn kloppen, belde ik de politie met de vraag of ze wilden kijken of ze in orde was. Toen zij arriveerden, sprak ze met hen via de deurbelcamera en hing een lulverhaal op over dat haar moeder ziek was en zij daarom de stad had verlaten. Ze repte met geen woord over wat er die avond is gebeurd. Ze zit er tot over haar oren in. En ze is geen gewone IT’er. Ze heeft me voor de gek gehouden, en jou kennelijk ook.’

Puller zette zijn koffie neer en leunde naar voren. ‘Dus, wat is er precies gaande, Jeff?’

Sands keek hem nerveus aan. ‘Luister, ik weet niet wat je wilt dat ik zeg.’

‘De waarheid zou echt fijn zijn.’

‘Waarom komen jullie eigenlijk bij mij?’

Puller zei: ‘Ik heb met je peetmoeder gesproken. Ze was erg ongerust over je en vroeg me te kijken hoe het met je gaat. Daarom ben ik hier, om te kijken hoe het met je gaat.’ Hij zweeg even. ‘Ze geeft echt om je, Jeff.’

‘Ja, ik weet wel dat tante Gloria om me geeft. Zij is echt de enige, nadat mijn moeder was overleden,’ zei hij verdrietig.

‘Heel veel mensen hebben een kloteleven, Jeff,’ zei Pine. ‘Maar jij bent jong en je hebt geld, tenzij de kleren die je draagt afdankertjes zijn. Je zit op een van de beste colleges in Amerika.’

‘Daar ben ik aangenomen vanwege wie mijn opa is, dat is de enige reden. Ik wilde er niet eens naartoe, maar hij stond erop. Hij zei dat ik iets van mezelf moest maken.’

‘Misschien meende hij dat echt.’

Sands grinnikte.

'Wat is er zo grappig?' vroeg Pine.

'Het enige waar hij zich "echt" druk over maakt, is dat ik misschien iets doe waardoor zijn goede naam wordt besmeurd.'

'Ik hoorde dat hij van plan is om na deze termijn met pensioen te gaan,' zei Puller.

'Hij is ook van plan om in die belangrijke lobbyfirma te stappen om zijn oude dag te financieren. Als die kans wordt verkloot, is hij de lul.'

'Ik dacht dat Congresleden moesten wachten voordat ze voor de regering konden lobbyen,' zei Pine.

'Ze hebben mij verteld dat hij niet officieel voor wie ook gaat lobbyen. Maar een knipoog, een knikje, een telefoontje, een gefluisterd woord; daardoor kun je dat eenvoudig omzeilen. Daarom hebben ze die wet zo opgesteld, zodat het lijkt alsof ze iets positiefs doen, terwijl er zulke grote gaten in zitten dat je er met een bestelbus doorheen kunt rijden.'

'Zo te horen heb je je er goed in verdiept,' zei Puller.

'Ik weet graag waar ik mee te maken heb,' zei Sands.

'Wat bedoel je daar precies mee?'

'Precies wat ik net zei.'

'Jij beschouwt drugshandel dus als het besmeuren van de goede naam van je familie?' vroeg Pine.

'Wie zegt dat ik in drugs handel?'

'Wil je beweren dat dat niet zo is?'

'Ja hoor, ik zit hier gewoon en beken dat tegenover twee federale agenten. Wil je dat zwart-op-wit of volstaat wat ik zeg?'

Puller leunde nog meer naar hem toe. 'Ik ga je iets vertellen en wil daar je mening over horen, oké?'

Sands keek verbaasd, maar knikte. 'Oké.'

'Tony Vincenzo is een pillenmaker. Dat is zeker. Ik heb twee van zijn mannetjes in een cel in Fort Dix. Bovendien vonden we een heleboel bewijzen in het vroegere huis van zijn pa. Dat is punt één. Het tweede punt is dat we tijdens ons onderzoek uitzonderlijke tegenwerking hebben ondervonden op staats- en federaal niveau. Mijn vraag aan jou is deze: waarom zou een doodgewone drugsoperatie zoveel spelers van de andere kant in actie laten komen met de bedoeling de waarheid te begraven?'

Sands nam een slok koffie en zei toen: 'Dat weet ik niet. Misschien is het geen doodgewone drugsoperatie.'

'Dus is dat penthouse aan Billionaires' Row een heroïneopslagplaats of zo?'

'Nee, dat is gewoon een speeltuin, een extraatje voor de oude getrouwen.'

Pine zag dat Sands' wanhoop was verdwenen en dat hij steeds meer zelfvertrouwen kreeg nu het gesprek over dit onderwerp ging. Maar aan zijn gezicht was te zien dat hij bang was dat hij misschien te veel had gezegd.

'Dan moet jij een van de oude getrouwen zijn. Vertel eens, aan wie ben jij zo trouw?' vroeg Pine.

Sands leunde naar voren. 'Ik wil hier niets mee te maken hebben, oké?'

'Wil je liever naar de gevangenis?' zei Puller.

'Jullie kunnen niets bewijzen.'

'Ik heb getuigen die bereid zijn je te verraden, Sands.'

'Wie dan?'

'Denk je echt dat ik je dat ga vertellen?'

'Je bluft. Je weet niets.'

'Ga dan maar weg,' zei Pine. 'Daar is de deur. Maar vergeet niet dat een van hun jongens in een federale gevangenis zit. Vergeet niet dat ze je vriendin Sheila hebben vermoord. Vergeet niet dat Lindsey erbij betrokken is, en ik heb de indruk dat zij bereid is alles te doen om zichzelf te redden. Dus hoe lang heb je, denk je, nu je in ons gezelschap bent gezien?'

'Je probeert me bang te maken.'

'Ik vertel je de feiten. Als de feiten je bang maken, dan is dat maar zo.'

Sands keek naar de deur. 'Laten jullie me echt gewoon vertrekken?'

'Natuurlijk,' zei Puller. 'Maar voordat je gaat, heb je enig idee waar Tony Vincenzo is?'

'Nee. Ik heb hem al ongeveer een week niet gezien.'

'Hoe heb je hem leren kennen? Dat heb je niet verteld.'

'We kwamen elkaar een tijdje terug tegen en trokken met elkaar op. Hij is cool.'

'En waarom heb jij toegang tot dat penthouse als je geen bijdrage levert aan de zaak?' vroeg Pine. 'Ik kreeg niet de indruk dat je daar zomaar naar binnen mag. Wat is de toegangsprijs?'

Sands haalde zijn schouders op en keek naar zijn lege koffiekop.

'Je begrijpt toch wel waarom wij niet geloven dat jij schone handen hebt, Jeff?' vroeg Puller. 'Weet je van wie dat penthouse is?'

'Nee.'

'Wie heeft je erover verteld? Wie zei dat je ernaartoe mocht?'

'Een paar kerels, maar ik ben hun namen vergeten.'

'Ik betwijfel of ze jouw naam ook zijn vergeten. Goed, volgens mij zijn we klaar, Jeff. Nog een fijn leven, hoe kort dat misschien ook nog is.'

Puller stond op, net als Pine.

Sands keek naar hen op. 'Laten jullie me hier echt alleen achter?'

Puller keek Pine aan en zei toen: 'Je zei dat je schone handen hebt, we hebben geen redenen om je vast te houden. Wat verwacht je dat we doen? Je zei net dat je ergens naartoe moest. Doe dat dan.'

Ze liepen naar de deur.

'Luister. Hé, jongens!'

Ze draaiden zich om.

Sands was lijkbleek en zijn zelfverzekerdheid was verdwenen. Hij stond op en liep naar hen toe. 'Ik wil niet dood, oké?'

'Hoe wil je dat dan voorkomen?' zei Pine. 'Want wij kunnen je alleen helpen als je ons helpt. Je studeert. Je bent slim genoeg om dat te begrijpen.'

Sands keek zenuwachtig om zich heen. Een paar klanten keken naar hem. 'Kunnen we ergens anders naartoe om hierover te praten? Misschien kunnen we iets bedenken.'

'Natuurlijk,' zei Puller. Hij legde wat geld op het tafeltje voor hun koffie. Hij pakte Sands bij de arm en knikte naar Pine. 'Check de achteruitgang. We mogen geen risico's met hem nemen.'

Pine verliet het pand behoedzaam via de achterdeur en verkende het terrein achter het restaurant. Ze checkte alles, alle zichtlijnen en schuilplaatsen, en sloop tevreden terug naar de deur en riep: 'Niemand te zien.'

Puller kwam naar buiten met Sands.

'We kunnen wel naar mijn kamer gaan,' zei Pine.

Sands vroeg: 'Waar is dat...'

Hij maakte zijn zin niet af doordat hij in zijn hoofd werd geschoten. De kogel kwam via de achterkant van zijn schedel naar buiten en vloog meteen in Puller.

Beide mannen vielen op de grond.

'John!' schreeuwde Pine.

Sands was duidelijk dood.

En zo te zien was John Puller dat misschien ook.

44

Pine had de pest aan ziekenhuizen, sinds ze als kind bijna was gestorven in een ziekenhuis in Georgia. In de ambulance die haar daarnaartoe had gebracht, was ze afwisselend bewusteloos en bij bewustzijn geweest. Felle lampen, mensen met een masker voor, slangetjes die werden aangebracht.

Haar doodsbange en snikkende moeder.

De race door de gang op de brancard, de witte steriele vertrekken, onbekenden die om haar heen renden, piepende apparaten, plafondlampen als een groepje zonnen die zo fel brandden dat het pijn deed aan haar ogen, zodat ze ze sloot, en toen een prikje en iets wat haar mond bedekte.

Donker.

Toen kwam ze weer tot leven, net als Jezus – dat kleine beetje informatie herinnerde haar vermoeide geest zich van de Bijbelschool in de zomervakanties.

Haar moeder was er geweest. Haar vader. Andere mensen. Een man in een witte jas, een glimlachende verpleegkundige.

Ze zou blijven leven, zeiden ze.

Nu zat ze in de wachtkamer van het ziekenhuis waar de ambulance Puller naartoe had gebracht. Ze was er met hem naartoe gereden, terwijl de herinneringen aan haar eigen hectische ambulancerit van dertig jaar geleden in golven naar boven kwamen.

Ze hield zijn hand vast, fluisterde bemoedigende woorden in zijn oor, ook al wist ze niet of hij haar wel kon horen of dat hij bewusteloos was. Maar toen voelde ze dat hij in haar hand kneep, heel zwak. Daarna werd hij weggebracht voor een spoedoperatie.

Toen Mercy was verdwenen, had de zesjarige Pine elke avond gebeden dat haar zus veilig thuiskwam. Ze was blijven bidden, tot ze dertien was. En daarna had ze nooit meer gebeden.

Tot nu.

Ze knielde en drukte haar handen tegen elkaar.

God, dit is een goede man. Een eerlijke man. Laat hem alstublieft niet doodgaan. Alstublieft! We hebben hem nodig. Ik heb hem nodig. Red hem alstublieft.

Ze stond snel op toen Blum binnen kwam rennen.

'Hoe gaat het met hem?'

'Nog steeds in de operatiekamer. Ze zeiden dat iemand hiernaartoe zou komen als ze klaar zijn om te vertellen hoe het is gegaan.'

'Hebt u zijn familie al gebeld?'

'Zijn vader is dement. Ik heb een bericht ingesproken op een nummer dat ik heb gevonden. Maar ik weet niet of dat klopt.'

'Kent u zijn vader en broer?'

'Zijn vader is een legerheld en Johns naamgenoot. Zijn broer Robert is luitenant-kolonel bij de luchtmacht, een ongelofelijk talent met computers, volgens Puller. Ik heb hen nooit ontmoet.'

'Het zal wel vreselijk zijn geweest, vannacht.'

'Het was... heel vreselijk, ja.'

'Hebt u de schutter gezien?'

'Nee. Ik beschermde Puller met mijn lichaam nadat hij op de grond was gevallen. Ik wist dat Sands dood was, doordat de helft van zijn hersens op Pullers kleren lag. Ik schoot in de richting van de schutter, maar hij schoot niet terug. Toen de politie arriveerde, was het al veel te laat en was de schutter allang verdwenen.'

'Heeft Sands jullie iets nuttigs verteld voordat hij werd vermoord?'

'Dat wilde hij gaan doen, denk ik.'

'Jullie zijn gisteravond dus gevolgd?'

'Ja. Eerder hadden we twee mannen gezien die Sands bedreigden, waarschijnlijk ging dat over drugs, maar die hebben we weggejaagd. Ik denk niet dat zij het waren.'

'Dus wie wilde Sands misschien verraden?'

'Dat zullen we nooit zeker weten, denk ik.'

De deur ging open en ze draaiden zich allebei om om te zien wie het was. Pine verwachtte de chirurg en hoopte dat het goed nieuws zou zijn.

Maar de grote man van achter in de dertig was gekleed in het camouflage-uniform van de luchtmacht. 'Bent u Atlee Pine?' vroeg hij.

Pine stond op en keek hem aan.

Hij was een paar centimeter kleiner dan Puller en minder gespierd, maar zijn gezicht en ogen logen niet.

'U bent Robert Puller,' zei ze, terwijl ze hem een hand gaf.

'Ik ben meteen nadat ik uw bericht hoorde gekomen.' Hij keek naar Blum, die hem toeknikte met een meelevende blik op haar gezicht.

'Dit is mijn assistente, Carol Blum.'

'Hoe is zijn toestand?' vroeg Puller.

'Hij wordt nog steeds geopereerd. Ze hebben me beloofd om hier meteen na afloop naartoe te komen.'

'U zei dat u erbij was. Hoe erg is het?'

'Moet een geweerkogel zijn geweest. Ging door Jeff Sands' schedel voordat hij uw broer raakte, dus dat was goed. Veel minder kinetische energie.'

'Waar is hij geraakt?'

Pine wees naar de linkerkant van het bovenste deel van haar bovenlichaam. 'Hier. Erin en eruit, wat hopelijk goed was. Maar hij heeft veel bloed verloren. Ik heb geprobeerd het te stelpen, en toen nam het ambulancepersoneel het over. Hij was afwisselend wel en niet bij bewustzijn en nadat ze een infuus hadden aangebracht verloor hij het bewustzijn. Zijn vitale functies tijdens de rit waren kritiek, maar stabiel.' Pine moest gaan zitten, doordat ze deze informatie weliswaar klinisch en onpersoonlijk had doorgegeven, maar het opeens tot haar doordrong dat degene over wie ze het had een vriend was en dat hij nog steeds kon sterven.

Robert Puller ging naast haar zitten en raakte haar schouder even aan. 'Hij is de sterkste man die ik ken, agent Pine. Als iemand dit kan overleven, dan is hij dat.'

Pine keek hem aan, rustiger nu. 'Zeg alsjeblieft Atlee.' Ze zweeg even, wilde wanhopig graag over iets anders praten. 'John vertelde dat u een algoritme hebt gebruikt om Gloria Miles te vinden, en dat dat ons naar Jeff Sands leidde. Hoe hebt u dat gedaan, kolonel Puller?'

'Ik ben Robert.' Hij leunde naar achteren en streek door zijn korte haar. 'Door wat John me vertelde, wist ik dat we te maken hadden met mensen op hoog niveau. Geen enkele gewone drugsdealer krijgt het voor elkaar dat een vicevoorzitter van de ene op de andere dag van zijn functie in het Pentagon wordt ontheven omdat de man inlichtingen inwon. Dat beperkte de mogelijkheden al behoorlijk. Ik schreef een script over mogelijke connecties tussen hooggeplaatste politici en eventuele banden met criminele activiteiten, waaronder drugshandel, aangezien dat een connectie leek te hebben met wat jullie onderzochten. Ik voerde een paar berekeningen uit en de enige namen die steeds naar boven kwamen, waren die van Jeff Sands en zijn opa Peter Driscoll. Daarna ging ik op zoek naar een eventuele connectie met hen die John zou kunnen gebruiken voor het onderzoek. Zo kwam ik bij zijn peetmoeder, Gloria Miles.'

'Hoe lang ben je daarmee bezig geweest?' vroeg Pine, die hem met grote ogen aankeek.

'Tijdens de lunch. Ik ben niet snel, maar de computers die ik gebruik zijn dat wel, en die hebben bovendien toegang tot ongelofelijk omvangrijke databases.'

'Kan de FBI u lenen voor de rest van uw leven?' vroeg Blum.

Puller zei: 'Maar nu Sands dood is, is dat aanknopingspunt ook dood.'

'We weten nu tenminste meer dan eerst,' zei Pine. 'Maar het enige wat ik nu wil horen is dat John het redt.'

Op dat moment werd de deur naar de wachtkamer weer geopend door een vrouw van in de vijftig. Ze droeg een blauwe operatiejas en een bril, had donkerblond haar en Pine had het idee dat ze opgelucht keek. 'Agent Pine?'

'Ja,' zei ze, terwijl ze opsprong.

Robert Puller stond ook op.

'Hij heeft de ok verlaten en is nu stabiel. Hij overleeft het wel. Hij is een bijzonder sterke jongeman.'

'Dat klopt. Dit is zijn broer, Robert Puller.'

Puller gaf de chirurg een hand. 'Dank u wel, dokter.'

'Ik zag dat hij verschillende oude wonden heeft die al genezen zijn.'

'Hij is een militair. Midden-Oosten.'

De dokter knikte. 'Dat verklaart het. Hoe dan ook, hij heeft net een nieuwe aan zijn verzameling toegevoegd.'

'Wanneer mogen we hem zien?'

'Hij ligt nu op de uitslaapzaal en moet rusten. Ik zou zeggen later vandaag of pas morgen. Hij is sterk, maar heeft veel meegemaakt.'

Pine vroeg: 'Zal hij... volledig herstellen?'

'Volgens mij wordt hij weer helemaal de oude.'

'Ik bedoel fysiek en zo. Zoals hij was. Hij is een CID-agent bij het leger.'

'O, ik begrijp het.' Ze keek van Pine naar Puller. 'Ik kan niets garanderen maar ga ervan uit dat hij weer helemaal de oude wordt. Honderd procent zekerheid is er niet. Er was sprake van enige inwendige schade. Maar door hoe hij eruitziet en wat jullie me net vertelden, verwacht ik geen problemen.' Ze verliet de wachtkamer en deed de deur weer dicht.

Pine en Puller lieten zich in hun stoel vallen. Pine sloeg meelevend een arm om Pullers schouder. 'Hij gaat het redden, Robert, dat is het belangrijkst.'

'Goddank,' zei Puller zacht.

Pine mompelde: 'Ja, dank u, God. Dank u.'

45

Een paar uur later verlieten Pine en Blum het ziekenhuis en gingen terug naar het appartement van Lineberry. Robert Puller had besloten in het ziekenhuis te blijven. Pine stuurde hem een berichtje met haar adres. Ze was van plan om later die dag terug te gaan naar het ziekenhuis. Hopelijk konden ze John Puller dan zien.

Pine was uitgeput en sliep tot twee uur 's middags. Daarna zat ze in haar slaapkamer naar buiten te kijken. Zo te zien zou het warmer worden dan de vorige dagen, en zou het droog blijven. Ze had een lege maag en had hoofdpijn van de honger, maar wilde nu geen tijd verspillen door te gaan eten. Ze voelde zich vreselijk schuldig over wat Puller was overkomen. Natuurlijk kende ze het motto van de dienst, dat het bij het werk hoorde, maar toch. Ze voelde zich er verantwoordelijk voor dat de man bijna was gedood.

En nu Sands dood was, hadden ze helemaal geen aanwijzingen meer om na te trekken.

Ze belde Robert Puller. Hij vertelde haar dat het naar omstandigheden goed ging met zijn broer. Ze bedankte hem voor de informatie en zei dat ze later naar het ziekenhuis zou komen.

Ze douchte en trok schone kleren aan. Toen ze klaar was, had Blum een maaltijd op tafel gezet. 'Carol, dank je wel, maar dat hoef je niet te doen. Ik kan heel goed voor mezelf zorgen.'

'Dat geeft me iets te doen, agent Pine. Ik vind het niet prettig om niets te doen en me nutteloos te voelen.'

Pine's telefoon zoemde. Ze herkende het nummer niet, maar het kengetal was van New Jersey, en ze nam op.

Een vrouw zei: 'Agent Pine, u spreekt met Norma Bailey, ik ben de directeur van Jerome Blake's school.'

'Ja, mevrouw Bailey?'

'Ik wilde u laten weten dat de foto's van mijn medewerkers klaarliggen, zodat u ze kunt bekijken.'

'Kunt u ze me mailen?'

'Ja hoor, meteen als u wilt. Weet u al meer over wat Jerome is overkomen?'

'Een beetje, maar de zaak wordt in hoog tempo steeds ingewikkelder.'

'Ik hoop dat u de waarheid ontdekt. Jerome verdient dat.'

'Ik doe mijn best.'

Pine gaf haar het e-mailadres en even later had ze de foto's al binnen.

Ze keek Blum aan en zei: 'Ik krijg net de foto's van het personeel van Norma Bailey van Jeromes school.'

'Geweldig. Nu hoeven we die jongeman alleen nog maar te vinden. Hoe heette hij ook alweer?'

'Peanut. Maar ik heb een kort lijntje, dat ons hopelijk wat tijd zal besparen.'

Ze verlieten New York en reden terug naar Trenton. Ongeveer anderhalf uur later stopten ze voor het huis van Jerome Blake.

Zijn moeder opende de deur. 'Hebt u al ontdekt wie mijn jongen heeft vermoord?' vroeg ze.

'Nog niet, maar daar werken we nog steeds aan. We hebben een vriend van Jerome gesproken, ene Peanut...'

Blake knikte en zei bedachtzaam: 'Toen Jerome en Peanut jonger waren, hadden ze een nauwe band, maar daarna gingen ze ieder hun eigen weg.'

'Weet u waar we Peanut kunnen vinden? En hoe hij echt heet?'

'Donald Washington. Zijn oma woont een straat verderop. Wat heeft hij te maken met wat Jerome is overkomen?'

'Hij vertelde ons dat hij op de dag van de schietpartij bij de school een man zag die met Jerome stond te praten. Hij zei dat Jerome daarna heel vreemd leek. Ik heb foto's van de personeelsleden van de school die ik hem wil laten zien, om te kijken of hij de man herkent. Kunt u ons Peanuts adres geven zodat ik dat kan doen?'

'Peanut woont niet meer thuis. Alleen zijn oma woont daar nog en het gaat niet goed met haar.'

'Waar kunnen we hem dan wel vinden?' vroeg Pine.

'Hij is vaak in een sportschool in Broad Street. Calhoun's.'

'Waarom een sportschool? Traint hij graag?'

'Een paar jongens boksen daar. Maar volgens mij gaan de meeste jongens daar niet naartoe om te trainen. Het is gewoon een veilige plek om rond te hangen. De eigenaar heet Gerald, een goede man.'

'Maar daar gebeuren ook andere dingen?' vroeg Pine.

Blake hief haar handen. 'Niet in de sportschool, dat vindt Gerald niet goed. Maar buiten? Ik bemoei me daar niet mee. Ik moet mijn Jewel grootbrengen, zij heeft haar mama nodig.'

'Hoe gaat het met haar?'

'Niet goed. Ze huilt nog steeds onophoudelijk.'

'Dit moet wel heel traumatiserend voor haar zijn. Ik... weet hoe ze zich voelt, ik ben mijn zus verloren. Laat het ons alstublieft weten als we iets kunnen doen.'

Ze vertrokken en hadden Calhoun's snel gevonden. Het was een oud, vervallen gebouw met op de voorgevel oude boksposters, waarvan er al een heleboel gescheurd waren of verbleekt door de zon. Buiten hingen een paar jongemannen rond. De buurt was verwaarloosd, met dichtgetimmerde winkels en een algehele sfeer van verval.

Pine stopte een straat verderop en zei dat Blum achter het stuur moest gaan zitten en moest wachten.

Dat deed Blum en ze vroeg: 'Weet u zeker dat u niet wilt dat ik met u meega?'

'Heel zeker, Carol. Doe de portieren op slot en laat de motor draaien. Zodra er iets verdachts gebeurt, ga je weg.'

'Als u binnen twintig minuten niet terug bent, moet ik de politie dan bellen?'

'Mij overkomt niets.'

Pine liep langs de groepjes jongemannen, die haar strak aankeken en naar haar floten, maar haar verder negeerden. Ze ging naar binnen bij Calhoun's, wat oorspronkelijk een pakhuis was geweest. Het had hoge gewelfde plafonds, industriële steunpilaren, drie boksringen en honderden vierkante meters aan trainingsapparaten, die er oud en armoedig uitzagen. Een paar mannen trainden met gewichten, anderen waren aan het touwtjespringen en weer anderen zaten op een fiets of trainden met een stootzak, maar de meesten stonden rondom een van de boksringen.

Pine liep ernaartoe en ging bij hen staan. Verschillende jongemannen probeerden haar de weg te versperren, maar een breedgeschouderde man met krullend grijs haar en gekleed in een ouderwets driedelig pak met een felrode stropdas zei: 'Toon een beetje respect, laat de dame erdoor.'

De mannen gehoorzaamden.

Pine bleef naast de man staan. 'Dank u wel, meneer...?'

'Zeg maar Gerald. En jij bent?'

'Atlee Pine.'

'Had een tante in Alabama die Atlee heette, God hebbe haar ziel.'

'Geweldige sportschool.'

'Meen je dat? Neem me niet kwalijk, maar ik dacht even dat jij meer iemand was voor een sapbar en yoga en zo.' Maar toen bekeek hij haar echt, niet op een seksuele manier, maar om in te schatten hoe fit ze was. 'Maar nee, als ik je schouders, en je bovenbenen en zo zie, zou ik me daarin vergissen, nietwaar?'

'Ik ben gewichtheffer. De sportschool in Arizona waar ik train heeft geen airco, alleen een heleboel gewichten en een heleboel zweet en niemand heeft behoefte aan een sapbar.' Ze keek om zich heen. 'En zo te zien zou ik hier perfect op m'n plek zijn.'

'Nou, je mag best terugkomen om te trainen. Maar wat kan ik nu voor je doen?'

'Ik ben op zoek naar een jongeman die Peanut heet.'

'Waarom?' vroeg Gerald, nog steeds beleefd, maar met een hardere glimlach en blik.

'Hij zei tegen me dat hij me kon helpen met een zaak. Ik wil hem naar een paar foto's laten kijken die ik net heb ontvangen.'

'Een zaak?'

Ze liet hem haar FBI-badge zien. 'Jerome Blake is dood. Kende u hem?'

Gerald keek naar de jongemannen om hen heen en zei: 'Hé, mannen, geef ons even de ruimte zodat deze dame en ik onder vier ogen met elkaar kunnen praten, oké?'

De groep mopperde over dit bevel, maar toch liepen ze allemaal weg.

Gerald keek Pine weer aan. 'Ik kende zijn broer, Willie. Zou een uitstekende lichtgewicht zijn geweest.'

'Zijn moeder zei dat ze hem heeft gedwongen te verhuizen.'

'Klopt. En Cee-Cee heeft de juiste beslissing genomen, want hij ging het verkeerde pad op.'

'Cee-Cee zei dat ik je hier kon vinden. En dat je een goede man bent.'

'Ze is een aardige vrouw. Heeft het zwaar gehad, net als heel veel mensen hier.' Hij keek naar de twee mannen in de ring, allebei in de twintig, gespierd, die met hoofdbescherming op om elkaar heen dansten. 'Net als die twee daar. Misschien zouden hun moeders hen ook weg moeten sturen.'

'Waarom blijven ze hier dan? Vanwege jou?'

Hij legde zijn hand op een van de touwen. 'Woon hier mijn hele leven al. Heb zelf veel gebokst. Was best goed. Kampioen Korps Mariniers in mijn gewichtsklasse. Heb in Vietnam gevochten en kreeg een lading Agent Orange over me heen, waardoor een eventuele sportcarrière voor altijd onmogelijk werd. Ik ben nu eenenzeventig, maar voel me honderd. Heb jij ook weleens zulke dagen?'

'Dat hebben we allemaal weleens, denk ik, zelfs als we geen Agent Orange hebben ingeademd.'

'Maar goed, ik ben in 1977 met deze sportschool begonnen. Probeer de jongelui hier de kunst van het boksen te leren. Maar eigenlijk wil ik hun alleen maar een veilige plek bieden waar ze naartoe kunnen gaan, wat discipline bijbrengen en leren hard te werken, doelen te stellen en in groepen bij elkaar te komen zonder illegale dingen te doen, als je begrijpt wat ik bedoel.'

'Allemaal goede dingen. Maar hoe zit het met Peanut?'

'Hij is hier meestal rond dit tijdstip. Zal even gaan kijken.'

Gerald liep weg, waarna de sfeer meteen veranderde. Ze voelde de toenemende spanning en de meer geconcentreerde blik van de mannen, die zich weer om haar heen hadden verzameld.

De mannen in de ring hielden op met wat ze aan het doen waren en leunden over de touwen. Een haalde zijn bitje uit zijn mond en snauwde: 'Wat doe jij hier?'

'Gewoon wat vragen stellen over iemand.'

'Je hebt het recht niet om over wie ook vragen te stellen,' snauwde de tweede man, nadat hij zijn bitje had uitgespuugd. 'Je kunt hier niet naartoe komen om dingen te vragen.'

'Waarom niet?'

'Ze is een agent,' zei een van de mannen in de groep. 'Zag dat ze haar badge liet zien.'

De eerste bokser zei: 'Dan ben je hier niet welkom. Het enige waar je goed in bent, is ons in de rug schieten.'

Pine taxeerde hem en zei: 'Ik wil iets met je afspreken. Als je mij kunt verslaan vertrek ik. Als ik jou kan verslaan, blijf ik en krijg ik antwoorden op mijn vragen. Afgesproken?'

De beide boksers keken elkaar aan en schoten in de lach. De groep mannen achter haar sloot de gelederen en deed hetzelfde.

'Je komt bij mij in deze ring?' vroeg hij ongelovig, waarna hij haar grijnzend aankeek.

'Tenzij jij hier wilt komen.'

'Nee, kom maar. Welke tanden wil je kwijt en welke wil je houden? Dan zal ik proberen daar rekening mee te houden.'

De andere man hield de touwen zo dat Pine eronderdoor kon stappen.

Ze strekte haar lichaam en liep dichter naar de man toe met wie ze zou gaan vechten. Hij leek een beetje verbaasd doordat ze iets langer was dan hij.

Pine trok haar jasje uit, waardoor de Glock in haar riemholster zichtbaar werd.

'Zal ik je wapen voor je vasthouden, dame?' zei een van de mannen in de groep.

'Nee, dank je wel.' Ze keek de man in de ring aan. 'Hoeveel weeg je?'

'Tweeënzeventig en een halve kilo.'

'Wauw, bijna evenveel als ik. Ik ben twee kilo zwaarder.' Pine droeg een shirt met korte mouwen, zodat haar gespierde armen duidelijk te zien waren.

De man keek naar zijn vriend, die zijn schouders ophaalde en met een zenuwachtige blik de ring verliet.

'Oké, wat zijn de regels?' vroeg Pine.

'Shit, hier zijn geen regels,' zei de man lachend.

'Geweldig.' Met één oogverblindende beweging ramde Pine haar voet in zijn maag en toen hij dubbelklapte raakte ze hem met haar rechterbeen tegen de zijkant van zijn hoofd, maar zo verbijsterend hard dat hij door de touwen viel en beneden door verschillende toeschouwers werd opgevangen.

Ze liep naar de touwen en keek op hem neer. 'Oké, dat was de warming-up. Wil je nu beginnen? Of gewoon antwoord op mijn vragen geven? Jij mag het zeggen.'

Ze hoorden iemand klappen en toen ze zich allemaal omdraaiden, zagen ze dat Gerald terugliep naar de ring, alleen. Gerald bleef staan naast de bokser die Pine had uitgeschakeld en ging op zijn hurken naast hem zitten. 'Oké, Ty, weet je nog wat ik steeds tegen je zeg, dat je vrouwen niet respectloos mag behandelen?'

Ty knikte versuft.

Gerald hielp hem opstaan en keek op naar Pine. 'Peanut is hier niet.' Aan de mannen vroeg hij: 'Weet iemand waar Peanut is?'

Pine keek de mannen een voor een aan tot een jongeman van een jaar of achttien naar voren stapte.

'Zag hem in Duke's,' zei hij. 'Voordat ik hier kwam.'

Pine keek Gerald aan. 'Duke's?'

'Als je naar buiten gaat sla je rechts af en na drie blokken ga je linksaf. Dat is een... winkel.'

'Wat verkopen ze?' vroeg ze.

'Hangt ervan af,' zei Gerald. 'Hangt gewoon af van wat je wilt. Maar als ik jou was zou ik niets kopen.'

46

Duke's zag er vanaf de straat verlaten uit, net als elke andere winkel hier. Pine tuurde door de glazen deuren naar binnen, maar het was er zo donker dat ze niets zag. Ze tikte op het glas. Daarna tikte ze weer.

'Wat moet je?'

Toen ze omhoogkeek, zag ze een man die uit het raam op de eerste verdieping hing. 'Ik wil graag met Peanut praten. Ik hoorde dat hij hier is.'

'Van wie heb je dat gehoord?'

'Een knul in Calhoun's.'

'En jij bent?'

De man was in de veertig, had springerig donker haar en een harde, argwanende blik. Hij droeg een strak mouwloos shirt, waardoor ze zijn gespierde en getatoeëerde armen en schouders kon zien.

'Gewoon een vriendin. Ik ken hem van school.'

'Peanut gaat niet naar school.'

'Maar zijn vriend Jerome wel. Ik probeer uit te zoeken wat er met hem is gebeurd.'

'Dan ben je een agent?'

'Ik wil Peanut een paar foto's laten zien. Hij zei dat hij ze wel wilde bekijken.'

De man verdween.

Even later opende Peanut de winkeldeur. 'Hebt u die foto's?'

'Ja.' Pine keek langs hem heen en zag dat de man ongeveer drie meter achter hem in de winkel stond. Zacht vroeg ze: 'Wat gebeurt hier in deze winkel?'

'Van alles en nog wat.'

'Juist. Is die man daar Duke?'

'Zou kunnen.'

'Dat weet je niet?'

'Ik weet niet veel. Werkt prima voor me.'

Ze stapten in de auto en Pine liet Peanut alle foto's een voor een zien.

Daarna zei hij: 'Hij zit er niet bij.'

'Zeker weten?'

'Heel zeker. Niemand lijkt zelfs maar op hem.'

Pine keek zwaar gefrustreerd achterom naar Blum en zei: 'Elk spoor loopt dood en daar baal ik behoorlijk van.'

Peanut zei: 'Weet u, wat ik niet begrijp is waarom Jerome het heeft gedaan. Ik bedoel, waarom liet hij toe dat die man dat deed? Hem een pistool geven, en hem erin luizen, want zo móét het zijn gegaan. En dan wordt-ie daarna ook nog eens doodgeschoten. Waarom zou je stomme dingen doen als je weet dat je doodgaat? Waarom zei hij geen nee en nam hij het risico?'

'Misschien wist Jerome niet dat hij dood zou gaan,' zei Blum.

Pine keek Peanut aan. 'Je zei dat je al een hele tijd niet meer bevriend was met Jerome.'

'Ja, hoezo?'

'Ken je misschien iemand met wie hij nu goed bevriend was?'

'Niet echt. Misschien iemand op school. Hoezo?'

'Omdat hij die avond in die steeg tegen me zei: "We zitten diep in de shit." Ik kan me voorstellen dat iemand werd bedreigd en dat Jerome daarom deed wat hij deed.'

'Shit, dame, de enigen voor wie hij dat misschien zou doen, is zijn familie. Met niemand had hij een betere band. Ze waren allemaal heel close.'

'Weet je, daar kon je weleens gelijk in hebben. Bedankt, Peanut.'

Hij opende het portier en zei: 'En ja, de man binnen is Duke.'

'Van alles en nog wat?' zei Pine.

Peanut glimlachte. 'Een beetje van dit en een beetje van dat.'

'Geef me je mobiele nummer voor het geval ik andere foto's krijg die ik je wil laten zien. Dan hoeven we elkaar niet te ontmoeten.'

Nadat hij haar zijn nummer had gegeven, stapte hij uit en liep de winkel weer in.

Daarna vroeg Blum: 'Waar gaan we nu naartoe?'

'Terug naar mevrouw Blake. Ik heb een idee en hoop dat dat klopt, want als dat niet zo is hebben we echt geen aanknopingspunten meer.'

47

'Hebben jullie Peanut gevonden?' vroeg Cee-Cee Blake nadat ze de voordeur had geopend.

'Ja, maar hij kon ons niet echt helpen. Ik vroeg me af of we even met je dochter mogen praten.'

Blake vroeg verbaasd: 'Met Jewel? Waarom?'

'We willen haar een paar dingen vragen over haar broer.'

Blake schudde haar hoofd. 'Ze is volkomen van slag en kan bijna geen hap door haar keel krijgen. En ze weigert haar kamer uit te komen.'

'We zullen heel voorzichtig zijn, Cee-Cee. We hebben ervaring met het praten met jongeren. En ik denk echt dat het ons kan helpen te achterhalen wat er met je zoon is gebeurd.'

'Nou, goed dan. Misschien moeten jullie het maar proberen. Wil je dat ik meega?'

'Alleen om ons voor te stellen. Daarna willen we graag alleen met haar praten.'

'Het is niet zeker dát ze jullie wil zien, hoor, en ik ga haar ook niet dwingen.'

Ze liepen achter Blake aan naar boven en door een korte gang naar een slaapkamerdeur.

Blake klopte op de deur. 'Liefje? De beide vrouwen van de FBI zijn hier weer. Ze willen je een paar vragen stellen over je broer.'

'Nee! Zeg dat ze weg moeten gaan!'

Voordat Blake hierop kon reageren zei Pine: 'Jewel, het is echt heel belangrijk.'

'Ik zei nee!'

'Ik wil graag weten waarom je broer deed wat hij deed.'

'Ga weg!'

'Want ik denk dat hij dat deed om jou te beschermen.'

Stilte.

Blake vroeg verbaasd: 'Wat bedoel je daar in vredesnaam mee? Jewel beschermen? Waartegen?'

Ze draaiden zich om toen ze hoorden dat de deur openging. En daar stond Jewel. Ze was lang en goed ontwikkeld voor haar leeftijd, had lang donker haar dat over haar schouders viel en droeg een pyjama met Mulan-figuurtjes erop. Haar ogen waren rood en gezwollen. 'Het is wel goed, mama. Ik praat wel met haar.'

'Weet je het zeker, liefje?'

Jewel knikte. 'Ja hoor.'

Blake keek Pine afkeurend aan. 'Goed dan, maar niet te lang, liefje. Je moet rusten.' Daarna liep ze langzaam de trap af.

'Mogen we binnenkomen?' vroeg Pine.

Jewel stapte opzij om hen erlangs te laten.

De slaapkamer was een rommeltje: kleren op de vloer, overal boeken, een iPad op het onopgemaakte bed en een smartphone op het nachtkastje. Gebruikte tissues lagen op zowat elke beschikbare vierkante centimeter. Toen ze de muurschildering van vrouwelijke superhelden zagen vroeg Blum: 'Wie heeft die gemaakt?'

Jewel wreef over haar neus. 'Jerome en ik.'

'Die is echt fantastisch. Jullie zijn allebei heel goede kunstenaars.'

'Jerome is helemaal niets meer, hij is dood.'

Pine leunde met haar rug tegen een andere muur en sloeg haar armen over elkaar. 'Daar wilden we met je over praten.'

Jewel liet zich op haar bed vallen en keek naar haar blote voeten.

Pine zei: 'Op school heeft een man met Jerome gepraat en daarna was Jerome totaal veranderd. Die avond staat hij met een vuurwapen in de hand in een steeg. En vervolgens wordt hij doodgeschoten door een agent die misschien geen agent is.' Ze zweeg even en keek naar Blum, die roerloos bij de muurschildering stond.

'Jerome zei iets tegen me voordat hij stierf, Jewel. Wil je weten wat hij zei?'

Jewel keek niet op, maar ze knikte wel. 'Wat dan?'

'Toen ik hem vroeg waarom hij daar was, zei hij dat niemand hem zou geloven. Daarna zei hij iets anders en daarom zijn we hier om met jou te praten.'

Nu keek Jewel wel op. 'Wat zei Jerome dan?'

'Hij zei: "We zitten diep in de shit." Waarom kon deze man hem iets laten doen waardoor hij wordt vermoord?' Ze zweeg en keek naar Jewel, die onder haar strakke blik heel klein leek te worden. 'Dat moet betrekking hebben gehad op iemand die heel belangrijk voor hem was. Op jou misschien, Jewel?'

Er rolden tranen over Jewels wangen.

Blum ging naast haar zitten en pakte haar hand. 'Ik weet dat dit heel moeilijk is, Jewel. Ontzettend moeilijk. Maar we proberen te ontdekken door wie je broer is vermoord. En we zouden blij zijn met elke hulp die jij ons kunt geven.'

Jewel veegde haar ogen droog en keek Pine met een beheerste blik aan. 'Jerome wist het.'

'Wist wat?'

'Dat die man me kwam halen.'

'Welke man?'

'Gewoon een man. Hij kwam 's nachts, als mama naar haar werk was.'

'Waar werkt je moeder?'

'Ze maakt 's nachts gebouwen schoon. Als ze 's ochtends thuiskomt, gaat ze een paar uur slapen en daarna gaat ze naar haar andere baan, bij de Subway, voor de lunch.'

'Oké, misschien kun je beter bij het begin beginnen,' zei Pine.

Jewel vermande zich. 'Het begon op een avond. Ik ging ergens naartoe waar ik niet naartoe mocht. Mama was naar Willie, mijn broer in Delaware, omdat hij ziek was. Jerome had thuis moeten zijn, maar hij werd weggeroepen om iets met die robots te doen. Ik zei dat ik thuis zou blijven, maar dat deed ik niet.'

'Waar ging je dan naartoe?'

'Naar een feest in Newark. Ik lijk veel ouder dan ik ben en heb een valse ID-kaart waarop staat dat ik eenentwintig ben. Ik ging met een paar vriendinnen van school en we konden meerijden met een andere vriendin.'

'Waar was dat feest?'

'In het huis van een jongen. Ik was daar een tijdje en had een paar drankjes gedronken. Toen zei iemand dat er een busje was dat mensen naar een plaats in New York bracht en kwam er een jongen naar me toe die zei dat ik was uitgekozen om mee te gaan.'

'Hoezo? Wat voor jongen?'

'Dat weet ik niet. Hij was ouder dan ik, begin twintig. Lang, knap. Zei dat-ie studeerde.'

'Wit of zwart?'

'O, hij was wit.'

'Haarkleur?' vroeg Pine.

'Bruin, golvend. Ik bedoel, hij was echt knap.'

Pine pakte haar telefoon en opende de foto van Jeff Sands die ze van Puller had gekregen. 'Deze jongen?'

Jewel keek naar het scherm. 'Ja, dat is hem. Hoe wist u dat?'

'Dat wist ik niet, tot jij dat zei.'

'Weet u hoe hij heet?'

'Ja. Vertelde hij jou hoe hij heette?'

'Zei alleen dat-ie Charlie heette of zoiets.'

'Zei hij waarom jij was uitgekozen?'

'Nee.'

'En je ging gewoon mee?'

'Ja, we waren met een groep, dus het voelde veilig. En... En het klonk opwindend. Charlie zei zelfs dat er een paar echte celebrity's zouden zijn. Ik bedoel, echte beroemdheden, geen ouwelui. En die zou ik kunnen ontmoeten! En hij zei dat ik daarna naar huis zou worden gebracht.'

'Wat gebeurde er toen?'

'We reden naar dat gebouw in New York.'

'Weet je waar dat was?'

'Ik ken New York niet. Ik was daar nog maar één keer eerder geweest, toen ik nog klein was. Maar het gebouw waar ze me die avond naartoe brachten, had een portier en een privélift en zo.'

'Dus je ging daar met al die anderen naartoe?'

Jewel schudde haar hoofd. 'Nee, want we werden, zeg maar, gescheiden. Uiteindelijk stond ik in mijn eentje in de lift. Ik was bang, maar wat kon ik doen? Ik bedoel, ik was er immers al.'

'En waar was Charlie?'

'Die verdween, zeg maar. Ik zag hem niet in dat busje. Alles gebeurde zo snel.'

'En toen?'

'De liftdeuren gingen open in iemands appartement. Ik had nog nooit zoiets gezien, in het echt, bedoel ik. Het was net of ik meespeelde in een film. Ik bedoel, jezus! Ik wist niet dat mensen zo woonden, niet echt.'

'Wat gebeurde er toen?'

'Ik werd begroet door een vrouw.'

'Beschrijf haar,' zei Pine.

'Ze was vijfendertig of zo en kleiner dan ik. Ze leek heel gewoon.'

'Slank en met sproeten?'

'Ja, dat klopt. Ze had sproeten op haar gezicht.'

Pine keek naar Blum, die zei: 'Waarschijnlijk Lindsey Axilrod.'

'Oké, wat gebeurde er toen?' vroeg Pine aan Jewel.

'Ze zei dat ik me moest ontspannen en dat iemand zo bij me zou komen. Ze vroeg of ik iets wilde drinken.' Jewel zweeg even. 'Ik... wist niet wat ik moest doen. Ik bedoel, ik ben pas veertien. Dus zei ik dat ik een cola wilde. Ze ging het halen, gaf me mijn glas en ik ging zitten en dronk mijn glas leeg.'

'Wat gebeurde er toen? Kwam er inderdaad iemand naar je toe?'

Jewel schudde haar hoofd, terwijl ze tranen in haar ogen kreeg. 'Daarna... werd ik wakker in een bed. Ik was naakt en...' Ze begon te snikken en boog haar hoofd.

Blum sloeg een arm om haar heen. 'Ik weet dat dit ontzettend moeilijk is. Heel pijnlijk voor je. Doe maar rustig aan, Jewel, neem alle tijd die je nodig hebt.'

Even later was Jewel weer gekalmeerd, ze droogde haar ogen, snoot haar neus in de tissue die Blum haar had gegeven en zei: 'Er lag een man naast me in dat bed. Hij was ook naakt.'

'Weet je nog hoe hij eruitzag?'

Ze knikte. 'Ouder, wit, jaar of zestig met grijs haar. Hij lag luid te snurken.' Jewel wreef weer in haar ogen. 'Ik was volkomen in paniek. Ik wist echt niet wat er verdomme was gebeurd. Ik bedoel, ik dronk cola en toen dit... Maar toen keek ik om me heen, en de lakens... Toen... Toen wist ik dat...' Ze leek niet in staat het te zeggen.

'Dat ze seks met je hadden gehad terwijl je bewusteloos was?'

Ze knikte en weer sprongen de tranen in haar ogen. 'Ik sprong uit bed, ik wilde hem niet wakker maken. Ik rende naar de deur, opende die en...'

'Toen was daar iemand?'

Jewel knikte. 'Diezelfde vrouw, met mijn kleren, allemaal gestreken en aan hangertjes. Ze hielp me met aankleden en kalmeerde me. Daarna regelde ze dat ik naar huis werd gebracht.'

'Ze hadden dus iets in je cola gedaan en die man had seks met je?'

'Ik was ontzettend bang.'

'En toen je thuiskwam, heb je aangifte gedaan bij de politie?'

'Dat was ik wel van plan, maar...'

'Maar wat?' vroeg Pine.

'Ik werd gebeld. Ik heb geen idee hoe ze aan mijn nummer kwamen, maar het was een man.'

'Wat zei hij?'

'Dat ik wanneer ik het aan iemand vertelde grote problemen zou krijgen.'

'Jewel, je werd verkracht! Je werd gedrogeerd en daarna verkracht.'

'Dat weet ik wel, maar...'

'Maar wat?'

Jewel zag er nog ellendiger uit en haalde een kussensloop onder haar bed vandaan. Ze keerde de sloop om en liet de inhoud op het bed vallen.

Het was geld, een heleboel geld.

'Hoe kom je daaraan?' vroeg Blum.

'Dat heb ik jullie nog niet verteld. De vrouw die me hielp, gaf me die avond tweeduizend dollar. Ze zei dat dat me moest helpen het te vergeten.'

Pine keek naar het geld. 'Jewel, dat lijkt veel meer dan tweeduizend.'

'Dat is ook zo, want...'

'Want je ging terug?'

Jewel zei snel: 'Ze zeiden dat ze me elke keer zouden betalen. Ze zouden me ophalen en terugbrengen. Ik zou weer thuis zijn voordat mama thuiskwam van haar werk. Eén keer brachten ze me met een helikopter naar New York en landden we op het dak van dat gebouw. Dat was... echt ongelofelijk.'

'En Jerome?'

'Hij wist het niet. Eerst. Maar hij betrapte me een keer toen ik 's nachts thuiskwam. Ik probeerde er luchtig over te doen. Maar hij had wat rondgevraagd en wist dat ik opeens geld had. Ik had wat dingen gekocht, een ring en een paar oorbellen en een echte Pradatas en een nieuwe iPhone en wat leuke kleren. Dat heb ik mijn moeder nooit laten zien. Dan was ze woedend geworden. Maar Jerome ontdekte het en hij maakte me het leven behoorlijk zuur.'

'Heb je hem de waarheid verteld?'

'Gedeeltelijk, en hij was volkomen van slag. Zei dat ik ermee moest kappen. En dat heb ik gedaan, echt waar.'

'Maar na die eerste keer hebben ze je niet opnieuw gedrogeerd, wel?'

'Nee.'

'Was het steeds dezelfde man?'

'Nee, het waren steeds andere mannen. Maar ik vond dat ze er allemaal hetzelfde uitzagen: oude witte kerels. Maar...'

'Maar wat?'

'Maar één keer deed ik het met een vrouw. Zij was ook oud, een jaar of veertig.'

Pine vroeg: 'Herkende je haar, of die mannen?'

'Nee.'

'Praatten ze met je?' vroeg Blum. 'Zeiden ze hoe ze heetten of vertelden ze iets over zichzelf?'

Jewel sloeg haar blik neer en schudde haar hoofd. 'Ik was daar niet om mee te praten. Ze wilden me maar om één reden.'

'Je bent minderjarig! Dat is illegale seks met een minderjarige,' zei Pine.

'Misschien wisten ze dat niet. Kijk maar, zie ik eruit als veertien?'

'Maakt niet uit. Daarom heet het illegale seks.'

'Denken jullie echt dat ik de reden was dat ze Jerome konden overhalen om te doen wat hij heeft gedaan?'

'Dat lijkt me wel, ja,' zei Pine.

'Dan is het mijn schuld dat hij dood is.'

'Nee, dat is niet zo. Maar je kunt ons wel helpen, zodat we kunnen ontdekken wie hem heeft vermoord.'

'Ik heb jullie alles verteld wat ik weet.'

'Nee hoor, nog niet. Wanneer ben je opgehouden daarnaartoe te gaan?'

'Ze belden de dag voordat Jerome werd doodgeschoten.'

'Mag ik je telefoon zien?'

'Waarom?'

'Ik wil het nummer checken.'

'Dat heb ik al gedaan. Dat is geblokkeerd.'

'Wat zeiden ze toen ze je belden?'

'Dat ze me er niet meer naartoe zouden brengen.'

'Zeiden ze ook waarom?'

'Nee.'

'Kun je ons het adres vertellen van dat gebouw in New York?'

'Dat kan ik me niet herinneren.'

Pine leunde naar voren. 'Hoe vaak ben je daar geweest?'

Jewel haalde haar schouders op. 'Een keer of tien, denk ik. Misschien vaker.'

'En je herinnert je het adres niet?'

'Daar heb ik nooit op gelet. In de auto sliep ik meestal.'

'Kun je de buurt beschrijven? Hoe het gebouw eruitzag? De straat waar het stond?'

'Zoals ik al zei was het echt een chique buurt. Ik bedoel, alles in die buurt was duur.' Jewel dacht even na. 'Maar het was een straatnaam met een nummer.'

'Zoals Seventh Avenue?'

'Nee, hoger.'

'Fifty-Seventh Street?'

'Ja, dát was het.'

'Vlak bij Central Park?'

'Ja, dat klopt. Dat zag ik een keer toen ze me terugbrachten naar Trenton.'

Pine keek naar Blum en pakte haar telefoon weer. 'Is het dit gebouw misschien?'

Jewel keek naar het scherm. 'Ja, dat is het. Dat is het gebouw.'

Pine keek Blum weer aan en zei: 'Ze gebruiken dat appartement dus niet alleen voor feesten.'

Er kwam een berichtje binnen en ze zei: 'We moeten ervandoor. Dank je wel dat je zo eerlijk tegen ons was, Jewel. Ik weet dat dat niet gemakkelijk voor je was. Maar wat je ons hebt verteld, zal ons helpen degene die je broer heeft vermoord te vinden.' Ze gaf Jewel haar kaartje. 'Bel me als je nog iets te binnen schiet.'

Voordat ze vertrokken, probeerde Cee-Cee Blake hun te vragen wat er aan de hand was.

Pine zei alleen: ‘Pas goed op je dochter en zorg dat er iemand bij haar is als jij ’s avonds naar je werk gaat.’ Daarna rende ze naar de auto.

Blum kwam zo vlug ze kon achter haar aan. ‘Wat is er aan de hand?’

Pine startte de auto en reed snel weg. ‘Robert vertelde dat John bij bewustzijn is en dat ze hem naar een kamer brengen. Tegen de tijd dat we daar zijn, zal zijn behandelend arts ons kunnen vertellen hoe het met hem gaat.’

48

'Hij is gelukkig jong en in topconditie,' zei de arts. Hij had grijs haar en bezat de kalme uitstraling van een piloot.

Ze zaten in de wachtkamer van het ziekenhuis.

'U zei dat hij weer wakker is,' zei Robert gespannen. 'En, gaat het goed met hem?'

'Hij krijgt veel pijnstillers toegediend, waardoor hij afwisselend wel en niet helder is. De kogel is dwars door hem heen gegaan, maar heeft onderweg wel een paar dingen geraakt.'

'Dat zei de chirurg ook al. Houdt hij er blijvende schade aan over?' vroeg Pine, al even gespannen.

'Het is te vroeg om daar iets over te zeggen. We zullen hem in de gaten houden, met vervolgonderzoeken, röntgenfoto's en andere beeldtechnieken. Maar ik kan jullie vertellen dat hij op dit moment ligt te rusten en dat zijn toestand stabiel is.'

'Wanneer mogen we hem zien?' vroeg Robert.

De arts keek hem aan. 'U bent familie, klopt dat?'

'Zijn broer.'

De arts keek Pine aan. 'En u bent...'

'Zijn zus,' zei Robert snel. Hij wees naar Blum en zei: 'En dit is zijn tante Carol.'

De arts leek dit niet te geloven, maar zei met een zwakke glimlach: 'Oké.' Daarna keek hij op zijn telefoon. 'Ze hebben een kamer voor hem gevonden. Ik breng jullie naar hem toe, maar jullie mogen maar een paar minuten blijven.'

Toen ze de ziekenkamer binnenkwamen, lag John Puller met allerlei slangetjes en snoertjes in een bed. Hij had zijn ogen open, zag hen en zwaaide met zijn goede hand.

Pine keek meteen naar de monitor waarop zijn vitale functies werden aangegeven. Die leken allemaal redelijk in orde, vooral voor iemand die had meegemaakt wat Puller had meegemaakt.

'U zei dat de kogel een paar dingen had geraakt?' vroeg Robert zacht aan de arts.

'Weet u, in dat deel van het lichaam zit van alles: botten, bloedvaten, gewrichtsbanden. Het was veel erger geweest als de kogel daarin was blijven steken.'

'Maar de chirurg heeft alles hersteld?'

'Katherine is een uitstekende chirurg en ze heeft gedaan wat ze kon. Maar begrijp me goed, dit is misschien niet de laatste operatie geweest. En zijn revalidatie zal zwaar zijn.'

'Ik begrijp het,' zei Robert met een nerveuze blik naar Pine.

Pine zei: 'Daarna is hij vast weer helemaal in orde. Misschien gaat het dan wel beter met hem dan nu.'

'Hé, ik kan jullie bijna verstaan,' zei John Puller zwak. 'Hou dus alsjeblieft op met óver me te praten.'

Ze liepen naar hem toe en de arts vroeg: 'Hoe voelt u zich? Hoe gaat het met de pijn?'

'Wanneer mag ik hier weg?' vroeg Puller gedecideerd.

'Nou, voorlopig dus even niet,' zei de arts, terwijl hij Pine met grote ogen aankeek.

'Ik voel me prima,' zei Puller. 'Ik vind dat ik ontslagen zou moeten worden. Ik moet aan het werk.'

Robert zei: 'John, je hebt net een zware operatie ondergaan. Je moet jezelf tijd gunnen.'

'Ik heb geen tijd te verspillen, Bobby.'

Pine raakte zijn niet-gewonde schouder aan. 'John, wij doen het werk zolang jij hier bent. Het enige wat jij moet doen is je concentreren op je herstel. Zelfs Superman nam dagen vrij.'

Ondertussen had de arts de toegediende hoeveelheid medicatie via het infuus aangepast. Daarna keek hij naar Puller, wiens oogleden knipperden en toen dichtgingen. 'Ik heb zijn pijnmedicatie opgehoogd zodat hij weer gaat slapen. Wat we niet willen is dat hij zich opwindt en aan zijn infuusslangen gaat trekken of zijn wonden opentrekt. Ik denk dat we hem nu maar moeten laten rusten. We zullen u op de hoogte houden van zijn toestand. En tussendoor mag u best de verpleegpost bellen.' Hij legde zijn hand op Roberts arm. 'Maakt u zich geen zorgen, hij is in goede handen.'

'Ja, dat weet ik. Bedankt voor alles.'

Terwijl ze het ziekenhuis verlieten zei Pine: 'Zijn vitale functies waren goed. En het feit dat hij weer aan het werk wil, is een heel goed teken.'

Robert knikte. 'Ja, hij gaat het wel redden. De enige vraag is in welke toestand.'

'Je bedoelt als CID-agent?'

'Ik bedoel als lid van het Amerikaanse leger. Dat is zijn hele leven. Stel dat hij dat werk straks fysiek niet meer aankan...'

'Laten we niet op de zaken vooruitlopen,' zei Pine.

'Ik zag je blik en weet dat jij precies hetzelfde dacht.'

Pine begon over iets anders, omdat hij helemaal gelijk had. 'Waar logeer je?'

'Vlak bij het ziekenhuis.'

'Hoe lang blijf je in New York?'

'Zo lang als nodig is.'

Later reden Pine en Blum terug naar het appartement, aten heel laat en gingen uitgeput naar bed.

Na het ontbijt de volgende ochtend nam Pine de lift naar beneden, ging naar buiten en begon te lopen, met haar handen diep in haar zakken en in een hoog tempo.

Shit, shit, shit.

Ze wist dat Puller het risico had geaccepteerd toen hij voor het CID ging werken. Dat wist ze. Zij had datzelfde gedaan toen ze voor de FBI ging werken. Toch voelde ze zich ontzettend schuldig over wat er was gebeurd. Had ze die steeg beter kunnen checken? Als ze zich meer had geconcentreerd, had ze de schutter dan kunnen zien of zijn aanwezigheid kunnen voelen? Puller had erop vertrouwd dat zij die steeg scande en zij had dat vertrouwen beschaamd.

Ik heb John Puller in de steek gelaten. En straks is hij misschien niet meer dezelfde John Puller.

Ze bleef volkomen gedemoraliseerd staan en plofte op een bankje. Daarna gaf ze een klap op haar bovenbeen, ging rechtop zitten, wreef over haar gezicht en dacht: oké, dit stomme zelfmedelijden lost niets op. Je moet de zaak ontleden. Welke hiaten zijn er en hoe kun je ze dichten?

Er waren heel veel hiaten. Ze was niet dichter bij het vinden van Tony Vincenzo en dus even ver verwijderd van enige informatie over zijn opa Ito. Teddy was dood. Evie kon niet helpen. Ze had geen enkele aanwijzing waarmee ze de man kon zoeken die Jerome had vermoord, hoewel ze nu op de hoogte was van Jewels betrokkenheid en de manier waarop dat luxeappartement werd gebruikt; alleen wist ze nog niet wat het motief daarvoor was. Ze betwijfelde wel of Jewel het enige minderjarige meisje was dat werd ingehuurd voor wat daar misschien allemaal gebeurde. En, ook niet onbelangrijk, de onbetrouwbare Lindsey Axilrod liep nog steeds ergens rond. Die vrouw zat hier tot aan haar slanke nek in, de moord op Sheila Weathers inbegrepen.

Maar wat was de connectie met Fort Dix? Tony Vincenzo en Axilrod werkten daar allebei. Net als Weathers. Als Weathers hier alleen maar bij betrokken was doordat Vincenzo haar had uitgenodigd in het penthouse, dan bleven alleen Vincenzo en Axilrod over. Maar wat was er zo bijzonder aan Fort Dix?

Het penthouse aan Fifty-Seventh Street was zeker een aanwijzing, maar ze wist nog niet wat ze daarmee moest doen. Ze had niet genoeg argumenten voor een huiszoekingsbevel.

Maar hoe zat het met Jeff Sands?

Ze pakte haar telefoon en scande de nieuwssites. Daar was niets over de zaak te vinden. De kleinzoon van de fractievoorzitter van de meerderheidspartij in de Senaat was ruim een dag geleden doodgeschoten in New York City en geen enkele nieuwszender schreef daar iets over... Hoe kón dat?

Tenzij het NYPD zijn identiteit om de een of andere reden geheimhield. Dus wanneer de politie van Trenton hierbij betrokken was, gold dat dan ook voor de politie van New York? Of op z'n minst een paar van hen.

Ze toetste een nummer in en werd even later doorgeschakeld naar degene die ze wilde spreken van het Bureau.

'Hi Sandy, met Atlee Pine. Klopt, lang geleden. Luister, kun je iets voor me doen? Er is gisteravond iemand doodgeschoten voor een restaurant in Brooklyn. De naam van het slachtoffer was Jeff Sands. Hij is de kleinzoon van Peter Driscoll. Inderdaad, die Peter Driscoll. Ik kan er niets over vinden in de pers en vroeg me af wat er in vredesnaam aan de hand is. Oké, ja, alles wat je kunt vinden. Bedankt.'

Ze verbrak de verbinding.

Sandy Wyatt was een agent van het FBI-veldkantoor New York. Ze had samen met Pine op Quantico gezeten. Ze waren bevriend geraakt en hadden steeds contact gehouden, ook al was Pine naar het westen gegaan en was Wyatt aan de oostkust gebleven. Ze waren allebei lid van WIFLE, Women in Federal Law Enforcement. Wyatt was zo verstandig geweest om niet te vragen wat Pine's betrokkenheid was bij de zaak, maar andersom had Pine dat ook niet aan Wyatt gevraagd.

Pine stond op en liep verder. Ze liep naar het gebouw in Fifty-Seventh Street. Billionaires' Row. De miljardairshemel, zeg maar. Zij wonen ver verheven boven de gewone mensen, dacht Pine. Achter portiers en *concierges* en trustfondsen en lege vennootschappen. En de regels die zijzelf opstellen geven hun alle mogelijke voordelen die gewone mensen niet hebben.

Al die boze gedachten gaan je niet helpen, Atlee.

Ze stond aan de overkant van de straat toen ze opeens iets zag. Ze stapte snel achter een geparkeerde vrachtwagen en keek eromheen.

De man die Jerome Blake had doodgeschoten, kwam het gebouw uit. Hij droeg nu een pak met stropdas, en geen politiepet, maar hij was het echt. Hij keek van links naar rechts, en liep weg.

Pine volgde hem.

49

‘Niet zo somber, ik ben nog niet dood, Bobby.’

Robert Puller zat rechtop in zijn stoel; hij had zitten doezelen.

Zijn broer, nog steeds vol slangetjes en snoertjes, keek hem aan.

‘Je wordt geacht zwaar gedrogeerd te zijn,’ zei Robert, terwijl hij zijn stoel naar het bed schoof. ‘Gisteren zei de arts dat hij je medicatie had opgehoogd.’

‘Ik kan meer hebben dan de meeste mensen.’

‘Heb je pijn?’

‘Nogmaals, een hogere tolerantie.’

‘Weet je wat je is overkomen?’

‘Ik raad maar wat, hoor, maar volgens mij heeft iemand op me geschoten.’

Robert glimlachte. ‘Oké, grapjes zijn goed. Dat betekent dat je uitstekend functioneert.’

‘En Jeff Sands?’

‘Hij heeft het niet overleefd. De kogel die jou heeft geraakt, heeft hem gedood.’ Robert boog zich naar hem toe. ‘Het was op het nippertje, John. Een centimeter verder naar links of rechts...’

‘Heb je niets belangrijks te doen hier heel ver vandaan, of is dat maar een gerucht?’

‘Sorry dat ik om je geef.’

Puller schoof een beetje heen en weer in zijn bed. Hij keek naar alle slangetjes en snoertjes die aan of in zijn lichaam waren bevestigd. ‘Waarom voel ik me net Gulliver nadat hij door die lilliputters was besprongen?’

‘Herinner je je iets over wat er is gebeurd?’

‘We verlieten het restaurant via de achterdeur. Pine liep voorop. Ik hield Sands vast. Volgens mij hoorde ik een plofje. Maar dat is het wel zo ongeveer.’

'Ze hadden het kennelijk op hem gemunt.'

'Ze zijn ons waarschijnlijk gevolgd vanaf de nachtclub waar we Sands hadden opgepikt.' Puller leek even verward. 'Maar de mannen bij die club waren misdadigers. Ik denk niet dat zij betrokken zijn bij wat er met Sands is gebeurd.'

'Wie zijn er wél bij betrokken, volgens jou?'

Puller keek zijn broer aan. 'Aangezien ik hier kennelijk nog een tijdje moet blijven, wil jij misschien helpen?'

'Helpen? Zoals je al zei: ik heb een andere baan.'

'Nou ja, nu je hier toch bent om mijn hand vast te houden, kan dat je misschien afleiden.'

'Ik luister.'

'Jij leidde me al heel snel naar Gloria Miles en zij leidde ons naar Jeff Sands. Miles zei dat je haar met behulp van een algoritme had gevonden.'

Robert legde het hem uit, net zoals hij dat aan Pine had uitgelegd.

Puller knikte bedachtzaam. 'Bij toekomstige onderzoeken zal ik vaker aan je denken.'

'Anders dan de meeste mensen heb ik toegang tot technologie, databases en computernetwerken. Maar dat kan ik niet constant doen, zelfs niet voor jou, Junior.'

'Maar je moest dat algoritme invoeren om iets te vinden.'

'Ik vertelde je net welke variabelen ik heb ingevoerd, bepaalde politieke leiders en daarvan afgeleid bepaalde familieleden, om te zien wat eruit sprong. Jeff Sands was het resultaat en daarna was het vrij eenvoudig om de connectie met Driscoll te traceren.'

'Sands sprong eruit door zijn criminele verleden?'

'Zoals je weet is hij nooit veroordeeld, maar hij is wel een paar keer opgepakt voor verhoor. Bovendien heeft hij bepaalde zakenrelaties die wel een strafblad hebben, of op z'n minst een dubieus verleden. Mijn ingevoerde variabelen dekten die mogelijkheden.'

'Maar toen huurde zijn opa de beste advocaten in en werd niemand veroordeeld?'

'Kennelijk.'

'Hij zei tegen ons dat hij Tony Vincenzo niet kende. Ben je die naam tijdens jouw onderzoek ooit tegengekomen?'

'Nee. Maar ik ben vrij snel nadat ik Peter Driscoll vond gestopt.

Daarna ging ik op zoek naar een connectie met het leger en zo kwam ik uit bij Gloria Miles.'

'Denk je dat Driscoll weet dat zijn kleinzoon dood is?' vroeg Puller.

'De man heeft veel connecties. En het NYPD zal moeite hebben gedaan zijn naasten te vinden om hen te informeren en daar zullen ze niet meer dan tien seconden voor nodig hebben gehad. Verdomme, zijn pa woont hier in New York!'

'Financiële man met heel veel geld.'

'En een nieuwe vrouw en een nieuw gezin. Denk niet dat-ie lang zal treuren om zijn oudste kind.'

De broers keken elkaar aan en vertelden elkaar zonder een woord te zeggen iets wat voor hen allebei heel belangrijk was.

Puller zei: 'Ja, als ik was overleden zou vader dat niet kunnen begrijpen. Hij weet niet eens dat hij twee zoons heeft.'

'Dat is oké, Junior, wij weten dat wel.'

'Hoe snel kan ik hier weg? De arts gaf niet echt antwoord toen ik dat de laatste keer vroeg.'

Robert keek niet verbaasd, maar zei: 'Nog niet heel snel. Je bent uitgeschakeld, John. Pine doet het werk nu, zoals ze laatst al zei.'

'Maar zij kan dit niet alleen doen. En dit was haar zaak niet eens. Ze werkt aan een persoonlijke zaak en is hier alleen bij betrokken omdat zij dat aanbood en ik dat aanbod accepteerde.'

'Ik weet niet wat ik moet zeggen. Zo te zien is die vrouw hier zeer bij betrokken en als ik haar goed inschat, zou ik niet proberen haar tegen te houden.'

'Ze wil hier zonder enige back-up mee doorgaan. Dat is niet goed, Bobby.'

'John, ik kan hier nog wel even blijven, maar ik ben een militair en kan niet zelf besluiten waar ik me mee bezighou.'

'Ik dacht dat nerds op afstand konden werken.'

'Deze nerd heeft een supergeheime SCIF nodig om zijn nerdwerk te doen,' antwoordde Robert. Daarmee bedoelde hij een *sensitive compartmented information facility*, een ruimte waar gevoelige informatie kan worden bekeken en besproken zonder het risico van spionage. 'Ik kan dus niet even mijn Mac pakken en aan het werk gaan.'

'Moet ik echt in dit bed blijven liggen? In Afghanistan hadden ze me binnen de kortste keren opgelapt en teruggebracht naar het slagveld. En die verwondingen waren veel ernstiger.'

'Misschien weet je het niet, maar er stroomt echt bloed door je aderen en daar heb je heel veel van verloren. Bovendien zeiden de chirurg én de arts dat de kogel inwendige schade heeft aangericht. Ze hebben je zo opgelapt dat je je linkerarm niet eens kunt bewegen. Je bent immobiel, en dat is terecht. Je revalidatie zal veel tijd in beslag nemen.'

'Om weer helemaal de oude te worden, bedoel je?'

Robert sloeg zijn blik neer. 'Om... gewoon beter te worden, John.'

Toen hij weer opkeek lag zijn broer hem strak aan te kijken.

'Wat verzwijg je voor me?' vroeg Puller.

'Ik heb je alles verteld wat ik weet. Je zult waarschijnlijk volledig herstellen...'

'Maar misschien ook niet.'

'Kun jij de toekomst voorspellen? Want ik bezit die gave helaas niet.'

'Dan is het maar goed dat ik rechtshandig schiet.'

'Je schiet in de nabije toekomst nergens op. Serieus, broertje, als je een reële kans wilt hebben om weer helemaal de oude te worden, zul je naar de artsen moeten luisteren.'

Puller wendde zijn blik af. 'Zei je dat je was gestopt bij Driscoll?'

'Wat?'

Puller keek zijn broer aan. 'Driscoll was laaghangend fruit.'

'Ik wilde alleen iemand vinden die je kon helpen met je onderzoek.'

'Kun je nog een zoekactie doen, met dezelfde soort variabelen, om te zien wat je nog meer ontdekt?'

'Ik denk niet dat ik je begrijp.'

'Stel dat Driscoll, als hij hier op de een of andere manier bij betrokken is, slechts het topje van de ijsberg is?'

50

Pine schaduwde de man en maakte een foto van hem toen hij zich op een kruising omdraaide om over te steken.

Daarna liep hij een kantoorgebouw in.

Een overheidsgebouw. Een gebouw van de federale overheid.

Pine wachtte een paar seconden, liep naar de hoofdingang, keek door het glas naar binnen en opende de deur. Bij de veiligheidscontrole liet ze haar badge en legitimatie aan de agent zien. Ze zag dat de man die ze had geschaduwd de lift in stapte, waarna de liftdeuren dichtgingen.

'Sorry, maar die man die net binnenkwam en die lift in stapte...'

'Ja, wat is daarmee?' vroeg de agent, een vrouw van in de veertig met kort bruin haar en een vriendelijke blik.

'Ik had durven zweren dat hij een oude vriend van me is. Special agent Simon King, die vroeger vanuit Newark werkte.'

'Nee hoor, dat was Adam Gorman.'

'Is hij van de FBI?'

'Nee, nee, hij is hoofd Beveiliging van Congreslid Nora Franklin. Ze is van een ander district, maar heeft hier een kantoorsuite die ze deelt met een paar andere politici.'

'Franklin? Die naam ken ik. Zij is heel belangrijk, hè?' zei Pine.

De vrouw glimlachte. 'Zij is de hoogste baas van het House Ways and Means Committee. Zij betalen de rekeningen, dus ja, ze is erg belangrijk.'

'Is ze vandaag op kantoor?'

'Ja, ze kwam ongeveer twintig minuten geleden binnen.'

'Nou, Gorman kon een tweelingbroer zijn van mijn vriend King. Sorry dat ik je lastigviel.'

'Geen probleem. Een fijne dag nog.'

Pine draaide zich om en vertrok. Ze liep bij het gebouw vandaan en bleef staan om Gorman te googelen.

Ze las dat hij was geboren in Oostenrijk, waar hij eerst als politieagent en later als lid van de militaire inlichtingendienst had gewerkt. Op zijn negenentwintigste was hij naar de Verenigde Staten geëmigreerd. Hij was nu achtenveertig en had een mastertitel in politieke wetenschappen behaald aan de NYU. Hij had meegewerkt aan politieke campagnes en was korte tijd in dienst geweest van een lobbyfirma in K Street, D.C.

Een belangrijk lid van het Congres had dus een voormalige agent van de Oostenrijkse inlichtingendienst ingehuurd als hoofd Beveiliging, die zich op een avond had voorgedaan als een agent van de politie van Trenton en Jerome Blake had vermoord.

Wat kan ik daarmee? Het is echt mijn woord tegen het zijne. John heeft hem niet goed gezien en ligt nu in het ziekenhuis. Jerome is dood en kán niets zeggen. Maar ik durf te wedden dat Adam Gorman die dag met Jerome op school heeft gepraat. En dat betekent dat hij alles weet van Jewel en de ontmoetingen in dat penthouse, een feit dat net is bevestigd doordat hij zojuist dat gebouw uit kwam.

Ze keek naar haar telefoon. Ze had Gormans foto en zijn foto van haar Google-zoekactie. En de laatste keer dat ze elkaar zagen, had Peanut haar zijn telefoonnummer gegeven. Ze stuurde hem het artikel over Gorman plus de foto met een begeleidende tekst. Daarna liep ze heen en weer terwijl ze wachtte op zijn antwoord.

Een kwartier later kwam dat: *Ja, dat is de man.*

Oké, nu wist ze het tenminste zeker. Maar het was nog altijd niet genoeg. Peanut zou bij een openbaar aanklager geen enkel gewicht in de schaal leggen vergeleken met een 'gerespecteerd' man als Gorman. Verder had ze natuurlijk geen harde bewijzen dat hij de man was die Jerome had doodgeschoten, alleen een korte ontmoeting in een donkere steeg in uiterst stressvolle omstandigheden – dat zou de advocaat van de verdediging tenminste aanvoeren.

Vervolgens googelde ze Nora Franklin. De vrouw op de Wikipedia-pagina was een aantrekkelijke blondine van in de veertig met een indrukwekkend cv. Ze was geboren en getogen in Colorado, had eerst aan de UVA gestudeerd en was vervolgens afgestudeerd in rechten op Duke. Haar vader van drieënzeventig was al jaren een gerespecteerd rechter bij het Fourth Circuit Court of Appeals. Na haar rechtenstudie was ze verhuisd naar New York City en gaan werken voor een klein advocatenkantoor dat overwegend arbeiders vertegenwoordigde. Daarna was ze verhuisd naar de provincie en had ze zich verkiesbaar gesteld voor de gemeenteraad. Vervolgens had ze zich verkiesbaar gesteld voor het Congres en ze had bij haar eerste poging gewonnen.

Sindsdien had ze nog vijf keer een termijn in het Congres gewonnen en was snel opgeklommen. Het feit dat ze op relatief jonge leeftijd de hoogste baas was geworden van Ways and Means had sommigen verbaasd, stond in het artikel, maar ze was een trouwe medewerker geweest en had de leiding versteld doen staan met haar vaardigheden en kennis. Als haar partij na de volgende verkiezingen de meerderheid zou behalen, werd ze naar verwachting een van de jongste voorzitters van de machtigste commissie van het Congres. Ze had veel gereisd, stond er. Ze was jong getrouwd, maar inmiddels gescheiden. Volgens haar officiële biografie had ze maar een paar jaar als advocaat gewerkt. Pine checkte een online database waarop het vermogen van Congresleden stond en zag tot haar verbazing dat Franklin meer dan twintig miljoen dollar bezat. Nadat ze maar korte tijd als advocaat had gewerkt, nota bene in een rechtsgebied waar advocaten niet veel verdienden. Dus waar was dat geld in vredesnaam vandaan gekomen?

Haar telefoon zoemde.

Sandy Wyatt van het Bureau zei: 'Hallo Atlee. Ik heb een paar mensen gebeld en een paar bronnen gecheckt. Voor zover ik heb kunnen ontdekken, heeft het NYPD dit in de doofpot gestopt.'

'Ik weet dat ze de namen van slachtoffers niet bekendmaken voordat de naaste familie is geïnformeerd. Maar ze hebben inmiddels alle tijd gehad om dat te doen.'

'Het enige wat ik kon ontdekken, is dat Driscoll hun waarschijnlijk heeft gevraagd dit onder de pet te houden. En voor hem zouden ze dat waarschijnlijk wel doen.'

'Oké, bedankt!' Pine stopte haar telefoon weg en vroeg zich af wat ze nu moest doen. Ze kon bij dit gebouw blijven wachten en Gorman volgen naar waar hij hierna naartoe ging. Maar ze had geen idee hoe lang het zou duren voordat de man het gebouw verliet. En omdat ze officieel niet aan deze zaak werkte, kon ze er ook geen andere FBI-agent bij halen. Bovendien hadden andere agenten hun eigen zaken. Maar ze had wel een assistente die ze kon inschakelen. Dus pakte ze haar telefoon weer. 'Carol, ik heb je nodig.'

Nog geen halfuur later stapte Blum uit een taxi en liep naar haar baas toe.

Pine vertelde Blum wat ze moest doen en liet haar de foto's zien van Gorman en Franklin.

Blum keek naar het café achter hen met een groot raam vanwaaruit ze het gebouw aan de overkant goed kon zien. 'Dan ga ik daar gewoon zitten. Waar gaat u naartoe?'

'Fort Dix.'

Pine stapte in een taxi en dacht: wat heb ik te verliezen?

Zodra ze bij Fort Dix arriveerde, zou ze dat ontdekken.

51

'Ik begrijp het niet,' zei Pine. 'Dat kán toch niet?'

Ze stond tegenover Tom Whitaker, een JAG-advocaat – militair advocaat – van Fort Dix. Hij was een kleine man van in de vijftig, met ronde schouders en een harde blik. Op een betweterig toontje zei hij: 'Het is zoals ik net zei, Bill Danforth en Phil Cassidy hebben allebei gebruikgemaakt van Artikel 15; dat is vergelijkbaar met een schuldbekentenis in ruil voor strafvermindering in het civiele recht.'

Danforth en Cassidy waren de twee soldaten met wie Tony Vincenzo had samengewerkt bij de distributie van de drugs. Puller had de beide mannen gearresteerd, in het cellenblok laten opsluiten en laten bewaken door MP's.

Pine had gedacht dat ze daar nog steeds waren, maar dat was niet zo. 'Ik weet wat een Artikel 15 is. Ik wil weten hoe dat mogelijk is.'

'Het concept is vrij eenvoudig, agent Pine,' zei Whitaker verveeld. 'Dat werd aangeboden en is geaccepteerd. De meeste zaken bij een militaire rechtbank eindigen in een veroordeling en dat wisten ze. Dan zijn de straffen veel strenger en hebben ze een strafblad. Met Artikel 15 is dat niet zo. Geen strafblad. Net als in het civiele recht komt het in het militaire systeem niet tot een proces. Als al die zaken wel behandeld moesten worden, zouden we een achterstand van jaren krijgen.'

Pine zei ongeduldig: 'Dat weet ik ook. Wat ik bedoelde is waaróm hun een Artikel 15 is aangeboden. Ik had begrepen dat ze op heterdaad zijn betrapt door het CID. Ze waren betrokken bij drugshandel. Hoe kan het dan dat ze er zo genadig van afkomen? Deze mannen hadden berecht, veroordeeld en naar Leavenworth gestuurd moeten worden.'

De man haalde zijn schouders op. 'Dat was niet aan mij. De CO verwees de zaak door, zodat de zaak voor de krijgsraad zou worden behandeld. En ik ben het met u eens, het bewijs was bijzonder sterk. Wanneer het tot een rechtszaak was gekomen, waren ze vrijwel zeker veroordeeld. Maar toen kwam Artikel 15 opeens om de hoek kijken en liep het allemaal mis.'

'Dat Artikel 15-aanbod moet ergens vandaan zijn gekomen, nietwaar?'

'Klopt.'

'Dus waar kwam het vandaan?' vroeg Pine, terwijl ze haar uiterste best deed rustig te blijven praten, ook al had ze het liefst geschreeuwd.

'Van hun CO. Dat is de enige plek waar het vandaan kan zijn gekomen. Hij verwees de zaak door, maar bood hun vervolgens Artikel 15 aan.'

'Waarom?'

'Dat weet ik niet en ik kon het hem ook niet vragen. Ik ben een militair, ik doe wat me wordt opgedragen. Wanneer de CO iets zegt, gehoorzamen we. Heel eenvoudig.'

'Wanneer gebeurde dit allemaal?'

'Gisteren aan het einde van de dag.'

'En wie is deze CO?'

Whitaker verschoof een paar papieren op zijn bureau en keek haar toen nieuwsgierig aan. 'Wat is uw relatie met deze zaak ook alweer?'

'Ik werkte samen met CWO John Puller aan de zaak.'

'Ja, dat vertelde u al. Hij was de man die de bewijzen had verzameld.'

'Voor een overduidelijke zaak, die net is ingetrokken,' snauwde Pine.

'Ik hoorde dat hij in New York is neergeschoten.'

'Dat hebt u goed gehoord. Waarschijnlijk door dezelfde bende waar Danforth en Cassidy voor werken.'

'Dat zou ik niet weten. Komt het weer goed met Puller? Iedereen zegt dat hij een eersteklas militair en onderzoeker is.'

'Dat klopt allebei. En ja, het komt weer goed met hem. Dus, de naam van die CO?' Ze pakte haar notitieblok en een pen.

Whitaker keek daar even naar en zei toen: 'Ik heb echt niet de vrijheid u dat te vertellen.'

Pine stopte haar notitieblok en pen weg. 'Oké, welke straf kregen Cassidy en Danforth?'

Whitaker keek naar het papier dat voor hem lag. 'Degradatie, salarisvermindering en acht dagen gevangenisstraf, maar de CO heeft die straf een jaar opgeschort. Ze hebben na hun arrestatie veel langer dan die acht dagen opgesloten gezeten. Hij zal dat waarschijnlijk gewoon laten zitten.'

'Ze komen er dus vanaf met minder geld en het verlies van een streep? Voor lidmaatschap van een belangrijke drugsbende binnen deze basis?'

'Ik geef toe dat dit ongebruikelijk is.'

'Vindt u dat? Waar zijn Danforth en Cassidy nu?'

'Weer op hun werk, voor zover ik weet. Ik heb horen zeggen dat ze hun ontslag hebben ingediend. Opgeruimd staat netjes, vind ik.'

'Hier klopt helemaal niets van, en dat weet u ook, nietwaar?'

Whitaker keek haar vermoeid aan. 'Mevrouw, ik doe dit werk nu twintig jaar en ik verbaas me nergens meer over.'

'Misschien tijd voor een andere baan.'

'Dat zegt mijn vrouw ook de hele tijd.'

'Als ik u was, zou ik naar uw vrouw luisteren. Hebt u dan misschien foto's van Danforth en Cassidy?'

'Ja, maar waarom vraagt u dat?'

'Die zou ik graag willen zien.'

'Nogmaals, waarom? De zaak is afgehandeld.'

'Niet voor mij. Hun foto's? Alstublieft. Het is echt heel belangrijk.'

'Denkt u echt dat het feit dat op Puller is geschoten iets met deze mannen te maken had?'

'Dat verband lijkt me wel duidelijk.'

De man opende zijn bureaulade, haalde er een dik dossier uit en draaide dat om zodat ze de foto's van Danforth en Cassidy kon zien. 'U mag hier gerust foto's van maken.'

Dat deed Pine met haar iPhone. 'Het verbaast me dat u me dat laat doen.'

'Mevrouw, hier klopt inderdaad helemaal niets van en in een ideale wereld zouden deze twee hufters heel lang in een gevangenis van het Amerikaanse leger zitten. Dus als u die klojo's te pakken kunt nemen, dan vind ik dat prima.'

'Bedankt,' zei Pine, waarna ze vertrok.

52

Danforth en Cassidy waren inderdaad op hun werk, hoewel er, zoals Pine van een afstandje kon zien, weinig werk uit hun handen kwam. Ze zaten allebei berichtjes te versturen met hun mobiel.

Ze sprak hen daar niet op aan, maar volgde hen gewoon toen ze de basis na afloop van hun dienst verlieten.

Ze reden samen naar een bar die veel door militairen werd bezocht, ongeveer drie kilometer van Fort Dix. Ze gingen naar binnen en zij volgde hen. De beide mannen vonden een tafeltje, hoewel het vrij druk was.

De bar heette The Bunker. In tegenstelling tot de naam was The Bunker groot, open en luchtig. Aan de muren hingen vlaggen van alle krijgsmachtonderdelen. Er hingen ook helmen alsof het jachttrofeeën waren, maar ook ceremoniële sabels, bajonetten en een enorme variëteit aan wapens. Een paar stellen in uniform waren midden in de bar rustig aan het dansen op muziek uit een jukebox. Alle barkrukken waren bezet, voornamelijk door mannen en vrouwen in het groene legeruniform.

Pine was een van de weinigen die geen uniform droegen.

Ze keek naar de beide mannen en liep naar hun tafeltje nadat een serveerster twee flesjes bier had gebracht. Ze ging naast Danforth zitten, keek eerst hem aan en daarna Cassidy.

Danforth was groot en gezet, en Pine vond dat hij een stompzinnige uitdrukking op zijn gezicht had.

Cassidy was klein en leek gesloten. Hij keek haar argwanend aan. 'Eh, ik kan me niet herinneren dat ik je heb uitgenodigd voor ons privéfeestje, schatje.'

Danforth begon dom te lachen.

Pine keek hem aan. 'Vond je dat echt grappig?'

Danforth sloot zijn mond en keek haar vals aan.

'Dus... Artikel 15?' zei ze.

'Wie ben jij verdomme?' snauwde Cassidy, terwijl Danforth een slok van zijn biertje nam.

'Een geïnteresseerde partij. Wist je dat jullie vriendje Jeff Sands gisteravond in New York in zijn hoofd is geschoten?'

Beide mannen schrokken zichtbaar.

Cassidy beheerste zich en zei: 'Geen idee wie dat is.'

'Nee, natuurlijk niet. Net zoals jullie niet weten wie Tony Vincenzo is, of Lindsey Axilrod? Hebben jullie je afgevraagd waarom Sheila Weathers niet meer op haar werk kwam? Zij is ook dood, zij is ook in New York vermoord.'

Danforth keek Cassidy ongerust aan, maar deze schudde zijn hoofd.

'We weten niet over wie of wat je het hebt.'

'Echt wel, Phil. Net als je vriendje hier, die het zo te zien bijna in zijn broek doet.'

Danforth pakte Pine bij de schouder. 'Luister, je moet gewoon je bek houden, stomme tr...'

Hij zweeg, keek naar de badge die ze hem liet zien en liet haar langzaam los.

Cassidy zei: 'Jij bent FBI? Dan heb je niets over ons te zeggen. Wij zijn militairen.'

'Ik zeg dit maar één keer, stomkop. Zolang jullie in dit land zijn, heb ik alles over jullie te zeggen.'

'Maar we hebben een deal met het leger. Jullie kunnen ons nu dus niets doen, omdat je niet twee keer voor hetzelfde mag worden vervolgd.' Hij keek haar triomfantelijk aan.

'Dat is niet van toepassing tussen militaire en civiele vervolging. Het feit dat het leger een deal met jullie heeft gesloten, heeft geen enkele invloed op het feit dat de FBI jullie vervolgt. Het enige verschil is dat jullie je straf gaan uitzitten in een maximaal beveiligde gevangenis hier heel ver vandaan.'

'Shit, meen je dat nou?'

'Googel het maar, als je me niet gelooft.'

'Wel verdomme!'

'Shit!' zei Danforth, terwijl hij met zijn enorme vuist op de tafel sloeg.

Ze knikte naar hun bierflesjes. 'Als ik jullie was, zou ik die maar leegdrinken. Met een beetje drank op is het gemakkelijker om wat ik jullie ga vertellen te verwerken.'

'Wat je zegt slaat nergens op, dame,' zei Cassidy, maar hij dronk zijn flesje leeg, net als Danforth, die daarna met zijn mollige hand over zijn gezicht streek.

Toen de lege flesjes op de tafel werden gezet, boog Pine zich naar hen toe en sprak op ernstige toon. 'Die CID-agent die jullie heeft opgepakt...'

'Puller?'

'Ja. Hij is door dezelfde kogel geraakt die Sands in New York heeft gedood. Hij is net geopereerd.'

'Nou en? Wat kan ons dat schelen?' vroeg Cassidy, maar hij zag er minder zelfverzekerd uit dan zijn woorden klonken.

'Weet je wat Puller me vertelde, een paar minuten voordat hij werd neergeschoten?'

'Wat dan?' vroeg Danforth, die eruitzag alsof hij nog wel een biertje kon gebruiken.

'Hij zei dat hij ervoor moest zorgen dat jullie werden opgesloten en bij iedereen vandaan werden gehouden.'

'Waarom dan?' vroeg Danforth, terwijl er zweetdruppels op zijn voorhoofd verschenen.

Pine keek Cassidy venijnig aan. 'Wil jij die vraag beantwoorden? Want volgens mij weet jij al wat ik ga zeggen.'

'Bedoel je dat hij ons daar liet opsluiten... om ons te beschermen?' zei Cassidy.

Ze knikte.

'Dat is larie!' brulde Cassidy.

'Echt waar? Dan wil ik jullie iets vragen. Jullie zijn op heterdaad betrapt op drugshandel. Ik heb de JAG gesproken. Waterdichte zaak. Geen twijfel aan, zekere veroordeling. De CO verwijst jullie zaak door. Jullie komen allebei voor de krijgsraad en worden naar Leavenworth gestuurd. En dan, als vanuit het niets, krijgen jullie een Artikel 15. De JAG zei dat hij zoiets niet eerder had gehoord. Wat denken jullie daarvan?'

Danforth keek Cassidy aan. 'Phil, jij zei dat dat kwam doordat we hooggeplaatste vrienden hebben.'

'Hou je kop, Billy!' brulde Cassidy.

Hij keek Pine aan, die zei: 'Of misschien kregen jullie de "verlaat de gevangenis zonder betalen"-kaart, doordat jullie hooggeplaatste vijanden hebben.'

'Zijn Jeff en Shelia echt dood?'

'Jullie kennen hen dus wel?'

'Ik vroeg je wat.'

Pine pakte haar telefoon en opende een mailtje. 'Dit is een mailtje dat ik van het NYPD kreeg over Jeff Sands.' Ze liet het hem zien. 'En deze gaat over Sheila. Ze zijn allebei dood. Ik heb hun lijken gezien.'

Cassidy las de e-mails en leunde met een ongeruste blik in zijn ogen naar achteren.

Danforth vroeg: 'Waar gaat dit allemaal over, Phil? Wat wil ze zeggen met al deze onzin?'

Pine keek hem aan. 'Wat ik probeer te zeggen, is dat iemand een grote schoonmaak houdt en dat jullie op de lijst met af te handelen zaken staan. Dat is de enige reden dat jullie Artikel 15 kregen en jullie gevangenisstraf is opgeschort. Dus in plaats van dat jullie opgesloten zitten in het cellenblok, bewaakt door mensen die John Puller had uitgekozen, zitten jullie hier nu open en bloot.'

'Zeg je nu dat we zijn vrijgelaten zodat ze ons kunnen vermoorden?' vroeg Cassidy, nu ook met zweet op zijn voorhoofd.

'Kennen jullie Vincenzo's pa, Teddy?'

'Nee, maar Tony heeft ons wel iets over hem verteld. Hij zit een heel lange straf uit in de gevangenis op Fort Dix.'

'Dat was zo. Puller en ik hebben hem bezocht om met hem te praten. Allemaal officieel en zo. En net toen hij ons iets wilde vertellen, kwamen ze binnen en haalden hem op. Geen uitleg, helemaal niets. En heel kort daarna lag hij dood in zijn cel. Ze zeiden dat het een overdosis was, maar de man gebruikte helemaal geen drugs. Ik denk dat zij dachten dat drie doden in de gevangenis van Fort Dix misschien argwaan zou wekken. Dus, jullie zijn nu vrijgelaten en komen aan de andere kant van de tralies aan je einde. Of zien jullie dit anders?'

Cassidy leunde naar voren en zei zacht: 'Laten we ervan uitgaan dat alles wat je zegt waar is. Wat kun jij daaraan doen?'

'Ik ben FBI. Ik kan jullie beschermen. Maar daar wil ik wel iets voor terug. Anders zoeken jullie het zelf maar uit.'

'Shit,' mompelde Cassidy, terwijl hij om zich heen keek. 'Laten we dit buiten verder bespreken.'

Pine stond op. 'Na u.'

53

Even later zaten ze in Pine's auto.

Ze zei: 'Mijn eerste vraag: waar is Tony Vincenzo?'

Cassidy, die naast haar zat, spreidde zijn handen. 'Die hebben we nadat we waren gearresteerd niet meer gezien. We dachten dat de plaatselijke politie hem zou oppakken toen het CID ons arresteerde, maar dat is niet gebeurd; dat heb ik tenminste gehoord.'

'Hij was in het huis van zijn vader, de laatste keer dat ik hem zag. Daar had hij die pillenbedrijfje toch?'

Cassidy haalde zijn schouders op. 'Als jij het zegt.'

'Dat huis was vroeger van Ito Vincenzo, Tony's opa. Heeft hij het ooit over hem gehad?'

'Eén keer, toen we daar waren en ik een paar oude foto's in de kelder bekeek. Toen ik hem ernaar vroeg, zei Tony dat die man op een dag zomaar was verdwenen, maar dat hij toen nog jong was en zich hem dus niet echt herinnerde. Tony zei dat zijn pa hem had verteld dat Ito ergens voor op de vlucht was.'

'Waarvoor dan?'

'Geen idee, heb ik niet gevraagd. Kon me niets schelen. Maar dat is gewoon wat hij zei.'

'Als Tony niet in het huis van zijn vader is, waar kan hij dan zijn?'

Cassidy en Danforth keken elkaar aan.

'Kennen jullie dat penthouse in New York?'

Ze verwachtte niet dat ze haar vraag zouden beantwoorden, maar was gewoon nieuwsgierig naar hun reactie.

Danforth zei met een domme glimlach: 'Geweldige plek.'

'Hou je kop, Billy!' snauwde zijn vriend. 'Door jou zijn we straks dood!'

'Dan zijn jullie daar dus geweest. Wat gebeurt daar? Axilrod zei dat het een soort extraatje was, dat had Tony haar verteld, maar ik geloof geen woord van wat ze zegt.'

'Misschien.'

'Jullie antwoorden zijn onvoldoende voor bescherming, mannen. Misschien kan ik hier maar beter mee ophouden en jullie voordat de zon ondergaat laten vermoorden. Ik heb geen zin mijn tijd te verspillen aan onzin. Stap dus maar uit mijn auto. Maar jullie moeten hard rennen, want ze zullen jullie te pakken willen nemen.'

'Wacht even!' riep Cassidy. 'Wacht gewoon even. Ik probeer dit allemaal te verwerken en dat is niet gemakkelijk. Geef... Geef me even tijd, oké? Ik bedoel, jezus!'

'Oké, neem alle tijd die je nodig hebt, maar geduld is niet een van mijn sterkste eigenschappen.'

Cassidy beet op een vingernagel, terwijl Danforth op de achterbank zat en eruitzag alsof hij zo zou gaan huilen.

'Oké, we waren bezig met een paar drugsdeals.'

'Maar het is onmogelijk om drugs Fort Dix in te smokkelen. Dat vertelde Lindsey Axilrod me. Daar heeft ze nu waarschijnlijk spijt van, want dat was misschien het enige wat waar was van alles wat ze me heeft verteld. Bij alle ingangen hebben ze drugshonden.'

Cassidy grijnsde. 'Ja, maar wie zei dat we de drugs in Fort Dix verkochten?' Hij keek Danforth aan. 'Ja toch? Wij waren op Fort Dix, maar de drugs niet, en de klanten ook niet.'

'Waar waren de klanten dan?'

'Overal en nergens.'

'Hoe zijn jullie daarbij betrokken geraakt?'

'Via Tony. Hij had een paar jongens nodig. En hij wist dat we handig waren en...'

'... het geen probleem vonden iets illegaals te doen?'

Cassidy haalde zijn schouders op, maar glimlachte.

'Maar nogmaals, waarom Fort Dix?'

'Tony werkte daar. Zodoende.'

'Wie heeft hem erbij betrokken?'

'Dat heeft hij me een keer verteld. Zijn pa had een vriend buiten de gevangenis.'

'Heeft die vriend een naam?'

'Ricky of Johnny, zoiets. Hoe dan ook, Teddy zat in de bak en kon niets doen. Maar hij regelde dat Ricky of Johnny Tony belde.'

'Aardig van z'n pa om dat te doen. Tony is dus de enige relatie met Fort Dix?'

'Dat denk ik wel.'

'Nee, dat geloof ik niet. Want je zwijgt over Lindsey Axilrod. Zij werkt langer op Fort Dix dan Tony. Dat heb ik nagetrokken. Ik denk dus dat Tony jullie een heleboel onzin vertelde over de vriend van zijn pa, Ricky-Johnny, en dat Axilrod hem erbij haalde. En dat hij toen een paar jongens nodig had en jullie erbij haalde.'

'Ja, misschien is het inderdaad zo gegaan.'

'Wat was jullie taak binnen de drugsbende? Waarom waren jullie van belang?'

Cassidy grijnsde, opeens geanimeerd. 'We rijden in legervoertuigen. Van hier naar daar en overal. Wat gebeurt er, denk je, als je in een legervoertuig rijdt?'

'Dat de politie je niet aanhoudt en de auto doorzoekt op drugs,' zei Pine.

'Bingo! We verlaten Fort Dix, maken een korte omweg en dan wordt het voertuig volgeladen met dat spul. Het waren professionals, hadden hoogstens tien minuten nodig. Dan rijden we verder. Vlak voordat we zijn waar we moeten zijn, worden we opgewacht door een ander team en wordt het spul uitgeladen. Daarna rijden we door. Eenvoudig toch?'

'Jullie hebben dus nooit met klanten te maken gehad?'

'Nee. Tony deed de pillen. Maar Axilrod was de baas. Zij is een computernerd. Kan daar alles mee doen.'

'Dat betekent ook dat ze geld digitaal over de hele wereld kan verplaatsen zonder een spoor achter te laten.'

'Ik heb haar een keer zien werken, in haar kantoor. Haar vingers vlogen over dat toetsenbord. Zodra ze klaar was, keek ze me aan en vroeg: "Weet je wat je net zag?" En toen ik nee zei antwoordde ze: "Je hebt net een miljard dollar in een konijnenhol zien verdwijnen."'

'Waren Axilrod en Tony een stel?'

'Ze hadden misschien weleens seks. Tony is gehaaid. Hij weet hoe hij met de dames moet praten. Lindsey vond hem aardig en bezorgde hem toegang tot dat penthouse. Zodoende konden wij er ook naartoe.'

'Tony zit dus lager dan zij in de voedselketen. En voor wie werkt Axilrod?'

'Daar weten we niets van.'

'Kom op, Cassidy, je deal begint in rook op te gaan.'

'Ik zweer het! Op het graf van mijn oude oma.'

Pine keek naar Danforth, die haar aankeek en knikte.

'Oké, ik geloof je. Ik bedoel, waarom zouden ze een stelletje stomkoppen zoals jullie zoveel macht geven?'

'Macht?' vroeg Cassidy. 'Wat betekent dat?'

'Dat betekent dat ik gelijk heb. Oké, ik moet Tony echt vinden. Enig idee waar ik moet zoeken?'

Cassidy schudde zijn hoofd, maar Pine keek via de binnenspiegel naar Danforth.

Hij keek alsof in zijn heel kleine hersens een gedachte vorm begon te krijgen.

'Ja?' zei Pine afwachtend.

'Op een avond zaten Tony en ik wat te drinken. En toen had hij het over een huis.'

'Welk huis?'

'Het vroegere huis van zijn opa. Het was aan de Jersey Shore.'

'Zijn opa? Bedoel je Ito?'

'Dat denk ik. Tony zei dat de man geld verdiende door ijs te verkopen.'

'Dat is hem. Vertel verder.'

'Tony ging daar weleens naartoe.'

'Ben je ooit met hem mee geweest?'

'Eén keer. Het was een leuk huisje aan het strand. Heel oud, zonder airco en met kacheltjes, maar Tony had zo'n pelletkachel geplaatst. Verdomme, die hadden ze 's winters wel nodig, want je kon door de scheuren in de muren naar buiten kijken. We zaten op het zand met een biertje en gegrilde kippenvleugeltjes. Dat was geweldig.'

'Hoe heette dat stadje?'

'Dat staat in mijn telefoon. Ik heb mijn gps gebruikt om er te komen.'

Ze liet hem het adres naar haar telefoon sturen.

'Weet je, Jack Nicholson komt daarvandaan,' zei Pine, terwijl ze iets las over Manasquan, New Jersey, aan de Atlantische Oceaan. 'Heeft daar op de highschool gezeten.'

'Cool,' zei Cassidy. 'Hij was toch de Joker in die oude *Batman*-film?'

'Oké, ik ga iemand bellen en dan worden jullie voor je eigen veiligheid ergens opgesloten. Begrepen?'

'Hé, ik wil gewoon blijven leven,' zei Cassidy.

'Dat geldt voor ons allemaal,' antwoordde Pine.

54

Het was iets minder dan een uur rijden van Trenton naar Manasquan en het was al donker toen Pine daar aankwam. Onderweg had ze Blum gebeld en haar verteld wat ze had ontdekt en waar ze naartoe ging.

'Gorman en Franklin hebben het gebouw niet verlaten,' vertelde Blum. 'Ik heb al veel te veel thee en koffie gehad, maar elke keer dat ik naar de wc ging, zette ik mijn telefooncamera op video zodat ik daarna kon zien of een van hen ondertussen was weggegaan. Meer kon ik niet doen.'

'Dat was een goed idee, Carol.'

'Ik denk dat het personeel hier zich afvraagt of ik dement ben en niet weet hoe ik thuis moet komen, of dat ze denken dat ik hier een baan wil.'

'Blijf toch maar waar je bent en bel me zodra er iets gebeurt.'

'Wees voorzichtig, agent Pine.'

Toen Pine door het leuke centrum reed, zag ze veel kleine winkels en restaurants. Maar in deze tijd van het jaar was het er vrijwel verlaten, zodat veel bars en restaurants tijdelijk gesloten waren en er maar een paar open waren. Er liepen mensen rond, er reden een paar auto's voorbij en andere parkeerden, waarna er mensen uitstapten en een winkel binnengingen.

Het zag eruit als elk ander slaperig stadje aan het strand buiten het seizoen. Het rook sterk naar zout. Pine ademde de lucht in en voelde zich op de een of andere manier getroost; die geur rook ze nooit in Arizona.

Pine zag ook veel grote vrijstaande huizen aan het strand. Ze leken vrij nieuw en de bouw had ongetwijfeld veel geld gekost. Maar ze stonden dan ook vlak bij de oceaan.

Ze had het adres dat Danforth haar had gegeven in haar routeplanner ingevoerd. Ze had beide mannen naar het veldkantoor in Trenton gebracht en uitgelegd wat ze wilde dat er gebeurde. Geen van de dienstdoende agenten leek bereid deze verantwoordelijkheid op zich te nemen, tot Pine zei dat ze wanneer ze zich afvroegen of ze haar wel moesten helpen Clint Dobbs konden bellen, het hoofd van het veldkantoor Phoenix. Ze zeiden dat dat niet nodig was, dat ze de beide militairen zouden beschermen en Fort Dix zouden laten weten dat de mannen voorlopig niet naar de basis kwamen.

Toen Pine haar bestemming naderde, nam ze gas terug en zocht een parkeerplaats. Ze ontdekte een lege plek vlak bij het strand en stopte daar. De Atlantische Oceaan strekte zich grijs en schuimig voor haar uit. Er waaide een kille wind en de lucht had dezelfde loodgrijze kleur als het schuimende oceaanwater, waarvan het grijs alleen werd onderbroken door de witte koppen van de golven.

Ze ritste haar jas dicht, keek om zich heen en oriënteerde zich. Vincenzo's huis stond ongeveer honderd meter verderop. Het was een kleine bungalow, vrijwel identiek aan de huizen eromheen. Ze liep door en bekeek het huis vanaf de overkant van de straat. Ze haalde een kleine verrekijker uit haar zak en nadat ze had gekeken of er iemand naar haar keek, bekeek ze de bungalow aandachtig.

Hij had anderhalve verdieping, dakkapellen en verzakte grijze luiken, was beige geverfd en had geen garage. Rottende en lege bloembakken hingen onder de twee ramen aan weerszijden van de voordeur, waarvan de zwarte verf was aangetast door de elementen. Naast de voorveranda stond een donkerblauwe afvalcontainer met ernaast een kratje met zes lege bierflesjes. Het zwarte rookkanaal op het dak was later toegevoegd, nam ze aan, want dat leek vrij nieuw. Danforth had het over een pelletkachel gehad, dus dat kon wel kloppen. Er stond een auto op de betonnen oprit die op ten minste vijf plaatsen vol deuken zat. De auto was een Ford Focus met kentekenplaten van de staat New Jersey. Toen ze de auto beter bekeek, zag ze een parkeersticker van Fort Dix op de achterbumper. De voortuin had meer zand dan gras. Vanuit de achtertuin zou ze gemakkelijk een voetbal in de oceaan kunnen gooien.

Ze herinnerde zich dat er geen auto op Vincenzo's oprit in Trenton had gestaan, maar de man was toen wel thuis geweest. Dus dit was zijn auto, of hij was met iemand meegereden, of hij had bezoek, of hij was niet thuis maar degene die in deze auto had gezeten wel.

Pine ontdekte een café aan de overkant dat open was en vanwaaruit ze het huis goed kon zien. Ze ging naar binnen, bestelde een kop koffie en een geroosterde bagel, en zag dat het buiten steeds donkerder werd. Niemand verliet het huis en de auto bleef staan waar hij stond. Toen het vloed werd, kon ze de golven op het strand horen breken. Normaal had dat een kalmerend effect op mensen, maar Pine raakte er alleen maar meer gespannen door.

Na twee koppen koffie, een tweede bagel en nog een uur observatie checkte Pine haar mails. Niets van Robert Puller en niets van Blum. Ze nam aan dat Puller zou blijven tot zijn broer zeker weten buiten levensgevaar was. Geen bericht van hem was goed, dat vond Pine tenminste. En Gorman en Franklin waren kennelijk nog steeds binnen.

Toen er vanaf de oceaan een mist het land op rolde, was Pine's geduld op. Ze verliet het café, stak de straat over, ging naar het strand, liep in westelijke richting en kwam omhoog aan de zandkant van Vincenzo's bungalow. Er brandde geen licht in dit huis en in de huizen ernaast. Er was een klein omheind terras met verroeste tuinmeubels en een gerafelde en scheefhangende parasol. Een leeg bierblikje stond op een van de palen van de omheining. Pine liep over het terras naar de achterkant van het huis en keek door een raam naar wat zo te zien de keuken was. Ze probeerde de achterdeur. Die zat tot haar verbazing niet op slot. Ze trok hem langzaam open, omdat ze verwachtte dat deze weinig gebruikte deur zou piepen, maar de deur ging geluidloos open.

Ze glipte naar binnen, haalde haar zaklamp tevoorschijn en scheen met het dunne lichtbundeltje naar binnen in het stille vertrek.

Ze verliet de keuken nadat ze had gezien dat de gootsteen vol stond met stapels vuile borden en glazen. Iemand was hier kennelijk een tijdje geweest, hopelijk Vincenzo. De lucht rook niet muf; nog iets wat erop wees dat dit huis werd bewoond, zelfs als er geen auto op de oprit had gestaan. Straks, nadat ze het huis had doorzocht, wilde ze de auto doorzoeken, maar pas als het nog donkerder was. Hij stond aan de straatkant, waardoor het riskanter was die te doorzoeken omdat er dan nog mensen buiten konden lopen. Hopelijk zat de auto ook niet op slot. Aan de hand van het kenteken kon ze achterhalen wie de eigenaar was en misschien vond ze andere belangwekkende dingen in de auto.

In de kleine voorkamer stonden tientallen jaren oude meubels, op de vloer lag een gerafeld tapijt dat geplet was door zanderige voeten en er stond een kleine boekenkast vol oude paperbacks. De pelletkachel waar Danforth het over had gehad, was in de oorspronkelijke schouw geplaatst. De zwarte pijp verdween in het plafond en liep door het dak naar buiten, zoals Pine al had gezien. En zoals Danforth al had verteld, zaten er kleine scheuren in de oude muren, waardoor ze vochtige lucht naar binnen voelde komen. Dit huis moest verschrikkelijk zijn in de winter, dacht ze. Voor een van de ramen stond een kleine airco.

Aan een van de muren hing een vrij nieuw uitziende Samsung-breedbeeld-tv en op de salontafel lagen een Xbox-controller en een VR-headset. Dat was een goed teken dat Vincenzo in de buurt was.

En naast de VR-headset lag – bingo! – de ID-kaart met foto van Anthony Vincenzo, waarmee hij toegang kreeg tot Fort Dix.

Op de begane grond was een slaapkamer en zodra ze de deur opende, was het alsof ze veertig jaar terug in de tijd stapte. Het bed was opgemaakt met een gehaakte sprei in wat alleen maar psychedelische kleuren konden worden genoemd. Het bed, de nachtkastjes en het bureau waren allemaal van dezelfde houtsoort in een stijl die minstens terugging tot de jaren zeventig. Een stukgelezen exemplaar van Jacqueline Susanns *Val naar de top* lag op een nachtkastje naast een ouderwetse opwindwekker. De en-suitebadkamer leek even oud als de slaapkamer, en de kleine kast was leeg.

Ze verliet de slaapkamer en liep naar de smalle trap links van de voordeur. Ze bukte zich toen er een auto voorbijreed. Ze deed haar zaklamp uit, sloop naar het raam en keek naar buiten. De auto was al weg. De mist was dikker en ze zag niemand voorbijlopen. Ze deed haar zaklamp weer aan en liep de trap op.

De halve verdieping moest er later aan zijn toegevoegd, concludeerde ze, want de muren waren gestuukt en niet van gips, en de afwerking leek moderner. Hier waren twee kleine slaapkamers en een echte badkamer met een douchecabine en een dubbele wastafel. In een van de slaapkamers zag Pine waar Vincenzo sliep. Er stond een grote weekendtas op de grond en overal lagen kleren en restanten van fastfoodmaaltijden. Ze rook de vieze geur van oude friet. Ze doorzocht de weekendtas en vond een 9mm-SIG Sauer. Ze haalde het magazijn eruit, verwijderde alle patronen, ook het patroon uit de kamer, en legde hem terug. Als de zaak later uit de hand zou lopen, zou Tony naar een nutteloos wapen grijpen.

Pine zag een kleiner roze rolkoffertje. Ze maakte het open en zag vrouwenkleren, een doosje tampons en een nagelsetje in een klein leren etui. In de kledingkast hingen een stuk of zes vrouwenkleren aan hangertjes, en op de vloer stonden drie paar vrouwenschoenen, met en zonder hakjes.

Oké, hij hokte dus met een vrouw. Pine vroeg zich af wie dat was.

Op het nachtkastje stond een flesje oxycodon dat er, ondanks het etiket, niet uitzag alsof het door een arts was voorgeschreven. Waarschijnlijk illegaal gemaakt met andere troep erin, zoals fentanyl, dat je sneller naar het hiernamaals kon sturen dan welke andere synthetische drug ook. Verder lagen daar een pakje bankbiljetten, dikker dan haar vuist, twee wegwerptelefoons, een marihuanapijp en een vol zakje wiet.

Ze keek naar het plafond, zag het touw en trok eraan, waarna er een vlizotrap naar beneden kwam waarmee je de zolder kon bereiken.

Ze verwachtte niet dat Vincenzo zich daar verschool, maar dat kon ze niet zeker weten tot ze dat had gecontroleerd. Ze dacht niet dat hij zijn pistool beneden had gelaten als hij op de zolder was.

Ze klom naar boven en scheen met haar zaklamp om zich heen. Ze zag geen vloer, alleen plafondbalken met roze isolatiemateriaal ertussen. Even later zag ze toch dat iemand een paar grote platen multiplex op een paar balken had gelegd en daarop stonden een paar kartonnen dozen.

Het rook sterk naar ouderdom en schimmel, en ze bedekte haar mond toen ze voorzichtig over de balken naar de dozen liep.

Ze hurkte en bekeek de vier dozen.

In de eerste doos zaten oude, beschimmelde kleren.

De volgende doos zat vol oude fotoalbums. Ze bekeek ze snel en zag de geschiedenis van de familie Vincenzo; van de generatie voor Ito en zijn broer Bruno tot en met de tijd van Teddy. Evie was knap en levendig geweest. Ito leek gereserveerd en in zichzelf gekeerd.

Bruno, in een driedelig pak met een gele pochet op een van de foto's, leek groter dan in het echt, met een brede glimlach, een vrolijke blik in zijn ogen en zijn potige arm om zijn broer geslagen, die keek alsof hij liever door een python werd omhelsd.

In de derde doos zaten zakelijke documenten en kopieën van oude belastingformulieren van de ijssalon.

Toen Pine de inhoud van de laatste doos zag, verstijfde ze.

55

Robert Puller zat in het kantoor aan een groot bureau achter een computerscherm dat zelfs nog groter leek. Het gebouw was beveiligd, het vertrek had geen ramen en de binnenmuren waren voorzien van een coating die elektronische surveillance blokkeerde. Het was dus een SCIF. Iemand kon alleen naar binnen met een RF-badge, terwijl voor bepaalde vertrekken, ook dit vertrek, bovendien een irisscan nodig was.

Heel weinig mensen mochten dit gebouw betreden, en zelfs nog minder mensen dit vertrek.

Robert Puller was dus een van die weinigen.

Hij had nieuwe algoritmes ontworpen, vijf verschillende, en ze ingevoerd in alle databases die hij tot zijn beschikking had, waaronder een paar van de meest exclusieve ter wereld. Ook had hij zijn zoekformules als aanvallende legers losgelaten op elke andere database die hij maar kon bedenken.

Hij nam slokjes van zijn cola en liet het koolzuur en de suiker op zich inwerken. Hij was hier al een tijdje mee bezig. Hij was gewend dit werk te doen, alleen niet voor het doel waarvoor hij het nu deed.

Hij stretchte, stond op en deed een paar lichte oefeningen. Hoewel hij nog geen veertig was, voelde hij zich soms wel tachtig. De druk van zijn werk, plus de ontelbare uren waarin hij over zijn computer gebogen zat, waren niet bepaald gezond.

Hij fronste toen zijn telefoon zoemde, en zag dat het zijn broer was. 'Hoe haal je het in je hoofd om je telefoon te gebruiken?'

'Ik heb de verpleegkundige beloofd dat ik niet langer dan een minuut zou bellen, waarop ze me in niet mis te verstane bewoordingen duidelijk maakte dat ze dat zou komen controleren, dus praat snel. Weet je al meer?'

'Als dat zo was, had ik het je wel laten weten. Zet nu je telefoon uit en ga slapen.'

'Ik kreeg zonet een tekstbericht van Carol Blum. Op dit moment houdt ze een gebouw in de gaten.'

'Waarom stuurde ze jou een berichtje?'

'Ze zei dat ze me op de hoogte wilde houden.'

'Waarom houdt ze dat gebouw in de gaten?'

'Omdat de schutter binnen is.'

'De schutter?'

'De man die zich voordeed als politieagent en die Jerome Blake heeft vermoord. Zijn echte naam is Adam Gorman. Hij is hoofd Beveiliging van een vrouwelijk Congreslid, Nora Franklin.'

'Nora?'

'Ken je haar?'

'Alleen in haar officiële hoedanigheid. Ze is voorzitter van Ways and Means en ik heb voor die commissie getuigd.'

'Wat is jouw indruk van haar?'

'Slim, toegewijd, betrokken en vaderlandslievend.'

'Wat de vraag opwerpt waarom haar hoofd Beveiliging een moordenaar is. Kun je zo veel mogelijk informatie over Gorman opzoeken? Pine heeft kennelijk een oppervlakkig onderzoek gedaan, maar we hebben meer nodig.'

'Oké. En waar is Pine?'

'Volgens Carols berichtje is ze nu in Manasquan, New Jersey. Ze kreeg een aanwijzing voor de verblijfplaats van Tony Vincenzo, die ze nu natrekt.'

'Oké. Ik zal zien wat ik kan vinden, terwijl ik wacht wat mijn algoritmes opleveren. Goed, je zestig seconden zijn om.'

'Dat weet ik, zuster Ratched stormt net mijn kamer in met een rol ducttape.'

De verbinding werd verbroken.

Robert Puller keek weer naar zijn computerscherm en ging op zoek naar informatie over Adam Gorman. Hij verwachtte niet veel te ontdekken. De man zou grondig zijn gescreend voordat hij werd aangenomen als medewerker van een Congreslid. Maar iedereen wist dat er bij een achtergrondscreening weleens iets over het hoofd werd gezien. En de overheid deed dat steeds minder efficiënt en had nu een enorme achterstand die nog weggewerkt moest worden. Dus misschien was er wel iets nuttigs tussendoor geglipt.

Zijn eerste zoektocht leverde alleen basisgegevens op: naam, rang en volgnummer. Puller vond het vreemd dat de man voor een buitenlandse inlichtingendienst had gewerkt voordat hij naar de VS kwam. Natuurlijk, Oostenrijk was geen Rusland, China of Iran, maar lid van zowel de VN als de EU. Het was een federale republiek met een parlement en het land was al sinds 1955 neutraal. Ze wilden kennelijk geen herhaling van het Derde Rijk.

Maar een land was geen mens, en wie wist aan wie Gorman echt trouw was?

Hij begon aan een tweede zoektocht, las de resultaten door en toen viel hem iets bijzonders op in de tijdlijn bij de achtergrondinfo van Gorman. Puller belde iemand die hij kende bij het ministerie van Buitenlandse Zaken.

'Hoi Don, met Robert Puller. Ja, lang geleden. Luister, ik ben iets aan het uitzoeken en toen ontdekte ik een probleem waar jij me misschien mee kunt helpen.' Daarna vertelde hij hem over Gorman en het mogelijke probleem dat hij had ontdekt. De vriend zei dat hij erin zou duiken en hem zou terugbellen.

Daarna richtte Puller zijn aandacht op de andere persoon, Nora Franklin.

Hij ging op zoek in de databases die toegankelijk waren voor iedereen en in de databases die alleen toegankelijk waren voor een paar mensen zoals hij. Hij had algauw belangrijk materiaal gevonden. Elk brokje informatie op zich leek onbelangrijk, maar toen hij alles had gecombineerd voelde Puller gewoon dat het belangrijk was. Hij vermoedde een patroon.

Even later zoemde zijn telefoon.

Zijn vriend Don zei: 'Ik heb gevonden wat je wilde weten. Het was een periode van zes maanden. Ik denk dat Gorman terugging naar Oostenrijk voor een sabbatical.'

'Ja, dat dacht ik ook, maar dat staat nergens in de stukken van de douane.'

'Dat is zo, dat verbaasde mij ook.'

'En de luchtvaartmaatschappij waar hij mee vloog nadat hij naar het buitenland was gegaan, was ook vreemd.'

‘Klopt, een dochtermaatschappij van Aeroflot. Is dit iets waar we in moeten duiken?’

Puller zei: ‘Je hoort meteen van me zodra ik die vraag kan beantwoorden.’

Hij verbrak de verbinding en ging door met zijn zoektocht naar informatie over Franklin. Hij was op zoek naar twee dingen: financiële informatie en reizen in de afgelopen vijftien jaar.

De formulieren voor de financiële informatie die de overheid eiste waren een lachertje, vond hij. Alles kon in categorieën worden verdeeld. Eén miljoen tot vijftig miljoen. Bezittingen konden worden verborgen achter lege vennootschappen of op naam staan van familieleden zodat ze niet opgegeven hoefden te worden. Er waren ontelbare manieren om eronderuit te komen. Puller wist dat de politici met het meeste geld en de meeste bezittingen heel erg hun best hadden gedaan om hun rijkdom verborgen te houden. Als ze gekozen wilden worden, was het heel belangrijk om over te komen als een gewoon iemand die werkte voor de kost.

Puller ontdekte dat Franklin een opeenstapeling was van schijnbewegingen en inconsistenties. Het verbaasde hem dat niemand de vrouw hier eerder van had beschuldigd. Maar toen begreep hij de reden: waarom zouden haar collega’s haar hiervan beschuldigen wanneer velen van hen waarschijnlijk hetzelfde deden?

Toen hij de tijdlijn van haar verleden en reizen bekeek, vielen opeens de puzzelstukjes in elkaar. Hij legde de tijdlijn van Gorman op die van Franklin en gedurende één periode overlapten die elkaar.

Ze hadden tegelijkertijd een sabbatical van zes maanden genomen. Franklin had weliswaar niet gevlogen met een dochteronderneming van Aeroflot, maar ze was wel naar Oostenrijk gegaan. En daarvandaan had ze overal naartoe kunnen gaan, per auto, trein of privévliegtuig, en dat kon Puller onmogelijk achterhalen. Het andere dat hem opviel, was dat Franklin zich kort na haar terugkeer in de VS voor het eerst verkiesbaar had gesteld. Inmiddels was ze verschillende keren herkozen en had ze een hoge positie bij Ways and Means en andere commissies zoals – heel veelzeggend, vond Puller – het House Permanent Select Committee on Intelligence, waardoor ze op de hoogte was van de belangrijkste inlichtingengeheimen van dit land.

Hij werd er bang van, zette alles in een bestand en mailde dat naar Pine. Daarna leunde hij naar achteren in zijn stoel en vroeg zich af wat hij nog meer kon doen om te helpen.

Een telefoontje een paar minuten later beantwoordde die vraag voor hem.

56

Pine hield de pyjama uit de doos omhoog en werd overspoeld door emoties.

De pyjama was klein, de maat voor een groot kind van zes, zoals Mercy was geweest. Er stonden roze pony's op. Dit was de pyjama die Mercy had gedragen op de avond waarop ze was verdwenen. Pine had dezelfde pyjama, die hun moeder voor hen had gekocht, hoewel die van Pine niet roze was, maar blauw. Ze drukte de pyjama tegen haar neus, in de hoop dat die nog naar haar zus rook. Maar na zoveel jaar... was dat niet zo. De pyjama was beschimmeld en rook vies.

Pine pakte het stapeltje brieven dat onder de pyjama had gelegen. Ze telde ze snel, meer dan twaalf, allemaal verbleekt en vergeeld. Ze waren allemaal geadresseerd aan Ito Vincenzo en verstuurd door Leonard en Wanda Atkins in Taliaferro County, Georgia.

Ze vouwde de eerste brief open. Hij was gedateerd drie maanden nadat Mercy was ontvoerd. Ze keek naar de ondertekening.

Len Atkins.

Terwijl ze de brief las viel haar mond open en kreeg ze tranen in haar ogen.

We zijn zo blij dat we het meisje een thuis konden geven.
Ze hebben haar Rebecca genoemd.
Het geld dat je stuurde was een godsgeschenk.
En je hebt me meer dan terugbetaald voor het feit dat ik je leven in Vietnam heb gered.
Pas op jezelf en zodra we kunnen sturen we je foto's.

Rebecca? Foto's? Vietnam? Pine scande de andere brieven, en de meeste gingen over hetzelfde onderwerp. Ze waren allemaal een jaar na elkaar geschreven. Maar er zaten geen foto's bij.

Ito Vincenzo had Mercy kennelijk aan een ander gezin gegeven, aan de Atkinses uit Taliaferro County, Georgia.

Pine googelde de plaats en las dat Taliaferro in 1990 maar negentienhonderd inwoners had gehad, verspreid over een gebied van ruim vijfhonderd dichtbeboste vierkante kilometer. Ze las dat daar tegenwoordig zelfs nog minder mensen woonden, waardoor het de dunst bevolkte county van Georgia was en de op een na dunst bevolkte county ten oosten van de Mississippi. Ze checkte de afstand en ontdekte dat Taliaferro drie uur rijden van haar vroegere woonplaats in Sumter County was.

Pine kreunde inwendig.

Stomkop die je bent!

Toen ze was teruggegaan naar haar vroegere woonplaats had ze ontdekt dat een man, van wie ze nu wist dat dit Ito Vincenzo was, de dag nadat Mercy was ontvoerd met haar vader had gevochten. Nadat Pine eveneens had ontdekt dat hij degene was die Mercy had ontvoerd, had het haar duidelijk moeten zijn dat Ito Mercy naar een plek had gebracht die relatief dichtbij was. Anders had hij de volgende dag niet terug kunnen zijn voor die ruzie met haar vader.

Ze bekeek de rest van de inhoud van de doos. Helemaal onderin, onder een laag oude kleren, zag ze een metalen kistje. Daar zaten twee dingen in: oude kasboeken en een foto, een oude polaroid.

Pine pakte de foto, maar keek er niet naar. Nu nog niet.

Het zou een foto van Ito en zijn familie kunnen zijn. Maar die hadden al in de fotoalbums gezeten. Waarom zou hij hier dus een foto in stoppen?

Ze zette het doosje neer en pakte een oud kasboek. De aantekeningen waren netjes en gedetailleerd. Ito was kennelijk een uiterst secure man geweest. Ze scande door de datumkolom tot ze bij de juiste periode was.

Daar stond het. Een cheque van vijfhonderd dollar op naam van Leonard Atkins. Snel checkte ze de andere kasboeken en ze zag dat er nóg twaalf keer een cheque van vijfhonderd dollar was uitgeschreven op naam van Atkins.

Vijfhonderd dollar per jaar als vergoeding voor de onkosten voor een klein meisje? Dat leek lang niet genoeg, zelfs niet in Taliaferro

County, Georgia. Ze keek wanneer voor de laatste keer zo'n cheque was uitgeschreven. Op 13 juni 2002.

Waaróm was dat geld eigenlijk betaald? Als Ito een klein meisje voor de Atkinses had gevonden, waarom hadden zij hém dan niet betaald in plaats van andersom?

En waar kende hij de Atkinses eigenlijk van? Ze kwamen kennelijk van het platteland van Georgia, terwijl Ito zijn hele leven in New Jersey had gewoond. Vietnam?

Langzaam legde Pine het kasboek neer en ze keek naar de omgekeerde foto. Dit was het moment van de waarheid. Er ging een golf adrenaline door haar lichaam en ze kreeg het benauwd, zodat ze dacht dat ze een paniekaanval kreeg.

Als dit een foto is van Mercy, hoe zal ze er dan uitzien? Zullen we nog steeds identiek zijn?

Pine pakte net de foto van de multiplexplaat toen ze buiten een geluid hoorde.

Ze propte de foto en een paar brieven in haar zak, stopte de andere dingen vlug terug in de doos, klauterde de vlizotrap af, duwde die omhoog en sloot het luik. Daarna liep ze snel naar het raam.

Een Subaru Outback reed de oprit op en de koplampen waren op het huis gericht. De bestuurder doofde de lichten en stapte uit. De passagier naast hem deed hetzelfde. Ze droegen allebei een spijkerbroek en ski-jack tegen de vochtige kou.

Ze liepen naar de kofferbak van de Outback, openden die en haalden er een paar zakken vol boodschappen uit. Het lampje in de kofferbak brandde en verlichtte hun gezicht.

De passagier was Tony Vincenzo.

De bestuurder was een vrouw. En Pine herkende haar meteen.

Zo, zo. Lindsey Axilrod was eindelijk opgedoken.

57

Vincenzo en Axilrod kwamen via de voordeur het huis binnen en liepen met hun zakken vol boodschappen meteen door naar de keuken.

Daardoor kon Pine naar de trap lopen en ze bleef bovenaan staan om te luisteren. Het huis was zo klein dat ze hun gesprek gemakkelijk kon horen.

'Zo heb ik voorlopig wel genoeg te eten,' zei Vincenzo.

'Hoe lang ben je van plan hier te blijven?' vroeg Axilrod.

'Zolang als nodig is, schatje.'

'Ben je niet bang dat iemand het te weten komt van dit huis?'

'Alleen de familie weet ervan.'

'Verdomme, Tony, ze kunnen de bestanden van het kadaster inzien! Staat het op naam van je vader?'

'Dat weet ik niet. Maar die is nu dood, dus zal het wel van mij zijn.'

'Je hebt nu twee huizen, je bent nu dus een grote jongen,' zei ze plagend.

Hij lachte. 'Kom eens hier, dan laat ik je een grote jongen zien.'

Pine hoorde Axilrod grinniken. 'Daar hebben we nog tijd genoeg voor, *lover-boy*.'

'Ik vond het cool dat je naar me toe kwam en bij me bleef,' zei Vincenzo.

'Ach, er moet toch iemand op je passen.'

'Ik kan wel op mezelf passen, oké?' zei hij, nu niet meer plagend.

'Die twee agenten hebben in de gevangenis met je vader gepraat. Misschien heeft hij hun iets verteld.'

'Hij had niets te vertellen,' antwoordde Vincenzo.

'Kom op, Tony! Je vertelde me dat jij je pa hebt bezocht. Wat heb je hem toen verteld?'

Pine sloop een stukje naar voren. Dit gesprek ging niet de goede kant op, vond ze. Axilrod was op zoek naar informatie en zo te horen had Vincenzo geen idee wat ze aan het doen was.

'Dat weet ik niet, gewoon, van alles en nog wat. Hou op met je derdegraadsverhoor, oké?'

Ze snauwde: 'Ik loop ook gevaar, hoor. Ik moet weten wat er speelt.'

'Ik ben degene die door die FBI-trut wordt achtervolgd.'

'Klopt, die Atlee Pine. Zij betekent zeker problemen.'

'Maar jij hebt daar een einde aan gemaakt, zei je.'

'Zij heeft Sheila vermoord, Tony. Dat heb ik je verteld.'

'Agenten kunnen geen mensen vermoorden en daar ongestraft mee wegkomen.'

'Dat is het systeem, Tony. Die lui dekken elkaar. Agenten kunnen mensen gewoon vermoorden zonder dat dat repercussies voor hen heeft.'

'Repercussies? Waar heb je dat woord gehoord, Lindsey? Je praat als een spion.'

'Waar het om gaat, Tony, is dat het hier gevaarlijk wordt.'

'Je zou me moeten voorstellen aan de mensen met wie je werkt.'

'Waarom zou ik dat doen?'

'Ik kan hen helpen, Lindsey. En ik wil hogerop, oké? Ik wil niet altijd de laagste positie blijven innemen.'

'Waarom ben je zo ambitieus?'

'Denk maar aan mijn pa. Die heeft zijn hele leven in de loopgraven gezeten, zijn eigen ding gedaan en zichzelf bedropen. Dus toen de zaak uit de hand liep, kon de politie hem moeiteloos oppakken. Volgens mij is het beter voor me als er minder lagen zitten tussen mij en hen.'

'Oké, daar heb je misschien gelijk in,' gaf Axilrod toe. 'Ik zal erover nadenken.'

Pine bracht haar hand naar haar pistool.

Vincenzo zei: 'Verdomme, misschien kan ik ooit ook zo'n penthouse kopen.'

'Dat penthouse is tot nader order verboden gebied,' zei ze scherp.

'Shit, waarom? Ik vind het daar leuk. En de politie komt er niet.'

'Pine was er. Ze ging er undercover naartoe en heeft de boel bijna verraden. Ik moest snel iets verzinnen om dat te voorkomen. Het is dus voorlopig verboden terrein.'

'Het is dus echt een extraatje, dat penthouse bedoel ik.'

'Ik kan je niet volgen.'

Vincenzo zei: 'Ik bedoel, dat is een behoorlijk kostbare locatie als het alleen dat is. Ik weet wel dat de pillenbusiness goed draait en zo, maar daar moet je wel een enorme hoeveelheid van verkopen om alleen al de maandelijkse kosten van dat penthouse te kunnen betalen.'

'Daar hoef jij je hoofd niet over te breken. En jij bent niet de enige verkoper.'

'Dat dacht ik al. Die jongens hebben waarschijnlijk in heel New York en New Jersey teams aan het werk. Komen vast uit Mexico en zo, toch?'

'Zoiets.'

'Dus misschien kun je me aan hen voorstellen?'

'Klinkt goed. Oké, als jij je gaat douchen, dan begin ik met het avondeten, goed?'

'Klinkt goed, schatje. En na het avondeten?'

'Natuurlijk, Tony, zeker weten. Wat mijn man maar wil.'

Hij sloeg haar speels op haar achterste en liep naar boven.

Axilrod wachtte tot hij onder de douche stond en belde toen iemand op.

'Je had gelijk, hij begint een probleem te worden.' Ze luisterde even. 'Ja, ik begrijp het. Zodra het is gebeurd, weet je wat je moet doen.'

Ze legde haar telefoon weg en haalde een injectiespuit uit haar tasje.

Ze liep naar de badkamer en deed heel langzaam de deur open. De douche stond vol stoom. Ze maakte de spuit klaar en hield hem als een mes voor zich uit.

Ze liep naar het douchegordijn, vermande zich, schoof het gordijn opzij en hief de injectiespuit om toe te slaan.

Alleen was daar niemand. De douche was leeg, hoewel het water wel stroomde.

Ze draaide zich vliegensvlug om en zag Tony tegenover zich staan, met ontbloot bovenlichaam.

En achter hem, met haar pistool op zijn hoofd gericht, stond Pine. ‘Hallo Lindsey. Ik hoopte al dat we elkaar weer zouden zien. Goed, leg die injectiespuit neer waarmee je Tony wilde vermoorden en laten we even met elkaar praten, schatje.’

58

Eindelijk!

Blum kwam in beweging toen Adam Gorman en Nora Franklin samen het gebouw verlieten. Blum hield een taxi aan toen een mooi gestroomlijnde zwarte Mercedes Maybach voor het stel stopte, Gorman het portier openhield voor Franklin en na haar instapte.

De taxichauffeur, een man van in de vijftig met een witte tulband op zijn hoofd en een kastanjebruine stip op zijn voorhoofd, draaide zich om naar Blum en vroeg: 'Waar wilt u naartoe, mevrouw?'

'Ik wil daarnaartoe waar die Mercedes naartoe gaat,' zei ze, terwijl ze naar de auto wees die net wegreed.

'Wat bedoelt u daarmee?' vroeg de man met een zwaar accent, waardoor Blum aandachtig moest luisteren.

'Ik bedoel gewoon dat u die auto moet volgen,' zei Blum.

Hij draaide zich weer om, voegde in en bleef twee auto's achter de Maybach rijden. 'Waarom volgt u hen?'

'Dat is mijn werk.'

'Bent u van de politie?'

'Ik werk bij de FBI.'

'U bent te oud,' zei hij smalend. 'U bent ouder dan ik.'

Blum pakte haar ID-kaart en liet hem die zien. De letters FBI waren erg opvallend. 'Is dit voldoende?' vroeg ze.

Hij keek weer achterom naar haar. 'Hebt u een vuurwapen?'

'Wilt u dat zelf ontdekken?'

Hij keek weer voor zich en sloeg links af, achter de Maybach aan. 'Zijn dat misdadigers?'

'Dat zou best eens kunnen. En daar probeer ik dus achter te komen. Kent u de stad goed? Want ik wil hen niet kwijtraken.'

'Ik ben al tien jaar in dit land en rij al negen jaar als taxichauffeur door deze stad.'

'Bent u toen naar dit land gekomen, tien jaar geleden?'

'Ja. Maar in Pakistan was ik arts, geen taxichauffeur.' Hij sloeg rechts af, net als de Maybach. 'Wat gaat u doen als ze op hun bestemming zijn?'

'Dan blijf ik hen in de gaten houden.'

'Moet u de politie niet bellen?'

'Nee, daar is het te vroeg voor.'

'U zult dit werk wel opwindend vinden.'

'Soms is het té opwindend en soms is het ongelofelijk saai. Ik heb de afgelopen uren zoveel koffie gehad dat ik het van mijn leven niet meer wil drinken.'

'Ja, dat kan ik wel begrijpen.'

Hij ging achter de auto rijden.

'Niet te dichtbij komen,' zei Blum waarschuwend.

'Alle gele taxi's lijken op elkaar.'

'Maar misschien zien ze u.'

'We dragen allemaal een tulband. We hebben allemaal de stip. We zijn allemaal arts of ingenieur en werken allemaal als taxichauffeur.' Hij keek weer achterom naar haar. 'Zijn die mensen gevaarlijk?'

'Een van hen is heel gevaarlijk gebleken,' zei Blum, voortdurend met haar blik op de Maybach gericht.

'Dat is niet goed. Zulke mensen zijn niet goed.'

'Dat vind ik ook.'

'Ik vind het niet prettig dat u dat soort mensen volgt. U bent een aardige dame en zij zijn gevaarlijke mensen.'

'Maakt u zich geen zorgen. Ik word gesteund door andere mensen die niet bang zijn voor dat soort mensen.'

'Dat is fijn, dat u zulke mensen hebt.'

'Dat vind ik ook.'

Dertig blokken later stopte de Maybach voor een hotel in een bijzonder chique buurt van Manhattan. Het was niet Billionaires' Row, maar het kwam er dicht bij in de buurt.

Terwijl Blum voor de rit betaalde, zei de taxichauffeur: 'U moet nu heel voorzichtig zijn. Ik zal niet meer bij u zijn.'

'Ik zal heel voorzichtig zijn. Gelukkig heeft geen van beiden me ooit ontmoet.'

'Ik wens u veel geluk.'

'Dank u.'

Toen hij wegreed vermande Blum zich. Daarna draaide ze zich om en liep het hotel binnen.

Een portier tikte tegen zijn pet toen ze naar binnen ging. Blum liep net langs de receptiebalie toen Gorman en Franklin de bar naast de lobby in liepen. Ze werden door een jonge vrouw naar hun stoel gebracht. Blum liep naar de kleine balie van de gastvrouw bij de ingang van de bar. Meteen kwam een andere jonge vrouw, helemaal in het zwart gekleed en met de naam JULIET op haar naambordje, naar haar toe en vroeg of ze haar ergens mee kon helpen. Blum vertelde haar dat ze hier met iemand had afgesproken, maar dat ze te vroeg was en daarom graag wilde gaan zitten. De jonge vrouw liep voor haar uit naar de hoofdzakelijk in art-decostijl ingerichte bar en bracht haar naar een tafeltje met twee stoelen. Gelukkig kon ze vanaf haar stoel Franklin en Gorman zien, die aan een tafel vlak bij de open haard zaten. De gastvrouw die hen naar hun tafel had gebracht, nam het bordje waarop stond dat het tafeltje gereserveerd was mee en vertrok.

Terwijl Blum deed alsof ze op haar telefoon keek, hield ze Franklin en Gorman in de gaten. Gorman leidde het gesprek en was energiek aan het woord, maar ze kon wel zien dat hij bijna fluisterde, doordat Franklin zich naar hem toe boog om hem te kunnen verstaan. Het was wel duidelijk dat ze niet blij was met wat ze hoorde. Franklin keek naar de drankenkaart op de tafel en wenkte een serveerster. Ze bestelde iets, maar toen de serveerster zich tot Gorman wendde, gebaarde hij dat ze weg moest gaan en hij begon weer te praten zodra de jonge vrouw was weggelopen.

Blum zette haar iPhone zo neer dat het leek alsof ze door een paar schermen scrolde, terwijl ze in werkelijkheid een video-opname van hen maakte.

'Mevrouw, wat bent u aan het doen?'

Blum draaide zich om en zag een gezette man in pak en met een oortje in die haar scherp aankeek.

'Wat bedoelt u?' vroeg Blum.

'U mag geen gasten filmen zonder hun toestemming.'

Blum dacht snel na en zei: 'Dat doe ik ook niet. Ik film die open haard. Ik wil er precies zo een in mijn eigen huis.'

'Dat denk ik niet. Ik let al op u sinds u binnenkwam en u keek de hele tijd naar die beide mensen.' Hij pakte haar bij haar arm. 'U moet met me meekomen.'

'Ik ga nergens met u naartoe. Ik weet niet eens wie u bent.'

De man draaide een van zijn revers om zodat ze de badge eronder kon zien. 'Hotelbeveiliging. En ik ben ook NYPD, buiten dienst. U komt dus met me mee.'

'Generaal?'

Ze draaiden zich allebei om toen Robert Puller, in zijn gala-uniform, naar hen toe kwam.

'Generaal Blum?'

'Ja, kolonel?' zei Blum meteen.

'Generaal?' zei de geschrokken beveiliger.

'Twee sterren, luchtmacht,' zei Blum, terwijl ze opstond en de man scherp aankeek. 'Kolonel, deze jongeman schijnt te denken dat ik die mensen daar bespioneerde met mijn telefoon, terwijl ik in werkelijkheid opnamen maakte van die prachtige open haard. Ik denk dat die uitstekend past bij de renovatie die nu wordt uitgevoerd.'

Puller begreep het meteen. 'Dat lijkt me ook. Die past perfect bij de rest van de inrichting.' Hij keek de man aan en zei: 'We moeten een vliegtuig halen naar D.C. Generaal Blum zal vanavond de gezamenlijke stafchefs in het Pentagon briefen.'

'Jezus!' Met een gegeneerde blik op Blum zei de man schuldbewust: 'Het spijt me heel erg, generaal.'

'U hoeft uw excuses niet aan te bieden,' zei Blum vriendelijk. 'U deed gewoon uw werk. Goed, als u ons nu wilt verontschuldigen?'

'O ja, natuurlijk.' De man maakte bijna een buiging.

Terwijl ze het hotel verlieten zei Blum: 'Bedankt voor uw hulp, maar hoe wist u waar ik was?'

'Zolang je een smartphone hebt, heb je geen privacy.'

'Klopt. Maar waarom was u naar mij op zoek?'

'Mijn broer belde en vertelde dat je op verzoek van Atlee Gorman en Franklin schaduwde. Daarna nam hij weer contact met me op. Hij maakte zich zorgen omdat je in je eentje een moordenaar volgde en vroeg of ik kon kijken hoe het ging. Ik ben blij dát ik dat deed, want ik heb een paar zorgwekkende zaken ontdekt over Gorman en Franklin. Ik ging naar het gebouw waar je zou moeten zijn, maar daar was je niet. Toen heb ik je getraceerd door het signaal van je telefoon.'

'U had me kunnen bellen.'

'Je was bezig met een surveillance. Ik wilde je niet op een ongelegen moment bellen.'

Ze liepen een zijstraat in en bleven staan op een plaats waar ze vrijuit met elkaar konden praten.

Puller vroeg: 'Wat heb je ontdekt?'

'Agent Pine zag Gorman het gebouw verlaten waar ze die avond samen met Lindsey Axilrod naartoe was gegaan. Daardoor wist ze dat hij betrokken is bij wat er daar ook maar gebeurt. Daarna ging hij naar Franklins kantoor bij het Congres. Ze zijn daar uren geweest. Hij is hoofd van haar team beveiligers, ontdekte agent Pine. Ze vroeg me om de surveillance over te nemen, dus dat deed ik. Nadat ze Franklins kantoor hadden verlaten, reden ze naar dit hotel en ze hadden een bijzonder intens gesprek in de bar. Hij was aan het woord en zij luisterde, en ze leken geen van beiden blij. Ik denk dat er iets belangrijks gebeurt.' Ze pakte haar telefoon en liet hem de video zien.

'Ik wilde dat ik kon liplezen,' zei Puller.

'Ik ook.'

'Dat is niet nodig. Ik kan jullie wel bijpraten.'

Ze draaiden zich om en zagen Gorman staan, terwijl naast hen een zwarte limousine stopte. Voorin zaten twee grote en stoer uitziende mannen. Een van hen stapte uit en opende het achterportier.

'Instappen,' zei Gorman, die hen onder schot hield met een .45-automatic met hoekige loop. 'Anders schiet ik jullie ter plekke in het hoofd.'

59

Tony Vincenzo zei snikkend: 'Was je echt van plan me daarmee te injecteren? Ik dacht dat je van me hield, dat we een team waren!'

'Hou je kop, Tony!' Axilrod liet de injectiespuit zakken en keek Pine aan.

Pine zei: 'Ik heb je niet meer gezien nadat je Sheila Weathers had vermoord en mij achterliet zodat ik ervoor zou opdraaien.'

'Ik heb Sheila niet vermoord.'

'Als jij dat niet hebt gedaan, weet je wie het wel deed en heb je daar waarschijnlijk opdracht voor gegeven. Daarna stuurde je een vent om mij te vermoorden. Alleen pakte het anders uit.'

'Ze zei net dat jij Sheila had vermoord!' brulde Vincenzo.

'Ze zegt van alles, Tony. Maar zodra ze haar mond opendoet, komen er alleen maar leugens uit.' Ze keek naar de injectiespuit. 'Wat zit daarin? Morfine?'

'Gewoon een beetje vitamine C.' Axilrod keek Vincenzo aan en zei: 'Je zou je geweldig hebben gevoeld, Tony.'

'Leg die injectiespuit neer, Lindsey.'

Dat deed ze dus niet, maar ze hield de spuit vast alsof het een mes was. 'Dwing me maar, trut.' Ze haalde naar hen uit.

Pine richtte heel bedaard op Axilrod en schoot haar in de hand; de kogel ging door huid en bot, waarna hij in de muur bleef steken.

Axilrod liet de injectiespuit vallen en klapte gillend dubbel van de pijn.

Vincenzo probeerde zich los te rukken, maar Pine's ijzeren greep voorkwam dat.

'Je hebt op me geschoten!' schreeuwde Axilrod.

'Jij lijkt de enige die hier verbaasd over is. En geloof me, ik moest me beheersen om je niet in je hoofd te schieten.'

Pine gaf Vincenzo een harde duw, waardoor hij voorover op de grond terechtkwam. 'Liggen blijven!' brulde ze.

Ze duwde Axilrod opzij, raapte snel de injectiespuit op, wikkelde hem voorzichtig in wc-papier en legde hem in het kastje onder de wastafel. 'Geen idee wat erin zit, maar ik zal die spuit laten ophalen door een speciaal team voor gevaarlijke stoffen.'

Axilrod zat op haar hurken naast de douche, terwijl ze haar bloedende hand vasthield en zachtjes huilde. Ze keek met betraande ogen op naar Pine. 'Je hebt geen idee met wie je te maken hebt.'

Pine gooide een handdoek naar haar toe die ze om de wond kon wikkelen en leunde tegen de wastafel. 'Vertel het me dan maar.'

'Dat zou je wel willen,' zei Axilrod, terwijl ze de handdoek om haar hand wikkelde.

'Hoe vond je het om meisjes van veertien zoals Jewel Blake aan geile oude mannen uit te leveren, Lindsey? Kreeg je daar een kick van?'

'Wat!?' riep Vincenzo, terwijl hij opzijkeek en Axilrod verbijsterd aankeek.

'Ja hoor, je vriendin speelt ook voor pooier, als extra bijbaantje.' Ze keek de vrouw aan. 'Meisjes die dachten dat jij hen zou beschermen! Terwijl jij hen aan de wolven voerde!'

'Ik heb geen idee waar je het over hebt. En je hebt het recht niet me hier vast te houden. Ik ben weg.'

'Als je naar de deur loopt, schiet ik niet weer in je hand. Maar als je je mond opendoet, kunnen we misschien een deal sluiten.'

'Ik vertel je helemaal niets, oké?'

'Bedoel je dat je nu een advocaat wilt?'

'Loop naar de hel!'

Pine keek naar Vincenzo. 'Hé, Tony, wil jij misschien een geweldige deal sluiten? Het enige wat je daarvoor hoeft te doen is dit stuk ongeluk verraden.'

'Als je dat doet, Tony, ben je dood!' snauwde Axilrod.

'Ze wilde je toch al vermoorden, dus wat maakt het uit?' zei Pine.

Vincenzo draaide zijn hoofd en keek op naar Pine. 'Wat wil je weten?'

'Tony!' krijste Axilrod.

Pine haalde een paar tiewraps uit haar zak en gaf ze aan Vincenzo. 'Bind deze om haar handen en enkels.'

'Maar...'

'Nu!'

Vincenzo stond op en duwde Axilrod op de grond, die zich hevig verzette, draaide haar op haar buik, drukte zijn knie op haar onderrug en slaagde er met moeite in haar polsen en enkels te boeien.

'Goed gedaan, Tony,' zei Pine.

Toen Axilrod een hele serie obsceniteiten begon te schreeuwen, pakte Pine de kraag van haar jasje, schoof haar in de slaapkamerkast en sloot de deur.

Daarna draaide ze zich om en keek Vincenzo aan.

'Oké, ga op de wc zitten. Wij gaan met elkaar praten.' Pine pakte haar telefoon, activeerde de video en richtte de lens op hem.

Vincenzo ging zitten en wreef over zijn achterhoofd. 'Ik kan niet geloven dat ze me wilde vermoorden. Ik dacht dat ze van me hield.'

'Ja, Tony, leg je daar maar bij neer. Ze gebruikte je, net zoals ze ieder ander gebruikte. Nu wil ik dat je je mond opendoet.'

Hij keek haar behoedzaam aan. 'Misschien moet ik met een advocaat praten.'

'Tja, ik heb je niet gearresteerd en dus heb ik je je rechten niet verteld, dus heb je officieel geen recht op een advocaat. Maar wat maakt het ook uit. Je wilt een advocaat? Oké, dan snij ik Axilrod los en laat ik het jullie samen uitzoeken. Ze heeft waarschijnlijk een tweede injectiespuit in haar tasje. Ik haal haar nu wel op, dan kunnen jullie je ruzie uitpraten. Ik weet zeker dat die moordzuchtige trut daarvoor in is.' Ze stopte haar telefoon in haar zak en liep naar de deur.

'Wacht, wacht!' riep Vincenzo.

Pine draaide zich om en keek hem aan. 'En?'

'Wat wil je weten?'

Ze leunde weer tegen de wastafel, pakte haar telefoon en activeerde de video. Ze sprak de datum in, de tijd, haar naam en die van Vincenzo, en waar ze nu waren. Niet precies volgens de voorschriften, maar meer dan dit kon ze gezien de omstandigheden niet doen.

Pine vroeg: 'Wil je een advocaat?'

'Nee, ik wil geen advocaat.'

'Praat je vrijwillig met me?'

'Ja.'

'Oké, vertel me alles. Te beginnen met hoe jij en Axilrod elkaar leerden kennen.'

'Op een avond was ik in een bar en kwam ze naar me toe. Ze leek alles over me te weten, waar ik werkte, de kleine vergrijpen die ik had gepleegd.'

'Je bedoelt drugshandel?'

'Ik deal niet, nou ja, niet echt. Ik maak het spul alleen.'

'Oké, vertel verder.'

'Ze vertelde me dat zij ook op Fort Dix werkte, op de IT-afdeling. Toen zei ze dat we samen grootse dingen konden doen. Ze had het allemaal gepland. Ze had een contactpersoon die heel veel spul kon verplaatsen.'

'Jeff Sands.'

'Ja, die heb ik regelmatig ontmoet toen we dit allemaal planden.'

'Hij is dood, trouwens. Ze hebben zijn hoofd eraf geschoten.'

'Shit.'

'Waar haal je de ingrediënten voor de pillen vandaan?'

'Lindsey heeft dat geregeld. De dozen kwamen naar mijn huis, altijd 's avonds laat zodat niemand het kon zien.'

'Enig idee waar die dozen vandaan kwamen?'

'Niet echt. Ik zag wel dat er op sommige dozen vreemde symbolen stonden.'

'Zoals van een vreemde taal?'

'Ja, maar ik herkende ze niet. Ik bedoel, het was geen Spaans of zo. Ik nam gewoon aan dat ze uit een ander land kwamen. Verdomme, zoals alles in dit land.'

'Oké, toen je die pillen maakte, verschenen Danforth en Cassidy op het toneel, nietwaar?'

'Ja. Zij verlieten Fort Dix in militaire voertuigen, reden naar een afgesproken plek, laadden de pillen die ik had gemaakt in, brachten ze een andere plek en lieten ze daar achter. Daarna gingen ze verder met hun rit, lieten de voertuigen achter waar ze moesten zijn en reden met een ander voertuig terug naar Dix.'

'Weet je van wie Jeff Sands familie is?'

Hij schudde zijn hoofd.

'Peter Driscoll.'

Vincenzo leek niet te weten wie dat was.

Pine zuchtte. 'Je moet echt eens stoppen met gamen, Tony. Driscoll is de fractievoorzitter van de meerderheidspartij in de Senaat.'

'Wat, bedoel je zoals in de regering?'

'Ja, ik bedoel zoals in de regering. Die man heeft heel veel macht.'

'Verdomme! En Jeff was familie van hem?'

'Zijn kleinzoon.'

'Wacht even, je denkt toch niet dat deze Driscoll hierbij betrokken is?'

'Dat weet ik niet. Vertel me iets over het appartement aan Fifty-Seventh.'

'Lindsey bracht me daarnaartoe. Zei dat het een extraatje was, weet je wel, een bedankje voor een goed uitgevoerde klus.'

'En je hebt je nooit afgevraagd waarom zij toegang had tot een gebouw dat alleen toegankelijk is voor miljardairs?'

'Wil je het echt weten? Ik dacht dat het misschien eigendom was van die Mexicaanse drugskarteljongens. Pablo nog wat, of die Chapo.'

'Pablo Escobar. Ja, hij is ongeveer vijfentwintig jaar geleden vermoord en El Chapo zit in de gevangenis, maar ik begrijp wat je bedoelt.'

'Maar het was wel raar.'

'Wat was raar?'

'Ik was een keer in dat appartement, 's avonds laat. Niet voor een van die feesten. Maar er ging iets mis met een drugstransport en ik moest dus ergens naartoe. Ze zeiden dat ik hen daar moest treffen. Terwijl ik wachtte, moest ik dringend naar de wc en ging op zoek naar de badkamer. Maar die waren allemaal bezet. Waarschijnlijk gebruikten mensen daar coke en dat soort shit. Ik was dus wanhopig op zoek en zag die deur, in een gang, een beetje afgezonderd.'

Pine verstijfde een beetje. 'En toen?'

'Die zat op slot. Maar ik was wanhopig, pakte mijn mes en maakte daarmee het slot open. Alleen was het geen badkamer. Dat vertrek stond vol computerschermen en andere apparatuur.'

'Zag je de beelden op die schermen?'

'Ja, camerabeelden van het hele appartement. Ik bedoel, van elke kamer. Ik zag mensen neuken in de slaapkamers en coke snuiven en andere dingen doen die ik niet wilde zien.' Hij zweeg even. 'Ik zag mannen op mannen, vrouwen op vrouwen en mannen met meisjes die veel te jong leken om te doen wat ze deden, zoals je net al tegen Lindsey zei.'

'Het hele appartement hing dus vol camera's?'

'Ja.'

'Wat deed je nadat je had gezien wat daar was?'

'Ik deed de deur weer dicht en op slot en hoopte dat niemand me had gezien. Na mijn afspraak rende ik buiten rond op zoek naar de wc van een Starbucks.'

'Heb je ooit aan iemand verteld wat je in die kamer hebt gezien? Aan Axilrod bijvoorbeeld?'

'Zo stom ben ik nou ook weer niet, oké? Ik bedoel, ik verwachtte niet dat ze een injectiespuit in mijn lijf zou steken, maar ik vertrouwde haar ook niet helemaal.' Hij zweeg even. 'En er is nog iets.'

'Wat dan?'

'Op een avond was ik in New York voor een klus. Ik was vlak bij dat gebouw en dus besloot ik erlangs te lopen. Het was laat, een uur of elf.'

'Ging je naar binnen?'

'Nee. De feesten en andere dingen die ze daar doen, gebeuren heel onregelmatig. Ze sturen een berichtje als het zover is.'

'Wat deed je dan?'

'Ik zag die limousine stoppen en weer wegrijden. Chique mensen stapten uit en liepen dat gebouw binnen.'

'Konden die niet naar andere appartementen zijn gegaan?'

'Nee.'

'Waarom niet?'

'Omdat ik de limochauffeur ken. Het was namelijk dezelfde chauffeur en dezelfde limo. Hij bracht daar de mensen naartoe, want niemand kwam op hetzelfde tijdstip. Hij komt soms naar boven naar de feesten. Ik heb met hem gepraat. Nee, die mensen gingen naar dat appartement, zeker weten.'

Pine dacht hierover na. 'Oké, laten we verdergaan. Hoe zit het met Sheila Weathers?'

'Zij was gewoon een meid van het fort. Ze werkte in de eetzaal. Ze was aardig. Ze wist echt niets over die drugs, dus waarom hebben ze haar vermoord?'

'Omdat ze mij daarvoor wilden laten opdraaien en wilden voorkomen dat ik mijn onschuld kon bewijzen, daarom.'

'Dat is echt shit.'

'Zij hebben je vader vermoord, weet je. Omdat wij met hem hadden gepraat. Hij wist dat je met iets bezig was. Hij zei dat je er tot over je oren in zat.'

Vincenzo boog zijn hoofd. 'Ja, ik begreep dat hij gelijk had, een paar minuten geleden.'

'Waarom zei hij dat je er tot over je oren in zat?'

'Ik was bij hem op bezoek. Ik was doodsbang. Ik bedoel, die vreemde symbolen op die dozen, dat chique appartement met al die camera's, Lindsey die in die bar verschijnt en toenadering zoekt tot een man zoals ik.'

'Wat zei je vader tegen je?'

'Dat ik eruit moest stappen nu het nog kon. Alleen kon ik geen enkele manier bedenken om dat te doen.' Hij keek op naar haar. 'Dus wat is hier verdomme aan de hand? Dit gaat niet alleen om drugs, wel?'

'Nee, het is veel meer dan dat. Maar laat ik je iets anders vragen, niet hierover.'

'Wat dan?' vroeg hij nieuwsgierig.

'Je opa, Ito?'

Vincenzo vroeg verbaasd: 'Mijn opa? Wat is er met hem?'

'Heb je hem weleens ontmoet?'

Vincenzo kneep zijn ogen half dicht. 'Als dat zo is kan ik het me niet herinneren. Hij... verdween gewoon een keer, dat zei mijn pa tenminste.'

'Enig idee wat er met hem is gebeurd?'

'Nee. Mijn pa zei dat hij gewoon verdween. Geen woord tegen hem of mijn oma. Ze waren kwaad. Waarom heb je belangstelling voor hem?'

'Dat heeft met iets anders te maken. Wat heeft je vader jou nog meer over hem verteld? Ik weet het van die ijssalon. Wat weet je nog meer over zijn verleden? Heeft hij in Vietnam gediend?'

'Ja, in het leger. Mijn pa vertelde me dat hij een laag lotnummer had en werd opgeroepen. Kreeg zijn training in Fort Benning. Ken je dat?'

‘En of ik dat ken. Ben je hier weleens op de zolder geweest en heb je de dozen bekeken, oude fotoalbums?’

‘Ik kom hier alleen om bier te drinken en op het strand te zitten.’

‘Heb je ooit gehoord van een man die Leonard Atkins heet? Die in Vietnam het leven van je opa heeft gered?’

‘Nee.’

Pine wilde net iets anders vragen toen ze buiten een geluid hoorde. Ze liep snel naar het raam dat uitkeek op de voortuin en zag een zwarte SUV stoppen.

Ze rende terug naar de badkamer en pakte Vincenzo vast. ‘Ik hoop dat je even snel kunt rennen als toen ik je achternazat.’

‘Wat? Waarom?’

‘Omdat het schoonmaakteam van je vriendin er is. Kom mee!’

Axilrod had de auto kennelijk ook gehoord, want ze schopte tegen de muur van de kast en gilde.

Pine trok de deur open, bukte zich en gaf haar een vuistslag in haar gezicht, waardoor Axilrod bewusteloos in elkaar zakte. Pine keek op naar Vincenzo en zei: ‘Verdomme, dát voelde goed!’

Zij en Vincenzo vlogen de trap af en renden via de achterdeur naar buiten. Ze bleven rennen tot ze bij het strand waren en sloegen daar rechts af. Als ze deze kant op gingen, wist Pine, kwamen ze bij het politiebureau waar ze op de heenweg langs was gereden.

Al rennend haalde Pine haar telefoon tevoorschijn, toetste 911 in, zei wie ze was, gaf het adres op van het strandhuis, vertelde wat daar was gebeurd en hun huidige locatie voor zover dat lukte. Daarna stopte ze de telefoon weer in haar zak, keek achterom en zag licht hun kant op komen. Even later vlogen er kogels langs haar heen.

‘Blijven rennen, Tony, blijven rennen!’ gilde ze tegen hem.

Hij rende nu zelfs nog sneller, terwijl Pine haar pas juist een beetje vertraagde. Ze wilde zichzelf tussen Vincenzo en de mensen die achter hen aan zaten positioneren.

Als ze hem te pakken wilden nemen, moesten ze eerst haar doden. En op dit moment durfde Pine niet te wedden dat ze deze nacht zou overleven.

60

Ik ga verdomme niet dood op een strand in New Jersey.

Pine rende zo snel ze kon over het ingeklonken harde zand, terwijl het water zich terugtrok en de golven links van haar op het zand braken. En alsof dat nog niet genoeg was, kwam er vanaf de kust onweer aan.

Ondanks de kou stroomde het zweet over haar gezicht. Verderop schoot een bliksemflits uit de donkere wolken in de richting van de Atlantische Oceaan. Meteen daarna volgde een griezelige donderslag, die ze zelfs in haar lichaam voelde.

Een meter of vijftien voor zich zag ze Vincenzo keihard rennen. 'Doorlopen!' zei ze. 'Zo hard je kunt.'

Toen er opnieuw op hen werd geschoten, besloot ze iets te doen. Ze bleef staan, draaide zich om, trok haar Glock en haar Beretta, en opende het vuur ook al vlogen er nog meer kogels over haar heen. Ze richtte op de lichtpuntjes die haar kant op kwamen. Haar achtervolgers hielden op met schieten en zochten dekking door zich op het zand te laten vallen. Daarna draaide Pine zich om en begon weer te rennen.

Waar is Tony, verdomme?

Hij liep niet meer voor haar. Ze keek naar de oceaan en naar de rand van het strand, maar zag niets. Ze rende zo snel ze kon, en viel plat voorover doordat ze was gestruikeld over iets wat op het zand lag.

Pine voelde iets nats op haar gezicht, maar dat was geen regen of schuim van de golven. Ze stond op en kromp in elkaar toen ze zag dat ze over Vincenzo was gestruikeld. Hij haalde moeizaam adem en in het licht van een nieuwe bliksemflits zag ze zijn verwrongen gezicht en de bloedende wond in zijn borst. Snel schoof ze haar hand onder zijn lichaam, maar toen ze die terugtrok zat die onder het bloed. Hij was al rennend kennelijk in zijn rug geschoten en de kogel was er aan de voorkant uit gekomen.

Opeens keek hij haar aan. Hij pakte haar arm en zei hijgend: 'Laat me niet... doodgaan. Alsjeblieft!' De tranen stroomden over zijn gezicht en omdat het net was gaan regenen, vermengden die zich met regendruppels.

'Oké, Tony, rustig blijven, oké? Rustig blijven.' Ze wist dat dit vrijwel onmogelijk was gezien de situatie.

Pine checkte de hartslag in zijn hals en keek in het licht van een nieuwe bliksemflits naar de nare, bloedende wond in zijn borstkas. Ze drukte haar hand op de wond om het bloeden te stelpen, maar dat had geen zin aangezien er in zijn borst én rug een gat zat. En ze twijfelde er niet aan dat hij ook inwendige bloedingen had.

Ze keek waar hun achtervolgers waren, maar die lagen kennelijk nog steeds op het zand. Ze schoot vier keer hun kant op om ze daar te houden.

Weer belde ze 911, legde de situatie uit en stopte haar telefoon weg. Daarna keek ze naar Vincenzo, maar zag meteen dat de ambulance nooit op tijd zou komen.

Hij leek dat te begrijpen, want hij pakte haar arm zelfs nog steviger vast en keek haar paniekerig aan.

'Ik ben bij je, Tony. Er komt hulp aan.'

Hij rilde en schudde koppig zijn hoofd; hij was zich er nu duidelijk van bewust dat hij ging sterven. Hij gebaarde dat ze dichterbij moest komen, en dat deed ze. 'Zeg tegen mijn moeder dat ik van haar hou.'

'Hou het gewoon nog even vol, oké?' Ze wilde hem geen valse hoop geven, maar wist niet wat ze anders moest zeggen.

En trouwens, wat maakte het nu nog uit wát ze zei?

Meteen daarna hoorde Pine in de verte sirenes.

Ze keek achterom en zag dat de lichtpuntjes zich snel naar de straat verplaatsten. Zij hadden de sirenes kennelijk ook gehoord en trokken zich snel terug.

Toen ze tijdens een volgende bliksemflits weer naar Vincenzo keek, kon ze zijn gezicht duidelijk zien.

Hij was dood.

Ze sloot zijn ogen, stond op en rende naar de straat. Toen ze daar aankwam, zag ze dat de mannen in de zwarte SUV stapten die verderop stond en vervolgens snel haar kant op kwam. Ze dook achter een afvalbak voordat de auto bij haar was. Toen de SUV langs haar heen scheurde, kon ze zien wie er op de achterbank zat.

Lindsey Axilrod. Haar gezicht was bont en blauw doordat Pine haar een vuistslag had gegeven en ze hield haar bebloede hand omhoog. Ze hadden haar dus gevonden en gered.

De SUV reed een hoek om en was verdwenen.

Dertig seconden later dook Pine weer achter de afvalbak toen politieauto's langs haar heen scheurden en bij Vincenzo's strandhuis stopten.

Pine rende hun kant op, maar bedacht zich. Ze liep naar de parkeerplaats naast het strand, stapte in haar auto en reed weg. Ze deed het licht van de auto niet aan en gaf geen gas voordat ze twee straten verderop was.

Ze bekeek zichzelf en zag dat ze onder Vincenzo's bloed zat. Alles was ook zo snel gebeurd. Het ene moment doorzocht ze de dozen op de zolder en het volgende...

Shit.

Ze reed naar een avondwinkel, stopte op een parkeerplaats en zette de auto in z'n vrij. Daarna haalde ze de foto uit haar zak. Haar hand trilde.

Ze deed het binnenlampje aan en draaide de polaroidfoto langzaam om.

Eerst keek ze naar de witte onderrand, waarop iemand had geschreven: 'Len, Wanda en Becky. Juli 1999.'

Langzaam, millimeter voor millimeter, verplaatste Pine haar blik naar boven. Ze trilde helemaal, alsof ze in de greep van een ijzige kou was, haar ademhaling deed pijn en haar maag verkrampte.

Toen keek ze echt naar de foto en zag drie mensen. Ze stonden naast elkaar voor iets wat eruitzag als een caravan op een stenen fundament.

De man was van gemiddelde lengte, broodmager en kaal. Hij was gekleed in een spijkerbroek met T-shirt en had een sigaret in zijn hand. Hij keek glimlachend naar de camera. De oudere vrouw was dik en klein, droeg een afgeknipte spijkerbroek en een mouwloze blouse. Zij glimlachte niet en zag eruit alsof ze nooit glimlachte.

Naast haar stond een jonge vrouw van ongeveer één meter tachtig.

Ze droeg een ouderwetse, zo te zien zelfgemaakte gekleurde katoenen jurk die tot ver over haar knieën hing. Ze was blootsvoets en haar haar was een wirwar van knopen en vettige slierten. Haar huid was vies en zat vol korsten. Ze keek niet naar de camera, maar staarde naar de grond. Haar schouders waren gebogen, haar lichaam was verkrampt – misschien door pijn. Pine wist het niet. En hoewel ze haar gezicht niet kon zien, twijfelde ze er geen moment aan dat ze naar haar zus keek. Dat kwam voornamelijk door haar lengte en haar haar. Mercy's haar, dat vroeger zo mooi was geweest en dat haar moeder nauwgezet had geborsteld en onvermoeibaar had gevlochten, waar de wilde Atlee altijd zo om had moeten lachen. Maar Mercy had het geweldig gevonden.

En nu... dit.

Pine begon zacht te huilen met haar voorhoofd op het stuur. Haar lichaam schokte en ze kreeg bijna geen lucht meer.

Toen er op het raampje werd geklopt, ging ze rechtop zitten en wreef in haar ogen, terwijl haar hand naar haar Glock in de holster ging.

Een oude man met een honkbalpetje op keek haar aan. Hij had een plastic tasje in de hand vol boodschappen die hij kennelijk net in de winkel had gekocht. Ze drukte op het knopje zodat het raampje naar beneden ging. 'Gaat het wel goed met u, mevrouw?' vroeg de man ongerust.

Ze knikte, schraapte haar keel en wreef nog meer tranen uit haar ogen. 'Ja, alleen... Ik kreeg net slecht nieuws.'

'O, dat vind ik heel erg voor u. Is er iemand die u kunt bellen om u gezelschap te houden? Of kan ik iets voor u doen?'

'Nee hoor, het komt wel goed. Dank u wel voor uw betrokkenheid.'

Hij raakte haar hand even aan. 'Het leven kan het ons soms erg moeilijk maken, hè? Mijn vrouw is een halfjaar geleden gestorven, terwijl ik altijd dacht dat ik de eerste zou zijn.'

'Wat erg voor u, gecondoleerd.'

'Het spijt me ontzettend dat u het nu zo moeilijk hebt. Misschien troost het u, maar tijd helpt. En u zult merken dat u ook andere mensen hebt die om u geven.' Hij liet haar zijn tasje zien. 'Mijn zoon en kleinzoon komen op bezoek. Ik vertelde hun dat ze hier de allerlekkerste gegrilde hotdogs van de hele staat New Jersey hebben en ze kunnen niet wachten die te proeven. Ik ben heel blij dat ik vanavond niet alleen ben.'

'Dank u wel. Ik hoop dat ze de hotdogs lekker vinden.'

Hij keek haar met een bemoedigende glimlach aan, draaide zich om, stapte in een oude pick-up en reed langzaam weg.

Net toen Pine had gedacht dat er op de hele wereld misschien niets goeds meer was, had deze oude man haar weer een beetje hoop gegeven.

Ze veegde weer in haar ogen en zette de auto in de versnelling.

Het gaat misschien inderdaad alleen om de timing.

Ze keek naar de foto, naar haar geliefde zus, die naar de grond staarde en gevangenzat in een ander leven, dat niet het hare was.

'Ik zál je vinden, Mercy. Je kleine zusje komt je halen. Dat beloof ik.'

61

Geen antwoord.

Tijdens de snelle rit naar het noorden had Pine vier keer geprobeerd Blum te bellen, maar ze was meteen doorgeschakeld naar de voicemail – alsof de telefoon uit stond. Daarna had ze geprobeerd Robert Puller te bellen, met hetzelfde resultaat.

In paniek belde ze John Puller en ze hapte dankbaar naar adem toen hij opnam.

'Atlee?'

'Het spijt me verschrikkelijk dat ik je lastigval, maar ik kan Carol en je broer niet bereiken. Ik word meteen doorgeschakeld naar de voicemail.'

'Carol stuurde me een berichtje. Ze zei dat ze Gorman en Franklin in de gaten hield.'

'Dat klopt,' zei Pine.

'Dat heb ik Bobby verteld en hij zou proberen meer info over hen te vinden.'

'Denk je dat hij en Carol samen zijn?'

'Dat is wel de bedoeling. Ik heb Bobby gebeld om te vragen of hij wilde kijken of het goed met haar ging. Ik vond het niet prettig dat ze een man als Gorman schaduwde. En het bevalt me helemaal niet dat geen van beiden de telefoon opneemt.'

'Ik vond het ook niet prettig Carol daarvoor in te schakelen. En misschien had ik dat ook niet moeten doen, maar ze zou nooit onnodige risico's nemen. Ik vergeet weleens dat ze geen opgeleide agent is.'

'Misschien is er iets gebeurd.'

'Ik zal een opsporingsbevel laten uitgaan en een paar agenten naar de plek sturen waar Carol haar surveillance deed.'

'Dat lijkt me heel verstandig, Atlee.'

'Daarna moet ik je uitgebreid bijpraten.'

Dat deed Pine en toen ze klaar was met haar verhaal, was ze nog maar twintig minuten van de stad verwijderd. Ze hoorde dat Puller moeizaam ademde en daardoor dacht ze aan Jack Lineberry. Logisch natuurlijk, want beide mannen waren beschoten.

'John, luister, nu moet je gaan rusten, oké? Ik regel dit wel. Ik had je nooit moeten bellen.'

Ze hoorde dat hij een paar seconden sneller ademde en daarna klonk het alsof hij probeerde rechtop in bed te gaan zitten. 'Blijf alsjeblieft liggen!'

'Ik voel me prima. Ik snap niet waarom ik nog steeds in het ziekenhuis lig!'

'Misschien ben je vergeten dat je bent beschoten?'

Puller zei: 'Oké, oké. Maar op basis van wat je hebt ontdekt, wat denk je dat er aan de hand is?'

'Laten we beginnen met de drugs. Tony en zijn twee kameraden Cassidy en Danforth maakten de drugs en distribueerden ze. Jeff Sands zorgde voor kopers.'

'En dan is er dat penthouse,' zei Puller.

'Daar was Sands ook bij betrokken, net als Axilrod. Uit alles wat Tony me heeft verteld, denk ik dat daar van alles gebeurt waar mensen mee gechanteerd kunnen worden. Hij noemde de mensen daar chic, maar het zouden net zo goed mensen met veel macht kunnen zijn. En misschien kopen die lui drugs van hen. Daarna worden ze naar deze plek gebracht voor seks met minderjarigen en meer drugs en wie weet wat nog meer, en daar zijn allemaal video-opnamen van.'

Puller zei: 'En die seks met minderjarigen, zoals met Jewel Blake, betekent niet alleen het einde van iemands goede naam, maar het is bovendien een misdrijf.'

'Ik zou alleen willen weten wat deze Nora Franklin hiermee te maken heeft. En Adam Gorman.'

'Ik heb even met Bobby over Gorman gesproken. Hij zei dat iets in zijn achtergrond bij hem alarmbellen deed rinkelen, alleen vertelde hij niet wat dat was.'

'Luister, weet je zeker dat je je goed genoeg voelt om hiermee bezig te zijn?'

'Ik denk er toch aan, met of zonder jou.'

'Dan ben ik over twintig minuten in het ziekenhuis.'

'Nou, ik ga nergens naartoe,' antwoordde Puller.

Toen Pine snel Pullers ziekenhuiskamer binnenliep, zat hij rechtop in bed en keek naar zijn telefoon.

'Ten eerste, hoe voel je je? Eerlijk zeggen,' vroeg Pine, terwijl ze op een stoel naast het bed ging zitten.

'Op dit moment kan ik niet van het ene hoge gebouw op het andere springen, maar dat hoeft nu ook niet.' Hij liet haar zijn telefoon zien. 'Interessant.'

'Wat?'

'Lees maar.'

Pine las de tekst door en keek op. 'Nora Franklins tegenstander bij haar laatste verkiezing trok zich op het laatste moment terug, ook al stond hij voor in de peilingen. Ze was daardoor dus de enige kandidaat en werd herkozen. Haar tegenstander heeft geen verklaring afgelegd, alleen gezegd dat het een persoonlijk besluit was.'

Puller knikte. 'Ik denk dat we misschien hebben ontdekt wat dat persoonlijke besluit was.'

'Denk je dat hij dat penthouse heeft bezocht?'

'Dat lijkt me heel goed mogelijk. En ik vraag me af wat ze heeft gedaan als vergoeding aan "hen" omdat ze ervoor hebben gezorgd dat zij die verkiezing won?'

'En hoeveel andere Nora Franklins lopen er rond?'

Puller zei: 'Ik denk niet dat het alleen politici zijn, maar ook rechters, bureaucraten, politieagenten, militairen, CEO's, belangrijke medialui en een heleboel andere doelwitten.'

'Misschien verklaart dat ook waarom een viersterrengeneraal werd overgeplaatst, waarom jij van die zaak bent gehaald, waarom de plaatselijke politie ons buiten hun onderzoek houdt en waarom al die andere idiote dingen zijn gebeurd.'

'Dat zou heel veel verklaren,' beaamde Puller.

'Axilrod zei iets tegen Tony wat me aan het denken zette. Ze gebruikte het woord "repercussie". Hij reageerde daarop en zei, alsof het een grapje was, dat ze praatte als een spion.'

'Spionnen? Heb je al reactie op je opsporingsbevel?' vroeg Puller gespannen.

‘Nee.’

‘Dan moet ik er misschien wat versterking bij halen.’

‘Waarvandaan?’

‘Laat dat maar aan mij over.’

‘Nee, ik wil meedoen aan de zoekactie. En ik wil op z’n minst Lindsey Axilrod te pakken krijgen.’

‘Oké. Maar dan moet ik een paar telefoontjes plegen.’

‘Terwijl jij dat doet, moet ik ook iemand bellen.’

‘Wie dan?’

‘Een man die zei dat ik hem moest bellen als hij iets voor me kon doen. Nou, volgens mij is het nu zover.’

62

Robert Puller hoorde dat iemand ademde en verderop hoorde hij gedruppel van water. De geluiden waren wel consistent, maar niet geruststellend.

Hij keek naar zijn voeten en kromp even in elkaar toen deze beweging de pijn in zijn schouder en arm verhevigde. Ze hadden hem efficiënt, maar zonder resultaat ondervraagd. Hij was ervan overtuigd dat ze het opnieuw zouden proberen, met zelfs nog wredere technieken. Daar zag hij niet naar uit.

Hij en Carol Blum waren met de limousine naar een ondergrondse parkeergarage in een van de buitenwijken van de stad gebracht; de limo had getinte ruiten. Ze hadden hen geboeid en een zak over hun hoofd getrokken. Ze hadden ongeveer een uur gereden. Daarna waren ze uit de limo gehaald en ergens naar binnen gebracht; hij wist niet waar. Binnen was de zak pas van hun hoofd getrokken. Blum was ergens anders geweest. Een klassieke 'scheid ze van elkaar en ondermijn hun zelfvertrouwen'-techniek.

Ze hadden hem in het gezicht gestompt, zijn arm bijna tot het breekpunt naar achteren getrokken en twee van zijn vingers gebroken, terwijl ze hem ongeveer een uur hadden ondervraagd. Hij had geen idee wie de ondervragers waren, alleen dat Gorman er niet bij was.

Hij had overgegeven tijdens het verhoor en met enige genoegdoening gezien dat zijn ondervragers opsprongen en uit de baan van zijn projectielbraken vluchtten. Dat had de twee stompen in zijn gezicht die hij als straf kreeg goedgemaakt.

Ze hadden hem elk scheldwoord dat maar bestond naar zijn hoofd geslingerd en hem op elke mogelijke manier bedreigd. Dat was gemakkelijk te verdragen geweest. Terwijl zij hem verbaal afranselden had hij in gedachten berekeningen gemaakt. Dat werd moeilijker toen ze hem begonnen te stompen, maar hij had zijn best gedaan.

Puller had toen hij nog in het leger zat SERE-training gehad. Dat stond voor *survival, evasion, resistance and escape* – overleven, ontwijken, verzetten en ontsnappen. Tja, ontwijken was jammerlijk mislukt, verzetten had ertoe geleid dat hij verrot was geslagen en hij zag geen enkele mogelijkheid om te ontsnappen.

Concentreer je dus op overleven.

Nu zat hij naar een vettige vloer te kijken en hoopte dat er iemand zou komen om hem te helpen.

Hij had jaren in de gevangenis gezeten voor een misdaad die hij niet had begaan. Maar dit was anders. Degenen die hem toen bewaakten zouden hem nooit vermoorden.

Deze mannen duidelijk wel.

Eén keer had hij Nora Franklins naam genoemd, na een vraag over waarom hij samen met Blum in dat hotel was geweest. 'Ik hoop dat Nora dat wat met jullie gaat gebeuren waard was, klootzakken,' had hij gezegd. Dat had hem een kaakstomp opgeleverd van een man die zo groot was als een kleine auto, waardoor hij van zijn stoel was gevallen.

Nu zat hij in elkaar gezakt te wachten tot ze terugkwamen.

'Wil je soms dood? Want wij gaan je vermoorden.' De man torende boven Carol Blum uit.

Ze zat aan een kleine tafel. Haar schoenen en jasje waren van haar afgepakt en ze rilde, want het was ijskoud in het vertrek. De drie mannen hier droegen allemaal een overjas. Blum was bang, banger dan ze ooit was geweest. Ze was er rotsvast van overtuigd dat er een einde aan haar leven zou komen.

Ze keek naar hen op en zei zacht met een trillende stem: 'Jullie vermoorden me toch, dus wat maakt het uit?'

Een van de mannen hield haar FBI-kaart omhoog. 'Je bent een kantoortrut, een secretaresse,' zei hij minachtend.

'Ik geef de voorkeur aan de term "ondersteunend personeel".'

Dat leverde haar een klap in haar gezicht op waardoor ze van haar stoel zou zijn gevallen als een tweede man haar niet had vastgehouden. Ze slikte bloed en tranen door, trilde ongecontroleerd en kreunde van de pijn.

'Oké, jij je zin, ondersteunend personeel,' zei de man. 'Van wie hoorde je over mevrouw Franklin en meneer Gorman?'

Blum keek hem aan door het ene oog waarmee ze iets kon zien. En toen werd ze kwaad. Als ze zou sterven, zou ze niet zwak zijn. Ze voelde dat haar ruggengraat zich spande en dat ze haar zelfbeheersing terugkreeg. 'Het Bureau weet alles. Jullie worden waarschijnlijk allemaal op korte termijn gearresteerd.'

'Je liegt!' Hij hief zijn hand weer om haar opnieuw te slaan.

'De realiteit verandert echt niet, hoor, door een vrouw te slaan die twee keer zo oud is als jij. En als iemand van het ondersteunende personeel zoveel weet als ik, wat denk je dan dat de echte agenten weten?'

Een van de mannen zei: 'Agenten? Er is maar één agent, Atlee Pine.'

Dat had Blum verwacht. 'En het Army CID dan?'

'John Puller zit niet langer op de zaak.'

'Denken jullie soms dat hij de enige agent is die het CID heeft?'

'Dat is geregeld. En als het Bureau hiermee bezig was, waarom zouden ze dan een secretaresse de surveillance laten uitvoeren?'

'Daar heb je gelijk in. Als ik niet meer ben dan een secretaresse.'

'Je bent te oud om iets anders te zijn.'

'Je hebt alweer helemaal gelijk. Ik ben gewoon een secretaresse, meer niet. En ik werk voor de FBI, en voor niemand anders.'

De man begon iets te zeggen, maar zweeg en keek haar behoedzaam aan. 'Wat bedoel je met "voor niemand anders"?'

Blum keek expres verward en onzeker. 'N-niets. Ik... bedoelde gewoon wat ik zei.'

De man keek zijn collega's aan en zei iets in een taal die Blum niet verstond. Maar ze zag wel dat ze erg ongerust leken.

Een van de mannen knikte en vroeg aan Blum: 'Voor wie werk je?'

'Dat zei ik al. De FBI.'

'Ik geloof je niet.'

'Ik werk niet voor een andere dienst.' Blum deed alsof ze schrok van haar eigen woorden.

De man keek haar triomfantelijk aan. 'Niet voor een andere dienst? Larie!' Hij bukte zich zodat hij haar recht aan kon kijken. 'Vertel me voor wie je echt werkt. En lieg niet tegen me.'

Blum keek hem koppig aan, maar zei niets.

'Oké. We komen terug om opnieuw met je te praten. En dan geef je de antwoorden die we willen horen over jou en die man in uniform. Anders ga je dood. Begrepen?'

Blum perste haar lippen op elkaar en keek naar de grond.

De mannen verlieten het vertrek en deden de deur op slot.

Toen pas keek Blum op. Haar trucje had hun wat extra tijd opgeleverd, maar dat was alles. Ze voelde dat haar ruggengraat slap werd, terwijl haar hoop bijna helemaal vervloog.

Alstublieft, agent Pine, vind ons alstublieft voordat het te laat is!

63

Pine zat in haar huurauto. Ze had bijna twintig minuten in haar telefoon gepraat zonder dat ze in de rede was gevallen. Nu ademde ze langzaam uit en ze wachtte. En ze wachtte...

Ten slotte zei Clint Dobbs, hoofd van het FBI-kantoor in Arizona: 'Verdomme, Pine. Je doet ook niets half.'

'Nee, meneer. Dat lijkt me nu eenmaal niet gegund.'

'Dus als ik het goed begrijp, zeg je dat er sprake is van grootschalige chantage van mensen op misschien wel het hoogste niveau van deze regering en dat die operatie zich als een spinnenweb uitstrekt tot god mag weten waar? En dat de mensen die gechanteerd worden hun machtspositie gebruiken voor handelingen waar de chanteurs baat bij hebben?'

'Volgens mij kunnen de feiten op geen enkele andere manier worden verklaard. En nu wordt Carol vermist, evenals John Pullers broer.'

'Dit alles bevalt me helemaal niet.'

'Mij ook niet.'

'Je zei dat je hebt gezien dat Gorman de schutter was?'

'Ja.'

'Daar moet ik een beëdigde verklaring van hebben. Daarmee kan ik het balletje aan het rollen brengen.'

'Die zal ik u zo spoedig mogelijk sturen.'

'Nora Franklin? Ik heb getuigd voor commissies waar zij in zit. Ik ben ook buiten werktijd met haar omgegaan. Ik kan niet geloven dat zij bij zoiets als dit betrokken is.'

'Ik weet het zeker, meneer. Sterker nog, ze zit er tot over haar oren in.'

'Maar daar heb je geen bewijzen voor.'

'Ze hebben voor elkaar gekregen dat een viersterrengeneraal van zijn functie in het Pentagon werd ontheven. Puller werd buiten het onderzoek naar de moord op een federale agent gehouden en is bijna vermoord. De kleinzoon van Peter Driscoll is vermoord en toch heb ik daarover niets in het nieuws kunnen vinden. En een agent met wie ik bevriend ben, denkt dat het NYPD Jeff Sands' identiteit geheimhoudt ter wille van Driscoll.'

'Suggereer je dat senator Driscoll hier ook bij betrokken is?'

Pine zei: 'Dat weet ik niet. Ik heb geen bewijzen dat dit zo is, maar zo niet, dan is het wel heel toevallig dat zijn kleinzoon erbij betrokken is.'

'En dat chique appartement in New York?'

'Meneer, ik kan geen enkele andere reden bedenken waarom er camera's zijn geplaatst in slaapkamers waar seksuele activiteiten plaatsvinden die mogelijk illegaal en/of professioneel gênant zijn. Franklins laatste politieke tegenstander trok zich een paar weken voor de verkiezing terug wegens ongenoemde persoonlijke redenen, ook al stond hij voor in de peilingen. Wie doet dat, meneer?'

'Jij denkt dus dat hij werd gechanteerd om zich terug te trekken?' zei Dobbs.

'Ik kan geen enkele andere reden bedenken waarom hij zich heeft teruggetrokken en daarvoor alleen persoonlijke redenen heeft aangevoerd.'

'Maar je zou toch verwachten dat die man zou terugvechten als ze probeerden hem te verraden?'

'Maar stel dat ze zijn gezin bedreigden?'

'Dus nu denk je aan oude maffiatechnieken.'

'Die technieken zijn nooit weg geweest, want ze werken helaas nog altijd.'

Dobbs vroeg: 'Hoeveel "leiders" hebben ze chantabel gemaakt, denk je?'

'Dat weet ik niet zeker. Vincenzo zei dat hij op een avond urenlang mensen in en uit heeft zien gaan. Hij wist dat ze dat appartement bezochten doordat hij de chauffeur van de limo kende.'

'Misbruik maken van de zwakke plek van mensen,' zei Dobbs vol afschuw.

'Ik kan geen medelijden opbrengen voor mensen die seks hebben met minderjarige kinderen,' zei Pine, terwijl ze aan Jewel Blake dacht. 'Zij verdienen het dat dat bekend wordt. Maar om mensen te chanteren voor andere zaken, zoals affaires of drugsgebruik? Dat is anders, dat is min, dan maak je hen kapot. Als die mensen hun invloed gebruiken om hun chanteurs te helpen, dan doen ze dat onder druk. Dat lijkt me heel zwaar, de wetenschap dat je je eigen land verkoopt om jezelf te redden.'

'Ik weet dat we zo snel mogelijk iets moeten doen, Pine, maar ik moet hier ook over nadenken. Ik moet een manier bedenken om dit aan te pakken, want dat moeten we heel behoedzaam doen.'

'Ik zou maar oppassen met wie u dit bespreekt, meneer. Anders wordt u misschien ook overgeplaatst als hoofd van een veldkantoor zo ver weg in de wildernis dat ze communiceren met blikjes met een touwtje ertussen.'

'Dat realiseerde ik me ook. Je hebt dus geen idee waar Carol kan zijn?'

'Nog niet. Maar iemand is daarmee bezig en ik zal hemel en aarde bewegen om haar veilig en wel terug te krijgen.'

'Dat weet ik. Hou je taai, Pine. Je hoort weer van me.' Daarna verbrak hij de verbinding.

Om de een of andere reden verloor Pine onmiddellijk alle hoop.

Ik kan van niemand hulp verwachten, want wie weet tot hoe ver dit gaat?

Ze staarde door het raam naar de donkere straat. Haar verbeelding ging met haar op de loop, waardoor ze zich allerlei gruwelijke dingen voorstelde die Carol Blum en Robert Puller konden overkomen. Ze had Carol nooit moeten meenemen.

En als ik Pullers arrestatie van Tony Vincenzo niet had verpest, was Robert Puller hier nu ook niet bij betrokken.

Pine was ervan overtuigd dat waar Blum ook was, Robert Puller daar ook was.

Ze reed rechtstreeks naar het FBI-veldkantoor New York, vulde een beëdigde verklaring in, liet die door een notaris officieel maken, scande het document en mailde het naar Dobbs in Arizona. Het viel haar op dat verschillende agenten die ze tegenkwam haar aandachtig aankeken.

Is er iets aan de hand wat ik niet weet?

Heel even raakte ze in paniek toen de afschuwelijkste gedachte die ze zich kon voorstellen bij haar opkwam. Het Bureau was hier ook bij betrokken en Dobbs had haar op slinkse wijze hiernaartoe gestuurd, zodat ze voor een verzonnen aanklacht kon worden gearresteerd.

Terwijl ze zich afvroeg of ze ervandoor moest gaan, kwam er een man naar haar toe.

Hij was in de vijftig, groot en indrukwekkend, en gekleed in een donker pak met blauwe stropdas en gesteven wit overhemd. 'Agent Pine?'

'Ja?' Iets aan de man kwam haar bekend voor. Ze verstijfde.

'Ik ben Warren Graham. Ik ben de SAC hier.'

Dáárom dacht ze dat ze hem kende. Graham was de *special agent in charge* van het veldkantoor van het Bureau in New York; dit kantoor en het veldkantoor in D.C. waren de belangrijkste filialen van het Bureau. Hij was hier de hoogste baas en stond hoger in de pikorde dan Clint Dobbs, veel hoger.

'Ik wil graag met je praten, onder vier ogen.'

Graham nam Pine mee naar een kleine vergaderkamer en deed de deur achter hen dicht.

Pine's hart klopte zo snel dat ze dacht dat ze haar trui zag bewegen.

Graham ging op de rand van de tafel zitten en zei: 'Clint Dobbs en ik waren kamergenoten op Quantico. We zijn daarna goede vrienden gebleven. Hij belde me nadat jij hem had gesproken.'

Pine zocht steun tegen de muur, omdat ze geen idee had wat er zou gaan gebeuren.

'Wij doen onderzoek naar een paar dingen die jij ook onderzoekt, Pine. Sterker nog, ik zal je iets vertellen. Er zijn nog drie luxeappartementen die op dezelfde manier worden gebruikt als het penthouse dat jij hebt ontdekt en waar je Clint over vertelde.'

'U weet dus wat ze doen?'

'Dat denken we wel, ja. De Russen noemen dat *kompromat*. De Saoedi's hebben daar een ander woord voor, net als de Chinezen trouwens.'

'Zijn die hier allemaal bij betrokken, meneer?'

'Eigenlijk denken we niet dat er andere landen achter zitten, Pine. Wij denken dat het een private groep is die dit doet om de oudste reden die er is: geld.'

‘Wist u het van Gorman en Franklin?’

‘Nee, onze aandacht was nog niet op hen gevestigd. Op dit moment krijgen we huiszoekingsbevelen en toestemming voor surveillance.’ Hij zweeg even en zei met een nijdige blik: ‘Ik ken Nora en eh... ik moet zeggen dat ik verbaasd ben. Dit had ik nooit gedacht.’

‘Dat is het punt, lijkt me, meneer.’

‘Daar heb je helemaal gelijk in, Pine. Dat bewijst alweer dat je in dit werk nooit te oud bent om iets nieuws te ontdekken.’ Hij fronste. ‘Ik begrijp dat er twee mogelijke gegijzelden zijn.’

‘Mijn assistente Carol Blum en luitenant-kolonel Robert Puller van de luchtmacht.’

‘Gorman heeft hen?’

‘Dat denken we wel.’

‘We hebben een oppervlakkige achtergrondscreening van Gorman uitgevoerd. Sinds hij hoofd Beveiliging van Nora is, heeft hij geen toegang meer tot informatie en andere zaken zoals stafleden normaliter hebben.’

‘Daarom hebben ze dit op deze manier opgezet, lijkt me.’

‘Inderdaad. En begrijp ik het goed dat de krijgsmacht ook alles op alles zet om kolonel Puller te vinden?’

‘Ja, volgens mij wel. Ze zijn daar in elk geval mee bezig.’ Ze hoopte maar dat Puller dat vanuit zijn ziekenhuisbed had kunnen regelen.

‘Goed dan, Pine, jij hebt voor dit moment wel genoeg gedaan. Je lijkt kapot. Ga even rusten. Je kunt ons niet helpen als je uitgeput bent. Het zal heel druk worden de komende dagen.’ Hij zweeg even. ‘En God sta ons bij als deze zaak even diep blijkt als ik vermoed.’ Hij gaf haar zijn visitekaartje. ‘Mijn mobiele privénummer staat daarop.’

Pine vertrok en liep terug naar haar auto. Ze wilde iets doen, wat dan ook, maar op dit moment kon ze even niets anders doen.

Ze reed terug naar Lineberry’s appartement en liet zich met haar kleren aan op het bed vallen. Ze pakte de foto van haar zus en bleef ernaar kijken tot ze in een onrustige slaap viel.

64

Puller zat met zijn rug tegen het kussen geleund naar zijn telefoon te kijken. Inmiddels moest hij dat ding verstoppen voor de verpleegkundigen, die allemaal wilden dat hij ging rusten en slapen en...

... mijn werk verdomme niet doen.

Hij had slecht geslapen, ondanks de medicatie, en lag al een uur wanhopig te proberen een oplossing te bedenken. Hij had drie mensen gebeld en niet één van hen had teruggebeld. Dat was frustrerend, hoewel... Eigenlijk meer zorgwekkend dan frustrerend.

Zijn hoofd tolde, terwijl hij zich afvroeg wie hem verder misschien nog met deze zaak kon helpen. Kon hij maar één iemand bedenken die hierdoor was getroffen, dan kon hij misschien...

Stomkop die je bent!

Hij toetste het nummer in en kreeg de voicemail. Hij zuchtte. Niet weer! Hij sprak een gedetailleerd bericht in en liet zijn telefoon naast zich op het bed vallen.

Hij keek naar zijn vitale functies op de monitor, en die leken allemaal goed. Hij herinnerde zich de keer dat hij in Afghanistan zijn ogen opensloeg en zag dat hij gewond was en in een veldziekenhuis lag. Toen hadden zijn vitale functies er veel minder bemoedigend uitgezien. Hij had niet geweten dat je bloeddruk zo laag kon zijn en je dan toch nog leefde.

Hij bewoog zijn gewonde schouder een heel klein beetje en klemde zijn kiezen op elkaar. Zelfs mét de pijnmedicatie was dat geen verstandige actie, besefte hij. Dus hield hij daarmee op en ontspande zijn lichaam. Maar toen hij naar de telefoon keek, spande zijn lichaam zich weer.

Kom op! Toe nou, bel me!

Vijf minuten verstreken, toen tien. Tien minuten werden twintig.

Hij begon de hoop al op te geven.

Toen zoemde zijn telefoon.

Hij pakte hem zo snel met zijn hand aan zijn goede zij dat zijn gewonde zij het uitschreeuwde van protest.

'Hallo?' zei hij.

'Puller, met Tom Pitts.'

'Bedankt dat u me terugbelt, meneer. En ik wilde u vertellen hoe erg ik het vind wat u is overkomen. Ik heb u hierbij betrokken, maar had geen idee dat dat u uw aanstelling in het Pentagon zou kosten.'

'Nee, Puller, ik ben juist degene die zich moet verontschuldigen. Na ons gesprek in mijn kantoor heb ik een paar mensen gebeld en ging ik op zoek naar meer informatie. Ik dacht echt dat ik vorderingen maakte, maar kort daarna werd ik overreden door een Abramstank. De krijgsmacht is een vreemde minnares, Puller. En wanneer je daar de politiek bij optelt, en dan heb ik het niet alleen over de militaire politiek, maar ook over de civiele politiek aan de overkant van de Potomac, wordt het heel snel ingewikkeld. Ik ben inmiddels weliswaar heel bedreven in het lezen van de theeblaadjes en zie problemen meestal van verre aankomen, maar in dit geval dus niet. Om zeven uur 's ochtends dronk ik mijn eerste kop koffie en om kwart over acht kreeg ik bevel mijn spullen te pakken en te vertrekken voor een buitenlandse missie. In Nederland, nota bene.'

'Bent u daar nu ook?'

'Ik vlieg er overmorgen naartoe.'

'Nogmaals, het spijt me dat ik u hierbij heb betrokken, meneer.'

'Nou, mij niet. Dit stinkt verschrikkelijk. En ik ben niet van plan werkeloos toe te kijken, Puller. Ik weet natuurlijk wel dat degene die dit heeft geregeld veel macht heeft, maar zelf heb ik ook wel enige invloed.'

'Daarom belde ik u ook. Ik wilde u op de hoogte brengen van de ontwikkelingen.'

'Waar ben je nu?'

Puller aarzelde, maar besloot toen het gewoon te zeggen. 'Ik lig in het ziekenhuis.'

'Wat?'

Puller vertelde hem over de schietpartij.

'Jij denkt dus dat dat hiermee te maken heeft?'

'Dat weet ik zeker, meneer.'

'Vertel me wat je weet.'

Puller vertelde Pitts in korte, duidelijke zinnen over Nora Franklin en Adam Gorman. Ook dat de kleinzoon van Peter Driscoll, Jeff Sands, was gedood door dezelfde kogel die Puller had verwond. Verder vertelde hij de generaal over de mogelijke chantagebende in New York City. Hij beëindigde zijn verhaal met de mededeling dat zijn broer en een medewerkster van de FBI werden vermist.

'Denk je dat zij door deze mensen zijn ontvoerd?'

'Ik kan geen andere reden bedenken waarom ze hun telefoon niet opnemen of ons niet terugbellen. Ik heb ook andere mensen gebeld om me te helpen, maar u bent de enige die me terugbelt.'

'Ze sluiten de gelederen dus,' zei Pitts. 'Ik ken veel mensen in de krijgsmacht die meerdere keren een vijand op het slagveld hebben aangevallen en keihard hebben gevochten, met als resultaat verwondingen en nederlagen, maar ze vochten door tot de overwinning. Terwijl ik diezelfde mensen heb zien veranderen in lafaards die op de vlucht sloegen bij de eerste dreiging van een dagvaarding, een degradatie of een telefoontje van een figuur in pak die geen greintje respect verdient. Maar misschien heb ik een betere positie dan de anderen die je hebt gebeld en die jou niet terugbellen. Ik heb mijn vier sterren verdiend, en ik heb mijn baan bij het Pentagon verdiend. En ik vat het niet licht op als mensen me naaien. Als zij denken dat ik dit rustig laat gebeuren, dan kennen ze me niet. Zelfs als je niet had gebeld zou ik deze zaak openbaar hebben gemaakt voordat ik het land verliet. Als iemand me slaat, dan sla ik verdomme terug, alleen harder!'

'Zo praat u net als mijn vader.'

'Dat beschouw ik als het mooiste compliment dat je me kunt geven.' Pitts toon veranderde en hij zei, bedachtzamer nu: 'Robert Puller, hè? Een luitenant-kolonel van de luchtmacht met de hoogste *security clearances* en een enorme kennis van onze belangrijkste militaire geheimen.'

'Ja, meneer.'

'We moeten hem vinden. Enig idee waar ze kunnen zijn?'

'Daar zijn we mee bezig, meneer, echt.'

'Geef me twee uur, Puller. Er zijn nog wel een paar mensen die me iets verschuldigd zijn. Ik denk dat ik het wel kan regelen. Daarna heb ik alleen nog maar een doelwit nodig.'

'Ik hoopte al dat u dat zou zeggen. En mag ik u een gunst vragen?'

'Ja hoor, zeg het maar.'

'Ik ken een FBI-agent, Atlee Pine, die hier graag bij betrokken wil zijn.'

'Staat ze haar mannetje?'

'Absoluut, generaal.'

Meteen na dit telefoongesprek belde hij Pine. Hij vertelde haar de bijzonderheden van de plannen van hem en generaal Pitts.

'Bedankt dat je hebt geregeld dat ik mee mag doen,' zei ze slaperig.

'Jij zou hetzelfde voor mij doen.'

Daarna vertelde ze hem over haar gesprek met Warren Graham.

'Dat betekent dus dat het Bureau en hopelijk ook de krijgsmacht hen van verschillende kanten aanvallen,' zei Puller.

'Volgens mij is hiervoor alle vuurkracht nodig die we maar kunnen optrommelen,' zei Pine. 'Hé, hebben militairen geen RFID-microchip in hun lichaam, vooral zo'n belangrijke militair als je broer, waarmee ze gemakkelijk getraceerd kunnen worden?'

'Dat hebben ze ooit overwogen, maar het was te invasief en, nog belangrijker voor het leger, te duur. Verder waren er privacyissues. En wat moet je doen nadat ze het leger hebben verlaten? Ze eruit halen? Dus in plaats daarvan gebruikt het leger gps-trackers die je weer moet inleveren als je de dienst verlaat.'

'Oké, klinkt logisch.' Pine probeerde niet te gapen, maar daar slaagde ze niet helemaal in.

'Sorry dat ik je zo laat nog belde. Ik weet dat ik je wakker heb gemaakt.'

'Ik schaam me diep, Puller. Jij ligt in het ziekenhuis met een schotwond en bent nog steeds aan het werk, terwijl ik lui lig te pitten. Je mag me op elk moment bellen.'

Puller legde zijn telefoon neer en staarde naar het plafond. Hij keek naar de buisjes en snoertjes op en in zijn lichaam en zuchtte. Voor de tweede keer in zijn leven voelde hij zich hulpeloos. De eerste keer door de dementie van zijn vader; iets wat hij niet ongedaan kon maken op een slagveld. En nu was hij alweer hulpeloos.

Shit.

65

Pine schrok de volgende ochtend pas laat wakker en sprong uit bed, klaar om energiek aan de slag te gaan – met snel kloppend hart en gierende zenuwen. Ze bleef even staan.

Waar ben je verdomme mee bezig? Rustig aan!

Ze zette koffie en dacht aan het telefoontje van Puller de vorige avond. Hij had kennelijk mogelijkheden om dit te regelen, zodat ze nu alleen nog een locatie nodig hadden om in de aanval te gaan. Ze checkte haar telefoon om te zien of Carol Blum of Robert Puller haar terwijl ze sliep als door een wonder hadden gebeld of een berichtje hadden gestuurd. Dat was niet zo.

Er was wel een berichtje van Clint Dobbs waarin hij de ontvangst van haar gescande verklaring bevestigde. Hij schreef ook dat het balletje aan het rollen was gebracht, dat hij een strategie had en het Bureau hier volop mee bezig was. Ze moest alle aanwijzingen die ze had natrekken en eventuele ontwikkelingen aan hem en Graham doorgeven.

Ze slaakte een diepe zucht. Ze had Clint Dobbs nooit erg aardig gevonden, maar ze vertrouwde hem wel. Hij kon niet worden gekocht, door niemand.

Ze at wat yoghurt en een geroosterde boterham. Ze stapte onder de douche, kleedde zich aan en bewapende zich. Daarna ging ze snel naar de garage beneden, stapte in haar auto en reed weg.

Ze was er doodziek van om te reageren op de acties van anderen.

Het was hoog tijd om zelf het initiatief te nemen.

Ze reed meteen naar het kantoorgebouw van Nora Franklin en vond een parkeerplek aan de overkant. Ze wist dat ze nu gewoon geluk moest hebben. Wanneer de vrouw was teruggegaan naar D.C. of naar haar kantoor in de provincie New York was Pine de klos.

Een halfuur later verhoorden de politiegoden haar gebeden.

Er stopte een taxi voor het gebouw van de federale overheid. Nora Franklin stapte uit en liep naar binnen.

Pine liep meteen hetzelfde café binnen waar Blum haar surveillance had uitgevoerd.

Het motregende inmiddels en de lucht betrok snel.

Ze kreeg een tafeltje bij het raam en daar bleef ze zitten met een kop koffie en een broodje tonijn. Drie uur later vroeg iemand van de bediening of ze nog iets wilde nuttigen; een duidelijk teken dat ze moest vertrekken, hoewel het er nog niet half vol was. Pine bestelde nog een kop koffie en een zakje chips.

Opeens schoot haar iets te binnen, misschien een manier om daar te komen waar ze moesten zijn. Ze haalde Warren Grahams visitekaartje tevoorschijn en belde zijn mobiele nummer.

Hij nam bijna meteen op.

Ze vertelde hem waar ze was en wat ze van plan was.

'Dat is gevaarlijk, Pine, heel gevaarlijk. Dat zou rampzalig kunnen uitpakken.'

'Even rampzalig als het verlies van twee van onze beste mensen, meneer?'

Het bleef heel lang stil, terwijl Pine haar adem inhield.

'Doe het, Pine. Verkloot het niet.' Hij gaf haar een telefoonnummer dat ze moest bellen zodra ze haar missie had volbracht en verbrak de verbinding.

Pine kon de spanning gewoon voelen. Als ze dit verknalden waren zij, Graham en ieder ander die iets met dit onderzoek te maken had de klos. Dan wonnen de slechteriken en was Amerika de grote verliezer.

Om zeven uur – het was steeds harder gaan regenen en het werd al donker – kwam Nora Franklin eindelijk naar buiten; ze had een dunne leren aktetas bij zich. Ze had kennelijk een Uber gebeld, want een Prius stopte voor het gebouw op het moment dat zij naar buiten kwam. Ze stapte in en de Prius reed weg.

Pine was al naar haar auto gelopen; ze stapte in en volgde haar.

De Prius reed naar een restaurant in het centrum van Manhattan. Franklin stapte uit en liep naar binnen.

Pine dwong een bestuurder van een auto zijn parkeerplaats te verlaten door hem haar FBI-badge te laten zien. Ze nam het plekje in bezit en wachtte.

Dobbs stuurde haar twintig minuten later een berichtje om haar op de hoogte te brengen van de laatste stappen die het Bureau had gezet.

Ze stuurde hem een berichtje terug waarin ze hem vertelde wat zij deed.

Zijn volgende berichtje was informatief.

Tientallen huiszoekingen staan op het punt te worden uitgevoerd. Afluisteracties zijn geregeld voor Franklin en co. Deze zaak ontploft bijna.

Ze stuurde een berichtje terug: *Voor het eerst sinds lange tijd glimlachte ik, meneer.*

Pine stopte haar telefoon in haar zak, stapte uit en liep langs het raam van het restaurant, maar ze zag Franklin niet. Daarom besloot ze naar binnen te gaan om een kijkje te nemen. Daar zat ze, achterin, te praten met een man die Pine niet kende. Jammer. Als het Gorman was geweest, had Pine hem ter plekke gearresteerd.

Pine verliet het restaurant en stapte in haar auto.

Kort na negen uur kwam Franklin naar buiten en hield een taxi aan.

Pine volgde de auto.

Ze reden over de West Side Highway naar het zuiden, tot de auto links afsloeg en naar Greenwich Village reed met zijn extreem dure, historische huizen, vreemd kronkelende straten en de naam een van de duurste postcodes van de omgeving te zijn. Oud. Prestigieus. En afgelegen; nou ja, voor zover mogelijk dan in New York City. Kleinsteeds. Restaurants van lokale eigenaren, met voorgerechten van vijftig dollar en cocktails van twintig.

De taxi stopte voor een fraaie twee-onder-een-kapwoning van vier verdiepingen met twee identieke, flikkerende gaslantaarns aan weerszijden van de blauwe voordeur met een koperen klopper. Het huis ernaast was ook statig, maar dat leek onbewoond en werd zo te zien gerenoveerd. Je moet een vermogen uitgeven om hier een oud huis te kopen en nog eens een vermogen om het bewoonbaar te maken, dacht Pine.

Zal wel leuk zijn.

De oude stenen trap naar de voordeur van Franklins huis had fraaie gietijzeren leuningen. Het huis leek oud, maar was duidelijk met zorg gerestaureerd.

Pine stopte op een lege parkeerplek toen het portier van de taxi werd geopend en Franklin uitstapte. Terwijl de taxi wegreed, liep Franklin de trap op. Ze hoorde Pine pas toen deze vlak achter haar stond.

'Beveiligers een vrije avond?' vroeg Pine.

Franklin draaide zich vliegensvlug om.

Pine zag dat ze een klein spuitbusje in haar hand had. 'Pepperspray? Dat is hier legaal, maar alleen als je het koopt bij een goedgekeurde winkel en de noodzakelijke papieren invult, wat, aangezien u zo'n vip bent, vast en zeker door een assistent is gedaan.'

'Wie bent u in vredesnaam?' snauwde Franklin, terwijl ze om zich heen keek alsof ze hoopte een passerende politieauto te zien.

Pine liet haar haar badge zien. 'Special agent van de FBI Atlee Pine. Ik moet met u praten.'

Franklins ogen waren groot geworden toen ze Pine's naam hoorde.

'Inderdaad,' zei Pine. 'Ik wist vrijwel zeker dat u was geïnformeerd over mij. Ik neem aan dat u dat van Gorman hebt gehoord.'

'Als u me wilt spreken, moet u mijn kantoor bellen en een afspraak maken. Maar ik moet u wel vertellen dat dat niet op korte termijn kan. Ik heb het heel erg druk, agent Pine.'

'O, maar dat weet ik. Twee of meer meesters dienen in plaats van één zal wel veel van uw vrije tijd kosten.'

Franklin zei met een beleefde glimlach: 'Ik heb geen idee wat u daarmee bedoelt, maar dit heeft griezelig veel weg van smaad. Goed, als u me nu wilt excuseren...'

Pine liep juist dichter naar haar toe. 'Uw probleem is dat Gorman het heeft verkloot. Hij heeft een paar mensen ontvoerd, van wie er een voor de FBI werkt. Ik weet dat u daar invloed hebt, maar misschien niet genoeg om dat probleem op te lossen.'

'Ik heb echt geen idee waar u het over hebt.'

'Ontkent u niet dat Gorman voor u werkt?'

'Natuurlijk niet. Adam is al heel lang bij me. Hij is de beste in zijn vak.'

'Ja. Maar zijn vak is illegaal. Het chanteren van mensen met een hoge positie... Moord, ontvoering... Dat betekent een lange gevangenisstraf. Veel langer dan de tijd die u in het Congres hebt gezeten.'

Voor het eerst zag Pine een ietwat paniekerige blik in de groene ogen van de vrouw.

Een groep jongelui in NYU-truien kwam de hoek om. Ze hadden kennelijk gedronken en floten en zwaaiden naar de beide vrouwen.

Pine keek naar de voordeur en zei: 'Misschien kunnen we dit beter binnen bespreken.'

Franklin keek naar de studenten. Ze zei niets, maar pakte haar sleutel en deed de deur van het slot, waarna ze gebaarde dat Pine haar moest volgen.

66

'Wat een prachtig huis,' zei Pine sarcastisch toen ze de voorkamer binnenkwamen.

De vloer was van marmer, de wanden waren zo te zien bekleed met zijde en deskundig afgewerkt met houtstrips. De prijs van het meubilair correspondeerde duidelijk met de prijs van de woning zelf, en de schilderijen aan de muren zouden niet hebben misstaan in een van de ontelbare musea van de stad.

'Dank u wel,' zei Franklin, al even sarcastisch.

Een jonge vrouw in een dienstmeisjesuniform kwam binnen en begroette Franklin. 'Mevrouw Franklin, hebt u iets nodig?'

'Nee, Lily, je mag wel naar boven naar je kamer gaan. Ik heb vanavond verder niets nodig.'

Lily keek naar Pine. 'Wil uw vriendin misschien een verfrissing? Carl is nog in de keuken.'

'Nee, zeg maar tegen Carl dat hij de rest van de avond ook vrij is. Ik laat mijn "vriendin" straks zelf wel uit.'

'Ja, mevrouw.' Lily draaide zich om, liep snel de kamer uit en sloot de deur achter zich.

'Kom mee naar mijn werkkamer,' zei Franklin kortaf. Ze liep voor Pine uit door een lange gang met een hardhouten vloer van walnotenhouten planken van verschillende breedtes. Ze opende een stel dubbele deuren en gebaarde dat Pine mee naar binnen kon komen.

De boekenkasten stonden vol boeken en het vuur knetterde in de open haard. Het fraaie houten bureau was afgezet met leer en erop stond een set antieke schrijfattributen die eruitzagen alsof ze veel geld hadden gekost. Het tapijt was dik en zacht. Het vertrek ademde de sfeer van een groots Brits herenhuis dat naar het centrum van Manhattan was verplaatst.

Voor een van de muren stond een bar. 'Wilt u iets drinken?' vroeg Franklin.

'Nee, maar neem gerust zelf iets. Dat kunt u misschien wel gebruiken.'

Franklin kromp even in elkaar, maar schonk een bodempje cognac in, dat ze ronddraaide in het glas.

Ze was conservatief gekleed in een getailleerd donkerblauw mantelpakje. Franklin maakte haar opgestoken blonde haar los zodat het op haar schouders viel. Ze ging zitten in een stoel met hoge rugleuning en Pine ging tegenover haar zitten op een klein bankje.

Franklin trok haar pumps uit en masseerde haar voeten. 'Je zou denken dat vrouwen deze verdomde dingen niet meer hoefden te dragen.'

'Ik denk dat een vrouw op uw positie kan dragen wat ze wil, in tegenstelling tot een heleboel andere vrouwen. Maar ik ben hier niet om daar met u over te praten.'

'Waar wilt u dan over praten, afgezien dan van die wilde, ongefundeerde beschuldigingen?'

'Uw nettovermogen is bijzonder indrukwekkend. Dit huis alleen al is vijf of tien miljoen waard. En u hebt nog een huis in de staat New York, nietwaar?'

'Ik heb ook nog een huis in het zuiden van Frankrijk, een charmante villa.' Franklin nam een slok van haar cognac, slikte de drank langzaam door en keek Pine geamuseerd aan.

Pine besloot daar niet op in te gaan. 'Voor een vrouw die al een jaar of tien voor een vast salaris van honderdvijfenzeventigduizend dollar en nog wat in het Congres zit, is dat een enorme prestatie.'

'Voor die tijd werkte ik als advocaat.'

'Klopt, maar slechts enkele jaren. En niet in een rechtsgebied waar veel geld mee te verdienen is.'

'Ik heb goed geïnvesteerd.'

'En dankzij uw positie in het Congres kunt u wetten schrijven die invloed hebben op bedrijven waarin u hebt geïnvesteerd, dat weet ik.'

'Dat zouden tegenstrijdige belangen zijn.'

'Natuurlijk, maar het gebeurt toch. Doordat leden van het Congres de wetten op zo'n manier opstellen dat er mazen in zitten zo groot als de Grand Canyon. En het is zo moeilijk om publieke corruptie te bewijzen dat het bijna onmogelijk is een veroordeling te krijgen, waardoor openbaar aanklagers maar zijn opgehouden dat te proberen.'

'Daar kunt u het Hooggerechtshof van ons land voor bedanken. Maar als u een klacht hebt, kunt u met mijn assistenten praten.'

'Ik neem aan dat u dingen hebt gedaan waarop die tegenstrijdigebelangenclausule van toepassing is. Maar volgens mij komt het grootste deel van uw vermogen daar niet vandaan. In de officiële opgave van uw financiën kunt u heel algemeen zijn. U hoeft de waarde van uw hoofdwoning niet op te geven, en vermogen in bepaalde trusts hoeft niet te worden gewaardeerd of opgegeven. Ik kan me goed voorstellen dat u gebruikmaakt van al die mazen in de wet.'

'Integendeel, ik doe niets om mijn rijkdom geheim te houden. U wist waar ik woonde, of anders bent u me hiernaartoe gevolgd. Ik heb hier en in mijn andere huizen feesten en liefdadigheidsbijeenkomsten gehouden en mijn persoonlijke financiën zijn transparant.'

'Echt niet! Bovendien hoeven Congresleden geen achtergrondscreening te ondergaan. Er kan dus heel veel in uw verleden zijn waar we niets van weten.'

'Als er al problemen waren, zou de pers die echt wel hebben ontdekt. En wanneer u vraagtekens zet bij mijn vaderlandsliefde, wij leggen een eed van geheimhouding af, en als lid van het Intel Committee heb ik nog een extra eed afgelegd.'

'Dat zijn woorden, meer niet.'

'Ik ben een gekozen ambtenaar. De stemmers stonden in voor mijn integriteit door op mij te stemmen. Dus die zaak is gesloten.'

Pine schudde haar hoofd. 'Voor mij niet.'

'Luister, ik heb een lange dag achter de rug en ik wil naar bed.'

'Geloof me, uw dagen worden nog veel langer.'

Franklin leunde naar voren en snauwde: 'Ik begin genoeg te krijgen van dit onzinnige gesprek. Weet u, ik ben absoluut niet onder de indruk van uw vage dreigementen. Als u dat nog een keer doet, sleep ik u voor de rechter wegens smaad. Het gevolg zal een onderzoek door het Congres zijn over hoe de FBI zijn agenten screent. Ik denk niet dat de FBI-directeur het prettig vindt wanneer zijn agenten buiten hun boekje gaan.'

Pine leunde ook naar voren. 'Dan zal ik het iets minder vaag maken. Alle penthouses staan onder surveillance. U kunt elk moment een huiszoeking verwachten, net als God mag weten hoeveel andere hooggeplaatste ambtenaren en CEO's en rechters en agenten en andere verraders.'

'Denkt u dat ik gechanteerd ben, agent Pine?'

'Ik kan me niet herinneren dat ik iets over chantage heb gezegd. Ik vraag me af waarom u dat nu wel doet.'

Franklin verstijfde, maar ze ontspande zich weer en nam een slokje van haar cognac. 'Ik heb een aanname gemaakt op basis van wat u me zojuist vertelde. Dat mag toch zeker wel? Mensen op een hoge positie? Verraders?'

'Wilt u echt weten waarom ik hier ben?'

'Absoluut. Dan kunnen we dit gesprek daarna misschien afsluiten.'

'Ik mag u een deal aanbieden.'

Franklin verslikte zich bijna. 'Een deal? Ik ben advocaat, Pine. Ik neem aan dat u dat niet bent. Probeer me dus niet te intimideren. Mensen zoals u lust ik rauw.'

'U was geen strafrechtadvocaat, maar ik geef u het voordeel van de twijfel. Ze hebben Jeff Sands vermoord. Ze hebben Tony Vincenzo doodgeschoten op een strand in New Jersey. Lindsey Axilrod, of hoe ze in werkelijkheid ook heet, wilde hem ergens mee injecteren voordat ik zijn leven kon redden, helaas voor korte tijd.'

'Die mensen ken ik allemaal niet en u hebt geen bewijs dat ik hen ken.'

'Morgen zal dat bewijs er wel zijn. Wilt u vooropliggen vergeleken bij de rest of achteraan en in een gevangeniscel?'

'De FBI moet echt eens beginnen om beter personeel aan te nemen. Ik zal u met alle plezier dagvaarden om voor een van mijn commissies te verschijnen. Dan scheur ik u in stukken en verliest u uw badge en het beetje zelfrespect dat u misschien bezit. Iets waar u de volgende vijftig jaar spijt van kunt hebben.'

'U wijst mijn aanbod dus af?'

'Dit gesprek is afgelopen!' snauwde Franklin. 'Ga nu alstublieft weg. Anders bel ik de politie.'

Pine stond op. 'Oké, dan bied ik Gorman de deal wel aan. Hij zal waarschijnlijk beweren dat u opdracht hebt gegeven voor de moorden en de ontvoering van een werkneemster van de FBI en een luitenant-kolonel van de luchtmacht. Het maakt SAC Graham niet uit waar de inside-information vandaan komt. Hij zei dat we er vol in gaan.'

Franklin verbleekte een beetje en haar toon veranderde. 'Graham? U hebt met Warren Graham gesproken?'

'Hij is de hoogste baas van het veldkantoor New York. Wie zou anders de leiding hebben van een operatie van deze omvang en complexiteit?'

'Operatie?'

'Ja, de officiële naam is Operatie Stars en Stripes.' Pine keek op de arrogante vrouw neer en voegde eraan toe: 'Maar wij, de mensen van de FBI, hebben de operatie ook een onofficiële naam gegeven.'

'Vertel me alstublieft hoe die naam luidt,' zei Franklin, met een zelfverzekerde glimlach.

'Operatie Kiss Your Ass Goodbye.'

Daarop liet Pine zichzelf uit.

67

Pine stapte in haar auto en scheurde weg. Maar ze reed alleen de hoek om, stopte en belde het nummer dat Warren Graham haar had gegeven.

Een vrouw nam onmiddellijk op. 'Oké, agent Pine, we hebben de taps op haar telefoons, haar vaste en twee mobiele, en al haar mail-accounts.'

'Ik heb haar de stuipen op het lijf gejaagd. Ze zal Gorman nu wel bellen. Dan kunnen we dat gesprek traceren.'

'Begrepen. Ik laat het u weten zodra ze contact met iemand opneemt.'

'Er zijn ook andere mensen in dat huis, een dienstmeisje en een kok. Wat gebeurt er als Franklin hun telefoon of mailaccount gebruikt?'

'We hebben een digitale deken om dat huis gelegd, agent Pine. Alles wat daarvandaan komt kunnen we opvangen. Het gerechtelijk bevel was zo ruim geformuleerd dat dat ook mogelijk was.'

Pine verbrak de verbinding, belde Puller en vertelde hem wat ze had gedaan. 'Zodra ze iemand belt of mailt, kunnen we het traceren. Tegenwoordig hoeft een telefoongesprek geen halfuur meer te duren. Het Bureau kan de connectie heel snel maken.'

'Waar ben je nu?'

'Vlak bij Franklins huis in Greenwich Village.'

'Geef me het precieze adres, zodat ik dat kan doorgeven aan generaal Pitts.'

Dat deed ze. Daarna zei ze: 'Maar de FBI zal haar scherp in de gaten houden. Zij gaat nergens naartoe.'

'Extra maatregelen kunnen geen kwaad, Atlee.' Daarna verbrak hij de verbinding.

Pine wachtte. En wachtte. Veertig minuten verstreken. Toen een uur. Ze belde het nummer weer.

De vrouw zei: 'Niets, agent Pine. Ze heeft niemand gebeld of gemaild of een berichtje gestuurd. We hebben maar één tekstbericht opgepikt dat daarvandaan kwam, ongeveer twintig minuten geleden. Van Lily Walker. Het was kennelijk aan haar vriendje gericht, want het had eh... Het was nogal seksueel getint.'

Pine's hoop verdween. Hoe was dat mogelijk? Na hun gesprek was ze ervan overtuigd geweest dat Franklin zou proberen contact op te nemen met Gorman om hem te waarschuwen. Ze zou misschien proberen naar hem toe te gaan, hoewel dat veel gevaarlijker was. Ze zou weten dat ze werd gevolgd. Had ze zich gerealiseerd dat haar telefoons werden afgetapt? Had ze nog een ander mailaccount of een wegwerptelefoon waar ze niets van wisten? Als dat zo was, zou haar plan mislukken.

Ze zag beweging in de straat en verstijfde. Iemand kwam de hoek om bij Franklins huis vandaan en liep haar kant op. Toen de persoon onder de straatlantaarn door liep, zag Pine dat het Lily was, Franklins dienstmeisje. Gebruikte Franklin haar als een soort boodschapper?

Pine volgde haar intuïtie, stapte uit en stak snel de straat over. Het regende niet meer, maar het was kil buiten en de trottoirs en het wegdek waren nog nat. 'Hé.'

Lily stopte en keek bang, maar toen ze Pine herkende ontspande ze zich.

'Sorry, ik wilde je niet bang maken.'

'O, het is goed, hoor. Waarom bent u hier nog steeds?'

'Ik moest hier in de buurt nog iets anders doen. Ik dacht dat je naar bed ging.'

Lily glimlachte. 'Ik heb een dutje gedaan, maar ga nu naar mijn vriend. We willen naar een club in SoHo waar we nog niet eerder zijn geweest.'

Pine keek op haar horloge. 'Het is al twaalf uur geweest.'

Lily glimlachte. 'Dan begint het pas echt.'

'Ach, was ik maar weer jong.'

'En mijn kamer is erg klein en er is niet veel te doen. Maar mevrouw Franklin zei dat ik, zodra ze klaar is met de renovatie van het andere huis, mijn eigen zitkamer krijg en het binnenzwembad en de huisbioscoop mag gebruiken. Dat lijkt me heel cool.'

'Het andere huis?' zei Pine.

'Ja, het huis ernaast. Dat heeft ze vorig jaar gekocht. Ze wil het bij dit huis trekken. Ik weet niet waarom ze nog niet met de renovatie zijn begonnen, want ik dacht dat ze daar een tijdje geleden al mee zouden beginnen. Dat verbaast me wel.'

'Lily, is er een verbinding tussen de beide huizen?'

'Wat? O ja, dat is zo leuk! Dat heeft mevrouw Franklin me verteld. Weet u, die huizen waren vroeger van één eigenaar, bijna honderdvijftig jaar geleden. Op een bepaald moment zijn ze gescheiden en apart verkocht. Geweldige manier om geld te verdienen. Maar er is een oude gang tussen beide huizen die de beide kelders met elkaar verbindt. Nu is die natuurlijk dichtgetimmerd, maar ik heb de deur gezien. Die heeft mevrouw Franklin me een tijdje geleden laten zien.'

Elke spier in Pine's lichaam spande zich. Ze haalde haar badge tevoorschijn en zei: 'Ik ben een FBI-agent en ik moet nu dat huis in zien te komen.'

'Wat?' Lily deinsde geschrokken achteruit.

'Wanneer was de laatste keer dat je Adam Gorman hebt gezien?'

'Meneer Gorman?' Ze keek even verbaasd. 'Hij... kwam gisteravond langs.'

'Weet je waarom?'

'Nee.'

'Hoe lang is hij gebleven?'

'Een uur, denk ik.'

'Hoe kwam hij naar het huis? Met een auto? Lopend?'

Lily antwoordde niet meteen. Ze dacht na en zei toen: 'Dat was zo vreemd.'

'Wat?'

'Ik heb helemaal geen auto horen stoppen, terwijl ik door het raam van de voorkamer naar buiten stond te kijken. En toen ik me omdraaide en weer de gang in liep, was hij binnen en liep met mevrouw Franklin naar de bibliotheek.'

'Kan hij aan de achterkant naar binnen zijn gekomen?'

'Nee, alle deuren daar hebben een belletje. Dat zou ik hebben gehoord.'

Pine luisterde amper. 'Je zei dat er een verbindingsgang is tussen de twee huizen.'

'Ja, dat klopt. Wat is er aan de hand?'

'Ik heb geen tijd om het aan je uit te leggen. Kom mee.'

Terwijl ze snel terugliepen, belde Pine de vrouw van de FBI weer en vertelde haar wat ze zojuist had ontdekt.

'We sturen er zo snel mogelijk een team naartoe, maar als dat huis geregistreerd staat als een aparte woning hebben we daar geen huiszoekingsbevel voor, agent Pine.'

'Vergeet dat huiszoekingsbevel, ik ga naar binnen.'

Pine stuurde Puller een berichtje met de nieuwe informatie.

Even later waren ze bij Franklins huis.

'Waar is Franklin?' vroeg Pine.

'Volgens mij ging ze naar haar kamer.'

'Dat denk ik niet. Breng me naar de achterdeur.' Pine trok haar pistool.

'U maakt me bang,' zei Lily toen ze het wapen zag.

'Zodra we binnen zijn, moet je me naar de gang tussen de beide huizen brengen.'

'Wat moet ik daarna doen?'

'Daarna verlaat je het huis en ga je naar je vriend. En je komt niet terug.'

Lily liep voor haar uit de achtertuin in en een trapje af. Ze deed de deur van het slot, waarna ze naar binnen gingen.

Pine hield Lily tegen, luisterde aandachtig en knikte.

Lily liep voor haar uit een trap af die uitkwam bij een stenen gang die rook naar schimmel en ouderdom. Achter in de gang was een deur.

'Hij staat open!' zei Lily geschrokken.

'Dat bespaart mij de moeite,' antwoordde Pine. 'Ga nu maar weg!'

Lily vloog de trap op en verdween.

Pine trok haar reserve-Beretta en liep de gang verder in.

68

Hoe verder ze liep, hoe sterker de muffe, vochtige geuren werden. De muren waren van oude stenen en bakstenen. De vloer was ook van steen. En het was hier een paar graden kouder. De verlichting bestond uit een paar kale peertjes die door een snoer met elkaar waren verbonden.

Pine liep een hoek om en zag een deur die op een kier stond. Ze sloop ernaartoe en probeerde geen enkel geluid te maken.

Nu helaas dus geen militaire snelleaanvalsteams en een overweldigende overmacht van de FBI.

Ik moet het alleen doen met mijn twee wapens tot de cavalerie hier is, als die tenminste komt.

Toen ze voorzichtig om de hoek van de deur keek zag ze twee dingen.

Een paar vrouwenschoenen waarvan ze wist dat die van Blum waren.

En een uniformjasje met ontelbare lintjes, ongetwijfeld eigendom van Robert Puller, hing over de armleuning van een stoel.

Pine was opgelucht. Als hun spullen hier waren, dan mocht ze ervan uitgaan dat zij hier ook waren.

Ze wilde de deur niet verder openduwen, bang dat dat een ongewenst geluid zou maken. Daarom perste ze zich zijwaarts naar binnen en liep het kleine vertrek in. Rechts van haar was een halletje, waarna de gang ongetwijfeld doorliep.

Op een klaptafel naast de stoel lagen twee lege pizzadozen en drie geopende bierblikjes. Pine hoopte dat degene die ze zou tegenkomen had gedronken. Dat zou het reactievermogen genoeg kunnen vertragen om in het voordeel te zijn tegen wat ongetwijfeld een meerderheid was.

Ze bleef staan en verstuurde een berichtje aan het FBI-team en

Puller met haar locatie en de manier waarop ze binnen was gekomen. Opgelucht zag ze dat het bericht werd verzonden, zelfs in deze kelder met de stenen muren en plafonds.

Ze liep verder door de gang en luisterde aandachtig of ze geluiden hoorde die haar informatie konden geven over wie hier beneden waren en waar.

Tien seconden later hoorde ze iets waardoor ze stokstijf bleef staan.

Iemand vroeg met stemverheffing: 'Hoe redden we ons hier verdomme uit?'

Het was Franklins stem – gespannen, kwaad en bars.

De volgende stem was van Gorman. Pine herkende de stem van de keer dat Gorman zich had voorgedaan als politieagent, nadat hij Jerome Blake had doodgeschoten. 'Kalm maar, Nora, ik heb dit onder controle.'

'Onzin! Ik zei nog zo dat je hen nooit had mogen ontvoeren.'

'Wat had ik dan moeten doen volgens jou? Ze filmde ons in dat hotel. Ze stond samen met Robert Puller in een steeg en ze hadden het over ons. Had ik hen dan gewoon met rust moeten laten?'

'Ik zeg je dat de FBI op het punt staat ons te pakken te nemen.'

'Eén agent, die Atlee Pine, vergeet dat niet. Ik heb overal verkenners en ik heb daar helemaal niets over gehoord.'

'Die Atlee Pine kan heel goed liegen,' zei een andere stem.

Pine's vingers verstrakten om haar beide wapens.

Lindsey Axilrod zei: 'Ze weet heel veel, te veel, maar ze weet niets over jullie beiden. Zij denkt dat dit alleen om drugs gaat.'

'Nu ben jij degene die liegt,' snauwde Franklin. 'Ze vertelde het me over het penthouse. Ze heeft begrepen waarvoor het wordt gebruikt. Hoe hebben ze dat verdomme ontdekt?'

Axilrod kreunde. 'Shit, Tony. Hij moet het hebben ontdekt.'

'En ze noemde Warren Grahams naam.'

Gorman snauwde: 'Ze lult uit haar nek. Als Graham ons te pakken wilde nemen, zou ik dat weten, geloof me maar.'

'Hoe dan ook, we moeten Puller en die vrouw lozen,' zei Axilrod. 'En wel nu. Daarna ga ik op zoek naar Pine en snij haar keel door.'

Pine trapte de deur open en richtte haar ene pistool op Gorman en haar andere op Axilrod. 'Nou, dit is je kans.'

Ze draaiden zich alle drie om naar de deuropening.

Franklin gilde toen Gorman haar vastpakte, haar als een schild tussen zichzelf en Pine trok en een mes tegen haar keel drukte.

'Laat je wapen vallen, anders is ze dood.'

'Dat gaat niet gebeuren,' zei Pine. 'Snij dus maar.'

Axilrod gooide een stoel naar Pine, zodat ze moest bukken. Een seconde later vluchtte het drietal uit het zicht en rende de gang door.

Twee schoten die op haar werden afgevuurd, weerhielden Pine ervan meteen achter hen aan te rennen.

Ze wachtte even en keek om de hoek. Ze sprong achteruit toen er door een volgend schot een stuk van de muur sprong. Een steensplinter sneed in haar hals.

Ze keek weer om de hoek, zag dat de gang leeg was en rende door. Ze sprong opzij, maakte een koprol en stond schietend op toen een andere man, groot en gezet, haar vanuit een andere deuropening aanviel. Drie kogels uit haar Glock raakten hem in de borst.

Hij viel tegen een muur en gleed erlangs naar beneden, dood.

Pine liep door en begon te rennen toen ze zag dat verderop in de gang een deur werd geopend. Ze rende ernaartoe, sprong naar voren en trapte keihard tegen de deur, waardoor die openvloog en in het gezicht sloeg van de man die erachter stond.

Hij brulde van de pijn en probeerde zijn pistool te richten.

Maar daar kreeg hij de kans niet voor, doordat Pine zijn hand tussen de deur en het kozijn klemde. Hij liet zijn pistool vallen, zakte door zijn knieën en kreeg een schop onder zijn kin waardoor hij achteroverviel. Hij klapte met zijn achterhoofd tegen de muur en raakte bewusteloos.

Pine hoorde iemand gillen.

Dat was Blum.

Pine rende de kamer in en een hoek om. En bleef stokstijf staan, hijgend en met beide pistolen voor zich. Ze had een heleboel doelwitten.

En twee gegijzelden. Drie, als ze Franklin meetelde.

Boven hen hoorden ze de kakofonie van sirenes.

Toen Pine naar Gorman en Axilrod keek, zag ze Robert Puller en Carol Blum ook. Deze waren allebei vastgebonden en gekneveld. En

Gorman richtte één pistool op Blums hoofd en één op Pine, terwijl Axilrod haar wapen op Puller richtte. Franklin lag in de hoek op de grond.

'Zo te zien is dit een impasse, agent Pine,' zei Gorman rustig.

'Ik zie geen enkele uitweg voor jullie,' zei Pine met een knikje naar het plafond. 'De cavalerie is er bijna.'

'Maakt niet uit.'

'Ik vraag me af wat je hiermee denkt te winnen,' zei Pine.

'We hebben gegijzelden. Dat geeft ons invloed. Als je wilt dat deze mensen blijven leven, moet je daar een prijs voor betalen.'

'Ik neem aan dat je weet dat de FBI niet toelaat dat kidnappers ervandoor gaan met gegijzelden.'

'Dan zijn ze dood. Wil je dat?'

Pine dwong zichzelf niet naar Blum of Puller te kijken. 'Ik zal hen niet doodschieten. En als jij dat wel doet, schiet ik jou dood.'

Gorman schudde zijn hoofd en glimlachte. 'Risico van het vak.'

Pine vroeg aan Axilrod: 'Geldt dat ook voor jou, Lindsey? Weet je zeker dat je de trekker met je gewonde hand kunt overhalen?'

De vrouw keek haar vals aan en zei niets.

'Je moet iets aan je mimiek doen, Lindsey. Je pokerface stelt niets voor.'

'Je komt hier niet levend vandaan, Pine!' snauwde Axilrod.

'Als ik een dollar kreeg voor elke keer dat ik dat hoorde.' Ze keek Franklin aan. 'En mevrouw het Congreslid, wat is uw mening hierover? Bent u bereid met het schip ten onder te gaan?'

Franklin verbeet haar tranen en jammerde: 'Ik... weet niet wat ik moet doen.'

'Bedankt voor de hulp,' zei Pine spottend.

De sirenes waren stil, maar nu hoorden ze rennende voetstappen boven hen.

Pine bracht haar vingers naar de trekker van haar beide wapens. 'Je hebt geen tijd meer, Gorman,' zei ze.

'Vaarwel, Pine,' zei Gorman. 'Je hebt een goede strijd gestreden. Zie je wat je daarmee hebt gewonnen?'

Het schot raakte hem midden in zijn voorhoofd en het bloed spoot uit de ingangswond naar buiten. Hij viel dood op de grond.

Pine sprong naar links, terwijl ze zich afvroeg waar de kogel die

Adam Gorman zojuist had gedood in vredesnaam vandaan was gekomen.

Axilrod was in elkaar gedoken, maar gilde nu en richtte haar wapen om Blum dood te schieten. Pine gaf haar echter een keiharde trap, waardoor de vrouw viel en haar wapen liet vallen. Toen Axilrod probeerde op te staan, sloeg Pine haar bewusteloos met een vernietigende kaakslag.

Pine draaide zich snel om naar de deuropening, waar het dodelijke schot op Gorman vandaan was gekomen.

En daar stond John Puller, dik in het verband en lijkbleek, met zijn M11 langs zijn rechterzij.

In een flits besefte Pine dat Puller had geschoten door de kier tussen het kozijn en de deur. 'John?' zei ze geschrokken. 'Wat heeft dit te betekenen?'

'*Army strong*, Atlee,' zei hij snel, waarna hij in elkaar zakte.

69

'Hier zal maar heel weinig van openbaar worden gemaakt,' zei Warren Graham. Hij zat in een vergaderzaal van het veldkantoor New York, samen met Pine, de beide Pullers en Carol Blum.

'Waarom?' vroeg Pine scherp.

Graham legde zijn handen plat op de tafel, alsof hij extra steun nodig had voor wat hij nu ging zeggen. 'Deze zaak is gecompliceerd en gelaagd, maar ik zal jullie de korte versie geven.' Hij zweeg even, kennelijk om zijn gedachten te ordenen. 'We hebben tientallen tenlasteleggingen klaarliggen voor politici bij de federale en staatsoverheid, financiële bonzen van Wall Street, CEO's, rechters, bureaucraten, politieagenten, geheim agenten en zelfs een paar mensen die vroeger voor het Bureau werkten. Als dit alles zijn beslag krijgt, zullen er meer tenlasteleggingen volgen. We hebben ook twintig buitenlandse verdachten gearresteerd.'

'Er waren dus andere landen bij betrokken?' vroeg Robert Puller.

'Twijfelachtig. Onze collega's in andere landen onderzoeken nu vergelijkbare operaties die daar plaatsvinden. Chantage en "diensten tegen betaling"-operaties houden kennelijk niet op bij de landsgrenzen.'

Toen Pine iets wilde zeggen, hief Graham zijn hand. 'Laat me uitpraten, agent Pine. Ik ben niet van plan om te doen alsof dit geen serieuze zaak is. We hebben allemaal de prijs betaald voor hun plichtsverzuim. Natuurlijk, sommigen van hen waren onschuldige slachtoffers die betrokken zijn geraakt bij iets waarvan ze nooit hadden verwacht dat hun dat ooit zou overkomen.'

Nu kon Pine zich niet meer beheersen. 'Maar ze hadden de keus, meneer. Ze hadden naar de politie kunnen gaan. Ze hadden zich tot ons kunnen wenden. Ze hadden het bekend kunnen maken.'

Robert Puller zei: 'Of ze hadden ontslag kunnen nemen, waardoor ze hun positie niet meer konden gebruiken om dit land schade te berokkenen.'

'Dat hadden ze allemaal kunnen doen,' beaamde Graham. 'Maar niet een van hen, tenminste niet voor zover we weten, heeft die keuze gemaakt.'

John Puller zei: 'Maar als iemand wordt gechanteerd, waarom zou hij anderen daar dan niet voor waarschuwen? Ik bedoel, als ze weten dat collega's naar dit soort gelegenheden gaan en daar worden gefilmd en vervolgens worden gechanteerd...'

'Daarover heb ik zelf zeven van hen ondervraagd en hun antwoord was opvallend identiek: ze schaamden zich en konden het niet opbrengen iemand anders in te wijden in hun geheim. En nadat ze hun officiële functie hadden gebruikt om aan nieuwe eisen van hun chanteur te voldoen, werd het feitelijk onmogelijk om ook maar iets te bekennen zonder daar gevolgen van te ondervinden. Dat is waar een chanteur altijd op aanstuurt.'

Robert Puller vroeg: 'En hoe groot was de schade?'

'Heel groot,' zei Graham grimmig. 'We zullen jaren nodig hebben om alles uit te zoeken. Maar het is de verklaring voor veel besluiten en handelingen door publieke figuren en bedrijven en andere betrokkenen op een enorm aantal gebieden. Ze dienden een andere meester, niet het volk van dit land. De gekozen overheidsfunctionarissen hebben zich niet aan hun eed gehouden. De anderen hebben ernstige misdaden begaan. Deze operatie was kennelijk al heel lang gaande.'

Robert Puller zei: 'Maar Gorman en co werden betaald door anderen om deze mensen te chanteren zodat ze de dingen deden die ze hebben gedaan. Hoe zit het met hen? Zij zijn vijanden van dit land. Dat móét gevolgen hebben.'

'We ondervragen mensen en stellen die lijsten samen. Er zullen meer tenlasteleggingen volgen, zoals ik al zei. Maar ik kan jullie nu al vertellen dat buitenlandse overheden, binnen- en buitenlandse ondernemingen, en verschillende financiële instellingen op die lijsten staan. Als ze niet konden winnen door gezonde concurrentie, namen ze kennelijk hun toevlucht tot bedrog door ervoor te zorgen dat mensen met macht hen hielpen uit angst dat hun walgelijke geheimen openbaar werden. Meestal willen chanteurs alleen geld, maar Gorman en de anderen speelden een ingewikkelder spel: een rechterlijk vonnis hier, een aangenomen wet daar, een al dan niet goedgekeurde fusie, een geseponeerde strafvervolging, een onderneming die besluit een bepaalde markt te verlaten... De mogelijkheden waren eindeloos.'

'Waarom organiseerden ze in dat penthouse die feesten voor Tony Vincenzo en de anderen?' vroeg Blum.

Graham zei: 'Ze filmden hen ook en velen van hen gebruikten drugs of maakten zich schuldig aan andere illegale activiteiten en waren betrokken bij zaken die beschamend zouden zijn wanneer die ooit bekend werden gemaakt. Ze gingen ervan uit dat dit een manier was om hen in het gareel te houden. Je gaat hiermee door, want anders sturen we die beelden naar de politie.'

'Hoe zit het met Peter Driscoll?' vroeg Pine.

'Vreemd genoeg konden we geen enkel bewijs vinden dat Driscoll hierbij betrokken was. Maar het is ook niet zo dat hij helemaal schone handen heeft. We hebben ontdekt dat zijn kleinzoon Jeff Sands hem herhaaldelijk heeft opgezocht om hulp te vragen voor zijn drugsverslaving. Driscoll heeft hem nooit geholpen, hij was kennelijk bang dat wanneer hij zou toegeven dat een familielid van hem een drugsdealer was, ook al probeerde diegene van zijn verslaving af te komen, dat zijn eigen goede naam zou schaden.'

'En Nora Franklin?' vroeg Pine.

'Een van de eerste rekruten van deze onderneming. We hebben haar stevig verhoord. De reis van haar en Gorman naar het buitenland... Die was bedoeld om haar erbij te halen. Meteen na thuiskomst stelde ze zich verkiesbaar voor een politieke functie, gesteund door Gorman en zijn bondgenoten. En ze won, ze bleef winnen, kreeg zitting in machtige commissies en gaf uiterst geheime informatie door aan Gorman, die deze informatie voor veel geld doorverkocht aan onze vijanden. En zij verdiende daar een vermogen mee.'

'En haar tegenstander tijdens de laatste verkiezing?' zei John Puller.

'Vormde een grote bedreiging. Franklin was begonnen haar kiezers te negeren. Deze plaatselijke en zeer charismatische zakenman, die bij zijn campagne inzette op hervormingen, kwam als vanuit het niets en stond in de peilingen tientallen punten voor op haar.'

‘Hoe hebben ze hem gechanteerd?’ vroeg Puller.

‘Daar konden ze geen manier voor vinden, dus pakten ze het anders aan. Hij werd ernstig ziek, zodat hij zich dus wel móést terugtrekken uit de verkiezingsstrijd. De artsen konden niet ontdekken wat hem mankeerde en hij was nog steeds ziek. Maar met de kennis die we hadden, hebben we hem laten testen op verschillende vergiften. Hij werd op de een of andere manier blootgesteld aan een industriële chemische stof. Nu ze dat weten, kan hij worden behandeld. Hij zal helaas nooit helemaal herstellen, maar hij kan ermee leven.’

‘Nou, dan heeft hij meer geluk dan Jerome Blake of agent McElroy,’ zei Pine. ‘Jerome stierf omdat hij wist dat Jewel seks had gehad in het penthouse. Ze waren bang dat hij misschien met iemand zou praten die gevaar voor hen zou opleveren. En hoewel McElroy moest sterven, denk ik dat ze het gemunt hadden op John en mij. Maar hoe het ook zou uitpakken, ze zouden de schuld altijd op Jerome schuiven om hem weg te krijgen en Jewel zo bang te maken dat ze voor eeuwig haar mond zou houden.’

‘Ik denk dat je daar gelijk in hebt,’ zei Graham.

‘En Lindsey Axilrod?’ vroeg Pine.

‘Haar echte naam is Svetlana Semenov. Ze was een agent van de FSS, de opvolger van de KGB. Ze is al jaren in ons land, nadat haar echte identiteit uitstekend was gewist in drie verschillende landen. Ze is echt een IT-expert en daardoor kreeg ze die baan op Fort Dix.’

‘Maar ik dacht dat u zei dat andere landen hier niet bij betrokken waren,’ zei Robert Puller.

‘Semenov werkte niet voor de FSS, de laatste tien jaar in elk geval niet. We hebben gesproken met onze tegenhangers daar: rond die tijd is ze verdwenen. Ik denk dat ze uiteindelijk samen ging spannen met Gorman en dat ze besloten voor zichzelf te gaan werken, met als doel geld te verdienen.’

‘Wat gaat er met haar gebeuren?’ vroeg Pine.

‘Dat zal grotendeels afhangen van het ministerie van Justitie en Buitenlandse Zaken. Ze zou een waardevolle verklikker kunnen zijn.’

‘U denkt hopelijk niet aan een gevangenenruil of iets dergelijks,’ zei Pine fel.

'Als het aan mij lag, zou die vrouw nooit meer op vrije voeten komen. Maar het ligt niet aan mij,' antwoordde Graham. 'Maar stel dat we haar terugsturen naar de Russen, nadat ze hen zo heeft verraden?' Hij glimlachte. 'Dat zou weleens de beste manier voor ons kunnen zijn om haar te straffen.'

'Wat gaat er met Franklin gebeuren?' vroeg Pine.

'O, die gaat naar de gevangenis. We gaan een deal met haar sluiten, zodat er geen rechtszaak nodig is. De tenlasteleggingen zullen geheim blijven. Ze zal er nooit in het openbaar over praten. Ze zal vooral worden beschuldigd van financiële misdaden.'

'Het wordt dus allemaal in de doofpot gestopt,' zei Pine. 'Ik snap dat gewoon niet, meneer.'

'Ik heb nooit gezegd dat ik het ermee eens was, Pine. Dat besluit is genomen door een paar niveaus hoger. De pragmatische verklaring die ik daarvoor heb gekregen, is dat wanneer het volk dit te weten zou komen ze hun leiders nooit meer zouden kunnen vertrouwen.'

'Ze kúnnen hun leiders kennelijk niet vertrouwen, dat is het hele punt toch?' zei Robert Puller.

'Hoe breedschalig dit hele gebeuren ook is, toch vertegenwoordigen deze mensen maar een klein deel van alle mensen met macht en invloed.'

Pine zei: 'U weet dat er journalisten zijn die hierin zullen duiken en de waarheid zullen ontdekken en een heleboel Pulitzer-prijzen zullen winnen.'

'En ergens hoop ik dat ze dat inderdaad doen,' antwoordde Graham. 'De persvrijheid, staat zeg, maar in het eerste artikel van onze grondwet.' Hij keek hen even zwijgend aan. 'Maar dat gezegd hebbende, jullie zullen hierover tot je dood moeten zwijgen. En ik ben er zeker van dat ik daarop kan rekenen.'

Dit werd niet als een vraag gepresenteerd.

Daarna zei Graham: 'Ik had opdracht gekregen dit tegen jullie te zeggen, en dat heb ik gedaan. Wat me niet is opgedragen te zeggen, is wat ik nu ga zeggen. Ieder van jullie heeft zijn of haar leven op het spel gezet voor ons land. Als ik het voor het zeggen had, zou het publiek dat allemaal te horen krijgen, zodat jullie alle prijzen en erkenning zouden krijgen die jullie ongetwijfeld verdienen. Maar dat zou gebeuren in een ideale wereld. Helaas leven we niet in zo'n wereld. Maar ik wil dat jullie weten dat bepaalde mensen op de hoogte zijn van jullie opoffering en van jullie trouw aan dit land, en zij willen dat ik jullie namens hen bedank en via hen de welgemeende dankbaarheid van ons land overbreng. En nu hou ik op met mijn toespraak en kunnen jullie verder met je eigen leven. Maar wanneer jullie ook maar ergens behoefte aan hebben, hoef je me maar te bellen.' Hij keek naar Pine. 'En mijn oude vriend Clint Dobbs mag zich gelukkig prijzen met je, dat je daar in Arizona zit. Laat hem weten dat hij moet oppassen, want andere veldkantoren zullen misschien proberen je te kapen, te beginnen met dit kantoor.'

'Dat zal ik hem zeker vertellen, meneer,' zei Pine. 'Iedereen kan weleens een onderhandelingstroef gebruiken.'

Daarna verliet iedereen de vergaderkamer.

De gebroeders Puller liepen voor hen uit, diep in gesprek.

Pine zei tegen Blum. 'Dit alles spijt me ontzettend, Carol. Ik weet dat ik mijn excuses maar blijf aanbieden, maar ik voel me vreselijk schuldig.'

'Doe dat alstublieft niet, agent Pine. Behalve dat ik ben geslagen en bijna ben vermoord, was het erg opwindend. Ik ben helemaal opgeleefd.'

'Je bent echt een nationale schat, Carol Blum.'

'Vergeet niet een goed woordje voor me te doen als het tijd is voor een salarisherziening.'

'O, na dit alles kan ik me voorstellen dat je een enorme salarisverhoging krijgt. En misschien geeft Dobbs eindelijk goedkeuring voor een nieuwe SUV voor me. Het ding waar ik nu in rij heeft bijna achthonderdduizend kilometer op de teller.'

'Zou u echt overplaatsing naar een ander veldkantoor overwegen?'

'Nee, maar als het ooit zover is, zal ik dat eerst met jou bespreken.'

'Ik hoop van harte dat u me van tevoren informeert, mocht u vertrekken.'

Pine pakte haar bij haar schouder. 'Je begrijpt me niet. We horen bij elkaar: als ik ga, ga jij ook. En als jij niet wilt gaan, ga ik ook niet. Oké, nu moet ik met de Pullers praten.'

Ze haalden de broers in.

'Hoe voel je je, John?' vroeg ze.

Puller zat nog steeds in het verband, maar leek gezonder en sterker. 'Bijna weer normaal. Ik heb nog wel meer revalidatie nodig. Hoewel ik persona non grata ben in een zeker ziekenhuis in New York City nadat ik die avond ben "ontsnapt".'

'En jongen, wat ben ik blij dát je dat deed,' zei zijn broer. 'Je timing was perfect, zoals gebruikelijk.'

Toen de Pullers Pine's grimmige blik zagen, hielden ze hun vrolijke opmerkingen voor zich.

'Wat is er, Atlee?' vroeg John Puller.

'Ik heb informatie nodig over twee soldaten uit het Vietnam-tijdperk.'

'Weet je hoe ze heten?'

'Een van hen ken je zelf ook: Ito Vincenzo. De ander heet Leonard Atkins. Hij woont of woonde in Taliaferro County, Georgia. Hij heeft kennelijk samen met Ito Vincenzo gediend. En Atkins heeft zijn leven daar kennelijk gered.'

'En waarom is Atkins belangrijk?' vroeg Puller.

Pine liet de foto van Mercy zien. 'Omdat Ito mijn zus aan hem heeft gegeven.'

70

De vlucht van New York naar Atlanta duurde nog niet eens drie uur, maar voor Pine voelde het als drie jaar. Ze zat naast Blum en keek afwisselend naar buiten en naar de oude polaroidfoto. Ze had er al zo vaak aandachtig naar gekeken dat het haar verbaasde als haar iets opviel wat ze nog niet eerder had gezien. De lange haren op Mercy's blote benen. De scheur in de schouder van haar jurk. Dat haar pink vreemd krom was. De zo te zien ernstige brandwond op haar enkel.

En achter de drie mensen en naast de caravan de neus en kruloren van een groot varken. En daarachter, dreigend, een stalen pin in de grond met een ketting eraan.

Die is natuurlijk voor een hond, dacht Pine. Natuurlijk.

Blum keek opzij en zag wat Pine aan het doen was. Ze pakte Pine's hand, wat haar meerdere heel even verbaasde.

Toen glimlachte Pine gegeneerd. 'Het zal inderdaad wel gek zijn dat ik steeds weer naar deze foto kijk.'

'Dat is niet gek, maar volkomen normaal. Ik kan me niet voorstellen wat u nu zult voelen, maar wat u niet mag vergeten is hoeveel vorderingen u hebt gemaakt, agent Pine. Kijk maar naar waar we nu naartoe gaan. Dit had u nog maar heel kort geleden toch niet voor mogelijk gehouden?'

Pine kneep in haar hand. 'Je hebt gelijk, Carol. En dank je wel dat je me daaraan herinnert.'

Na de landing stapten ze in een huurauto en reden onmiddellijk naar het vorstelijke landgoed van Jack Lineberry, ongeveer een uur rijden ten zuiden van Atlanta.

Ze gingen naar zijn slaapkamer, waar hij in een stoel zat.

Pine keek door het raam naar het terrein achter het huis. Daar had de cottage gestaan waarin een bom was ontploft toen zij binnen was. Het huis was helemaal gesloopt en werd op dit moment opnieuw gebouwd. De bouwvakkers waren bijna klaar met het storten van het beton van de nieuwe fundering. Vlakbij lagen stapels planken en ze nam aan dat ze deze zouden gebruiken voor het frame van het huis.

Ze keek naar Lineberry.

Hij was een grote, knappe man van in de zestig. Hij was bleek en leek nog steeds zwak, maar zijn omhelzing was stevig geweest en zijn blik was helder en geconcentreerd.

Toen Pine hem de foto liet zien, schudde hij eerst zijn hoofd, daarna boog hij zijn hoofd en begon te huilen. Dit was zo onverwacht dat ze niet wist wat ze moest doen. Blum sloeg troostend een arm om zijn schokkende schouders.

Toen realiseerde Pine het zich.

Shit, stomkop die je bent, dat is zijn dochter!

Het was nog maar zo kort geleden dat Pine wist dat hij haar vader was, dat ze daar niet eens aan had gedacht toen ze hem de foto gaf. 'Sorry, Jack,' zei ze. Ze knielde aan zijn andere kant. 'Ik dacht niet goed na.'

Hij maakte een luchtig gebaar, beheerste zich en gaf haar de foto terug. 'Weet je waar deze foto is gemaakt?'

'Taliaferro County. Ten noordoosten van hier. Ito Vincenzo kon daar op één dag naartoe en weer terug rijden. Wat hij dus deed.'

'En je weet zeker dat dit... Mercy is?'

'Ik heb andere bewijzen die dat vermoeden steunen.'

'De Atkinses, Len, Wanda en Becky?'

'Ito zat tegelijk met Leonard Atkins in het leger. Ik heb ontdekt dat Atkins zwaargewond raakte. Hij kwam terug naar de States, kreeg ontslag en ging terug naar Georgia.'

Lineberry keek verbaasd. 'Maar als hij van dezelfde generatie was als Ito, dan was hij veel ouder dan gebruikelijk om een kind van Mercy's leeftijd te willen. Ik neem aan dat Ito Mercy naar hen toe heeft gebracht als... Ik wil niet zeggen als een cadeau, maar je begrijpt me wel.'

'Je hebt gelijk. Maar tijdens een gevecht met de Noord-Vietnamezen redde Atkins Vincenzo's leven. Toen is hij gewond geraakt, op een plek waardoor hij... Daardoor kon Atkins geen kinderen meer verwekken.'

Lineberry kneep zijn ogen tot spleetjes. 'Oké, ik hoop dat ik ongelijk heb, maar ik weet denk ik wel wat je me gaat vertellen.'

'Ik denk dat Ito Mercy ontvoerde en naar de Atkinses bracht als een soort beloning voor Leonard Atkins. Er is een brief van Atkins aan Ito waar dat in stond.'

'Een kind stelen om een schuld af te betalen? Dat is ziek!' zei Lineberry.

'Maar het zou ook weleens de waarheid kunnen zijn.'

Blum vroeg aan Pine: 'Maar waarom probeerde hij u dan te doden? Waarom nam hij jullie niet allebei mee of deed hij iets wat minder gruwelijk was dan een poging tot moord?'

Pine keek naar de foto. 'Daar heb ik veel over nagedacht. Van alles wat we tot nu toe over Ito te weten zijn gekomen, was hij geen gewelddadige mobster zoals zijn broer. Maar hij werd woedend toen hij hoorde dat Bruno dacht dat hij erbij was gelapt door een deal. En hij gaf mijn moeder daar de schuld van. Maar ik denk niet dat hij een soort monster was. Ik denk dat hij niet anders kon en toen het erop aankwam denk ik dat hij maar één van ons mee wilde nemen en daarom dat rijmpje deed. Daarna probeerde hij me bewusteloos te slaan, zodat ik geen alarm kon slaan. Maar hij sloeg me veel te hard, zodat ik bijna stierf.'

'Maar hoe kon hij jullie gezin dan vinden?' riep Lineberry opgewonden uit.

Pine leunde een beetje naar achteren. 'We hebben je ex-verloofde gesproken.'

'Linda? Dat heb je me niet verteld.'

'Dat vertel ik je nu.'

'Wat zei ze?'

'Precies wat ik dacht dat ze zou zeggen.'

Hij schudde zijn hoofd. 'Nee, dat kán niet. Ik geloof het niet.'

'Zij was het lek. Dat gaf ze toe. Ze liet je volgen, doorzocht je aktetas en luisterde je gesprekken af. Ze sprak af met Bruno, nadat ze via een mobstervriendje over hem had gehoord. Ze wilde hem zelfs als advocaat bijstaan, maar om de een of andere reden gebeurde dat door een ander. Ze stoomde een brief van je open waarin de nieuwe identiteit van mijn ouders stond, maar ook dat ze in Andersonville zouden gaan wonen, en die informatie gaf ze door aan Bruno. Hij hing een zielig verhaal op tegen zijn broer en kreeg de man, die zich altijd aan de wet had gehouden, zover dat hij naar Georgia ging en in een duivel veranderde.'

Pine dacht heel even dat Lineberry flauw zou vallen of een hartaanval zou krijgen of haar zou slaan. Op zijn gezicht wisselden zoveel verschillende emoties elkaar af en zijn lichaam verstijfde en ontspande zodanig dat ze zijn arm vastpakte om te voorkomen dat hij van zijn stoel gleed.

Na een tijdje bracht hij een hand naar zijn gezicht en begon weer zacht te huilen.

Pine keek naar Blum, die haar hoofd schudde en een vinger tegen haar lippen drukte om aan te geven dat Pine niets moest zeggen.

Het duurde even voordat Lineberry weer rechtop ging zitten en in zijn ogen wreef.

Blum gaf hem de handdoek die op de tafel naast de stoel lag, terwijl Pine een glas water voor hem inschonk uit de kan op de tafel.

Hij droogde zijn gezicht, nam een slok water en leunde naar achteren in zijn stoel. Hij leek tien jaar ouder dan twee minuten daarvoor.

Hij pakte Pine's hand. 'Het spijt me zo, Atlee. Wat vind ik dit erg! Dit is allemaal mijn schuld.'

'Echt niet, Jack. Je vertrouwde iemand die jouw vertrouwen heeft misbruikt. Maar eerlijk gezegd kan ik haar woede wel begrijpen. Jij verliet haar voor mijn moeder. Je had twee dochters bij mijn moeder.'

Lineberry streek over zijn voorhoofd. 'Ik hield zielsveel van Linda. Tot ik je moeder leerde kennen. Daarna was er niemand anders voor me. Ik ben niet trots op wat ik deed, maar ik vertel je gewoon de waarheid. Als ik me beter had kunnen beheersen...'

'Mijn moeder voelde zich duidelijk tot je aangetrokken.'

Lineberry schudde zijn hoofd. 'Ik was veel ouder. Door mijn functie had ik invloed op haar. Ik heb iets ongelofelijk onprofessioneels gedaan. Ik had nooit gedacht dat onze relatie tot een zwangerschap zou leiden. Ik haatte mezelf omdat ik haar in die positie had gebracht.'

'Wist Tim het?' vroeg Pine.

'Alsjeblieft, noem hem je vader. Hij was meer een vader voor je dan ik ooit ben geweest.'

'Oké, we hebben het hier al eerder vaag over gehad, maar wist mijn pa dat jij onze vader was?'

'Ik heb hem dat nooit verteld. En gezien het moment waarop hij en je moeder elkaar leerden kennen, was het logisch dat hij dacht dat hij jullie vader was. Ik denk niet dat je moeder hem uit de droom heeft geholpen.'

'Maar ze hield van hem?'

Lineberry knikte. 'Dat vertelde ze me op een avond. Hij was van haar leeftijd. Hij was knap en grappig en gewoon een goed mens. Ik begreep wel waarom ze van hem hield, nou ja, nu tenminste wel. Maar ik was gekwetst; wanhopig eigenlijk.'

'Als dat zo was, waarom maakte je dan een einde aan je relatie met Linda? Waarom ging je naar Andersonville? Omdat het je werk was?'

'Nee, omdat jullie mijn kinderen waren.' Hij dronk zijn water op en zette het glas langzaam neer. 'En ondanks wat ik eerder zei en ondanks mijn reactie toen je me het net vertelde over Linda... Toch vermoedde ik al dat zij het lek kon zijn. Ik wist dat ze slim en creatief was. Ik wist dat ze het misschien had ontdekt van Amanda. Dat maakte me woedend. En door mijn vermoedens hield ik zelfs nog minder van haar. En ik wilde bij haar weg en ik wilde Amanda en haar gezin meenemen, zodat ik op hen kon passen. Maar ik zweer je dat ik nooit heb geweten dat Linda het wist van Andersonville.'

Pine stond op en keek op hem neer. 'Ik geloof je, Jack.'

'Ga je naar de Atkinses toe?'

'Dat gaan we doen. Ik heb geen idee of ze daar nog altijd zijn. Die foto is al meer dan twintig jaar geleden gemaakt. Ik heb de politie van Taliaferro gebeld, maar nog geen reactie gehad.'

'Heb je het adres?' vroeg Lineberry.

'Ik heb de brieven die Atkins naar Ito heeft gestuurd. Op de enveloppen stond het adres van de afzender. Ik heb op Google gekeken. Het ligt... afgelegen.'

'Wat ga je doen als ze daar nog altijd wonen? En als... Mercy bij hen is?'

'Dat zien we wel als het zover is. Maar als Mercy daar is, en afhankelijk van de toestand waarin zij zich bevindt, zal ik een manier vinden om haar de waarheid te vertellen en zal ik haar mee naar huis nemen.'

'Zul je me laten weten wat je ontdekt?'

'Ja, natuurlijk.'

'Ik hoop dat... dat ze leeft en gezond is.'

'Dat hoop ik ook, Jack,' zei Pine.

Daarna vertrok ze, samen met Blum.

71

Ze sloegen een met gravel verharde weg in en reden door tot het gravel ophield en de weg een zandpad werd. En toen hield het zand op en reden ze over een met onkruid en gras begroeid pad, waarna het pad werd versperd door een paar jonge boompjes.

'Dit ziet er niet veelbelovend uit,' zei Blum.

Pine zei: 'Zo te zien verovert het bos het verloren terrein weer.'

Ze stapten uit en liepen over het overwoekerde pad tot ze bij een open plek kwamen. Daar stond een verroeste brievenbus op een verrotte, scheefstaande paal.

Pine keek erin, maar hij was leeg. Ze bekeek de verbleekte metalen cijfers die iemand op de paal had gespijkerd. 'Komt overeen met het huisnummer in de brieven van de Atkinses,' zei Pine.

Ze liepen door en voorbij een lichte bocht in het pad zagen ze de caravan die ze op de foto hadden gezien. Die zag er niet goed uit. Aan de voorkant ontbrak een stuk van de wand, zodat het gescheurde, smerige isolatiemateriaal te zien was. De deur hing scheef en een deel van het dak was ingezakt. De trap naar de deur was een betonblok.

'Hier heeft al heel lang niemand meer gewoond,' zei Pine. Ze liep naar de deur en keek naar binnen. 'Shit!' Ze sprong achteruit en trok haar pistool, maar schoot niet.

'Wat is er?' vroeg Blum geschrokken.

'Slangen,' zei Pine, terwijl ze langzaam achteruitliep. 'Koperkoppen, giftig. Een heel nest, het wemelt ervan.' Ze stopte haar pistool in de holster. 'We kunnen dus niet naar binnen, maar ik denk ook niet dat we veel hadden gevonden.'

'Wat deed Atkins nadat hij terugkwam van de oorlog?' vroeg Blum, terwijl ze terugliepen naar de auto.

'Ik heb niet veel over hem of zijn gezin kunnen vinden. Dat zullen we aan de plaatselijke politie moeten vragen. Ze hebben niet op mijn vraag gereageerd.'

'Ik vraag me af waarom niet,' zei Blum.

'Laten we het maar gaan vragen.'

Ze reden naar Crawfordville en liepen het kantoor van de sheriff in. Ze vertelden de receptioniste wie ze waren en wat ze wilden. De vrouw stuurde hen naar een kantoor verderop in de gang.

Daar zat een geüniformeerde man van in de dertig aan een bureau. Hij was klein en gezet, had een scherpe scheiding in zijn haar en had zich net geschoren.

Pine vertelde opnieuw wie ze waren en waarom ze daar waren.

'Pak maar een stoel en ga zitten,' zei de man. 'Ik ben trouwens hulpsheriff Tyler Wilcox. U zei dat u contact met ons had opgenomen.'

'Ja, ik heb een voicemailbericht ingesproken en een mailtje gestuurd.'

'Pfff. Niet gehoord en niet gezien. Maar we hebben een paar problemen met ons systeem.'

'Ik heb gehoord dat u de grootste werkgever van de county bent,' zei Pine.

Wilcox grinnikte. 'Wij zijn een van de weinige werkgevers in de county. Ik ben hier geboren en getogen. Mij bevalt het hier, maar dat geldt niet voor iedereen. Dat is misschien de reden dat het aantal inwoners blijft dalen.'

Hij verschoof een paar papieren op zijn bureau en leunde naar achteren in zijn stoel. 'Jullie zijn dus op zoek naar deze Leonard Atkins?'

'Ja. We zijn naar zijn laatst bekende adres gereden, maar dat is kennelijk al heel lang geleden verlaten. Het wemelt er nu van de slangen.'

'Zie je hier veel,' zei Wilcox. 'Ik ken de naam niet, agent Pine. Maar ik werk nog maar tien jaar voor de sheriff. Zo te horen is dit veel langer geleden.'

'Dat klopt. De foto die ik heb is van 1999.' Ze haalde de foto uit haar zak en gaf die aan hem.

Hij keek ernaar en gaf hem toen terug. 'Herken ze niet. Dus de man en zijn vrouw en wie... Hun dochter Becky?'

'Dat denken we, ja.'

Wilcox keek hen opeens wantrouwig aan. 'Mag ik vragen waarom de FBI belangstelling voor hen heeft? Ik bedoel, moet ik daar als agent van de plaatselijke politie iets over weten?'

'De FBI heeft geen belangstelling voor hen, maar ik. Het is een persoonlijke kwestie.'

Wilcox keek even naar Blum en toen weer naar Pine. 'Goed, oké. Luister, de man met wie u misschien wilt praten, is Dick Roberts. Lang geleden was hij de sheriff. Is nu met pensioen. Maar Dick kende toen zo ongeveer iedereen.'

'Woont hij hier nog?'

'Jazeker, ik zal u zijn adres geven en hem bellen om te vragen of hij met u wil praten.'

'Kunt u dat nu doen?'

'Ik begrijp dat deze "persoonlijke" kwestie belangrijk voor u is.'

'Dat klopt. Heel belangrijk.'

Hij schreef een adres op een stukje papier, schoof het naar haar toe en pakte de telefoon.

De telefoon ging twee keer over. Toen zei Wilcox: 'Hoi Dick, met Tyler Wilcox, hoe gaat-ie? Juist, goed zo. Nee, ik heb de laatste tijd weinig tijd gehad om te vissen, maar de laatste keer dat ik dat deed heb ik alleen de griep gevangen.' Wilcox grinnikte om zijn eigen grapje, terwijl Pine ongeduldig naar hem keek.

'Luister, ik heb hier een agent van de FBI, ene Atlee Pine en haar assistente. Ze willen je spreken over een gezin dat hier heel lang geleden woonde. Ja, ene Leonard Atkins en zijn vrouw. En zijn dochter. Prima, oké. Dat klinkt goed. Bedankt, Dick.'

Wilcox verbrak de verbinding en zei tegen Pine: 'Hij zal jullie graag ontvangen. Woont ongeveer zestien kilometer hiervandaan. Voer dat adres in in je gps en dan vinden jullie het wel.'

'Zei hij nog iets?' vroeg Pine.

'Hij zei dat hij Atkins kende en er met alle plezier met u over wil praten.'

'Nou, ontzettend bedankt voor uw hulp.'

'Altijd bereid een collega-agent te helpen.'

Toen ze naar buiten liepen, vroeg Blum: 'Wat kan Roberts ons vertellen, denkt u?'

'Alles, hoop ik.'

72

Een groter contrast dan tussen de oude woonplek van de Atkinses en Dick Roberts' huis was niet denkbaar.

Roberts woonde in een degelijk houten huis met voor de ramen bloembakken met daarin donkerrode en roestbruine herfstbloemen. Het gemaaide gazon zag er goed uit en de bloembedden waren mooi aangelegd en gewied en voorzien van mulch. In de metalen carport naast het huis stond een nieuw uitziende kobaltblauwe Ford F150-pick-up. Het was een kille dag en er kwam rook uit de stenen schoorsteen.

Ze stapten uit en hoorden een hond luid blaffen.

Terwijl ze over de met grind verharde oprit naar het huis liepen, ging de voordeur open en rende een grote bruin-witte basset luid blaffend naar buiten.

In de deuropening verscheen een man. Hij zei: 'Dat is Rosie. Ze klinkt agressief, maar als je even wacht gaat ze op haar rug liggen zodat je over haar buik kunt aaien.'

Even later deed Rosie dat inderdaad.

Pine knielde en aaide de hond, terwijl Rosie kwispelde en tegen haar glimlachte.

'Kom binnen,' zei de man.

'U bent Dick Roberts?' Pine stond op en liep naar hem toe, gevolgd door Blum en Rosie.

'Dat ben ik inderdaad.'

Roberts was begin zeventig, ongeveer even lang als Pine, slank en pezig, en hij had grijs haar en een grijze snor waarvan de punten langs zijn mondhoeken hingen. Hij droeg een verbleekte spijkerbroek, oude leren laarzen en een rood flanellen overhemd waarvan de mouwen tot aan de ellebogen waren opgerold, waardoor zijn gespierde onderarmen te zien waren.

Hij heeft de blik van een politieagent, dacht Pine. Observerend, argwanend, afwachtend.

Ze liepen achter hem aan naar binnen. De open haard in de voorkamer brandde warm en uitnodigend. Op de houten schoorsteenmantel stonden foto's, van familieleden en vrienden nam Pine aan. De meubels waren oud maar degelijk en leken comfortabel. Op de houten vloer lag een kleurrijk vloerkleed. Aan de muren hingen een geweerrek met een *over-under*-geweer, een paar posters en ingelijste foto's. Pine vond dat alles er netjes en opgeruimd uitzag. Ze hoopte dat zijn geheugen even helder was.

'Willen jullie koffie? Ik heb net een nieuwe pot gezet.'

'Ja, graag,' zei Blum, en Pine knikte.

Hij schonk koffie in en zij namen plaats in stoelen rondom het vuur, terwijl Rosie naast Roberts' voeten ging liggen en meteen in slaap viel. Hij aaide haar kop en zei: 'Een basset kun je niet opvoeden. Maar volgens mij bestaat er geen betere jachthond dan dit ras. Daarom kun je ze niet trainen. Geen enkele gehoorzaamheidstraining kan op tegen hun natuurlijke geurinstinct.'

'Nou, ze is heel lief,' zei Blum.

'We houden elkaar gezelschap,' zei Roberts, terwijl hij met zijn kop koffie in de hand naar achteren leunde.

'U woont hier dus alleen met Rosie?' vroeg Blum.

Hij knikte en zei verdrietig: 'Mijn vrouw is twee jaar geleden gestorven. Volkomen onverwacht. 's Avonds leefde ze nog en de volgende ochtend was ze dood.'

'Wat erg voor u,' zei Blum. 'Zo'n onverwachte dood is onmogelijk te begrijpen.'

'Maar je moet door met je leven,' zei Roberts. 'En we hebben heel goede jaren gehad samen. Alleen niet zoveel als we dachten. We hebben een paar kinderen grootgebracht en die doen het allemaal goed. En ze wonen niet al te ver hiervandaan. Drie in Atlanta, een in Macon en eentje in Tennessee.'

'Het is vast heel fijn dat ze zo dichtbij wonen,' zei Blum.

Hij knikte en keek toen naar Pine. 'Len Atkins dus?'

'Ik begrijp dat u hem kende.'

'Inderdaad.'

'Leeft hij nog?'

‘Dat weet ik niet. Hij is al lang geleden vertrokken.’

Pine’s hoop verdween. ‘We zijn naar zijn caravan gereden. Daar wonen nu alleen nog slangen.’

‘Dat wist ik niet. Maar ik ben daar ook al heel lang niet meer geweest.’

Ze liet hem de foto zien.

Hij keek er aandachtig naar en knikte. ‘Ja, dat zijn Len en Wanda, zeker weten.’

‘En dat meisje?’

‘Ken haar niet, volgens mij tenminste niet. Haar gezicht is niet te zien op deze foto. Maar ze is lang.’

‘Op de foto staat dat ze Becky heet. De foto is van juli 1999. Hebt u ooit iets over ene Becky gehoord?’

Hij schudde zijn hoofd, met een onzekere blik. ‘Daar moet ik over nadenken.’

‘Wanneer zijn de Atkinses vertrokken?’

‘Kort nadat hun zoon was overleden.’

Pine en Blum keken elkaar verbijsterd aan.

Pine zei: ‘Maar ik hoorde dat Leonard Atkins geen kinderen kon krijgen doordat hij gewond was geraakt tijdens de Vietnam-oorlog.’

‘Ja, dat klopt. Hij is daar neergeschoten, als ik het me goed herinner. Ik had geluk, mijn lotnummer was heel hoog, maar dat gold niet voor de ouwe Len. Hij moest wél naar die verdomde oerwouden en ik weet niet waarvoor vechten.’

‘En zijn zoon?’ vroeg Pine.

‘Len en Wanda kregen Joe voordat Len naar Vietnam ging. Verdomme, Len was toen pas twintig of zo als ik het me goed herinner. Ik neem aan dat hij na zijn verwonding geen kinderen meer kon verwekken.’

‘Dus toen u op bezoek ging bij Len en Wanda, woonde er toen nog iemand bij hen?’

‘Ik heb daar nooit iemand gezien. Ik bedoel, hun caravan was heel klein, dat hebben jullie zelf natuurlijk ook gezien. Amper voldoende ruimte voor hen en voor Joey toen hij bij hen woonde.’

‘Kwamen ze weleens naar de stad? Heeft iemand hen ooit gezien in gezelschap van iemand die eruitzag als het meisje op de foto?’ vroeg Blum.

'Len kwam eigenlijk nooit naar de stad. Hij bezorgde de post op het platteland. Wanda deed weleens wat naai- en schoonmaakwerk voor dames en bedrijven. Maar ze waren erg op zichzelf. Ik kende Len wel, maar ik kan niet zeggen dat ik hem echt kénde, als u begrijpt wat ik bedoel. Niemand, denk ik. De oorlog heeft hem behoorlijk te pakken genomen, net als veel andere mannen.'

'En zijn zoon Joe?'

'Hij woonde bij hen tot hij trouwde. En Joe was jong, een jaar of negentien. O, volgens mij in de jaren tachtig. Toen had hij een eigen huisje niet ver bij hen vandaan. Hij werkte als bewaker voor een van die grote fabrieken die hier toen waren, toen ze in Amerika echt nog dingen maakten. Nadat die fabriek was gesloten, verkocht hij beveiligingssystemen en dat soort gadgets aan bedrijven en zo. Verdiende een redelijk inkomen, voor zover ik weet.' Hij fronste. 'Zijn vrouw was een vreemd mens. Kan even niet meer op haar naam komen. Ze hield zich bezig met allerlei onzin, voodoo en holistische dingen en zo. Maar ze had een gemeen trekje.'

'Wat bedoelt u?'

'Werd een keer naar hun huis geroepen, al ruim twintig jaar geleden volgens mij. Iemand belde dat er werd geschreeuwd en zo. En weet je, dat zieke mens had een hond vastgebonden en was dat arme beest letterlijk aan het brandmerken! Nadat ik hem had losgesneden, rende hij er luid jankend vandoor. Heb haar beboet voor dierenmishandeling, maar meer kon ik niet doen.' Hij knipte met zijn vingers. 'Desiree, zo heette ze. Desiree Atkins. Maar goed, ze keek me aan met die lege blik van haar. Dode ogen, zo noem ik ze. Er zat niets achter. Werd er ijskoud van, en ik ben niet snel bang, dat kan ik jullie wel vertellen. Ik dacht dat het door haar toestand kwam.'

'Haar toestand?' vroeg Pine.

Opeens schoot Roberts kennelijk iets te binnen. 'Hé, misschien hebben jullie de zaak daarom verwisseld.'

'Verwisseld?'

'Weet u, Desiree kon geen kinderen krijgen, door een vrouwenkwaaltje of zo. Ik weet dat de ouwe Len en Wanda graag een paar kleinkinderen wilden, maar dat kon dus niet.'

Pine keek weer naar Blum. Beide vrouwen leken een gruwelijke conclusie te trekken.

Pine zei: 'Meneer Roberts, is het meisje op de foto, Becky, misschien geadopteerd door Joe en Desiree? Ik bedoel, eerst dacht ik dacht ze misschien de dochter was van Len en Wanda, maar zij leken te oud om zo'n jonge dochter te hebben. Maar Joe en Desiree zouden daar wel de juiste leeftijd voor hebben, denk ik, als ze in de jaren tachtig zijn getrouwd.'

'Ja, dat zou kunnen. Ik bedoel, ik heb nooit gehoord dat ze een kind hadden, maar zij kwamen nooit naar de stad, net zomin als Len en Wanda.'

'Maar als ze een kind hadden, moet dat naar school zijn gegaan,' zei Blum.

Roberts schudde zijn hoofd. 'Heel veel mensen geven hun kinderen thuis les. Dat deden ze vroeger al, en tegenwoordig ook nog.'

'U zegt dus dat het mogelijk is dat Becky bij hen woonde terwijl niemand dat wist?'

'Dat is zeker mogelijk. Dit is qua oppervlakte een heel grote county, en er wonen maar weinig mensen. Je kunt hier kilometers rijden zonder een huis te zien. En met alle bossen en zo hier staan de huizen verscholen; ze zijn slecht bereikbaar en slecht te zien vanaf de weg.' Hij keek Pine belangstellend aan. 'Wat gaat u doen met al deze informatie?'

'Dit is een onverwachte ontwikkeling. U zei dat Joe is overleden?'

'Klopt.'

'Waaraan?'

'Nou, hij is vermoord.'

'Wat!' riep Pine.

'Als ik het me goed herinner, was dat ergens in het late voorjaar van 2002. Gelukkig worden hier weinig moorden gepleegd, zodat de moorden die we wel hebben je goed bijblijven.'

'Hebt u die moord onderzocht?' vroeg ze.

'Inderdaad, samen met mijn hulpsheriff.'

'Kunt u ons bijzonderheden vertellen?'

'Ik zal het proberen. En als ik iets niet meer weet, de dossiers liggen in het kantoor van de sheriff.' Hij dronk zijn koffie op en leunde naar achteren. 'We werden op een ochtend gebeld. Het lijk van een man was gevonden vlak bij een weg door een man die zijn honden uitliet. Hoofd ingeslagen en een mes in zijn rug. Dat was Joe. En het was duidelijk moord.'

'En waar was Desiree?'

'Verdomd goede vraag. Zij verdween. Niemand heeft haar ooit weer gezien. We konden niet bewijzen dat zij het had gedaan, maar ik weet het zeker. Waarom was ze anders verdwenen?'

'Hebt u bewijzen gevonden? Vingerafdrukken op het mes, tekenen van een worsteling, iets in hun huis? Iets waaruit bleek hoe hij naar de plek was gekomen waar hij stierf?'

'Geen vingerafdrukken op het mes. Geen bandensporen waaruit bleek dat daar een voertuig was geweest. Hij was doodgebloed op de plaats waar hij werd gevonden. De grond was toen keihard. U weet wel, onze goeie ouwe Georgia-klei. Net beton. We gingen naar het huis, maar konden Desiree niet vinden. Geen sporen van inbraak. Geen sporen van een worsteling. We hebben de kledingkast bekeken en hoewel we daar nog wat vrouwenkleren vonden, heeft ze er misschien een paar meegenomen, maar dat konden we niet weten.'

'Waren er auto's weg?' vroeg Pine.

'Joe's pick-up. Die werd later een kilometer of twintig verderop teruggevonden. We hebben die gecheckt op vingerafdrukken en vonden twee stel: van Joe en van Desiree. Logisch natuurlijk. Verder van niemand.'

'Was er iets wat erop wees dat er nog een derde persoon bij hen woonde?'

'U denkt dus echt dat deze Becky misschien bij Joe en Desiree woonde?'

'Ik denk dat dat mogelijk is. Ze stond op die foto met de Atkinses, en die was een paar jaar voordat Joe stierf gemaakt.'

'U denkt dus dat ze haar hadden geadopteerd of zo?'

'Dat is mogelijk.'

'Maar daar zouden documenten van moeten zijn. Ik bedoel, dan moet je een juridische procedure afwerken,' zei Roberts.

'Niet als je het illegaal doet,' voerde Pine aan.

Roberts verstijfde. 'Wat wilt u daarmee zeggen? Dat ze de wet gewoon aan hun laars lapten of dat dit meisje misschien onvrijwillig bij hen woonde?'

'Ik zal eerlijk tegen u zijn, meneer Roberts, omdat u ons heel veel hebt verteld wat we nog niet wisten.'

Ze vertelde hem het hele verhaal. Dat Ito Vincenzo en Len Atkins samen hadden gediend. De cheques die ze had gezien op naam van Atkins en de brieven. En over een meisje dat was ontvoerd door Ito en misschien naar de Atkinses was gebracht. Wat ze hem niet vertelde, was dat dat meisje haar tweelingzus was.

Hij zei langzaam: 'Begrijp ik het goed dat u dacht dat deze Ito dat meisje heeft ontvoerd om haar aan de Atkinses te geven omdat Atkins in Vietnam zijn leven had gered? Maar dat het kind niet naar Len ging, maar naar zijn zoon Joe en Desiree?'

'Inderdaad. Vincenzo wist dat misschien niet. Ik weet alleen van de cheques die op naam van Len Atkins waren uitgeschreven. Maar misschien gaf hij het geld aan zijn zoon, als Joe dat meisje inderdaad had gekregen en voor haar zorgde.'

'En de FBI is hierbij betrokken omdat ontvoering een federale misdaad is?'

'Inderdaad,' zei Pine, met een snelle blik naar Blum.

'Maar deze zaak is al heel oud,' zei Roberts.

'Ik werk eraan als een cold case. Dat doet het Bureau af en toe.'

'Nou, ik zou willen dat ik u beter kon helpen.'

'Maar u hebt ons al heel goed geholpen. Eén vraag nog: kan ik zien waar Joe en Desiree woonden?'

'Dat denk ik wel. Daar woont nu een ander gezin, maar ik ken hen. Ik kan u daar wel mee naartoe nemen als u wilt.'

'Dat zou geweldig zijn, als het niet te veel moeite is.'

'Ik heb toch niets anders te doen. Met pensioen zijn klinkt geweldig tot je je realiseert dat er niet genoeg te doen is om je dagen te vullen. En het stoorde me enorm dat ik Joe's moord niet kon oplossen. Dat was ontzettend zwaar voor zijn ouders.'

'Juist. En ze zijn dus verhuisd, maar u weet niet waarnaartoe.'

'Nee, we hebben elkaar uit het oog verloren.'

'Als het nodig is, zouden we hen moeten kunnen vinden. Zullen we gaan?'

Roberts pakte een Atlanta Falcons-honkbalpetje van het zijtafeltje en stond op. Hij keek naar Rosie en zei: 'Oké, meisje, laat je niet aaien door onbekenden. En pas goed op het huis.'

73

Tijdens de rit in Pine's huurauto belde Roberts het stel dat nu in het huis woonde en vertelde wat hij wilde. Ze stemden meteen in met hun bezoek.

'Het zijn Pat en Hazel Simmons,' vertelde hij. 'Het huis is indertijd door de bank bij executie verkocht en ze konden het voor een prikkie kopen, heb ik gehoord. Dit was natuurlijk nadat Joe Atkins was vermoord en Desiree was verdwenen. Pat is vrachtwagenchauffeur. Ze hebben twee kinderen, beiden op highschool.'

'U bent dus bevriend met hen?' vroeg Blum.

Hij knikte. 'We gaan naar dezelfde schietbaan en naar dezelfde kerk. En we houden allebei van jagen en vissen. Ach, en zoveel mensen wonen hier niet, dus de meeste mensen kennen elkaar. Hij is een goede vent.'

Ze stopten voor een klein huis in het bos. Naast het huis stond een gigantische felblauwe Kenworth-trekker. Naast de vrachtwagen stond een kleine rode KIA-*crossover* en daarnaast een Dodge-pickup met een gedeukte voorbumper.

'Die grote is Pats truck. Geweldig, lijkt vanbinnen wel een klein appartement. Hij is veel onderweg, maar nu dus thuis.'

'Zal wel zwaar zijn voor zijn vrouw met twee tieners,' zei Blum.

'Ach, Hazel kan hen wel in toom houden. Maar het zijn twee jongens, dus u hebt wel gelijk, ze heeft haar handen er vol aan.'

Pat Simmons deed de voordeur open en nam hen mee naar de kleine woonkamer. De kamer was netjes en er stonden niet veel meubels. Een Sony-breedbeeld-tv hing aan de muur en Pine zag een geweerkast met glazen deuren waar verschillende geweren en twee handvuurwapens in hingen.

Pat was klein en mollig en had lang bruin haar. Hij droeg een Kenworth-honkbalpetje, zijn baard was warrig en hij had bruine ogen.

Hazel Simmons kwam binnen terwijl ze haar handen afveegde aan een handdoek. Ze droeg een zwarte legging met een lang wit T-shirt en geen schoenen.

Ze vroeg of ze iets wilden drinken, maar dat wilde niemand.

Roberts stelde Pine en Blum voor, waarna ze gingen zitten.

'U wilt dus iets weten over de mensen die hier vroeger woonden,' zei Pat.

Pine knikte. 'Joe en Desiree Atkins.'

Pat keek naar Roberts. 'Ja, dat weet ik nog. De man is vermoord, niet in dit huis maar in de bossen.'

'Daarom konden we het huis waarschijnlijk zo goedkoop krijgen,' zei Hazel. 'Het is ver van alles vandaan, van winkels én ziekenhuizen. Onze beide zoons zijn in de slaapkamer geboren; ze kwamen te snel om op tijd naar het ziekenhuis te gaan.'

'Dat zal zwaar zijn geweest,' zei Blum.

'Ik heb het twee keer gedaan en doe het nooit meer,' zei Hazel lachend.

Pine vroeg: 'Nadat u hier was gaan wonen, hebt u ooit iets gevonden wat de Atkinses misschien hadden achtergelaten?'

Pat schudde zijn hoofd. 'Het huis was bijna helemaal leeggehaald. De bank heeft de meubels weggehaald en verkocht, net als de persoonlijke bezittingen. Er waren nog wat potten en pannen in de keuken en een paar oude kleren die ze waarschijnlijk over het hoofd hebben gezien.'

'Hebt u die kleren nog?'

'Nee, die hebben we lang geleden weggegeven of weggegooid.'

'Hebt u ooit iets gezien wat erop wees dat hier drie mensen woonden, onder wie een kind?'

Het stel keek elkaar aan.

Pat schudde zijn hoofd. 'Ik niet, maar ik was weinig thuis nadat we hier zijn ingetrokken. Zoals jullie wel kunnen zien aan die enorme truck voor de deur, ben ik vrachtwagenchauffeur.'

Pine vroeg aan Hazel: 'En u?'

Hazel perste haar lippen op elkaar en wreef in haar handen. 'Ik kan niets bedenken. En het is erg lang geleden. Het huis had veel aandacht nodig. Er zijn maar twee slaapkamers, zodat de jongens een kamer moeten delen. Maar de vorige eigenaren hadden het huis niet onderhouden, dat kan ik u wel vertellen.' Opeens keek ze Pine aan en zei: 'Weet u, nu herinner ik me iets. Toen we hier kwamen stonden er tekeningen op een van de muren van de slaapkamer van de jongens.'

Pine verstijfde. 'Wat voor tekeningen?'

'Zoals een kind ze maakt, weet u, stokpoppetjes. Ik was ze helemaal vergeten. Ik heb eroverheen geschilderd.'

'Kunt u zich er nog meer van herinneren?'

Hazel dacht hierover na. 'Ik weet nog wel dat het verschillende taferelen waren. Ja, zo kun je ze denk ik wel noemen. U weet wel, dat ze speelden of aan een tafel zaten.' Ze glimlachte. 'Op één tekening leek het alsof ze uit een kopje dronken. En er waren er altijd twee, stokpoppetjes, bedoel ik. En ze hadden lang haar, zodat ik aannam dat het meisjes waren. Dat weet ik nog, want wij hadden toen nog geen kinderen en ik wilde altijd een meisje. Maar dat is niet gebeurd.'

'Misschien speelden ze theevisite,' zei Pine zacht.

Hazel glimlachte weer. 'Dat kan heel goed. Toen ik klein was, speelde ik altijd theevisite met mijn zusjes en vriendinnetjes.'

'Dat kleine meisje sliep dus misschien in die slaapkamer?'

'Zou kunnen. Toen wij hier kwamen waren de meubels al weg, zoals Pat net zei. Ik neem aan dat u het bij de bank kunt navragen, maar ik denk dat die mensen hier waarschijnlijk niet meer wonen.'

Pine keek naar buiten. 'Staan er nog andere gebouwen op het terrein?'

'Andere gebouwen?' zei Pat. 'Nee, alleen dit huis. We hebben niet eens een garage. Ik wil een carport plaatsen, maar ben daar nog niet aan toegekomen. Dit was geen boerderij of zo, dus er is geen schuur.'

'De grot is er wel,' zei iemand.

Ze keken allemaal op.

In de deuropening stond een lange, magere tiener in een wijde spijkerbroek met een Nike-sweatshirt en met een Auburn-honkbalpetje op, waar zijn lange haar onder vandaan kwam.

Hazel zei: 'Dit is onze jongste zoon, Kyle. Over welke grot heb je het, jongen?'

'Een kleine kilometer hiervandaan in een lage heuvel in de bossen.' Hij keek Pine aan. 'Mijn broer Trey en ik ontdekten die grot toen we klein waren. We deden alsof het een vesting was en bewaarden daar soms wat spullen. U weet wel, een soort schuilplaats. We glipten weleens stiekem weg om daar te slapen.'

Hazel zei bestraffend: 'Kyle James Simmons, in een grot slapen?! Dat is niet veilig; hij had wel kunnen instorten op jou en je broer. Of er had een beer in kunnen zitten.'

'Daar kon echt geen beer naar binnen!'

'Waarom niet?'

'Er zat een heel dikke deur voor met een slot erop. Trey en ik dachten dat het misschien een oude mijn was of zo. Ik bedoel, er lagen spullen in.'

Pine vroeg snel: 'Als er een slot op zat, hoe kwamen jullie dan binnen?'

'Het hangslot lag op de grond, helemaal gebutst en verroest. Maar de deur was dicht. Toen we die openmaakten, rook het er muf en naar schimmel en zo.'

'En je zei dat er dingen in lagen?'

'Ja.'

'Kun je ons ernaartoe brengen?'

Kyle keek naar zijn moeder.

Ze knikte en zei: 'Als je maar voorzichtig bent.'

'Ik zal een paar zaklampen halen,' zei Pat. 'Mag ik ook mee?'

Pine had de kamer al verlaten en antwoordde dus niet.

Blum keek hem aan. 'Natuurlijk.'

74

Kyle bracht hen naar de grot.

Voor Pine's gevoel was het een wandeling van wel vijftien kilometer in plaats van een fractie van die afstand. Haar hart bonsde in haar keel en ze had een licht gevoel in haar hoofd.

Beheers je een beetje, Atlee. Mercy heeft er niets aan als je nu een hartaanval krijgt.

Onderweg moesten ze een paar klimplanten en struiken opzijduwen.

Kyle zei: 'Het pad is zo overwoekerd doordat we hier al heel lang niet meer zijn geweest.'

Nadat ze zich een weg hadden gebaand door wat laag struikgewas kwamen ze eindelijk bij de oude houten deur in een lage heuvel die begroeid was met klimop. Aan de haak hing een open en verroest hangslot.

Kyle zei: 'Toen we dit ontdekten, was de deur opengebroken. We hebben hem gerepareerd en afgesloten met een nieuw hangslot.'

Pat Simmons keek ernaar. 'Ongelofelijk. We wonen hier al ik weet niet hoe lang en wisten hier niets van.' Hij keek zijn zoon aan. 'Waarom hebben jullie ons hier niets over verteld?'

Hij haalde zijn schouders op. 'Dit was de geheime plek van mij en Trey, papa. Op een bepaald moment gingen we er niet langer naartoe en dachten we er niet meer aan.'

Pine duwde hen ongeduldig opzij en opende de deur. Ze knipte haar zaklamp aan en liep naar binnen.

De anderen volgden haar, terwijl Pat Simmons haar bijlichtte met zijn eigen zaklamp, net als Roberts, aan wie hij ook een zaklamp had gegeven.

De grot was klein, ongeveer drie bij drie meter.

Pine zag allerlei spullen. Een oude tafel, een paar gammele stoelen.

Planken op cementblokken die als kastplanken fungeerden. Een paar lege glazen potten, een gebarsten honkbalknuppel, een vergane trui en een paar oude tennisschoenen. Op de vloer lagen platen multiplex, die kennelijk gewoon op de aarde waren gelegd, gezien de donkere vergane plekken. In de grot rook het naar oude vegetatie en kale rode klei. De muren bestonden uit rotsen en de aarde van de heuvel.

Pine scheen met haar zaklamp naar achteren en verstijfde.

Daar stond een klein bed, ook al lag er geen beddengoed op en was de matras oud en verrot. Ze vroeg aan Kyle: 'Hebben jullie deze meubels en dat bed hiernaartoe gebracht?'

'Nee, die waren hier al. Net als die provisorische kastplanken. We vonden oude blikjes eten en een paar waterflessen. Die hebben we gebruikt als doelwit voor onze .22's.'

Pine liep even rond en bekeek elke vierkante centimeter.

Vlak bij het bed bleef ze staan en bukte zich. In het licht van haar zaklamp zag ze een ketting die opgerold onder het bed lag. Het ene uiteinde had een open klem die met een sleutel op slot kon worden gedraaid. Het andere uiteinde was zo diep in de rotswand geslagen dat Pine hem niet los kon trekken.

Blum kwam naast haar staan. Toen ze de ketting zag, zei ze zacht: 'Mijn god!'

Kyle liep naar hen toe. 'Ja, die ketting was hier ook al. We dachten dat ze hier een hond of een ander beest hadden opgesloten.'

Roberts bleef aan Pine's andere kant staan en zei zacht: 'Of dat meisje, Becky.'

Pine zei niets, want nu zag ze iets anders in het licht van haar zaklamp. Het hing aan een spijker die in de rots was geslagen. Ze liep er aarzelend naartoe.

Sally. De laatste keer dat ik je zag, is al meer dan dertig jaar geleden.

Pine pakte de pop en keek ernaar. Dit was Mercy's pop. Het was precies dezelfde pop als Pine als kind had gehad. Haar moeder had ernaar gezocht nadat Mercy was verdwenen. Dat had iemand die haar ouders in Andersonville had gekend haar tenminste verteld; haar moeder had daar nooit iets over gezegd.

Pine keek naar de grote, zachte ogen van de pop die Sally heette. Pine had haar pop Skeeter genoemd, naar de pop in de tv-serie

Muppet Babies. Ze had geprobeerd Mercy over te halen haar pop Scooter te noemen, omdat dat de andere helft van de tweeling in die tv-serie was geweest. Maar dat wilde Mercy niet, omdat Scooter een jongen was. Pine's gezicht betrok toen ze hieraan dacht en ze begon bijna te huilen.

Kyle zei: 'Ja, dat vonden we best eng. We wilden hem wel weghalen, maar durfden hem eigenlijk niet aan te raken. Hij was behoorlijk oud en gerafeld.'

Roberts vroeg: 'Denkt u dat die pop van dat meisje was?'

Pine knikte, maar zei niets.

Pat Simmons, die dit had gehoord, riep: 'Wacht eens even! Zeggen jullie dat die mensen hier een klein meisje opgesloten hadden? Aan een ketting en zo?'

'Dat denken we inderdaad,' zei Blum, terwijl ze aandachtig naar Pine keek.

Pine draaide zich om en keek Roberts aan.

'Ik neem uw aanbod om het dossier over Joe Atkins' moord op te vragen graag aan. En alles wat jullie hebben over Desiree Atkins.'

'Oké, maar veel zal het niet zijn, vrees ik.'

'Maar meer dan ik nu heb. Hoe groot waren Joe en Desiree?'

'Niet groot. Joe was ongeveer één meter zeventig en zo'n achtenzestig kilo. Desiree was heel klein, één meter tweeënvijftig of zo, en woog zo'n veertig kilo.'

Pine knikte. 'Oké, heeft het kantoor van de sheriff een forensisch team?'

'Jazeker.'

'Dan wil ik graag dat ze hier op zoek gaan naar vingerafdrukken en DNA-sporen. We kunnen ook monsters nemen van Kyle en zijn broer om hen uit te sluiten.'

'Hebt u dan monsters van het DNA van het meisje?' vroeg Roberts.

Ja, die heb ik, aangezien haar DNA hetzelfde is als dat van mij.

Pine knikte. 'En alle vingerafdrukken die ze hier vinden, wil ik graag vergelijken met die van Joe en Desiree als die in dat dossier zitten.'

'Die van Joe hebben we zeker, maar van Desiree weet ik het niet.'

'Oké.'

Ze verlieten de grot.

Pine liet Mercy's pop met tegenzin achter, want dit was nu een plaats delict. Maar toen bleef ze staan en ze keek weer naar de deur. 'U zei dat Joe Atkins in de securitybusiness zat?'

Roberts knikte. 'Ja. Hij installeerde alarminstallaties, op maat. De meeste mensen hier doen hun deur niet eens op slot, maar zijn klanten waren overwegend bedrijven. Hij plaatste dus bewakingscamera's en...' Hij zweeg toen Pine terugliep naar de deur en de klimop op de rotswand eromheen begon weg te trekken.

'Agent Pine?' zei Blum.

Pine zei: 'Help even mee deze klimop weg te halen.'

Ze hielpen haar allemaal mee en even later hadden ze zoveel weggehaald dat ze een kleine, versleten bewakingscamera zagen die op de rotswand was bevestigd. De camera was op de deur gericht en een kabel liep over de rotswand de grond in.

'Verdomme!' zei Roberts. 'Hij hield deze plek in de gaten.'

Pine keek naar de kabel. 'En dit was voordat alles draadloos werd. Ik denk dat deze kabel helemaal naar het huis loopt.'

'Nou, dan moeten we maar even gaan kijken,' zei Pat.

Pine rende terug naar het huis, gevolgd door de anderen.

75

Ze bekeken alle buitenmuren op zoek naar het andere uiteinde van de kabel.

Kyle ontdekte de kabel achter een grote struik.

De anderen liepen snel naar hem toe.

Pine keek waar de kabel het huis in liep. ‘Welke kamer is dat?’

Kyle zei: ‘De slaapkamer van mij en Trey.’

‘Misschien gebruikte Atkins die kamer als kantoor toen hij hier nog woonde,’ zei Blum. Ze voegde er vol walging aan toe: ‘Ze hadden immers maar één slaapkamer nodig, toen het meisje te groot werd om haar daar opgesloten te houden.’

Ze liepen snel naar binnen en Kyle nam hen mee naar de slaapkamer. Het was een gewone tienerkamer, dus lag het er vol spullen. Op een tafel stond een enorme flatscreen-tv met een paar Xbox-controllers ervoor.

‘Waar is je broer?’ vroeg Pine.

‘Hij werkt bij een supermarkt.’

Ze bekeek de kamer en keek onder de beide bedden. De kamer had twee ramen, waarvan er een uitkeek op de achtertuin. ‘Als ik Atkins was, zou ik denk ik altijd zicht willen hebben op die gevangenis, want zo kunnen we het wel noemen.’

Roberts liep naar het raam. ‘Oké, dan stond het bureau hier ongeveer. En als hij toen een kabel gebruikte, denk ik dat hij ook een videorecorder met een videoband gebruikte.’

Blum zei: ‘Je mag aannemen dat degene die de bank had ingehuurd om het huis leeg te halen ergens een tape zou hebben gevonden die ze hebben bekeken of ingeleverd.’

‘Misschien lag die ergens waar ze hem niet konden zien,’ zei Pine. Ze keek naar de vloer. ‘Die vloerbedekking. Lag die hier al toen jullie dit huis kochten?’

Hazel Simmons stond nu ook bij hen. Ze antwoordde: 'Nee. Het was een houten vloer, maar dat was te koud.'

Pat zei: 'Er ligt geen betonnen fundering onder het huis. Het staat op palen met een kruipruimte eronder.'

'Oké, als het bureau daar stond, zijn er twee mogelijkheden.' Ze keek naar de Simmonsen. 'Mogen we de vloerbedekking losmaken zodat we eronder kunnen kijken?'

Pat zei: 'Ja natuurlijk, ik help u wel.'

Ze begonnen tegelijk aan beide hoeken.

Pat was als eerste klaar en keek naar de houten vloer.

Kyle bukte zich en drukte op elke plank. 'Hé, deze zit los.'

Ze hielpen allemaal mee en algauw hadden ze een deel van de houten vloer losgemaakt. In een houten ruimte stond een Sony-videorecorder.

Kyle bukte zich en haalde hem eruit. 'Wauw, heb nog nooit zo'n recorder vastgehouden.'

Blum zei: 'Kijk eens, de kabel zit er nog steeds aan vast.'

Pat trok de kabel los en zei: 'Deze kunnen we aan de tv van de jongens koppelen. De aansluiting zit aan de achterkant.'

'Ik doe het wel,' bood Kyle aan. Hij zette de videorecorder op de tafel waar ook de tv op stond en ging aan de slag. Nog geen minuut later was hij klaar. Hij zette het apparaat aan en drukte op de EJECT-knop.

'O mijn god!' zei Blum. 'Er zit nog altijd een videoband in!'

'Dat moet de laatste zijn die hij erin heeft gestopt voordat hij werd vermoord. Nu maar hopen dat-ie nog werkt,' zei Pine.

'De holte waar de recorder in stond leek goed geïsoleerd,' zei Pat.

'We hebben de afstandsbediening niet,' zei Kyle. 'Maar zo te zien kan ik de recorder zelf bedienen.' Hij draaide de tv om, spoelde de videoband terug tot het begin en drukte op de PLAY-knop.

Ze stonden allemaal naar de tv te kijken.

Pine merkte dat ze licht in haar hoofd werd en realiseerde zich dat dat kwam doordat ze haar adem inhield.

En toen zagen ze de deur van de grot. Minuten verstreken terwijl er niets gebeurde. Toen...

'Dat is Joe Atkins,' zei Roberts.

Joe Atkins, in spijkerbroek en flanellen overhemd en met een honkbalpetje op, kwam in beeld. Hij had een geweer bij zich. Toen zagen ze naast hem een kleine vrouw met lang donker haar en een dreigende blik. Zij had een dienblad bij zich met zo te zien eten erop.

'En dat is Desiree,' zei Roberts.

Blum zag onderin de datum en tijd staan. 'Dit was 31 mei 2002,' zei ze.

Roberts zei: 'Dat kan wel kloppen. Joe's lichaam is de dag daarna gevonden.'

Joe trommelde op de deur en riep: 'Ga weg bij de deur, Becky. Hier is eten.'

Joe wachtte en deed even later de deur van het slot. Hij stapte naar achteren, richtte zijn geweer en knikte tegen zijn vrouw.

Heel behoedzaam opende Desiree de deur, waarna ze het dienblad op de grond zette en met haar voet naar binnen schoof. Daarna smeet ze de deur dicht.

Joe had het hangslot net opgehangen toen iets met een keiharde knal tegen de deur sloeg. Joe en Desiree sprongen achteruit. Joe viel op zijn achterste en liet het geweer vallen.

Iemand in de grot lachte luid.

Joe krabbelde overeind en raapte zijn geweer op. 'Hou op met die geintjes, Becky. Als je dat nog een keer doet, maakt Desiree nog een brandmerk op je achterste, begrepen?'

Het gelach stierf weg.

'Zo is het, Rebecca,' zei Desiree zacht, alsof ze een verdovend middel gebruikte. 'Dat willen we niet, hè? Littekens op je achterste.'

Geen antwoord.

Pine dacht dat ze moest overgeven.

Blum sloeg een arm om haar schouders en fluisterde: 'Agent Pine, wat vind ik dit erg.'

Roberts keek nieuwsgierig naar hen.

'Hé,' zei Kyle, die nog steeds naar het tv-scherm keek, 'die vent vergeet het hangslot dicht te doen.'

Pine zei: 'Je hebt gelijk. Kun je sneller vooruitspoelen?'

'Ja hoor.' Hij drukte op een knop en de video spoelde door.

Pine keek naar de beelden zoals ze nog niet eerder naar iets had gekeken. 'Stop,' zei ze.

Kyle drukte meteen op de PLAY-knop, waarna de video weer op normale snelheid werd afgespeeld.

Er werd net opnieuw keihard tegen de deur geslagen. En toen nog een keer, nog harder zelfs.

'Waarom doet ze dat?' vroeg Pat. 'Ze moet toch weten dat er een hangslot op zit?'

Pine zei: 'Zet de band even stil.'

Dat deed Kyle.

Pine keek Pat Simmons aan. 'Ze weet dat hij het hangslot niet heeft dichtgemaakt.'

'Hoe dan?' zei Pat.

'Doordat ze al jaren in die hel zat en elk geluid kende. En die avond had ze dat geluid dus niet gehoord.'

Blum zei: 'Denkt u dat ze hen daarom niet aanviel toen de deur werd geopend? Dat ze wachtte tot hij het hangslot weer bevestigde, maar hem afleidde voordat hij het slot echt dichtklikte?'

'Dat denk ik inderdaad,' zei Pine. Opeens was ze ontzettend trots op het geduld van haar zus en haar slimme actie. Hoewel ze jarenlang hun gevangene was geweest, was ze alert gebleven en had ze gewoon haar kans afgewacht.

'Zet hem maar weer aan, Kyle.'

Ze keken naar het scherm terwijl ze nog drie keer een keiharde klap hoorden. De vierde keer was het raak: het open hangslot vloog uit de haak en de deur zwaaide open.

En toen... stond daar zomaar Mercy Pine: lang, slank, sterk, smerig en in vodden gekleed. Ze leek nogal... Pine kon het niet ontkennen. *Ze lijkt... niet goed bij haar hoofd. Maar wie zou haar dat kwalijk kunnen nemen?*

Pine's hand schoot uit en drukte op de PAUZE-knop, zodat ze naar Mercy kon kijken. Haar zus keek recht in de camera. Pine dacht dat ze wist waar die hing. Ze bekeek haar tweelingzus aandachtig, probeerde de tijd terug te draaien naar toen ze zes jaar waren en vooruit te spoelen tot deze... persoon.

Roberts vroeg: 'Is dat de vrouw naar wie u op zoek bent, agent Pine?'

Pine antwoordde niet meteen. Ze bleef onderzoekend naar haar zus kijken, naar de ogen, de neus, het voorhoofd. Het lichaam zei haar niets, dat was te erg veranderd. Maar ze leunde naar voren en keek aandachtig naar iets.

Naar het sproetje. Op de neus. Als kind had Mercy haar tweelingzusje verteld dat God dat had gedaan omdat zij als eerste was geboren en hun moeder hen anders niet uit elkaar zou kunnen houden.

Pine ging weer rechtop staan en knikte. 'Ja, zij is het.'

Ik had nooit gedacht dat ik dat ooit weer zou kunnen zeggen.

Er schoten allemaal gedachten door haar hoofd – sommige gelukkig, andere intens verdrietig, weer andere dreigden haar te verscheuren. Wanhopig drukte ze op de PLAY-knop.

Mercy kwam tot leven, keek om zich heen en rende naar rechts, naar het huis en uit het zicht van de camera.

De videoband speelde verder en ze schrokken allemaal toen ze het schot hoorden. Ze hoorden gegil. Daarna weer een schot. Toen nog meer gegil. Ze konden niet weten wie zo gilde, en ook niet wie er schoot, hoewel Pine ervan uitging dat het Joe Atkins was. Daarna werd het stil, terwijl de videoband nog steeds de kapotte deur van de grot liet zien.

Na een tijdje stak Pine haar hand uit, zette de videoband stil en haalde hem uit de recorder.

Blum keek haar aan, met trillende lippen. 'Ze is in elk geval... ontsnapt.'

Pine keek niemand aan en zei: 'Ja.' Daarna liep ze naar buiten.

Toen ze terugliepen naar hun auto, vertraagde Pine haar pas zodat Blum haar kon inhalen. Roberts stond bij de voordeur en bedankte de Simmonsen voor alle hulp.

'Het moet vreselijk voor u zijn geweest om dat te zien, agent Pine,' zei Blum.

'Ik heb er zo ongeveer mijn hele leven op gewacht dat ik Mercy zou zien. En ze leeft. In 2002 leefde ze tenminste nog.'

'Ja, absoluut. Dat is heel positief.'

Pine bleef staan. 'Roberts zei dat mensen gegil hoorden en dat hij ontdekte dat Desiree een hond brandmerkte.'

'Klopt,' zei Blum.

'Maar honden gillen niet, Carol.'

'U... U bedoelt...?'

'Daar had Joe het over toen hij Mercy bedreigde: Desiree zou haar achterste weer "brandmerken". Ze gebruikten die hond om Roberts voor de gek te houden toen die naar hun huis kwam.'

'Wat een gruwelijke mensen.'

'En Joe Atkins werd vermoord en Desiree Atkins verdween.'

Blum bleef staan. 'Wacht eens even, wat bedoelt u daarmee?'

'Nadat ik haar op die foto en zojuist op die video heb gezien, weet ik dat Mercy langer is dan ik ben en misschien tweeënzeventig kilo weegt, zonder een grammetje vet. Ze leek mager en erg gespierd. De Atkinses waren klein. Mercy was groter dan zij.'

'Agent Pine, u bedoelt toch niet...'

'Wat ik bedoel, Carol, is dat het mogelijk is dat mijn zus is ontsnapt, dat zij probeerden haar tegen te houden, we hoorden allemaal dat gegil en die schoten, en... dat zij hen heeft vermoord.'

'Maar waar is Desirees lichaam dan als zij is vermoord?'

'Wie weet? Als ze haar heeft begraven, kan dat overal zijn. Na al die jaren zal er weinig van haar over zijn.'

'Maar waarom zou ze Desiree wel begraven en Joe niet?'

'Misschien kreeg ze daar de kans niet voor.'

'Dat zijn allemaal speculaties.'

'Klopt. Maar als het dat niet is, dan is het iets wat al even onwaarschijnlijk is.'

Ze liepen weer door.

Blum zei: 'Maar als ze hen inderdaad heeft vermoord, had ze daar alle recht toe. Ik bedoel, als ze daar woonde... In een grot, jarenlang... Dat is mishandeling, dat is gruwelijk! Ik kan het me niet eens voorstellen. Ik kan het niet eens bevatten.'

'Ariel Castro in Cleveland? Jaycee Dugard? Elizabeth Smart in Utah? Dat is heel veel anderen overkomen. Ik heb alleen nooit gedacht dat mijn zus een van hen zou zijn.'

'Maar waarom zouden ze dat doen? Ze kregen een kind omdat ze zelf geen kinderen konden krijgen. Dus waarom... hielden ze haar dan gevangen?'

'Mercy was oud genoeg om te weten wie ze was en bij wie ze hoorde. Misschien heeft ze zich verzet, probeerde ze te vluchten. Ze werden bang dat ze in de problemen zouden komen wanneer Mercy het de politie vertelde. En Desiree Voodoo Atkins, die hulpeloze honden brandmerkt, klinkt niet bepaald als een normale verzorgende vrouw. Toen de jaren verstreken en Mercy volwassen werd, moesten ze drastischer maatregelen nemen, zoals die gevangeniscel in die grot. En ze wisten dat hun, wanneer Mercy ooit zou ontsnappen, een heel lange gevangenisstraf te wachten stond.'

'Denkt u dat Leonard Atkins het wist?'

'Ze stonden met haar op een foto. Ze konden zien hoe ze eruitzag, haar wonden, het feit dat ze zelfs niet eens in de camera wilde kijken. Ja, ze wisten het en ze hebben daar niets mee gedaan. En nadat hun zoon was vermoord en Desiree was verdwenen... Zij dachten waarschijnlijk dat Desiree Joe had vermoord en er met Mercy vandoor was gegaan. Of dat Mercy hen allebei had vermoord en op de vlucht was geslagen. Ze wilden er hoe dan ook niets mee te maken hebben en zijn er zelf vandoor gegaan.'

'Walgelijk,' zei Blum. 'Echt walgelijk. Na alles wat zij hebben gedaan, verdienen ze het niet eens om mens genoemd te worden.'

Ze brachten Roberts terug naar zijn huis.

'Ik zal de sheriff bellen en hem alles vertellen,' zei Roberts. 'En ik zal tegen hem zeggen dat jullie bij hem langsgaan voor het dossier.'

'Dank u wel, meneer Roberts.'

'Agent Pine?'

'Ja?'

'Dit is geen gewone cold case voor u, hè?'

'Waarom zegt u dat?'

'Ik was vroeger politieman en heb daar nog altijd een neus voor. Ik zag hoe u naar die pop keek, dat is één ding. Alsof u die eerder had gezien. En toen met die video, nou ja, dat leek persoonlijk voor u.'

Pine zuchtte. 'Ze is mijn zus, meneer Roberts. Ze is op een avond uit haar bed gehaald toen we nog klein waren en ontvoerd, en ze wordt nu al ruim dertig jaar vermist.'

Hij knikte en zei met een meelevende blik: 'Ik dacht al dat ik uw naam herkende. Ik herinner me die zaak doordat we een opsporingsverzoek voor haar kregen. Mercy Pine, toch?'

'Ja.'

'Dat spijt me.'

'Dank u.'

'Maar zo te zien hebt u hier veel ontdekt.'

'Dat klopt. Nu moet ik haar alleen nog vinden.'

'U weet dat ze misschien...'

'Dat weet ik, meneer Roberts, misschien wel beter dan wie ook. Maar ik kan het niet laten rusten. Ik móét het weten, wat de waarheid ook is.'

'Dan wens ik u heel veel succes. Niemand verdient wat we net zagen, een klein meisje al helemaal niet.'

'Nee,' zei Pine. 'Dat verdient niemand.'

76

De koudste cold case die er is.

Pine had het dossier van de moord op Joe Atkins en de verdwijning van zijn vrouw opengeslagen op het bed in haar motelkamer gelegd. De onofficiële conclusie van de plaatselijke politie was dat Desiree haar man had vermoord en was gevlucht. Ze hadden er geen idee van gehad dat er nog iemand bij hen woonde, zodat ze die persoon nooit als een verdachte hadden beschouwd.

Niet zomaar een verdachte. Nee, mijn zus.

Ze had Mercy op de video gezien, daar was ze zeker van. Maar nu had ze nog een bewijs waardoor daar geen twijfel meer aan was. Op bepaalde oppervlakken kon DNA heel lang intact blijven, en er waren veel dingen in die grot die Pine niet had aangeraakt en waarop volgens het DNA-onderzoek haar DNA zat.

Niet mijn DNA natuurlijk, maar dat van Mercy.

Er stond niet veel in het dossier. Uit de autopsie van Atkins bleek dat hij was gestorven aan een messteek waardoor zijn aorta was doorgesneden. Hij was doodgebloed. Maar hij had ook ernstige wonden op zijn hoofd die voor zijn dood waren ontstaan.

Geslagen en daarna gestoken.

De ketting in de grot kapot. De deur opengebroken. Mercy ontsnapt. Vastgelegd op die video gedurende al die jaren.

En... misschien had ze tijdens haar ontsnapping wraak genomen op de mensen die haar gevangen hadden gehouden.

Pine wist waar Joe Atkins was. In zijn graf. Maar waar was Desiree? Waar waren Leonard en Wanda Atkins naartoe gegaan? Leefden ze nog? Moest ze proberen hen te vinden?

Hulpsheriff Wilcox had geduldig naar Pine's speculaties en informatie geluisterd. Hij had haar kopieën van het moorddossier gegeven. Hij had de video bekeken. Hij was zelfs naar de grot gegaan om alles met eigen ogen te zien. De mogelijkheid dat misschien nog iemand ter plaatse was geweest, had hem gefascineerd. Het had hem verbaasd dat die persoon Pine's tweelingzus was. Maar hij leek niet van plan de zaak te onderzoeken. Net zomin als zijn baas de sheriff, vertelde hij Pine.

Wilcox had gezegd: 'We zijn er niet echt op ingesteld om cold cases te onderzoeken. En van wat u me vertelde heeft deze Joe Atkins zijn verdiende loon gekregen.'

Nu liep Pine naar buiten, waar het inmiddels regende. Ze reed naar het enige restaurant in de hele omgeving en bestelde een kop koffie.

Het ging harder regenen en ze keek naar buiten. Ze nam slokjes van haar koffie en kon niets positiefs bedenken. Helemaal niets. Aan de ene kant had ze geweldige vorderingen gemaakt bij haar onderzoek naar wat er met haar zus was gebeurd. Mercy was ontvoerd door Ito Vincenzo, die haar aan de Atkinses had gegeven, waarna Len Atkins haar aan Joe en Desiree Atkins had gegeven. Op een bepaald moment – Pine wist niet precies wanneer – was Mercy van de kamer in het huis overgebracht naar een afgesloten grot.

Terwijl Pine daar zat, bedacht ze steeds gruwelijker mogelijkheden. In plaats van dat ze haar zus gezond en wel zou vinden, of haar lichaam tenminste kon lokaliseren en haar stoffelijk overschot zou kunnen identificeren, moest ze nu rekening houden met de mogelijkheid dat haar zus één of misschien twee mensen had vermoord en ergens was terwijl ze wie weet wat deed. Pine wist dat de kans klein was dat ze haar zus zou herkennen – fysiek of emotioneel – nadat ze jarenlang was mishandeld door de Atkinses.

Ze sloot haar ogen en zag in gedachten het gruwelijke beeld van haar zus op die video.

Pine had haar zus ruim zes jaar dag in dag uit bij zich gehad. En daarna dertig jaar lang helemaal niet. Tot nu. En ze was niet in staat om de vrouw op die video in overeenstemming te brengen met het meisjesachtige meisje dat gek was op haar theevisites en altijd opkwam voor haar kleine zusje Pine als die zich weer eens in de nesten had gewerkt.

Ik wil haar gewoon vinden. Ik wil haar helpen. Ik wil dat ze... dat ze het leven kan leiden dat ze had moeten leiden.

Haar telefoon ging; een welkome afleiding. Ze herkende het nummer niet, maar nam toch op. 'Hallo?'

'Hallo, agent Pine, u spreekt met Darren Castor uit Trenton. U hebt met me gesproken over de tijd dat ik voor Ito Vincenzo werkte.'

'Natuurlijk, meneer Castor, wat kan ik voor u doen?'

'Tja, u zei dat ik u moest bellen als ik me iets herinnerde. En dat is gebeurd. Weet u, ik heb me vergist in de data.'

Pine verstijfde. 'Wát zegt u? U hebt u vergist in de data?'

'Ik vertelde u dat ik in 2001 bij die garage ging werken.'

'Ja.'

'Nou, dat was niet zo. Ik ben daar begonnen in 2002, niet in 2001. In de eerste week van juni. Ik had moeten weten dat het niet in 2001 was. Ik bedoel, drie maanden later gebeurde 11 september.'

'Weet u het zeker?'

'Ja. Ik heb mijn loonstrookjes bekeken en een paar andere documenten die ik had bewaard.'

'U zei de zomer. Hebt u een specifieke datum? Daar zou u me echt mee helpen.'

'Die heb ik inderdaad. De dag waarop hij niet op het werk verscheen, was 1 juni. Ik weet dat nog doordat 2 juni de verjaardag is van mijn vrouw.'

Verjaardag?

'Ik hoop dat u daar iets aan hebt,' zei Castor.

'Wat? O ja, ontzettend bedankt, meneer Castor. U hebt me heel goed geholpen.'

Ze verbrak de verbinding en keek naar haar telefoon. Een afschuwelijke gedachte, een echt bizar vermoeden, zoemde als een ricocherende kogel in haar hoofd rond.

Ze belde Blum. 'We moeten naar Jack Lineberry. Nu meteen.'

77

Pine reed snel en bijna zonder iets te zeggen. Ze had Blum niet verteld waarom ze naar Lineberry toe moesten. Ze kon het niet eens opbrengen om haar gedachten uit te spreken. Het zou verschrikkelijk zijn als dit waar was.

Toch kan niets me nog verbazen.

Ze had gebeld dat ze kwamen en nadat ze zich hadden geïdentificeerd, werd het hek voor hen geopend. Ze reden door naar het huis en zagen tot hun verbazing dat Lineberry bij de voordeur op hen stond te wachten. Hij gebruikte een rollator, waar hij vrij goed mee kon lopen.

'Het gaat beter met u,' zei Blum.

'Ik voel me veel beter,' zei Lineberry. 'Ik wilde net gaan lunchen, misschien eten jullie een hapje mee?'

Voordat Pine iets kon zeggen, zei Blum: 'Ja, ik heb wel trek.'

Ze liepen naar de serre met uitzicht op het terrein achter het huis, waar de bouwploeg nu bezig was met het plaatsen van het frame van de cottage. Ze waren bijna klaar met de vierde wand en zouden daarna waarschijnlijk beginnen met het dakgebint.

'Ik hoop nooit meer een explosie in mijn huis mee te maken,' zei Lineberry met een blik op de bouwploeg.

De lunch werd geserveerd door een dienstmeisje in uniform en smaakte verrukkelijk, hoewel het Blum en Lineberry opviel dat Pine vrijwel niets at.

Toen Lineberry Blum vragend aankeek, haalde zij haar schouders op.

Na de lunch gingen ze naar de bibliotheek en dronken koffie voor een knetterend haardvuur. Buiten motregende het en was het kil, zodat de warmte van de vlammen aangenaam voelde.

'Hebben jullie iets ontdekt?' vroeg Lineberry. 'Jullie zijn naar Taliaferro geweest?'

Pine zei: 'We hebben heel veel ontdekt en niets daarvan is prettig om te horen.'

Lineberry keek geschokt door haar barse toon, en Blum keek verbaasd naar Pine.

'Mijn god! Mercy is toch niet...'

'Nee, ze is niet dood. Niet dat we weten, tenminste.'

'Wat dan?'

'Ze werd gevangengehouden door een echtpaar in Taliaferro. Niet door de Atkinses over wie ik het had, maar door hun zoon en schoondochter.'

Lineberry leunde naar voren en zette zijn koffiekopje neer. Hij was bleek geworden en vroeg ontdaan: 'Zei je gevangengehouden?'

'Ja. In een grot waar ik zelfs geen hond zou laten wonen. Het was smerig, gruwelijk en walgelijk.'

'Agent Pine,' zei Blum protesterend. 'Jack is nog steeds niet in orde.'

Pine leek haar niet te horen. 'Ze leefde als een dier, Jack. Er was niemand om haar te helpen. Er was niemand om haar te redden. Dus uiteindelijk heeft ze zichzelf gered.'

'Wat bedoel je?'

'Ik bedoel dat ze haar ketenen verbrak, de deur van haar gevangenis openbrak en probeerde te vluchten.'

'Probéérde te vluchten?'

'Ik speculeer nu, maar ik denk dat Joe Atkins haar inhaalde toen ze op de vlucht was. Misschien wilde hij haar terugbrengen. Misschien wilde hij haar vermoorden.' Pine klemde haar vingers zo stevig om de houten armleuning van haar stoel dat haar knokkels rood werden en haar ledematen trilden.

Blum zag dat en zei: 'Agent Pine, voelt u zich wel goed?'

Weer leek Pine haar niet te horen; zij hield haar blik strak op Lineberry gericht. 'Maar Mercy draaide de rollen om en zij ging achter hem aan. Ik kan me de opgekropte haat van jaren wel voorstellen om wat dit stel haar had aangedaan. Ze sloeg hem, en wel zo hard dat hij ernstig hoofdletsel opliep. Ze was groot, langer dan ik ben, en ze was sterk. Ze zou een geduchte tegenstander zijn, zelfs als haar kracht niet was verveelvoudigd door haar emoties. Joe Atkins was een kleine man. Ze had hem snel verslagen, pakte zijn mes en...'

Lineberry boog zo ver naar voren dat hij bijna van zijn stoel viel.

'En toen?' vroeg hij zacht en met een angstige klank in zijn stem.

'Ik denk dat ze hem in zijn rug stak, zijn aorta doorsneed en hem vermoordde,' zei Pine.

Lineberry leunde moeizaam ademend weer naar achteren.

Blum pakte snel een glas van de zijtafel, schonk er water in uit een kan en gaf het glas vlug aan Lineberry.

Hij dronk de helft op en gaf haar het glas terug, terwijl hij haar met zijn blik bedankte, nog steeds met een blik vol afschuw op zijn gezicht.

Blum keek Pine boos aan en ging weer zitten.

Pine zei: 'Ik heb geen idee wat er met zijn vrouw Desiree is gebeurd. Ze hebben ons haar beschreven als getikt en men heeft gezien dat ze dieren mishandelde. Ik twijfel er niet aan dat ze Mercy gruwelijk wreed heeft behandeld. Ze heeft haar gebrandmerkt, Jack. Alsof ze een beest was.'

'O mijn god!' schreeuwde Lineberry.

'Agent Pine!' riep Blum.

'Misschien heeft Mercy Desiree ook vermoord of misschien realiseerde dat mens zich hoeveel gevaar ze liep, zodat ze zelf op de vlucht sloeg. Ze zou in de gevangenis zijn beland voor haar misdaden tegen Mercy.'

Lineberry sloeg zijn handen voor zijn gezicht en mompelde: 'Mijn god! O mijn god!'

'Ja, mijn god,' zei Pine streng.

Lineberry haalde zijn handen voor zijn gezicht vandaan en keek haar aan met een blik waaruit bleek dat hij het begreep. 'Is er nog iets? Iets wat je me niet hebt verteld?'

'Ja, Jack, dat is er. Er is zeker iets.' Er lag zo'n nijdige klank in haar stem dat Blum haar scherp aankeek.

Pine zei: 'Ik werd gebeld door een man die vroeger voor Ito Vincenzo heeft gewerkt, Castor. Hij had me eerder verteld wanneer Vincenzo vermist was geraakt, maar hij is op zoek gegaan, vond een paar oude salarisstrookjes die hij had bewaard en dacht erover na. Nu blijkt dat hij er ongeveer een jaar naast zat. Ito verdween niet in 2001, maar in 2002. En Castor kon me de exacte datum geven waarop Ito niet op het werk kwam.' Ze zweeg even en keek onderzoekend naar Lineberry, die haar versuft aankeek. Maar iets in zijn blik verried dat de man vermoedde waar dit misschien op uitliep.

Pine zei: 'Nu blijkt dat Castor zich die datum herinnerde, doordat zijn vrouw jarig is één dag nadat Ito niet in de ijssalon verscheen.' Ze zweeg weer even. 'Op 2 juni.'

Blum riep: 'Maar dat is ook uw verjaardag!'

Pine bleef Lineberry strak aankijken. 'Dat klopt. En op 2 juni 2002, op mijn verjaardag, pleegde mijn vader zelfmoord in zijn appartement in Virginia, dus niet in Louisiana zoals mijn moeder me vertelde. En jij was erbij, wat goed uitkwam. En jij identificeerde het lichaam voor de politie.'

Lineberry bevochtigde zijn lippen, zoals een oudere man zonder gebit soms doet.

Pine leunde naar voren, zodat haar gezicht maar dertig centimeter van het zijne was. 'Ik wil de waarheid weten, Jack, en wel nu!' brulde ze.

Alsof hij een sneeuwpop was die smolt in de brandende zon, zakte Lineberry in elkaar in zijn stoel. Weer sloeg hij zijn handen voor zijn gezicht, maar Pine trok ze weg.

'Nu, Jack.'

Lineberry ging meer rechtop zitten, keek naar Blum en daarna keek hij Pine recht aan. 'Ik wist niet dat Ito Vincenzo de man was die die dag probeerde je vader te vermoorden, dat zweer ik! En ik heb nog steeds geen enkel bewijs dat hij het was.'

'Wacht eens even,' zei Blum scherp. 'Welke man die probéérde hem te vermoorden? Ik dacht dat Tim Pine zelfmoord had gepleegd!'

Pine zei: 'Dat is mij altijd verteld. Door mijn moeder. En door jou, Jack. En je loog tegen me. Net als zij.'

'Wat wilt u daarmee zeggen, agent Pine? U kunt toch niet bedoelen...'

'Ik bedoel dat Ito kwam om mijn vader te vermoorden, én mijn moeder waarschijnlijk, omdat hij niet wist dat ze gescheiden waren. Maar mijn vader vermoordde Ito. En Jack was daarbij, niet toevallig, maar opzettelijk, en hij identificeerde mijn vader als de dode. En gezien een mogelijke zelfmoord en een positieve identificatie, eerst door een goede vriend en later door de ex-echtgenote van de man, zou er maar een beperkt politieonderzoek plaatsvinden.' Pine zweeg en leek zich te beheersen. 'Ik weet dus wat er met Ito is gebeurd. Nu wil ik weten waar mijn vader is. Is hij bij mijn moeder? Ze liet me in de steek toen ik op college zat en naar hem toe wilde, nietwaar? Hij overleed zogenaamd op 2 juni. Ik ging in juli van datzelfde jaar terug naar college, omdat ik op wedstrijdniveau aan gewichtheffen deed. Toen ik in augustus terugkwam, was mijn moeder verdwenen en had ze alleen een briefje voor me achtergelaten waar vrijwel niets in stond.'

Ze zweeg even, terwijl ze zich met heel veel moeite beheerste. 'Hun echtscheiding was nep, nietwaar? Ze waren altijd van plan om bij elkaar te blijven. En mij in de steek te laten.'

Pine was langzaam opgestaan. Ze vroeg met een hoge stem: 'Zo is het toch, Jack?'

Lineberry keek haar met een hulpeloze blik aan. 'De echtscheiding was nep. Maar ze gingen uit elkaar voor jullie veiligheid.'

'Onzin!'

'Dat is geen onzin, Atlee. Het is de waarheid.'

'Hoe moet jij verdomme weten wat de waarheid is?'

'Ik zal je vertellen wat je wilt weten, maar dan moet je wel naar me luisteren.'

'Alstublieft, agent Pine, dat is echt het beste. U hebt informatie nodig,' zei Blum.

Pine ging langzaam weer zitten en wachtte, maar ze trilde nog helemaal van woede.

'Ik wist niet waar jullie en je ouders naartoe waren gegaan nadat jullie Andersonville hadden verlaten. We waren in paniek. We zochten jullie, maar het was alsof jullie van de aardbodem waren verdwenen. Er was toen nog geen internet en er waren geen smartphones waarmee iedereen foto's en video's van iedereen maakt. Toen konden mensen nog echt verdwijnen.'

'En toen?' vroeg Pine.

'En toen, vele jaren later, werd ik in paniek en volkomen onverwacht gebeld door je vader.'

'Hoe kon hij je bereiken?'

'Ik had je ouders een speciaal telefoonnummer gegeven. Dat nummer had ik al die jaren gehouden, gewoon omdat ik hoopte dat... Maar goed, hij vertelde me dat hij in Virginia was en dat een man had geprobeerd hem te vermoorden, maar dat hij die man had vermoord. Met een schot in zijn gezicht.'

'Als hij in een flatgebouw woonde, hoe kon het dan dat niemand dat hoorde?' vroeg Pine.

'Omdat hij niet in een flatgebouw woonde.'

'Dat was dus de zoveelste leugen die je me vertelde?'

Lineberry praatte snel verder. 'Ik vloog er meteen naartoe. Het gezicht van de man was verdwenen. Ik wist niet wie het was en Tim zei dat hij dat ook niet wist.'

'Hoe kon hij Ito Vincenzo niet herkennen?' zei Pine. 'Hij had in Andersonville toch met hem gevochten?'

'Meer dan tien jaar daarvoor, Atlee. En mensen veranderen. Hoe dan ook, Tim vertelde me dat hij de man niet kende en ik kon hem zeker niet herkennen door de schade aan zijn gezicht. We kwamen op het idee om Tim en Ito met elkaar te verwisselen, als hij het echt was, zodat iedereen zou denken dat Tim dood was.'

'Dus Ito Vincenzo ligt in het graf van mijn vader. En mijn moeder?' vroeg Pine met een trillende stem.

Lineberry sloeg zijn blik neer. 'Zij... begreep wat er op het spel stond. Ze speelde het spelletje mee. Daardoor kon je vader veilig verdwijnen, en zij ook.'

'En toen voegde ze zich een paar maanden later bij hem,' zei Pine verbitterd. 'En liet mij aan mijn lot over.'

'Zij... dachten dat dat het beste was. Ze dachten dat het beter voor je was, dat zweer ik. Ze liet je geld na om je opleiding af te maken en...'

Pine brulde: 'Waar zijn ze nu?'

'Dat weet ik niet.'

'Jack!'

'Ik weet het niet,' zei hij scherp. 'Dat was de bedoeling. Mensen konden hen steeds weer traceren, er moest dus een lek zijn. Op dat moment was iedereen verdachte, zelfs ik. Ze dachten dat het het beste was dat niemand wist waar ze naartoe gingen. Ik heb hen daarna niet meer gezien. Er is helemaal geen contact geweest, absoluut niet.'

'En dat moet ik geloven, ondanks al die keren dat je tegen me hebt gelogen?'

'Ik kan je niet dwingen me te vertrouwen, Atlee. Dat vertrouwen heb ik helemaal niet verdiend. Maar ik was ook niet verplicht je dit te vertellen.'

‘Waarom deed je het dan?’

‘Omdat je dat verdiende. Dat heb je verdiend. En ik heb er genoeg van om je niet te vertellen wat je moet weten.’

Ze liet zich niet vermurwen door zijn woorden, maar leunde naar achteren en tikte met haar vingers op de houten armleuning van haar stoel. Ze bleef zo lang voor zich uit zitten staren dat ze bijna was vergeten dat Blum en Lineberry nog steeds bij haar waren.

‘Waarom blijven ze zich verschuilen?’ vroeg Blum. ‘Het is nu al ruim dertig jaar geleden. Is er nog steeds iemand die hen wil vinden, die hen zelfs nu nog belangrijk vindt?’

Lineberry schudde zijn hoofd. ‘Ik weet het niet, Carol. De maffia heeft een lang geheugen. Maar ze zijn al zo lang op de vlucht en houden zich al zo lang schuil dat ze inmiddels waarschijnlijk niet beter weten.’

‘Maar ze lieten mij achter, als een gemakkelijk doelwit,’ zei Pine. ‘Ito had mijn zus ontvoerd en mij bijna vermoord. Toch sloegen mijn ouders op de vlucht en ze lieten mij achter voor de mensen die hen achternazaten?’

‘Ik denk dat zij ervan overtuigd waren dat je feitelijk onvindbaar was zodra je volwassen was,’ zei Lineberry.

‘Ito vond ons. Wie beweert dat iemand anders dat niet kon?’ vroeg ze. ‘Ze hadden mijn naam niet veranderd. Ik was nog steeds Atlee Pine. Hoeveel Atlee Pine’s zijn er?’

‘Daar heb ik geen goed antwoord op, echt niet.’

‘En jij had me kunnen vinden, als je dat echt had gewild. Ik heb mijn eigen Wikipedia-pagina die iemand heeft gemaakt toen ik meedeed aan selectiewedstrijden voor de Olympische Spelen. Ik werd FBI-agent. Mijn naam kwam af en toe in het nieuws.’

Lineberry weigerde haar aan te kijken. ‘Ik... denk dat ik toen niet meer naar je op zoek was. En toen ik naar je vader ging om hem te helpen, vertelde hij me niet waar jij en je moeder waren.’

‘Natuurlijk deed hij dat niet. Onwetendheid is een zegen, nietwaar, papa?’

‘Wat... Wat ga je nu doen?’ vroeg Lineberry, die met de minuut bleker werd.

Pine stond op en keek neer op de broze Lineberry. ‘Ik ben hiernaartoe gekomen om mijn zus te vinden. Ik ben veel dichter bij dat doel dan eerst en nu ga ik alles doen om haar naar huis te halen, zelfs als jij dat niet doet.'

'Wát zeg je? Ik wil dat óók. Zij is je zus, maar ze is ook mijn dochter,' zei Lineberry.

'O, is dat zo?' zei ze spottend, haar gezicht vertrokken van woede. 'Je geeft geen zier om ons beiden.'

'Atlee, natuurlijk wel!' zei hij, verbijsterd door haar reactie. 'Hoe kún je dat zeggen?'

Pine sloot haar ogen en toen ze ze weer opende, keek ze door het raam naar de cottage. Opeens leek haar iets te binnen te schieten. Ze draaide zich om en rende weg.

'Waar gaat ze naartoe?' vroeg Lineberry.

Blum zei niets.

Even later zagen ze Pine resoluut naar de cottage lopen.

78

Toen Pine bij de bouwplaats aankwam, regende het alwéér harder.

Er waren vijf mannen bezig met het frame, twee op ladders en drie op de grond.

Ze bleef voor de cottage in aanbouw staan en riep: 'Jullie moeten allemaal vertrekken!'

De mannen keken haar nieuwsgierig aan, maar gingen daarna gewoon door met hun werk.

Pine trok haar pistool, liet haar FBI-badge zien en riep: 'FBI, allemaal vertrekken. Nu!'

Toen hielden de mannen wel op met wat ze aan het doen waren. Ze keken naar haar en daarna keken ze zenuwachtig naar elkaar.

Pine wist dat ze waarschijnlijk dachten dat ze de kluts kwijt was.

Misschien ben ik dat ook wel.

Een grote man met een helm op liep behoedzaam naar Pine toe. 'Mevrouw, we hebben een klus te...'

Pine richtte haar pistool omhoog en schoot twee keer in de lucht. 'Nu!'

De twee mannen klauterden snel van hun ladder af, terwijl de anderen haastig hun lunchdoosje en jas pakten. Daarna renden ze allemaal weg, terwijl ze met een paniekerige blik achteromkeken.

Pine keek hen na terwijl ze via het achterhek vertrokken, in hun auto of pick-up sprongen en wegscheurden.

Pine trok haar ene broekspijp omhoog en haalde haar Beretta ook uit de holster. Ze legde haar beide wapens op een houten tafel, trok haar jasje uit, legde dat ook op de tafel en legde daar een watervast zeil overheen. Toen het nog harder ging regenen, liep ze tussen de latten door naar binnen en keek naar het houten frame.

Ze wist heel goed waarom ze hier was.

Hij heeft iets van me afgepakt. De waarheid. Mijn waarheid. En nu ga ik iets van hem afpakken.

Ze zag een moker, raapte hem op, keek hoe het frame in elkaar zat, haalde uit en sloeg een draagbalk vlak bij de voordeur weg. Het hout versplinterde. Ze sloeg er nog een keer tegenaan en de dubbele planken schoten los. Daarna sloeg ze de kapotte steunbalken onder een raam naast de voordeur vandaan en sloeg de vensterbank weg. Toen ze een paal daarnaast kapotsloeg, viel een deel van het frame naar buiten. Vervolgens sloopte ze een hele rij steunpalen. Ze sloeg net zo lang tegen het hout tot de hele wand losschoot en naar buiten op het gras viel.

Pine zwaaide met de moker alsof het een honkbalknuppel was en viel een ander deel aan waar de muren bij elkaar kwamen. Ze haalde opnieuw uit, versplinterde hout en sloeg er spijkers uit die alle kanten op vlogen. De hele wand viel ten slotte naar beneden, maar met haar laatste uithaal brak het houten handvat van de moker doormidden.

Inmiddels stortregende het en terwijl ze haar natte haren uit haar ogen streek, liep ze hijgend van de inspanning naar de derde buitenwand. Ze keek er taxerend naar en sloopte met een *whip kick* een van de onderste muurplaten. Daarna richtte ze hoger en schopte een korte plaat uit het frame die met spijkers op zijn plek werd gehouden, waarna de spijkers als dode, grijze wormen uit het resterende hout staken.

Ze trapte tegen een andere plaat en gebruikte haar elleboog om een vensterbank doormidden te breken. Door een trap tegen een andere plaat sloopte ze een deel van de muur, inclusief het raamkozijn dat daarin zat. En met haar voeten, handen en ellebogen sloeg en trapte ze nog meer delen van het frame kapot.

De muurplaat, die nu geen contact meer had met de plaat ernaast, zwaaide heen en weer. Pine bleef schoppen terwijl het stortregende en de wind jammerde. Ze haalde nu hijgend adem. Daarna duwde ze, trok ze en schopte ze, en met een intense kreet slaagde ze er ten slotte in de muur om te gooien.

Ze draaide zich om naar het laatste deel dat nog overeind stond en keek ernaar alsof het elke nachtmerrie was die haar ooit had gekweld – en dat waren er nogal wat.

Voordat ze nog een keer in de aanval ging, draaide Pine zich om en keek ze naar het huis, waar Lineberry en Blum naar haar stonden te kijken.

In de bibliotheek jammerde Lineberry: 'Ik moet haar tegenhouden! Straks verwondt ze zichzelf.'

Blum pakte hem stevig bij de arm. 'U houdt haar niet tegen! Ze is uw dochter, Jack Lineberry. En ze moet dit doen. En u blijft hier staan en kijkt toe terwijl ze dat doet.'

Al Pine's spieren trokken ongecontroleerd, alsof ze een junkie was met ontwenningsverschijnselen. Door de regen kon ze bijna niets zien, zodat ze steeds opnieuw haar haar uit haar gezicht moest strijken. Ten slotte keek ze uitgeput om zich heen. Ze zag een doorweekte doek op de grond liggen, raapte die op en bond daarmee haar haar in een staart. Daarna viel ze de laatste wand aan, ze ramde er met haar schouder tegenaan. Doordat dit de enige wand was die nog overeind stond, had hij niet de steun en dus niet de stevigheid van de andere drie wanden. Maar heel gemakkelijk liet hij zich niet slopen.

Een hele minuut lang schopte en stompte en trok en duwde ze, maar inmiddels was ze verzwakt en zo moe dat haar aanval steeds krachtelozer werd.

Je gaat me niet verslaan.

Ze ging op haar hurken zitten, keek naar de wand alsof die de oorzaak was van elke tragedie die ze in haar leven had meegemaakt. Pine kon niet eens meer rustig ademen en haar ledematen trilden zo dat ze zelfs als ze had gewild niet eens meer kon schoppen of stompen.

Ze keek wanhopig om zich heen en toen, eindelijk, zag ze wat ze nodig had.

Ze wankelde ernaartoe en pakte de handvatten van een verrijdbare cementmolen vast. Hij was heel zwaar en stond op twee rubber wielen. Ze verplaatste hem moeizaam tot vlak voor de wand en duwde hem naar voren, glibberend op de gladde vloer, maar toch kreeg ze steeds meer snelheid en houvast. De cementmolen kantelde tegen het midden van de wand en viel er vervolgens dwars doorheen, Pine met zich meeslepend.

Ze vielen allebei naar buiten. Pine lag op haar buik op de grond en draaide zich om en zag nog net dat de wand omviel.

Nu haar missie afgerond was zat ze op handen en knieën over te geven. Daarna zakte ze in elkaar op het natte gras en bleef daar een tijdje liggen. Ze rolde op haar rug, keek naar de donkere hemel en liet de regen op zich vallen, als aarde in een graf.

Ten slotte stond ze langzaam op, diep in- en uitademend.

Ze pakte haar beide wapens en stopte ze in de holsters. Ze trok haar jasje over haar drijfnatte kleren heen aan. Daarna liep ze weg, zonder nog één keer om te kijken naar het hoofdhuis.

Wankelend verliet ze het terrein via het achterhek. Ze liep naar de voorkant van het huis en spuugde al lopend stukjes braaksel en regenwater uit. Ze trok de doek van haar haar, waarna het weer voor haar gezicht viel. Ze wist dat ze eruitzag als een getikte, wandelende nachtmerrie, maar dat kon haar geen zier schelen.

Toen ze bij haar huurauto was, bleef ze verbaasd staan, want Blum zat achter het stuur, had de motor gestart en keek haar afwachtend aan. Pine liep door en trok het portier open. Ze hield zich vast aan het dak van de auto en leunde naar voren, zodat Blum de bovenkant van haar hoofd kon zien.

Blum bleef rustig zitten en zei niets.

Pine's buik ging op en neer, ze haalde moeizaam adem en bleef zich volkomen uitgeput vasthouden aan het metalen autodak. Nog één keer haalde ze diep en schokkend adem, waarna haar gespannen lichaam zich ontspande. Ze tilde haar hoofd op en keek Blum aan.

'Bent u klaar om te gaan, agent Pine?'

Pine trok haar drijfnatte jasje uit en smeet het op de achterbank.

Zonder een woord te zeggen stapte ze in. Ze trok het portier dicht en maakte haar gordel vast.

Blum zette de auto in de versnelling en reed weg, bij het huis vandaan.

En ze reden door.

Wat het enige was wat ze konden doen.

Dankwoord

Aan Michelle, Atlee Pine flikt het weer. Bedankt dat je mijn rolmodel was voor haar!

Aan Michael Pietsch, alweer drie jaar partners!

Aan Ben Sevier, Elizabeth Kulhanek, Jonathan Valuckas, Matthew Ballast, Beth deGuzman, Anthony Goff, Rena Kornbluh, Karen Kosztolnyik, Brian McLendon, Albert Tang, Andy Dodds, Ivy Cheng, Joseph Benincase, Andrew Duncan, Morgan Swift, Bob Castillo, Kristen Lemire, Briana Loewen, Mark Steven Long, Thomas Louie, Rachael Kelly, Kirsiah McNamara, Nita Basu, Lisa Cahn, Megan Fitzpatrick, Michele McGonigle, Alison Lazarus, Barry Broadhead, Martha Bucci, Rick Cobban, Ali Cutrone, Raylan Davis, Tracy Dowd, Jean Griffin, Elizabeth Blue Guess, Melanie Freedman, Linda Jamison, John Leary, John Lefler, Rachel Hairston, Suzanne Marx, Derek Meehan, Christopher Murphy, Donna Nopper, Rob Philpott, Barbara Slavin, Karen Torres, Rich Tullis, Mary Urban, Tracy Williams, Jeff Shay, Carla Stockalper, en iedereen bij Grand Central Publishing, omdat jullie de besten van de besten zijn.

Aan Aaron en Arleen Priest, Lucy Childs, Lisa Erbach Vance, Frances Jalet-Miller, en Juliana Nador, omdat jullie gewoon steeds beter worden.

Aan John Richmond, veel succes nu je aan een nieuw hoofdstuk in je leven begint. We zullen je erg missen!

Aan Mitch Hoffman, omdat je deze keer alle juiste doelen hebt bereikt.

Aan Anthony Forbes Watson, Jeremy Trevathan, Trisha Jackson, Alex Saunders, Sara Lloyd, Claire Evans, Sarah Arratoon, Stuart Dwyer, Jonathan Atkins, Christine Jones, Leanne Williams, Stacey Hamilton, Charlotte Williams, Rebecca Kellaway, en Neil Lang bij

Pan Macmillan, omdat jullie de meest fantastische, leuke en aardige mensen zijn.

Aan Laura Sherlock, omdat je een rockster van pr bent.

Aan Praveen Naidoo en het fantastische team bij Pan Macmillan in Australië, omdat jullie *Walk the Wire* op nummer 1 hebben gekregen!

Aan Caspian Dennis en Sandy Violette, omdat jullie ongelofelijk slimme en geweldige vrienden zijn!

Aan de winnaars van de liefdadigheidsveiling Lindsey Axilrod (Read Alliance), Linda Holden-Bryant (Soundview Preparatory School) en R. Jeffrey Sands (Mark Twain House & Museum) – bedankt voor jullie steun aan zulke geweldige doelen, en ik hoop dat jullie het leuk vinden om de personages met jullie naam in dit boek in allerlei problemen te zien komen!

En aan Kristen White en Michelle Butler, omdat jullie meer doen dan van je wordt gevraagd!